DIRT
ROAD

James
Kelman

尘 路
清 歌

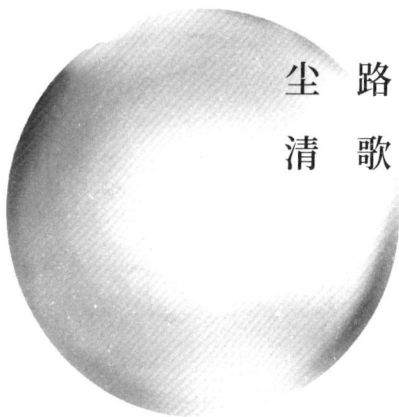

〔英〕詹姆斯·凯尔曼 著 陈拔萃 译

北京联合出版公司
Beijing United Publishing Co.,Ltd.

图书在版编目（CIP）数据

尘路清歌 ／（英）詹姆斯·凯尔曼著；陈拔萃译.
-- 北京 ：北京联合出版公司，2019.3
ISBN 978-7-5596-2492-5

Ⅰ. ①尘… Ⅱ. ①詹… ②陈… Ⅲ. ①长篇小说－英
国－现代 Ⅳ. ①I561.45

中国版本图书馆CIP数据核字(2018)第211571号

尘路清歌

作　　者：[英]詹姆斯·凯尔曼
译　　者：陈拔萃
出版统筹：新华先锋
责任编辑：管　文
特邀编辑：海　莲　程慧敏
封面设计：易珂琳
版式设计：朱明月

北京联合出版公司出版
（北京市西城区德外大街83号楼9层 100088）
北京雁林吉兆印刷有限公司印刷　新华书店经销
字数217千字　787毫米×1092毫米　1/16　22印张
2019年3月第1版　2019年3月第1次印刷
ISBN 978-7-5596-2492-5
定价：49.00元

"我没有想象中那么坚强。你呢？"

"我也是。"

𝄞 第一章

　　父亲唤醒默多时，是凌晨五点半。默多赖在床上，思绪万千。但只是胡思乱想，因为他昨天已收拾完毕，并无太多顾虑。很快他便起床下楼吃早餐，这时父亲已用餐完毕，正在对电器开关、煤气阀门、窗户插销做最后的检查。短短几小时后，人们会和往常一样离家去往学校，而默多和他的父亲将离家去往美国。

　　不一会儿，他们便启程了。他们沿着山路一直往下走，目的地是渡轮码头。父亲推着行李箱，默多背着帆布包跟在父亲身后。父亲原想让默多也带一个行李箱，但这似乎不太可能。

　　这是一个神清气爽、生机盎然的早晨。他们途中偶遇一位刚买报纸回来的老邻居和他的爱犬。邻居看见他们满满的行李，准备停下寒暄几句。这位邻居总是侃侃而谈，默多虽很喜欢，但此刻也不敢耽误太多时间。默多朝他挥手示意，父亲似乎并未留意到这位旧相识。他们继续前进，一直到了码头。

　　默多在渡轮码头遇见了同班同学的哥哥。清晨正是渡轮码头繁忙的时刻，哥哥忙得不可开交，无暇与默多过多地交流。这里的通勤者每天都乘坐渡轮到对岸上班，默多的父亲也是其中一位。可此时，默多的父亲却不和任何一位他可能认识的乘客点头示意，至少默多没看见。父亲一路上沉默不语。找到位置坐下以后，父亲拿出书开始阅读。而默多再次开始胡思乱想。若有人问他在想些什么，他自己也无法言明，只是任由各种思绪漫天飘荡。不一会儿，他起身向外走，自言自语道："我只是出去一会儿而已。"

父亲点了点头，继续阅读。

这趟渡轮默多虽乘坐了无数次，但依然每次都充满喜悦。他倚在栏杆上欣赏着坎布雷岛的美好景色。过不了多久，他们便会坐在飞机上穿越该岛，可该岛离起飞机场的距离过于接近，以至于无法俯瞰这等美景。在今天之前默多只坐过一次飞机，是去西班牙度假。不对，一来一回应该算两次。在他的印象中，坐飞机是件美好的事情。为何美好？他停止了脑海中飘过的念头。这或许根本不是什么念头，而是一张照片，一张妈妈和姐姐都还在的照片。

默多一想到"家庭"，脑海中便出现了这张全家福。当时，家里不仅有父亲和他，更有妈妈和姐姐。可怜的姐姐伊丽七年前死于不知能否被称为疾病的"癌症"，而妈妈也在今年春天末被同一种疾病夺去生命。默多对于癌症如此无情地残害人们的生命根本无法置信。前一天她们还生龙活虎，而第二天居然病入膏肓。整个过程如此迅速以至于在默多看来，这更像是中了一枪：你正在街上走着，而接下来，你便躺在了阴森的医院里，无能为力、孤立无援。默多母亲和姐姐所罹患的癌症是家族病，女性难以幸免。而男性却对此无能为力、束手无策。他们所能做的所有事情仅是陪伴左右、知疼着热。除此之外再也无计可施。

这种爱莫能助，只能寄希望于医生和现代医学的感觉实在怪异。默多感觉力不从心、难以忍受。想必父亲也有同感。可默多却并不知道。父子间对此话题始终保持沉默。

默多倚着船栏，享受着蓝天、碧海和清新宜人的空气。风太大了，没有人和他一样站在这里。他们都在渡轮里或者在自己的车上。默多对船情有独钟，认为即使是小船也比飞机好多了。如果有钱的话，他定会买艘船，甚至在拥有汽车前他就想先拥有一条船。有了船，就可以自由地去往任何地方。他不在意是电动船还是帆船。默多认识的人都有船，可能是他们的父亲有，也可能是叔叔有。拥有一条船该有多棒！可默多的父亲却满不在乎。试想如果你每天上班都坐船来回，那你绝不会想在空余时间再以此为消遣。对他而言乘渡轮通勤和在海上扬帆搏浪是一样的感受。在默多看来，这是父亲讲过的最愚蠢的话，父亲说话总是冷冷淡淡、不理不睬的。

默多同班同学的哥哥走了过来，他知道默多父子即将前往美国，却不知道他们去多久。

"大概两周吧，我想。"默多对他说。

"只是你想？"哥哥笑他。

"也有可能是两周半吧！"默多也笑了。

哥哥轻拍了一下他的肩膀，笑了笑，同时轻吹了一下船上滚动轴承上的灰。默多知道自己这话听起来很傻，可他确实不知道要离开多久，父亲似乎没告诉他。对吗？好像又告诉了他。可默多不记得了，他经常对父亲的话充耳不闻。他或许应该问个究竟，可他不喜欢追问。他一次只提一个问题。

对于离开多久，默多其实并不在乎，甚至最好是永不回归。他也不在乎目的地是否为美国。美国似乎不错，但他也不以为然。对他而言，生活似乎已经停止了。而这一切不是父亲的错，错的只是生活。默多的姐姐去世时他才九岁，母亲去世时他才十六岁。看到身旁的挚爱去世却无计可施，只能仰天长叹。人们说哀莫大于心死。此话不假。母亲去世后，默多无时无刻不惦念着她，从早上起来那一刻到晚上睡前那一刻，他都在想：母亲在睡觉还是已经起来了？她能看见什么？看到的还是和我们一样的吗？抑或眼前已经漆黑一团了？

人们说如果发生了悲伤的事情，可以尝试离开伤心地。是的，这或许是默多和父亲能做出的最正确的选择了。

渡轮马上靠岸了。父亲在等着默多。看见默多时，他耸了耸肩。这是很特别的耸肩方式，默多知道，父亲认为他该提前几分钟在此候着，有备无患。在默多看来这多少有点儿傻，即使是错过开船也不可能错过下船。怎么可能错过下船呢？渡轮停靠在岸，除了下船根本别无选择。可父亲遇到事情时总是这样。可能他在想会不会错过火车。下了渡轮后紧接着便坐火车，怎么可能错过火车呢？即使真的错过，他们还可以临时改乘汽车。而父亲总是那样未雨绸缪、防患于未然。

他们挤过其他乘客，匆匆而行。身旁有一些乘客小跑上火车以抢占最佳座位。

他们上车了，父亲说道："你带上所有行李了吗？"

"带了。"默多耸耸肩，回答道。他觉得父亲此问多此一举。护照、签证和机票都在父亲身上，他只需要带上自己和寥寥无几的钱。默多伸手进口袋摸自己的手机，可手机并不在。他又找了其他地方，一无所获。或许在背包里吧，可他从不把手机放在背包里。

身后的父亲正在看书。父亲总是在看书。火车蠕蠕挪动，检票员开始检票。默多瞄着窗外，再一次摸遍口袋。难道没有带来吗？他想，那就实在是太糟糕了！真的没带来？怎么可能？绝不可能。可事实却果真如此。

父亲看看默多："还好吗？"

"还好。"

父亲点点头，翻过一页书继续阅读。默多等到检票员离开后，挨个儿打开帆布书包的口袋认真检查。可仍然没找到。他确实没把手机带上。

父亲再次看看默多。默多说道："爸爸，我忘记带手机了。出门前我把手机放在橱柜上，可不知怎么忘记拿了。"

"检查过所有口袋了吗？"父亲问。

"那我再检查一遍吧。"

默多再次把身上和书包里所有口袋翻了个遍，手机依旧不见踪影。

"确实没带手机出门。爸爸，实在不好意思。"默多说道。

父亲点点头："没带也好，少些干扰。"

默多叹了口气，拉上书包拉链，盯着窗外。

他现在似乎一无所有。这只是旅途的第一站，还有漫长的路途才能到达目的地。

乘坐飞机到阿姆斯特丹中转需要一小时四十五分钟，而到美国需要十二小时！十二小时！天哪！一旦机门紧锁，便被禁锢起来，只能靠无聊的电影、iTunes 等打发时间。一旦上了飞机，便只能无所事事。想象下如果一上飞机便有人发放安眠药，你上飞机，吞下药，一觉醒来便下机那该多好。甚至他们还要用个锤子把你敲醒呢！田纳西州孟菲斯市是父子俩的目的地。然而他们并未就此有过多谈论。人们说，敲一下脑袋可以祈求好运，正如敲击木头可以心想事成一样。这听起来十分愚蠢。脑袋怎能等同于木头？因此，不要过于相信这些迷信的形式。如果真要祈求好运，千万不要随便敲头。默多从不迷信。在心想事成前千万不要过早透露目标。千万不要滥用"命运"一词，这并不会带来好运气。阿姆斯特丹距离孟菲斯市非常遥远。具体有多远？默多并不清楚。还好他的背包并不重，带上飞机并不费力。

想象一下如果要游泳穿越大西洋。那可是数千英里的距离呢！默多听说，如果飞机发生意外，飞行员要以一个合适的角度降落，使飞机像水上飞机一般滑行，乘客才有足够时间跳进橡皮艇中求生，飞行员才能发出紧急求救信号，否则乘客将会在五到十分钟内死于非命。若成功发出紧急信号，将有各种各样的船只赶来救援。各种各样，有渔船、游轮、甚至快艇。有些快艇可以长距离航行。前来救援的船只种类取决于飞机失事的周围海域，但如果飞机在苍茫大海的中央失事，救援可能性就很小了。然后，假设乘客逃生成功上了船，谁会坐在你旁边呢？万一要是个大腹便便的胖子呢？假设坐在旁边的是一位老太太，或一位小孩或婴儿，他们逃生的时候需要得到协助，除非婴儿的父母在那儿并救他们。因此被遗留的可能是老弱病残者，这取决于他们是否足够强壮、是否行动不便或是否需要婴儿车。那怀中的行李呢？或许会丢失，漂浮在海面上。人人都想带上行李逃生，可救生艇上并无足够空间。

这个时节的海面风平浪静，想必也是飞行的好时节。默多喜欢夜晚月光照耀下微波粼粼的海面，抬头还可以看见满天繁星。古时候船员以日月星辰为导航，网络上有很多笑话以此为蓝本。因此有了在学校里听到的一个笑话："请问，如果水星在金星的位置上，是否便不符合几何图像规律了呢？"不过默多常因星星或运气一类的事情惹恼父亲，尤其是运气。父亲不相信运气之类的歪门邪道。默多则认为父亲大错特错。

人无法掌控生死。既然如此，那不是运气是什么？基因就是运气的代名词。人们说，如果疾病基因早已根植于体内，那就称之为"命中注定"。默多不同意这个说法，而父亲从不在乎。这听起来像是上帝的旨意，可上帝从不会指定任何人去与死神赴约。默多因此认为他们的话是一派胡言。那些尚在人世的人呢？上帝对他们的旨意是什么？去世者难道是由于替换尚在人世者而被上帝置于此地吗？上帝对去世者的旨意是什么？难道父亲的出现是上帝的旨意，让母亲与其相遇、相爱、成家后，再夺走她和他们的女儿吗？万一飞机失事，默多被淹，而父亲逃生，这又是上帝的旨意吗？难道这一切事情的发生都是因为父亲，上帝的旨意都是为了父亲吗？这就是默多一旦上了飞机，便可能葬身大海的原因？那飞行员和其他乘客呢？他们也会由于父亲而失去生命吗？这简直是胡说八道。

在一部电影里，一个女人在拥挤的飞机场中，眼前不断闪现着左右浮动的幽灵。她深知幽灵是"为她而来"，不断左盼右顾地寻找。幽灵总是快她一步，因此她总是不断追赶，以至于错过了飞机。而令人意外的是，她错过的飞机失事了，她得以与死神擦肩而过。看来好的幽灵就像患难与共的神灵朋友。默多并不相信有幽灵，但相信神灵世界的"存在"。神灵是存在的。他似乎某些时候能感觉到神灵的存在，例如在他吃油桃的时候能感觉姐姐伊丽在身旁。伊丽最喜欢吃油桃了。

在阿姆斯特丹机场去往孟菲斯市的候机室里，只有父子俩来自格拉斯市，也只有父子俩操着苏格兰口音。机场里充斥着来自四面八方的人们，其中有四个穆斯林女生，因为学校活动或宗教活动而外出。宗教信仰使她们与众不同，她们自说自话，完全没有留意到默多的存在。

然而这是为何呢？人们总会被留意而默多应该也不例外。假设默多精通她们的语言并参与谈话。其中一位女生提问而答案只有默多知道。或许她们因为宗教信仰产生矛盾，而默多的回答让她心悦诚服。

孟菲斯机场人潮汹涌。为了节省空间，人流被安排排起"之"字形长队等待检查签证和护照。警察和士兵持手枪和警棍巡逻，有的甚至怀里还揣着步枪。

父亲觉得默多目不斜视地盯着人看，便用手肘碰了下默多，实际上默多是在东张西望。周围所有人都在东张西望。当人们发现新奇事物时，总是会举目四望。为何？因为如果无法看到人和事物，眼睛将沦为毫无用处的点缀之物。有人目不转睛盯着地板，有人环顾四周看着周围的人。

一位保安戳了一下父亲的手臂，父亲略有不悦，保安却毫不在乎，用眼神提示父亲"快点儿，再快点儿"。

父子俩终于来到行李提取处等待行李，传送带已开始工作，可行李仍未运出。默多无意识地伸手到口袋里摸手机。这次他并未摸遍所有口袋，毫无疑问，手机无影无踪。可父亲应该带着手机的，而不是借用默多的手机。父亲表示他只是想从纷至沓来的短信和呼叫中暂时脱身，享受清净。可默多不这么认为，如果不能用手机上网查找出行信息，整个行程将会一头雾水。

等待行李的人们互相推搡，焦急地寻找自己的行李。小孩子也跟着连拉带扯，这其实相当危险。父亲保持警觉，生怕有孩子一不小心摔跤或者卡到手。

机场禁区外有不少人持姓名卡在等候接机的亲朋好友。或许也有人在等着父子俩！会吗？不可能。约翰爷爷[1]和他的妻子住在数百英里外，不太可能会来接机。父子两本可转机到他们居住的小镇附近的机场的，无奈机票费用太高，只好放弃。父亲也有其他亲戚在美国，可没有谁是居住在附近的。

机场四周布满了出租车、中转航班、大巴、出租车和火车的各种指示。问讯处人满为患。父亲让默多看管行李，自己则去问讯处排起队来。这里是美国，到处都是行色匆匆、风尘仆仆的美国人。他们的穿衣打扮也与苏格兰人大有不同。对父子俩而言，美国不仅是另一个国度，更是另一个大洲。

父亲向默多招手示意："干什么？看管好行李箱！"默多示意着回应父亲。他把帆布包放在行李箱上，蹲坐在旁边。父亲是英明的，在熙熙攘攘的机场，要提防小偷。他们躲在一旁，伺机而动。可如何判断谁是小偷呢？即使一个人衣衫褴褛，看起来贼眉鼠眼的，也不能说明他就是个小偷。

这里的人们穿着与苏格兰人大不一样。不少老年人和肥胖者穿着短裤。有人戴着牛仔帽，似乎要用来复枪和绳索来套捕牲畜；有人穿牛仔靴、戴牛仔帽，随身携带手风琴音箱。音箱棒极了，设计精良，按钮闪闪发光。这肯定是他自己亲手制作的，音箱都那么精致，手风琴该多么美妙绝伦！音乐也与苏格兰截然不同。这人看起来更像是墨西哥或南美洲人，韵律和舞蹈一定与苏格兰大相径庭，但有一些也是相似的。普通舞步、快舞、女性踏步或轻跳的慢舞，尤其是女性的舞步：让我们手拉手、脚抵脚，欢快

---

[1] 约翰是汤姆的舅舅，是默多的舅爷爷，在本书中默多对他的称呼统一为"约翰爷爷"，同样地，后文中的莫琳为默多的舅奶奶，默多对她的称呼统一为"莫琳奶奶"。——译者注（本书脚注均为译者注）

地跳起来吧!

　　终于轮到父亲询问,接待父亲的是一位不耐烦的老员工,他无精打采地听完父亲的问题,毫无反应。父亲有点儿恼怒,再次询问另一位戴着厚镜片的白发黑人女员工。她也是位老员工,父亲与其交谈了一会儿,似乎并未获得想要的信息便离开了。看着父亲大步流星地往回走,默多便知道他们要离开了。在父亲抓起行李箱手柄前,默多便背起书包提前做好准备。

　　他们到达美国了。他们终于离开了机场大楼,呼吸着新鲜空气。

　　一出门,他们立刻感觉到烈日当头、夏日炎炎,这里呼吸的空气都与苏格兰有所不同。周围有人在吸烟,让默多头晕目眩。默多还小的时候便有这种感觉,尤其是饿着的时候,闻到烟味特别容易眩晕。默多几小时前在飞机上吃过三明治后便没有再进食。在这之前呢? 在阿姆斯特丹吃的依然是三明治。难怪他饿了。

　　当地大巴将父子俩带到公交总站。很多人在公交车站前排队,默多看到不少士兵。这些男男女女的士兵看上去跟默多一样年轻,另一些稍微大些。或许他们也不是真正的士兵。在苏格兰,十七岁便可以不经父母允许入伍。默多只有十六岁,但马上就十七岁了。他对海军情有独钟。他想象着某天毫无预示地告诉下班回家的父亲:“爸爸,我入伍海军了。”毕竟这是他自己的生活,何尝不可?

　　等待巴士的人们看起来都其貌不扬。无聊的男女老少纷纷拿出手机,发短信、听音乐和查找信息。一个巨大的显示屏提示着大巴将推迟到达,请大家保持耐心。一些乘客闭上眼睛打盹儿,另一些乘客干脆躺在地板上休息。如果你只身一人,绝对需要格外当心。警察带着警犬巡逻,嗅探毒品。他们持真枪实弹、警棍和手铐,边巡逻边小声欢笑地交谈。

　　“不要盯着警察,儿子。”父亲说道。

　　“我没有盯着他们。”

　　“如果他们看你,你就移开视线。”

"好的。"

他并未盯着警察，不过争吵这些也毫无意义。他们离家到底多久了？似乎度日如年。或许他们可以睡在大巴上。想象一下如果有一把大而舒服的椅子，为何不躺下闭目养神呢？但如果大巴迟到了，又该如何呢？

他们在长凳上找到空位。父亲再次拿出书本阅读。默多本应该买一本书的，可他没想过去买书。因为他压根儿没想过自己要阅读。再说这些还有何意义？木已成舟，一切都为时已晚，再想也是后悔莫及。真是愚蠢，居然忘记带手机了，真是愚蠢！

大堂的另一边，警察正在命令一位乘客打开背包检查。警察里里外外仔细检查有无毒品。这位乘客的物品，包括衣服、袜子和内衣，都被翻了出来。他无奈地坐在一旁，低头注视地板，神情不悦。

父亲没有留意到这些。身旁走过一名妙龄少女，吸睛无数。她亭亭玉立，身着短裙，露出纤纤细腿，引来众人纷纷侧目。

音乐总能让人放空大脑，真不敢想象这个世界没有了音乐会沦为何物。默多想买一个新设备很久了，可苦于囊中羞涩。这世道真是有钱万岁。这个设备要捆绑毫无用处的旧手机和耳机。父亲看着一本杂志，读出声来。默多认为这样仍然能听见他人谈话，可父亲似乎充耳不闻。父亲总能对周围事情置若罔闻。可默多不行，默多需要音乐。如果别人说话而你充耳不闻，那就相当于置身事外了。无论何时何地，你总是心不在焉、神思恍惚、魂不守舍……

"你睡着了？"父亲推了推他，问道。

"没有。"

"还说没有，我可以拿走你的行李，把你的背包从肩膀卸下。我可以偷走你所有东西。"

"父亲，我没有睡觉。"

"你就是在睡觉。"

"我没有。"

"你闭上眼睛了。"

"我准备心里默数到'十',然后睁开眼睛。"

父亲叹气:"你太大意了,我明明让你看管好行李。小偷无处不在。"

默多点头。父亲抬头看了下指示牌,合上书,看了一眼手表,说道:"走吧,我们慢慢走过去,还有将近四十分钟。我们可以慢慢散步,呼吸新鲜空气。"

默多很赞成散步这个主意,但他们还在公交车站。即使只是看一眼他也喜欢到室外去。他们来到了美国,可还没到外面看过。孟菲斯市、田纳西州,这些对他们来说都还只是名称而已。

他们在一条贩卖软饮的机器的长凳上找到座位。默多早已饥肠辘辘,而父亲似乎并未有同感。其他人把食物放在膝盖上进食。默多开始想象他们居住的地方。是否也是普通的房屋?一样有卧室、厨房和起居室?有没有沙发、椅子和桌子呢?他实在难以想象他们烤土司,煮扁豆、鸡蛋或者粥的样子。这毕竟是一个迥然不同的国度。一个老年人走过他们身旁,他身着一件奇特的口袋卷曲、蝶形领结上镶嵌着宝石的夹克,那宝石像母牛头上的角一样,还有他嘴里伸出的一个东西——那是什么?可能是残留的雪茄。他衣衫褴褛、瘦骨嶙峋、弓腰驼背,这位可怜的老人坐在附近长椅上自言自语,嘴里喃喃地说着关于宗教的东西:"请相信上帝、相信基督吧!"默多看着他,笑了笑。

另一位男人一瘸一拐地走过,招呼这位老人:"兄弟,阿门。"或许是在挖苦他,又或者是一位虔诚的信徒。可他看起来完全不像,更像是上班族。从事何种工作呢?这里的人们都从事何种工作呢?或许同样的工种也和家乡人们干的活类似,例如修理工、电工、水管工、超市收银员、仓库看守员、咖啡店员工等。他们来自何方?他们将去往何方?有人可能去探访亲戚。老人看起来稍有怒气,再次喃喃自语:"请相信上帝,请相信耶稣。"

奇怪的是,老人似乎在看着父子俩。父亲正在阅读,并未留意,但终于被声音吸引过来。老人举起手，祈祷："耶和华虽严严地惩治我，却未曾将我交于死亡。"

父亲若无其事地微笑了一下。为何老人会注视着他们呢？或者说是看着父亲而不是默多。老人脸带怒气，再次重复"耶稣"，并像老师一样把手指放下。

毫无疑问这是个精神失常者。或许他讨厌外国人。但这会惹怒他人，因此气氛略有尴尬。父亲也留意到了这个现象。

"因为我们外国人吗？"默多轻声问道。

"我也不清楚。"父亲耸耸肩。

"大巴什么时候才能到？"

"快了。"父亲轻笑了一下，盯着地板。

其他人或许不会留意到父子俩的异乡人身份。是吗？就算留意到又如何呢？就算别人对你一无所知也会对你上下打量。父亲并不想理睬这位老人，可他却一直盯着父亲，父亲于是也盯着他，老人转动手指，说道："若这是上帝的旨意！他以精神改变上帝的旨意。如果这是上帝的意愿，那就充满爱意地接受吧，如果这确实是上帝的旨意。"

默多并不喜欢这位老人祈祷的方式，也不喜欢看到父亲并不为其所动的表情。父亲应该有所反应。之前所发生的一切实在太不公平了。父亲是幸存者。他应该相信上帝。默多可以不相信上帝，但父亲应该相信。默多的这个想法是从母亲临终关怀中心时萌发的。一位牧师走过病房要与父亲交谈。父亲不反对，但默多不同意。这跟牧师有何关系呢？为何他要在这里？如果没有人归属于他，他来此有何目的？牧师探望母亲，停留了一会儿。为何他能探望母亲？他只是一个牧师。默多绝不会让他探望母亲。为何父亲同意？他是否事先征求了父亲的意见？母亲绝不会主动邀请牧师。绝不会。牧师像一位陌生人一样祷告，母亲躺在床上，奄奄一息，置若罔闻。他这样做意义何在？毫无意义。可怜的母亲，病入膏肓时还要听他的长篇累牍。是的，她是父亲的妻子，但她同时是默多的母亲。牧师还抓住了母亲的手。想想便觉得毛骨悚然。

耶和华虽严严地惩治我，却未曾将我交于死亡。默多讨厌宗教的那套说辞。

在前往孟菲斯市的大巴上，默多坐在靠窗位置，而父亲坐在过道。大巴的目的地是新奥尔良，但他们在大巴到达目的地前便需要下车换乘，或许还需要换乘好几次。默多对路线不甚了解，只能依靠父亲。父亲掌管一切。他掌管证件、信息和票据等所有东西。向来如此。他并未向默多透露过多行程。默多也不喜欢问，他本可以问，可他不喜欢。他们之间交流甚少。

大巴的第一站是一个连一个像样公交车站都没有的小镇，也没有人在车站等候。司机停车让两位乘客下车，他们在车旁取行李时，他站在车后点了根烟，吞云吐雾。司机再次上车后，驾驶大巴穿越高速公路，便转向一条安静、绵长的小路。车上非常安静，只有窃窃私语声。或许大家都在打盹儿吧。默多也是。等他再睁开眼睛时，便看到一条宽阔的河流。他肯定小睡了一会儿。他看着身旁眼睛紧闭的父亲。他在睡觉吗？

"父亲……父亲……"默多喊道。

父亲睁开双眼，用了好一会儿才适应了周围的景色。

"这是什么河流？"默多问父亲。

父亲朝窗外一瞥，靠回椅背。"我不清楚。"父亲回答。他睡眼惺忪地再看了一眼，又闭上了眼睛。

居然看到了一条河！想象一下在河里畅游，其乐无穷！待在水里的感觉真是棒极了。如果默多有钱，他首先会买一条小船，航行到想去的任何地方去。人们可以驾乘游艇环游世界。他们可以随意出发，停靠港口或上岸观景。这里是什么地方？是澳大利亚吗？在一个人生地不熟的新环境里，你可以自由自在、无拘无束。噢，不对，这里是牙买加。所以，要先买船。

默多现在很想游泳。他又累又热，满头大汗。在这之前有些冷，而现在则是既闷热又潮湿。

过了一会儿他们便到达了另一个小镇，比刚刚那个大了一些，这里设有小型公交车站，尽管这公交车站设施陈旧、窗户损坏、灰泥脱落。司机下车小憩，乘客也随之休息。一些乘客一下车便吞云吐雾，另一些则去卫生间。剩下的人只是下车小憩，无所事事。有两位乘客在此站下车，另外有三名乘客上车。此时是夜晚八点，空气里弥漫着温暖而潮湿的味道。父亲拿出车票，仔细查看行程和票据。他盯着车票入神。

"司机呢？"他问默多。

"司机？"默多说。

父亲咕哝着："我要咨询一些事情。"说毕，父亲便走向等待区域，加入问询柜台的队伍。

默多站了一会儿便跟循指示牌找到男士卫生间，穿越走廊到了大楼的另一边。默多看到一个男人正在水槽旁，默多从卫生间出来时，他仍在水槽旁。默多洗罢手后，把手放在烘干机下烘干。这个男人还在那里，并且盯着默多。是的，他在盯着默多。默多快步离开，在自己夹克上把手蹭干，穿过走廊。他并不害怕，倒是有些许紧张。这种小事总让默多紧张。为何只有他紧张而别人不紧张？父亲如果在此，他一定不会紧张。绝不会。只有默多，也许因为默多还年轻，他对任何事情都会感到害怕。正是由于这个男人紧盯着默多，默多迅速离开了。默多想，如果那个人紧跟着他，那该怎么办呢？默多会去找父亲，他一定会去找父亲。默多从走廊尽头的出口赶紧离开。

现在他在哪里呢？在公交车站外面的人行道上。默多走错了出口，因为一共有两个，在走廊尽头对面还有一个。一个入口，一个出口。

但他并不打算往回走，他并不打算重新走回走廊。如果刚刚那个男人还在那里，默多绝不会往回走。他在寻找大巴下车的路边入口，在路边应该有。

他所在的地方一定是条主路。因为这条路又长、又直、又宽，可奇怪的是并没有车流，虽有车停放却没有车经过。一辆也没有。而且这是周六晚上，或者因为这里是郊区吧！此时天色十分迷人，橙色混杂着红色，十分明朗，默多甚至没有见过这样的天空。可能是因为今天一天都十分炎热，明天也十分炎热吧！

路对面是一家名为"凯西酒吧 & 烧烤吧"的店铺。旁边的商店窗户明亮、巨大，其中一个商店外面有一个像是从篷车或废旧马车上拆下来的巨大车轮。车轮被靠墙放置。这条人行道一直延续到这栋楼房的侧面，堆放着不少废弃物。路的尽头有一辆卡车驶来，这是一辆典型的带有漏斗的卡车。默多在卡车开过来前过了马路，并且送卡车离开。

人行道居然是木制的，走起来发出"嘎吱、嘎吱"的响声。默多留意到旁边有一个当铺。是一个当铺！他从未想过会见到当铺，美国的当铺。

刚才默多看见那只巨大车轮上锈迹斑斑，或许是从一辆日行千里的四轮马车上拆下的。默多轻轻触摸，用右手拇指指甲抠下一小块锈片。其他东西都被随意丢弃，包括铁质的、生锈的废弃农用工具，看起来非常古老。所有东西都布满灰尘。是否有人曾想捡起来？是否有人曾想购买？

第一个商铺卖的是古董，临街窗户十分高大。你无法想象一个卖古董的店铺多么神奇。所有东西都是旧的，手枪、手铐和步枪等。一个大的旧碗里装着子弹头，另一个装着警长勋章，有道奇市的统帅勋章、驿马快信勋章等。有些是普通的星星形状饰物，也有圆点状饰物。默多还发现了用羽毛装饰的印第安酋长头饰。这栋楼房的旁边摆放着一把耕地用的犁。后面的空地上摆着四轮马车的头部。这些东西就这么摆放在这里，如果你有一辆小车，你可以运走任何想要的东西。

古董店的旁边是一个当铺。那窗户壁架上摆放着一个充满烟头的烟灰缸，散发着发霉的旧烟草味道。这可是好东西。店铺里陈列着手提电脑、主机板、操控台、平板电脑以及数码耳机、各种手提电话等。还有旧电视、旧音响、旧摄像机以及旧电脑等。除了电子设备，还有刀片锋利的大狩猎刀以及各种奇怪的剑、球或者铁链等。远处摆放着各种口琴、萨克斯管和两把吉他。

意外的是，还有一台手风琴！

手风琴看起来完好无缺，默多跃跃欲试。它虽然表面有些破旧，但似乎无损音质。它被放在键盘与低音吉他中间。默多心想，这台手风琴的主人是谁呢？或许是远道而来的游人，一位老人。或许是来自苏格兰或爱尔兰的移民者，甚至或许他组建了一个乐队。又或者是曾经组建过乐队——他去世后家人把遗物卖掉。因为他们的住房很小，没有空地摆放废弃物；又或者这位老人自己放弃了演奏手风琴，这时有发生。人们玩儿音乐玩儿着玩儿着，有一天就突然放弃了。因此当他刚来到美国时，他不能靠玩儿音乐度日，他必须去工厂工作，养家糊口。因此他把乐器收藏在柜子里。或许这把键盘和低音吉他也是他的，这组成了整个节奏乐器组。默多自己有三把吉他，一把在他很小时就有了，另外两把长大后才拥有。人很容易开始学的是这种乐器，可最后学成的是另一种。默多也有一把键盘，但他其实想要的是小提琴。

音乐从凯西酒吧 & 烧烤吧飘来。酒吧大门敞开着，默多看见两个人吸着香烟，聊着天儿。一辆巴士从旁边小巷驶过来，转向主路。默多突然惊醒，不断地奔跑、奔跑，奔跑穿过道路进入小巷中的停车地点，结果发现除了父亲外空无一人。父亲孤单地站着，行李箱和背包放在脚下。空无一人。默多和父亲错过了末班车。父亲面无表情地静待默多。

默多心情糟糕到极点。从未有过的、言语无法形容的糟糕。父亲甚至没有与他对望，冷若冰霜。

"爸爸，爸爸，我非常抱歉。"

父亲点了点头，说道："下一趟车在明天。"他随即拉出行李箱拉杆，前往等待区。默多拿起书包，跟在父亲后面。等待区只有两个人。一位是黑人，手拿笤帚，呆呆地看着他们；另一位也是黑人，坐在咨询和售票台后。父亲说："我要给约翰舅舅打个电话，告诉他我们错过了末班车。"

"爸爸，我十分抱歉。"

父亲将默多带到门旁的长凳处，将行李箱交给他，然后去找咨询台的黑人妇女。她认真倾听了父亲的问题，并与他兑换了入口处老式付费电话的硬币。父亲去打电话，默多安静地坐着等候。父亲打完电话后回来告诉默多今晚在附近的汽车旅馆过夜。

父亲先默多一步走出车站。街口拐角处有一个出租车中转办公室，停泊着不少出租车。父亲走进办公室，默多在外面等候。一个戴着穆斯林头巾、长着胡子的男人为他打开车门并示意默多上车。默多耸耸肩，表示在等人。这位司机关上车门，交叉着双臂，继续等待。不一会儿父亲走了出来，把行李箱递给司机。司机把行李箱和默多的书包扔进汽车后备厢。

汽车发动后，父亲盯着窗外看得出神，默多盯着另一扇窗窗外，也看得出神。默多知道自己的所作所为十分愚蠢，找不到任何开脱的理由。倘若他稍稍有点儿时间意识，便不会离开车站，也不会去除了洗手间之外的其他地方。默多想："都是因为那个一直紧盯着我的家伙。如果不是他，我绝对不会错过班车。"或许应该告诉父亲。但是他是不会告诉父亲的。就算告诉，也绝非现在。

远处的街道旁有一间亮着灯的店铺，店铺前有道走廊，三五知己站在那儿聊天儿。很快他们便到了汽车旅馆。这是一座长长的、门廊开放的平房，名为：睡眠旅馆。顾名思义是为客人提供睡眠场所的地方。前台是个年轻人，也是个黑人，看起来像是兼职工作的学生。他为父亲登记好以后，便把钥匙交给了父亲。

他们绕过停车场，走到房屋边上找到自己的房间。他们的房间在路的尽头。停车场里只有五台车，是否意味着只有五个房间有客人呢？或许不是。默多看见有不少房间的灯是亮着的，这意味着有人在里面。外面走廊的铁杆上也挂着不少衣服。在远处有两位客人搬出椅子坐在空地上注视着停车场。周围没有高楼，也没有山峰，视野开阔。这两位客人是一位老头儿和一位老太太。老太太并未留意到他们，但老头儿看见了并冲他们打招呼："你们好！"

默多朝他挥挥手："你好！"

这是默多第一次与真正的美国人对话。在他们的房间前，父亲无法打开房门，门把手锈迹斑斑、摇摇晃晃，钥匙无法插入孔中。当父亲想方设法把钥匙插入，又发现无法扭开锁。他于是想握住门把手拧开，可门把手松得几乎要掉下来了。或许是父亲用力过猛了。他停了一会儿，深呼吸一口，然后继续开锁。"需要往锁里加点儿油。"他自言自语道。

最终，父亲想方设法打开了房门，他们的房间摆放着一张单人床和一张双人床、一个柜子、一台旧式电视机以及一个衣柜。衣柜里只有三个衣架。但他们并不打算打开行李，所以也无所谓。父亲坐在双人床旁，并没有解衣宽带的意思。

默多饿坏了，打开柜子里的冰箱觅食。父亲也一定饿坏了。但冰箱里空无一物，而且里面黏糊糊、脏兮兮的。微波炉倒是能开，但是有难闻的气味。他们上一次吃饭是什么时候？也许是在什么地方吃外卖。

电视机下方的柜子闻起来有股超市的味道，里面装着杯子、碟子、塑料餐具以及电热水壶。浴室里有淋浴器、抽水马桶以及洗手盆。抽水马桶的把手并不十分好使。默多拉了好几次都冲不出水。并且马桶旁边没有卫生纸！默多找不到卫生纸。虽说他现在并不需要，可万一需要的时候呢？洗手间里也没有香皂。默多冲洗了一下双手，但发现没有毛巾。

默多从洗手间出来，双手在牛仔裤上擦干水。父亲躺在床上，双手叠放在脑后方，呆呆地盯着天花板出神。

默多说："卫生间里没有纸。"

父亲叹了口气："或许大家都是自备卫生纸。"

这想法真特别。

默多耸了耸肩，说道："也没有毛巾。"

父亲抬起头，看了看默多，说道："那就用自己的。"父亲停顿了一下，好像想起了什么，接着问道："你带了毛巾吗？"

"没有。"

"我告诉过你要带毛巾。我三番五次提醒你。"

"我要节省空间。"

"节省空间？现在倒好，你还说什么节省空间？那你洗澡怎么办？十多天的时间怎么办？"

默多看着父亲。

"喂，默多，我在问你话呢！"

"对不起，爸爸。"

"那你在约翰爷爷家打算怎么办？满屋子跑来跑去甩干身上的水分？"

"爸爸，他们那里会有毛巾。"

"谁会有毛巾？你指的是谁？"

"约翰爷爷和莫琳奶奶。"

"默多，我们是客人，要循规蹈矩。我们在别人家里做客时，要带上自己的毛巾，这是规矩。这就是我告诉你要带毛巾的原因，并不是因为约翰爷爷和莫琳奶奶家里没有毛巾。当然他们会有，但我们是客人，就要有客人的样子。我们要自己照顾自己，因此要带上毛巾、牙刷、牙膏等个人用品。"

父亲摇摇头，解开鞋带、脱掉鞋子，又舒服地躺回床上。

默多说："爸爸，这或许是个无心过失，就像前台的员工，他们忘了放纸巾之类的。他们仅仅是忘记了。"

父亲合上了双眼。

"我应该去问前台吗？"默多说，"我想他们还忘了放茶包，因为这里有杯子、有水壶，可就是没有茶包。或许他们忘记了。"

父亲睁开了双眼。

"我在想附近有没有可以送外卖的。"

父亲抬起头。"外卖？"他诧异。

"我很饿。"

"我也很饿，但我会坚持到明天上午。"

"附近有一个商店。"

"我可没看见什么商店。"

"我们坐出租车过来的时候经过一个商店。"

"别想了。"

"爸爸，商店并不远，就在街角，我知道怎么走，可以自己去。"

"儿子，我知道你饿了，我也饿。你提出这个建议很好，但我们不知道商店是否开着门。"

"我们经过的时候还开门。"

"可能现在不开了。"

"前台员工会知道的。在商店里他们会提供三明治、面包、奶酪、冻肉等。"

父亲叹了叹气，说道："默多，我已经筋疲力尽了，我们等到明天吧！"

"我可以问问前台那位小伙子吗？他会告诉我的。如果他不知道，我可以自己走过去看看……"默多耸耸肩，"我实在太饿了。房间里的微波炉是可以用的，我可以买些冷冻食品回来加热，还可以买豆子或烤面包之类的。"

"那么麻烦。"

"那我只买三明治好了。"

父亲思索了一会儿，说道："那好。不要买需要加工的食品。最好能买到面包和分开的奶酪。另外，看看有没有茶包。"

"我需要拿水吗？"

父子俩检查发现自来水能饮用后，父亲从口袋中取出一张 20 美元的钞票递给默多。默多穿上靴子。"钱够了吗？"父亲问。

"我不知道。"默多回答。

父亲又给了他 5 美元。

默多询问了前台员工，发现商店营业到深夜。可他忘了问房间里抽水马桶和毛巾的事情，没关系，回来的时候再问吧。默多喜欢散步。他喜欢闻着温暖清新的香味，听着各种昆虫和鸟的叫声。在周六夜晚，这里十分宁静，没有镇上的喧哗热闹。这里没有酒吧，没有咖啡馆，也没有快餐店。房屋多数是用木头搭建的小平房，花园里废弃物堆积成山，或被辟来用作停车场。默多经过一间房屋时，敞开的窗户中飘出动听的音乐。人们在屋子外面围坐着，有说有笑的。他们都是黑人，还有小孩。他们也留意到了默多。

默多在红绿灯处转弯，看到商店仍在营业。商店前居然没有一条人行道，这十分奇怪。你必须走上街道或者踩在别人花园边上才能走到商店前。树根盘绕在地，走路时还需要小心脚下以免被绊倒。两个小伙子在商店门口闲逛、聊天儿，看着默多。他们看起来也就十四五岁的样子。

这是个麻雀虽小、五脏俱全的普通商店，既有大众货品，还出售杂志、书籍和药品等。默多拿起一个购物篮，瞄了一眼女店员。她是一位长相清秀的女孩子，身穿无袖宽松衬衫。多大年纪呢？默多想，大概十六七岁，和自己差不多吧。店员盯着默多，因为他是位白人，而且第一次来。其他顾客都是黑人。默多走过第一条过道，他不太认识这些东西，也不太清楚它们的价格。有些东西和家乡一样，如罐头、香皂和早餐麦片等。其他东西默多需要仔细查看商标才可以辨认。默多想找三明治。父亲唯一在乎的只是价钱。父子俩需要节省开支。

默多终于找到了摆放面包的货架，可除了面包外，其他的都被别人一扫而空。默多拿了两个面包，可还需要买一罐黄油，这无疑有点儿多了。奶酪多少钱？便宜很多。只要不买冻肉，其他的都比较便宜。冷冻柜台处摆放着馋人的大块儿厚火腿，但需要加热，父亲不会喜欢。他拿起一袋肉来仔细查看，却发现被店员紧盯着，似乎担心默多偷窃！哈哈！一袋火腿。如果不能油炸的话，拿走没有任何意义。默多拿起一袋冻肉又放下，然后来到卖奶酪的柜台，看到一包切好的奶酪片。整块儿奶酪比起切成片状的奶酪便宜多了，但你需要用小刀把整块儿奶酪切开。用西红柿来做三明治很美味，可同样也需要用小刀把西红柿切开。

店员还在盯着默多。为什么？她对默多一无所知，仅从外表判断他为白人。或者她认为默多是美国人吧。他仍然走在过道里，但脸变得通红，似乎她真的在怀疑默多偷窃。可默多别无选择，他必须拿起货物才能看到价钱。价标被贴在所有货物上，他必须保证所购买的食物一共不超过25美元。默多拿了奶酪和面包、一瓶橙汁、一盒牛奶、一盒生菜、一瓶水、一小盒豆子以及一盒水果酸奶。

店员一边为一位妇女结账，一边依然盯着默多。这位顾客也回头盯着默多。或许他们都以为默多在偷窃。如果你拿起一件商品的时间太久，他们就会认为你在伺机而动。其实默多在暗中盘算着价钱。如果父亲给的25美元还没花完的话，他想买几根香蕉。在收银台附近的篮子里有打折的香蕉。用香蕉来做三明治也很美味。打折出售的香蕉外表有点儿瑕疵，但里面完好。默多排在这位妇女后面。

默多从店员衬衣的标签中知道她名为莎拉。真是个土得掉渣的名字，默多心想。默多一会儿盯着地板，一会儿盯着门口，避免与她四目相碰。她真是个漂亮的姑娘。女孩子的纤纤手臂一般都很好看，而她的特别迷人。她有着人见人爱的花容月貌，皮肤吹弹可破，一头披肩秀发浓密柔润，真是天生尤物。

终于轮到默多结账了，可她却对默多不理不睬。按理说默多是顾客，轮到他结账时，他们应该有所交流。但事实上并没有。默多脸又红了。她把默多购物篮里的东西取出，对着电脑一一扫描。

默多看着屏幕里显示的价钱，发现与价标上的并不一致。每样东西都比标注的要贵。每一样。

　　默多看了下总价，远比想象中要多。店员一声不吭，也没有把目光投向默多，只是静静地等待着默多付款。可毫无疑问默多身上没那么多钱。默多说："太贵了，收费收多了。"

　　"什么？"

　　"你机器的价钱过高了。"

　　她皱了皱眉，一脸不惑。他拿起一包奶酪想向她说明，不料奶酪滑落，她捡了起来。默多指着奶酪包装上显示 4.49 美元的价标，告诉她机器显示不止这个价钱。其他所有商品都如此，似乎价钱被额外增加，所以总价出错了。

　　她盯着默多，说道："哦，你还没有把税费算进来，这里的每一样东西都得缴税。"

　　"缴税？"

　　"是的。你在价标上看到的是商品价钱，结账时还需要加上税费。这就是你不解的原因对吧？"她伸手向默多要钱，"你会在收据上看到具体税款。"

　　"那一共就 30 多美元了。"默多没有带足够的钱。他递给她 25 美元，说，"我身上的钱不够，需要取出一些商品。"

　　"什么？"

　　默多取出了生菜和酸奶。"25 美元够了吗？"他问道。

　　"够了。"她于是开始将食物放进棕色纸袋，把罐头放进身后的托盘。收银台旁边摆放着一篮散落的香蕉。她收好钱后为默多递上收据，默多还在等着她找回零钱。她找回了默多一个 1 美元硬币和其他零散小硬币。默多指着香蕉，问道："香蕉多少钱？我可以买两根吗？"

　　"请再说一遍？"

　　默多递给她零钱，再次问道："请问我可以买两根香蕉吗？"

　　她随即将香蕉打包在食品袋中，并将纸袋递给默多。

　　"谢谢。"默多说道。

"不用谢。"她看着默多拿起纸袋，问道，"你从哪里来的？"

"苏格兰。"

"苏格兰？"

"是的。"

"哦。"

默多拿起纸袋，走出商店门口，走到大街上。他自我感觉良好，心中暗自发笑。他对美国印象不错。他喜欢美国，这里的一切都是新鲜的，与自己家乡是那么截然不同。刚才那位店员可能还没听说过苏格兰呢！哈哈！居然没听过，真是难以置信。这里是美国，她是美国人。真想不到，她还冲他微笑呢！

母亲或许会对这里情有独钟。因为这里的一切都是闻所未闻、见所未见的，都与家乡迥然不同。在这里，连呼吸到的空气都格外清新。格外清新！默多体会到了强烈的新鲜感。他不在乎其他事情了，无论是上学还是其他事情，都不再困扰默多。或许以前的同学会想默多到底去哪里了。哈哈，居然在这里，在大洋彼岸几万公里之外的美国。这种感觉棒极了，默多不由得加快了脚步，毕竟他和父亲都非常饿了。

这时天色已黑。默多这才想起了厕所卫生纸的问题。旅馆前台的小伙子两眼注视着电脑，旁边放着一摞书。他一定是个学生。默多对他说："我们厕所里没有卫生纸。"

"什么？"

"我说我们没有卫生纸。"

"你们需要吗？"

"需要，因为我们没有。"

小伙子随即打开柜门，拿出两卷递给默多。

"我们房间里没有毛巾吗？"

"你们想要毛巾吗？"

"是的，因为房间里没有。"

"好的。"

"难道房间里不是应该有毛巾的吗？"

"当然应该有。有谁住在房间里呢？"

"我爸爸和我。"

小伙子再次打开柜门，拿出两条毛巾递给默多。

"谢谢。"默多说道。

"不客气。"

默多回到房间，发现电视开着，父亲正在打盹儿。发现默多回来后，父亲边打哈欠边看着他走进门，把毛巾和卫生纸放下。默多把食物和饮料放在单人床旁边，并蹲下脱掉靴子。

"儿子，干得好。"父亲表扬他。

"前台小伙子人很好，给了我这些东西。"

"真不错，"父亲说，"商店怎么样？散步舒服吗？有没有见到什么人？"

"没有。"

父亲打了个哈欠："你拿到茶包了吗？"

默多没有回答，而是蹲下来重新穿上靴子。

"你拿到了吗？"父亲问。

"没有，我现在去拿。"默多说道，迅速绑上左边的靴子。

"不用了。"

"不，爸爸，我马上去。"

"你不用去了。"

"爸爸你想喝茶。"

"我不想了。"

"不，你想。"

"我不想。"

"不，爸爸，你想喝茶！"

"冷静。"

"但是爸爸……"

"我不需要喝茶了。我们生活中有很多必需品，但茶不是。我可以不喝茶。"父亲拿起毛巾和卫生纸，走进浴室。

默多坐下稍微休息了一会儿，然后打开了电视。他边看电视边准备食物。父亲从浴室出来时，看见了柜子上准备好的食物。

"好东西。儿子，干得好。"父亲表扬默多。

"我明天早上会出去取茶包。"默多说。

"不必了。"

"不，我要去。"默多说道。

默多当晚睡前干的最后一件事是剃胡须。他有段时间没剃胡子了。洗手盆上方的镜子只有巴掌大，但并不影响他对着镜子刮胡子。默多下巴上长了些青春痘，因此当他使用安全剃刀刮胡子时，时不时会刮掉青春痘的表皮。这样有可能会长出更多的青春痘。这是因为刮胡子时，不小心碰到痘痘使其出血的话，这样就会长出更多的痘痘。因此刮胡子时需要格外小心，否则会留下伤疤，或让皮肤发炎。在清洁面部时，最好用毛巾轻拍而不是直接擦干。

母亲通常会为默多单独准备一条毛巾，而且会告诉他一定要用毛巾轻拍而不是直接擦拭，以防止青春痘越长越多。默多脸上的痘痘并不严重，至少没有很多人严重。默多想，如果是黑人，就根本不会长痘痘。他们怎么可能长痘痘呢？或者就算长了痘痘，也看不出来。他无法想象刚刚的黑人店员脸上长了痘痘，也无法想象女孩子脸上长了痘痘。莎拉，这个名字真好听。他喜欢她，甚至会幻想她的朱唇皓齿。人们的唇部各有不同。他对着镜子看着自己的唇部，像什么呢？默多的嘴唇很薄。默多认识一个吹奏管乐的朋友，你想象这样的人嘴唇一定很厚，可他的偏偏很薄。有的人面目狰狞，奇丑无比，难以想象，可他们居然有女朋友、妻子和孩子。因此他们一定跟别人接吻了。即便是同性恋人也与对方接吻。所有人都会和别人接吻。

默多用毛巾轻拍脸蛋后，发现毛巾上有几滴血。一定是他的下巴和脖子上有小伤口。他把毛巾重新冲洗并拧干，再次拍打下巴。当他从浴室出来时，父亲在看电视。父亲扭头打量着默多。

"我在剃胡子。"默多说。

"哦。"

默多耸耸肩。他坐在床上，背靠床头，惬意地看着电视。美中不足的是父亲把电视音量调得过低，听起来电视上满屏的广告声音在嗡嗡作响。但这一切是恬静美好的，枕头松软、舒适，默多把整个上半身都沉了进去。父亲打断默多，"你最好钻到被窝里。"他说道。

默多脱掉外衣，钻进被窝。过了一会儿他又醒来了。这时已经是半夜，床头灯不知何时已经熄灭，昏暗的光线从窗帘底部射入。默多好像听见了声音。声音从哪里来呢？电视已经关掉了。但默多却听见了一个喃喃自语的声音。是父亲在祈祷吗？默多无法分辨，也不想听见。母亲去世的时候父亲就经常祈祷，可默多没有——除了母亲深受疾病百般折磨，难以忍受，需要攥紧父亲双手的时候。默多向上帝祈祷，请求免除母亲所承受的钻心剧痛。然而默多的祈祷并没有用，只有更多药物才能帮助她暂时减缓疼痛。母亲的眼神越来越呆滞、越来越空洞。人们告诉默多，你必须祈祷。默多在大家告诉他前就尝试过，可并不起作用。人们还在葬礼上祈祷呢，何用之有？难道祈祷了，他们就不会一命归西了吗？如果这样的话，上帝，请让我长生不老吧！

过了一会儿，这个声音停止了。除了是父亲没有别的可能，总不可能是默多自言自语。又或者是默多自己说梦话把自己吵醒了。这时有发生。有时候你会从睡梦甚至是噩梦中惊醒。有时候既不是睡梦，也不是噩梦，更不是春梦，而是或许是来自外星世界、精神世界或死后世界的声音将你惊醒。醒来时耳边回响的只是电视里听到的无聊声音，真是愚蠢到极点。为何这些声音像神曲般萦绕在耳边？默多很讨厌这些声音，想将其逐出脑海。

现在几点了呢？

母亲和姐姐伊丽，现在在什么世界里呢？或许是在萦绕在你周围的精神世界里。她们存在于你的精神世界中，而你也存在于她们的精神世界中。

第二天清晨，默多很早就醒来了。他在床上躺了几分钟便起床穿衣。父亲还在睡觉。默多并不想唤醒父亲，毕竟还早，大巴在中午时分才到站。父亲喜欢睡懒觉，和母亲生前一样。他们以前常常在上午 11 点才出现。这总让人浮想联翩，默多想："在这个时间里，爸爸和妈妈会做爱吗？"

默多从冰箱里拿出牛奶，喝了一些并放回原处。默多要准备茶包和周日早餐。他出门前从父亲钱包里取了 10 美元，并轻轻关上门。如果运气好的话在父亲醒来前他就能回来。

停车场还是停放着昨天那五辆车。天空清朗明亮，气候温暖宜人，真是个恬静美好的周末清晨。默多的心情愉快得难以言表。一路上几乎没有车流。默多听到昆虫和鸟的叫声，不是那种聒噪的声音。母亲如果在的话，一定会很喜欢。

默多对所见所闻心驰荡漾，然而现实世界中却没有任何人留意到他。他所走的道路上只有他孤零零的一个人，看不见父亲，也看不见别人。事实上他也不认识任何人。他只在婴儿的时候见过约翰爷爷和莫琳奶奶，对他们毫无印象。其他人呢？没有了。除了昨天晚上一面之缘的店员——如果能称之为认识的话。但默多确实认识她，知道她叫作莎拉。而她也认识默多，这一点是真的，她知道他是苏格兰人。她看起来比默多年纪要大，或许已经不止十七岁了。人们常说当你长到十七岁时，就是个男人了。明明十六岁时还是个男孩儿，可十七岁就变成男人了。真是不可思议。你几岁了？我十六岁。那就静候十七岁的到来吧！

她这会儿会在店里吗？或许吧。虽说默多昨天深夜时才见过她，而现在已是清晨，但或许她工作时间很长呢？一个如她一样貌美如花的女孩儿也需要工作。如果工作时间太长的话，还不如换一份工作。可是你需要金钱生活。默多也需要金钱，因此他也需要工作，需要离开学校工作。这一切又回到了原点。无论在美国还是在苏格兰，默多都绕不开这个问题。

默多离开主路，走进巷子，耳边响起了音乐。他走近一听，发现是手风琴的声音，那是一首圆舞曲。人们常说耳朵会开小差。对于默多而言，则是脑袋会开小差，有时候会胡思乱想，不知道思绪飘散到何处去了。或许姐姐在那里吧。默多在"清醒"过来前一无所知，虽然他并非是在睡觉。

默多伴着节奏走路，步伐与音乐的节奏同步。默多独自走在路上。动听的圆舞曲在路上回荡着，真是跳舞的好音乐。曲子使人赏心悦目，默多想起了跳舞时摇摆的姿势。这里居然让默多有了故地重游的感觉。

默多终于来到商店。商店正在营业。可今天没人在门口聊天儿。默多没有直接进入商店，而是继续循着音乐声，来到这栋楼的另一边。这边有很多棵瘦骨嶙峋的树木。默多站在树后面，以免演奏者留意到他。他看到弹奏手风琴的是一位戴着大帽子、坐在椅子上的老太太，而昨晚的店员莎拉则伴着音乐跳起了踢踏舞。还有一个稍微上了年纪的太太坐在莎拉旁边。

看着老太太和莎拉，听着美妙的音乐，默多心情愉悦。手风琴颜色鲜艳、款式花哨，发出的声音悠扬悦耳。这袅袅的余音真让人回味无穷。

莎拉转身看着弹奏手风琴的老太太，她正轻轻和着音乐点头，扫视着周围围观的人。陶醉在音乐里的她脸上挂着淡淡的微笑，神情与一些闭着眼睛演奏的音乐家如出一辙。老太太睁着眼睛认真看着围观她演奏的人们。默多喜欢这样的人。每个人演奏都有自己独特的方式，这位老太太也不例外。

默多一直待在树后面。他并不是在躲避，而是想置身事外。

另一个观看的女人比演奏手风琴的老太太要年轻一些。可她多少岁呢？默多猜不出来。她也戴着帽子，背上披着一条样式花哨的纱巾。她端正地坐在椅子上，时不时和着节奏挥动右手，像是在用力切割着什么。她根据节奏，右手时而摇动状，时而切割状。她的动作十分准确地和着节拍，似乎是在打鼓，也像是在回应听到的音乐：

我告诉过你，告诉过你，告诉过你。

很多音乐家都是这样。他们为你弹奏曲目，而你也要演奏点儿什么来回敬他们。

你早该知道，早该知道
你要遵守规矩，遵守规矩
我告诉你不要起头，不要起头
而你却没做到，没做到。我告诉过你，我告诉过你

另一些音乐家对你挤眉弄眼，告诉过你这些事情。倾听音乐总是双向的。你现在沉浸在音乐中不能自拔。要控制住自己。这就是旋律，旋律告诉你要控制自己。和默多一起玩儿音乐的人经常这么干来找乐子。这确实能给人带来欢乐。演奏者享受其中，观众和舞者也享受其中，享受这个恶作剧带来的乐子。

音乐在这时停了下来。

默多在想发生了什么，事实上没有任何事情发生。一些围观者鼓起掌来，另一些笑了起来，手风琴演奏者在跟大家聊天儿。这是一个各家各户的后花园紧挨着的社区，有的后花园装了栏杆而有的没有。孩子们可随时随地玩儿音乐，如果一个女孩儿扔了一个球，将会有好几个男孩儿争相为她捡起。好些邻居零零星星地坐在草坪上聊天儿，也有一些站

着侃大山。

手风琴演奏者对女孩儿说了几句话，然后重新开始演奏，换了轻快点儿的旋律，但还是同样风格的音乐。可刚开始不久，音乐便戛然而止。这位演奏者突然无故中止，对女孩儿说了几句话，然后又重新开始、停止、开始，不断循环。

默多突然恍然大悟，他们是在排练！当然！他们是在排练！一听就知道他们显然是在排练！这位老太太实在太特别了！天哪！默多暗自发笑。

重新开始演奏后，老太太跟着旋律唱了起来。唱得有模有样！天哪……从人们回应她的方式可以知道他们认识她。默多惊喜得说不出话来，然后他终于发现了原因：是法语！她唱的是法语！或许夹杂着些许英语。店员女孩儿和披着花哨纱巾的女人在伴唱着结尾。这对默多而言是一种全新的音乐，集摇滚、幽默、朋克于一体，绝佳的演奏和跳舞音乐。默多沉浸在音乐的世界中，心中暗暗得意。这时默多突然发现他旁边站着一个人，目光如炬、神色凶恶。默多忍不住向后退。这个人声音低沉、声色俱厉道："你在这儿干什么？你在这儿到底干什么？你不应该在这里，这里不是你的地盘。"

"呃，我只是……"

"你不该出现在这里。你在这里干什么？你在监听我们！"

音乐停了下来。这个家伙站了出来向众人指着默多。大家的目光都投向了默多。当场被抓获让默多感觉非常尴尬，可他其实并非如他人所想的那样在监听。为何他要监听？这是音乐，音乐就是用来传播的。默多看见昨晚那个女孩儿，本想冲她微笑，未果，只能冲她喊话："我没有监听！"

女孩儿认出了默多，向他招手，说道："嘿！我认识他，他昨晚来我们商店购物。"

"这里不是商店。"抓他的家伙说道。

"乔尔，他是外国人。你仔细听他说话，他不是美国人。"

戴着花哨帽子的女人说道："可怜的家伙！不是美国人的可怜家伙！我的天哪！"

"他不知道要交税！"店员女孩儿说道。

接着两个女人都笑了起来。抓默多的家伙看起来仍然生气，但不再神色凶恶。他年纪可能稍微比默多大一些。

默多若知道这是别人的花园，便不会出现在这里。

"是音乐把我吸引过来的，"默多说，"我本打算要去商店买东西，半路听见了音乐，便跟随音乐来到了这里。"

这两个女人觉得默多非常有意思。手风琴演奏者说："他正沉醉在我的音乐中呢！你以为我没看见他吗？我早就发现了。他是我们的听众！你以为我看不见听众？"

另一位女人说："她现在没有那么多听众了。"

演奏者抬起手指着树，说道："他一来到树边我就注意到他了。"她上下打量着默多，问："你喜欢这个音乐？"

"音乐非常棒。"

"很棒吗？！"她盯着他。

"是的。"他耸耸肩，说道，"我也演奏乐器。"

她继续打量着他，说道："现在我知道你也演奏了。你演奏的是什么？你演奏卡津音乐[1]吗？"

"呃……"

"来，到我这儿来！"她招呼默多。默多走到她的跟前。

"你是爱尔兰人吗？"她问道。

"不是的，我是苏格兰人。"

"苏格兰。"莎拉说道。

"苏格兰是有别于爱尔兰的另一个国家，"默多说道，"它在爱尔

---

[1] 美国路易斯安纳州法国后裔的音乐。

兰附近，但苏格兰音乐与爱尔兰音乐区别并不大，我意思是……"默多吸了口气，指着她的手风琴，"我可以演奏给你们听，如果你们想知道我指的是什么……"默多停了下来，意识到莎拉在看着他，他十分害羞，脸"唰"地红了起来。昨晚莎拉还生他的气，而今天却阴差阳错变成了他的朋友。她实在是个可人儿。她的名字，莎拉，虽然老掉牙，但也很动听。默多自从知道她的名字是"莎拉"后，觉得这个名字很适合她。

演奏者用法语与戴着帽子的女人交流了一下，再打量了一下默多，然后对莎拉点头说道："去给他拿蓝绿色那台手风琴。"

莎拉走进屋内。

"你叫什么名字呢？"

"默多。"

"默儿多。"她笑着把"儿"拉长，"好吧，默多，我叫作梦扎伊，大家叫我梦扎伊女王。你可以说一遍我的名字吗？"

"梦扎伊女王。"

"这位是艾德娜阿姨。"

"欢迎你，默多。"另一位女士说道。

梦扎伊女王向刚刚抓住默多的那位男士招手，说道："他的名字叫作乔尔，是我的孙子，跳舞的莎拉是他的姐姐，是我的孙女儿。现在你认识了我们所有人。可以告诉我你为何出现在这里吗？"

"我正要去商店买东西。"

"不，我不是想问你为何来到这里，而是为何来到这个地方、这个小镇。这个小镇叫作艾伦镇。你怎么会来到这里呢？"

"噢，是这样的，我们错过了汽车。我和我的爸爸……我们错过了昨天的汽车，这就是我来到这里的原因。我们只是路人。"

艾德娜阿姨鼓起掌来："他终于听明白了！"

梦扎伊女王笑了起来，这时候莎拉回来了。莎拉戴了一顶并不好看的圆帽子，但在她头上十分显眼。她拿出手风琴递给默多。和昨晚一样，莎拉穿了一件无袖上衣，露出了迷人的手臂。默多对她说："谢谢。"他拿起琴，系上带子，触摸琴键。

梦扎伊女王说："默多，现在你可以为我们展示了。"

这台手风琴被调至 B 小调。默多有好一阵子没有演奏了，手指有些生硬。默多有一种手指上的皮肤过于绷紧而无法伸展的奇怪感觉，他伸展了一下双手手指。大家都在注视着默多，但他自我感觉良好。他们希望默多为他们演奏。默多心知肚明，也很想为他们展示自己家乡的东西。于是默多弹起了几个月前学到的一首吉格舞曲。当时母亲还未病入膏肓，他还在乐队里演奏。默多弹得不错，他自己也知道。他甚至希望在座的几个小孩儿能跳起舞来，可他们并没有。

艾德娜阿姨鼓起掌来："先生，弹得真棒！"

梦扎伊女王问道："想再弹一次吗？"

"同一首歌吗？"

"同一首歌。"

于是默多又弹奏了一次。在弹的过程中，他看见梦扎伊女王想要加入。接着她随着默多的旋律为默多弹奏了一段伴奏。实在太动听了。默多弹奏的吉格舞曲在梦扎伊女王的加入后瞬间变了样儿，节奏更加活泼、欢快，变成了默多没想过的样子。母亲经常形容默多的演奏像是"活蹦乱跳"，母亲喜欢听默多演奏。默多有时和乐队一起演奏吉格舞曲，有时候还自编自弹。默多认为，演奏吉格舞曲是不应该被曲调所限制的。他与梦扎伊女王合奏的时候就是如此，梦扎伊女王的音乐跟她的名字十分相称：真正的女王、独特的音乐、个性的风格。

她与莎拉合作了另外一首，她演奏，莎拉表演舞蹈。这是一首快速舞曲，舞蹈中有摇摆、摇滚等元素。配合得真好。梦扎伊女王也希望默多可以与他合奏，像他刚刚表演吉格舞曲一样为她伴奏。默多做好了准备。她的手指非常灵活，演奏速度非常快。她开玩笑地说由于年纪原因，她的手指不如以前灵活。默多并不相信。她开玩笑说自己有关节炎。实际上她的手指灵活依旧，速度快如闪电。

这种舞曲的名字叫作柴迪科舞。默多在此以前从未听说过。默多倒是听说过"卡津"，但不是作为一种音乐，而是作为一个地名，例如某个地方或某个村庄，"卡津村"。但他从未听过"柴迪科"这个名称。

莎拉欢乐地笑着，默多仍在盯着她那顶奇怪的帽子——怎么形容呢？默多认为这顶帽子使他发笑，更像是一顶水手帽。在默多的家乡，只有在游艇上的有钱人才会戴这种帽子。而莎拉很有趣，时而莞尔一笑的样子十分美丽。所有人都能发现，她的美是独一无二的。果然是梦扎伊女王的孙女儿。

梦扎伊女王又弹起了另外一曲节奏欢乐的曲目，带有浓郁的法国风格，莎拉中途加入演唱。看着他们边弹边唱边跳，真的是相当愉快：

噢啦啦，来吧来吧。

来吧来吧，这里有好东西。

艾德娜阿姨也跟着动了起来，边欢呼边鼓掌，继续和着节奏挥动右手，时而摇动状，时而切割状，时而用法语大声说话。默多知道她在大声开着玩笑，也在大声取笑他。默多并不介意，甚至还为此内心暗喜。因为对于默多而言，这种玩笑实在是久违了。

在另一间房子的门口，有一对男女正在驻足倾听他们的演奏。莎拉靠近默多，轻声说道："这是爸爸和妈妈。"

梦扎伊女王此时邀请默多再奏一曲，默多演奏了一曲加拿大纽芬兰的华尔兹，纽芬兰是加拿大最接近苏格兰的部分。这首自带戏剧效果的曲子引得莎拉的父母亲闻歌起舞。梦扎伊女王在曲子结束的时候加入了伴奏，并跟默多说："现在你再和我一起演奏。"女王接着弹起一首自成一格的摇滚舞曲，称其为"新鲜空气"，多么贴切的名字！

当演奏到中途时，梦扎伊女王走到一旁，继续弹奏着旋律并且将默多推上主乐手的位置。"来吧来吧。"她对着默多喊话。默多大大方方地加入了,弹起了他以前练习过的一段旋律。他知道自己可以独树一帜地把新旧旋律完美结合在一起。他知道自己可以演奏得令人叫好。梦扎伊女王正在专心倾听他的演奏,露出了会心的微笑。她靠近默多,笑着说道:"你真是太棒了!"

默多继续演奏,看到女王示意之后走到一旁。女王在下一段旋律开始前加入了进来,并巧妙地扭转了曲风。她的演奏使默多回忆起以前曾与他共同组建乐队演奏曼陀林的一位朋友。这位朋友只在乐队里待了很短的一段时间,但这段时间恰好是他们的全盛时期。合奏时,他总是引领着乐队的节奏,把曲子引向任何一种旋律。你只要跟着他合奏!他演奏的旋律十分引人入胜,让人热血沸腾。默多喜欢这种感觉,现在跟着梦扎伊女王又重新有了这种感觉。默多觉得是梦扎伊女王的魅力把他性格中的这部分带了出来。

然后他们停下来稍作休息,梦扎伊女王和莎拉对默多行屈膝礼,而懵懂的默多向他们鞠了一躬,动作十分搞笑。

"你演奏手风琴多久了?"梦扎伊女王问默多,她指着蓝绿色的手风琴说道,"我指的是你之前有没有弹过这种。"

默多笑了笑,说道:"弹过,这是台好手风琴。"

"那你弹了多久?"

"大概从九岁、十岁开始的。"

"嗯。"

"我马上就十七岁了。"

"老男人了,哈哈。"梦扎伊女王"咯咯"笑道,"听起来真不错,两台手风琴合奏试过吗?"

"当然。两台手风琴的合奏确实别开生面。"

"是的,那当然。但这样的机会十分难得。我们每两周才会像今天上午这样排练一次。你知道吗?我已经退休了!"

莎拉哀求道："祖母，你可没退休。"

梦扎伊女王笑了笑。

"你并没有退休。"

"当然了，莎拉，我可以继续演奏吉格舞曲，自编自弹的即兴舞曲。"

"她得先受邀表演才行。"艾德娜阿姨小声说道。

"他们都抢着邀请祖母。"莎拉说。

梦扎伊女王对着默多使了个眼色："真是我的小心肝哪！"

"他们都邀请你，"莎拉说，"虽然你不会看，但如果你看看YouTube上的视频，你就知道大家是怎么评价你的了。"

"我当然知道。"梦扎伊女王笑着说道。

"他们都抢着要邀请你。"

"是的，就像这次，他们想要邀请我和我的乐队，但我没有同意。"梦扎伊女王耸耸肩，告诉默多，"如果不是认为演出很值得的话，我一般不会组织大家，但现在这样的演出机会不多了。

"演奏柴迪科舞曲的乐队是不是走来走去的？"艾德娜阿姨说道。

"我们只是在周围巡演。"梦扎伊女王回答。

"可他们都不付酬劳，"艾德娜阿姨小声咕哝道，"噢，请来邀请我们，请来邀请我们，梦扎伊女王是个传奇，是国际巨星，是柴迪科舞曲之冠。只是我们的演出得不到一分钱！"

梦扎伊女王发出了"咯咯"的笑声："她还在生气！"

"是的，我当然生气，我们总不能喝西北风吧！"

莎拉的哥哥乔尔为他们买来了咖啡，用托盘端了过来。他也为默多、莎拉和他自己买了一种加入了生姜和绿色草本的汽水饮品，看起来十分可口。

莎拉说道："艾德娜阿姨，请你告诉默多当乐队没有得到报酬时，你是怎么给他们点儿'颜色'瞧瞧的！"

"你来告诉他吧。"艾德娜阿姨回答道，"我要去抽根烟。"

"是的,"梦扎伊女王放下手风琴,并放在木质盒子里,缓慢站起身来,附和道,"我也要来一根。"

于是这两位女士在一旁抽起了烟。她们拿起咖啡,从门廊走到了草地上椅子所在的位置。她们坐下吸烟。一位年纪稍大的男士坐在她们周围,和她们一起吸烟、聊天儿,可默多听不见聊天儿的内容。

莎拉接着告诉默多:"默多,你知道艾德娜阿姨的'颜色'指的是一把手枪吗? 艾德娜阿姨时不时会帮助乐队脱离困境,她总能帮助乐队拿到钱。乔尔和我从小就是听着这些故事长大的,这些故事实在太美好了。我们的妈妈告诉我们从她小时候开始就是这样的。我们的妈妈是祖母从街上捡回来的。"

天哪!

"是的,"乔尔说道,"妈妈是听着柴迪科舞曲以及爵士舞曲长大的,这就是她所接受到的所有教育。"

默多笑了。

"你玩儿乐队吗?"莎拉问道。

"是的……"默多看着她。

"你很喜欢玩儿音乐?"

默多耸耸肩:"是的。"

"她可是个作家。"乔尔说道。

"不,我不是作家。"

"是的,你是。"

莎拉叹了叹气,闭上双眼,说道:"我希望成为一名作家。"

"她准备去上这方面的课程,"乔尔说道,"像是大学课程那样。"

"爸爸说我应该去纽约,但妈妈说那里太冷了。"

"她的意思是那里太危险了,"乔尔说道,"纽约是个危险的地方。"

"才不危险呢!"

"是妈妈说那里危险的,爸爸也是那么说的。"

"是的，他们希望我去西海岸，那里才真正危险。拉斯维加斯？天哪，他们甚至带着手枪去上课。"

"不，他们不会的。"乔尔窃笑。

"是的，他们带手枪上课。"

"不，不会的。"

"我去哪里都无所谓，"莎拉说道，"只要他们开设创意写作这门课。这是我想上的课程，内容包括诗歌和小说创作、专题片创作、纪录片创作，甚至是长篇小说创作，想象一下长篇小说！天哪！"莎拉跳了起来，可然后又停了下来，轻叹了口气，"祖母他们住在西海岸已经很多年了。她和乐队……"莎拉叹了口气，"爸爸说我哪里也不用去，我们这密西西比河附近就有此类课程。"

"是吗？"乔尔摇摇头。

"是的，"莎拉说道，"乔尔，因为这个课程非常重要，他们在这附近也有开设。爸爸和妈妈都是这么说的。"

"噢，得了吧，得了吧，他们只是想方设法让你待在家里。"

莎拉一时陷入沉默，然后转换了话题："默多，你为何在这里呢？"

"噢，这个……"默多皱皱眉。

"喜欢我们的艾伦镇吗？"

"呃，我不知道，我们只是……我们只是想去亚拉巴马州，亚拉巴马州在东边吧。为何会像南下一样经过艾伦镇？我真不清楚。我在公交车站看了地图，为何我们在向东行驶的过程中会经过这里呢？"

"难道你不知道这里是密西西比河附近？"

"密西西比？不，我不知道，我甚至觉得爸爸也不知道。"

莎拉和乔尔都咧嘴笑了。

"一直都是爸爸在把握方向。我想是孟菲斯市的咨询台给我们指错了方向，让我们来到了这里，又阴差阳错地错过了末班车。末班车司机也对我们毫无帮助。"

"你在这里错过了末班车？"莎拉问道。

"是的，谁又在意这些事情呢？"

梦扎伊女王看了过来，向他们招手。默多也向她招手回敬，内心却排山倒海般难受。听起来默多像是在嘲笑父亲，然而他并无此意。他并非故意而为。"是我的错，"默多说道，"我忘了带手机，无法获知方向。"默多耸耸肩，"爸爸没有错，这不是爸爸的错，是我的错。错过汽车也是我的错，他没有错。只是说实在的，我和爸爸不喜欢交谈。我的妈妈去世了……"默多笑了笑，"对不起，只是……"

"噢，默多。"莎拉说道。

默多挠了下头："那是最近才发生的事情，所以……可能你们会说我们确实处境艰难。尤其是对爸爸来说，因为我的姐姐……"

莎拉盯着他。

"天哪，"默多喘口气，"我的意思是，我的姐姐也离开了。对不起，我本来不想谈论这些的。对不起，姐姐走的时候我才九岁，那已经是很久远的事情了。"

"噢，可怜的默多。"

"她当年只有十二岁。"默多笑了笑，没有看莎拉，也没有看乔尔，而是顺着他们头顶的方向看着远处的人群。他的声音仿佛从远处传来。

莎拉用手紧握住默多的手腕："噢，默多。"

默多张开口用力地呼吸。乔尔也看着他。默多耸了耸肩，说道："这是一种遗传性的恶性肿瘤，只会发生在女性身上。"默多咬着自己的下嘴唇，"男性不会得这种病，"他解释道，"因此我和我爸爸得以幸免，我们毫发无损。事情发生在姐姐伊丽身上，我真的难以接受——即便是现在，我打开门依然希望映入眼帘的是姐姐的面庞。"

默多笑了笑："她对我而言更像是一个玩伴，而不是我的姐姐。我经常感觉是我的一个玩伴去世了。天哪，太可惜了。"默多挠了挠头。绿色手风琴还在默多刚刚放下的位置。

默多伸手去够这台手风琴，想为莎拉弹奏一曲。当然也包括乔尔，但他更想为莎拉而奏。乔尔不会介意的，毕竟他和莎拉是兄妹。兄妹之间总会很有乐趣。他要演奏的这首曲子是他自己听过的一首打鱼曲。曲子内容十分琐碎，无非就是一位渔夫厌倦于日复一日、年复一年地去捕捉鳕鱼，于是结了婚，可婚后又难以忍受妻子的三令五申，然后又回到了打鱼的世界。你必须要知道鳕鱼长什么样子，十分巨大！也必须知道妻子是什么样子的，妻子最初也是女朋友。

他拿起手风琴，展开风箱，对着莎拉演奏。莎拉十分惊讶，瞬间发出喊叫声，引来人们侧目。乔尔笑了起来。默多边唱边奏，并为曲子配上和音。他平时就是这么练习的。虽然默多的嗓音并非十分出色，也不经常演唱，但是他会为这首曲子一展歌喉。

默多看见花园另一头的梦扎伊女王和艾德娜阿姨露出笑容，并为他鼓掌。四五个孩子加入了吉格舞，随性而起。默多像位花衣魔笛手[1]一般带领着他们欢快地跳着舞。大家又唱又跳，十分欢乐。默多觉得自己唱歌的样子看起来十分愚蠢，但他们似乎很喜欢默多的歌声。他们也不会介意默多是否唱对了歌词，他如果忘记歌词便会中途自己瞎编，随意瞎编。没有人会在意！很久以前他就知道了。甚至有大半首歌他唱的都不是歌词，而是：

嘟嘟嘟，滴嘟嘟嘟，
滴滴嘟嘟嘟嘟，
啦啦啦，哩啦啦啦。

默多一展歌喉后便停不下来了。默多即使唱错了也不会停下来，而是继续唱着。对于这种快节奏的舞曲更是如此，默多把这称为快舞，这也

[1] Pied Piper，欧洲古老的民间传说中的人物，身着条纹花衣，笛声有魔力。

是他自己想出来的名称。或许也不是，或许是从别人那里听来的。他喜欢观察别的演奏者演奏。

默多也演奏慢曲，有时候他会弹奏些很空灵的曲子，也不跳舞，这样人们会更加仔细地聆听。有些曲子是需要仔细聆听的，如果他们不仔细的话，便无法欣赏，如果他们想欣赏的话，只能静静聆听。好的演奏家都擅长为观众带来一场引人入胜的听觉盛宴。他喜欢在 YouTube 上观看从前演奏家的演奏视频。有时候会让你想起"技艺精湛"这个词，他们可是当之无愧的技艺精湛的演奏家。你会对他们的演奏心悦诚服。

梦扎伊女王并未拿起乳白色的手风琴加入默多。默多期待她的加入，而她并没有。莎拉走到梦扎伊女王那儿和她聊天儿。默多继续演奏，一会儿认为自己弹对了，一会儿又认为自己弹错了，心情不断变化着。孩子们停下舞步，驻足观看。

父亲。

父亲来了。他出现在默多刚刚走过来的路上。默多赶紧停下演奏，说道："我爸爸来了。"他赶紧拿下手风琴，递给了乔尔。父亲在远处看着他们。默多在众人的目光中走向父亲。父亲低声问他："你这个人出门从不思考吗？"

默多点点头。

"你又消失了。"

"我很抱歉。"

"你一贯的作风。"

……

"我们现在马上走。"

"好的。"

"默多，我指马上。"

"爸爸，我需要跟他们告别。"默多转身离开父亲，在众人的注视下来到了梦扎伊女王和艾德娜阿姨身边。梦扎伊女王对他报以微笑，并伸出手来与他握手。梦扎伊女王紧紧抓住了默多的手腕，用手指紧紧掐住手腕，说道："孩子，你在不断学习，还学得很好。"

默多咧嘴而笑，梦扎伊女王将他握得更紧，他眨了眨眼。

"任何时候都欢迎你来与我合奏，"梦扎伊女王说道，"你想与我合奏吗？"

"哈哈，当然。"默多说道。

梦扎伊女王笑了。她将"默多"称为"默儿多"，儿话音十分有意思。她用力地说默多的名字。这就是他，他是默多。这是她想表达的意思。父亲不能理解，因为他不知道刚才发生了什么。父亲完全不能理解。默多看见莎拉、艾德娜阿姨以及乔尔，他们都知道梦扎伊女王的意思。只是父亲不知道。父亲以为自己知道然而却不知道。父亲总是对所发生的事一无所知，这十分诡异。

但母亲一定会知道。

这一切发展成这副模样实属愚蠢至极。默多一直有这种感觉，但难以名状，现在终于明白了。难怪他与所有人一样会感到厌倦，甚至生气。

莎拉盯着默多。默多知道却逃避与她四目相对。她的目光直接而坦诚，让人无处可逃。

是的，莎拉享受生活并乐在其中。如果你与她兴趣相投，将会妙趣横生。她目光炯炯地盯着默多，默多却突然觉得有些悲伤。莎拉是在为我担忧吗？为什么呢？他希望莎拉不要忧心忡忡。他很好，生活正是如此，时不时会发生些愚蠢的事情，就像他和父亲之间发生的事情一样。

莎拉的父母亲站在房子的后门，那儿离父亲站的地方不远。屋内不时飘出食物的阵阵香味。莎拉父亲靠近默多父亲。而默多父亲却不知所措。当然，莎拉父亲只是想向他表示友好。默多父亲默默站在那儿等待着。看到此情此景实属怪异。莎拉父亲打破沉默，说道："你好，我是亨利。"

父亲盯着他。

"我是莎拉的爸爸。"他从门后探出身来，说道，"我们准备了一些食物，非常欢迎您和您儿子默多加入我们。"

过了一会儿父亲说道："我们不能加入。我们需要离开，我们需要赶车……我们的行李还在旅馆里呢……"

"你指的是睡眠旅馆吗？不用担心，店家是我们的朋友。"

父亲对着默多皱了皱眉。

"他们人很好，"亨利说，"你们的车几点到达？"

"三点十分。"

"时间还非常充裕。我可以联系他们。"

"呃……"

"你们可以晚点儿再去收拾行李。"

"不，不用了，谢谢您的好意。我们需要提前准备，非常感谢您的邀请。"

"您儿子给我们带来了不少欢乐。"亨利笑着说，"现在我们想要招待他。"

"不，不用了，我们需要离开，需要……"父亲看着默多，可默多低着头，假装没注意到他。

亨利向父亲招手："不如让我的儿子乔尔用车载你们回到旅馆，收拾好行李，再回我们这里共同进餐吧！"

"不用了，谢谢。我们现在就要离开。"

亨利点了点头，不再勉强。

"默多，快点儿！"父亲喊道。

默多赶紧跟上父亲，父亲转身离开，默多跟随。一言不发地扬长而去十分容易，可默多觉得他需要跟这些朋友好好告别。默多先是半转过身来，向他们招手，然后又回过头来冲他们微笑，并挥手告别。

艾德娜阿姨用手画圈，夸张地跟默多告别。她的手十分用力，但身体保持直挺。艾德娜阿姨眉开眼笑，她似乎对任何事情都可以一笑置之。默多与她相视一笑，随即放开了自己紧攥着的右手手掌：他彻底放松并自然地垂下肩膀。演奏手风琴的时候也是如此，当你放下手风琴时，肩膀便会自然下垂。

父亲头也不回地走了，一路上一言不发，走到路边商店旁时，说道："我们不用去商店了。"

他们于是继续一言不发地走过十字路口，经过主路，回到旅馆。默多知道父亲在想什么，他一清二楚。可又如何？默多不仅傻乎乎，还十分愚钝。又傻又笨。一点儿没错。

默多想说点儿什么，可说不出来。父子之间只有沉默。他们早已习惯沉默不语。沉默是金。他想告诉父亲，这样不苟言笑其实很好。我们在一起时总是不太习惯说话。

然而默多内心却像做了错事一样问心有愧。他想起了恶魔梦魇、因果报应、罪有应得等，觉得自己迟早会遭到报应。

虽说父亲是正确的，默多总是考虑不周。可他为何会这样呢？默多总是恍如梦寐，如行尸走肉般地生活。这是什么生活？为何会这样？怎样才可以停止呢？现在停止会不会太晚了？

这是默多的错吗？为何他不会思考呢？

默多总是疲于思考。是否有人像默多一样疲于思考？如果有，默多一定是其中一位。

是的，默多总是不愿意思考。他喜欢散步。经过两趟来回，这已经是默多第四次走在这条街上了。他开始熟悉每栋房屋的油漆以及前院，熟悉路面的凹槽以及地面容易绊倒人的树根。这就是默多，他似乎难以集中注意力，难以思考。他喜欢无所事事，放空大脑。

回到旅馆，默多待在前台外面等待父亲办理退房手续。默多走来走去，在门口等待着。默多看见楼上露天阳台处有对夫妇正在聊天儿，老头儿再次跟默多打招呼："你好。"

"你好。"默多喊道。

父亲预订了一辆出租车，会在十五分钟内到达。默多在五分钟内便收拾完毕。冰箱里还有昨夜残留的食物，三片面包和一片奶酪，这是父亲刻意留给默多的。默多把它留在那里，不想吃了。默多并不是有意发火，他只是不想吃。

默多心里在想父亲怎么可以这样：对莎拉的父亲毫无回应。默多拿起背包挎在肩上。莎拉的父亲非常友好，可默多的父亲却没有回报以同样的友好，而是冷眼相对。这令人非常尴尬。默多应该告诉父亲让他自己把面包吃了。

这或许十分厚颜无耻。但与其把食物丢弃在旅馆，不如让父亲吃掉。面包和奶酪都很美味，即使面包味道太甜，也总比浪费掉要好。

想象一顿真正的美食。

默多真的无法想象为何父亲要拒绝一顿饕餮大餐。居然有人会拒绝？默多觉得耍臭脾气的不是自己，而是父亲。他这么做意义何在？我们做任何事情都要有意义。莎拉的父母提供的可是让人垂涎三尺的热腾腾的食物。不同地区的人们有不同的饮食习惯。美国人也不例外。他们可能会吃美味的肉汁、马铃薯泥，还有卷心菜和豌豆等。周日的午餐或许还有烤肉和蔬菜。

这可真是一顿珍馐美馔。默多和父亲最近都没有享受过美食，平时没有，周日更是没有。他们甚至连周日午餐的影子都见不到。他们一般不吃午餐，只吃土司以及看起来就让人没有食欲的罐头汤。他们会吃晚餐，晚餐差强人意。他们有时候会从肉贩那里买来牛排饼，然后分开，周日和周一各吃一顿。父亲会将烤土豆和豆子，有时是胡萝卜，冷冻以备日常食用。他们通常会在电视上观看足球比赛。父亲热爱足球，默多也喜欢，但没有父亲那样沉迷。

出租车载着父子俩从停车场的另一端驶到车站。那里有一家餐厅，当地的一家大型餐馆。门外贴着餐馆的菜单，菜单上罗列着各类食物。父亲通过餐馆窗户瞥进去。"人太多了。"他说。他看了看表，又瞥了进去。"人还是太多了。"他又说。

默多也随着父亲的视线看了进去，发现有空桌子。在餐馆门口，人们不断进进出出。在里面进餐的人大部分是拖家带口的黑人。

"想好自己想吃什么了吗？"父亲问。

"汉堡和薯条。我们不进去吃吗？"

"不了，里面人太多了。"

"可是里面很大，我看见有空桌子。"

"我认为我们选择外卖会更好，更稳妥一些。我知道时间还十分充裕，但还是要未雨绸缪。"

默多于是在门口等着父亲购买食物。他随意走到道路边上，这条道路与主路平行。如果他从这里穿过，向右转并直行，将会到达狂野西部商店和当铺。那台旧手风琴或许还在，又或许昨晚被卖了出去。不过前提是当铺周日也开门，或许这里的当铺会开门。

父亲取来食物，他们便在路边吃了起来。父亲坚持要吃完才进候车室等车。于是他们便坐在停车场的长凳上吃起了午餐。默多觉得汉堡味道尚可，可薯条实在太厚，一点儿都不香脆可口，可谓难以下咽，而最好吃的是小圆面包。他们吃着吃着，一辆小型货车开了过来。默多盯着这辆货车在附近打转。这是大巴停靠的地方，卡车只能停靠在路边。卡车喇叭响起，车门打开，从里面钻出了莎拉——是莎拉！默多赶紧站了起来。"爸爸，是莎拉！还有乔尔！爸爸，他们找的人是我，是我！"

乔尔并未熄火。莎拉在副驾驶位置上一直看着他。默多跑上前，冲她微笑。莎拉交给默多一个包裹，里面有两张 CD，一张是她送的，一张是梦扎伊女王送的。莎拉告诉默多，祖母在他走之后一直谈论着他，谈论着他演奏的吉格舞曲。

"默多，你可以坐上车吗？"

"什么？"

"莎拉希望你可以上车，这样就太好了。"乔尔说道。

莎拉脖子上挂着一个小盒子吊坠，她一直都戴着这个吊坠吗？默多有点儿想不起来了。光是看着莎拉就会让人心情舒畅。她从哪里得来的吊坠呢？谁送给她的呢？里面会有照片吗？电视里经常有人会把小照片锁在吊坠里。莎拉说话的时候手上攥紧了这个吊坠。

"爸爸认为你爸爸可以安排，"她说，"乔尔？"

"是的，"乔尔说，"你可以过来与我们共度夜晚吗？我们有很多朋友，他们可以为你提供住宿。"

默多苦笑了一下，他们还真是三句不离吉格舞曲。他咬了咬嘴唇。

"不是下周六，而是下下周六。"乔尔说道。

"默多，我写了张纸条放在包裹里，"莎拉说道，"所有的信息我都写在里面了。"

莎拉话音未落，一位穿着司机制服的人走向他们，说道："这里禁止停放卡车和私家汽车。"父亲在候车室的门口站着。莎拉迅速说："祖母认为你的演奏别具一格，她很喜欢，希望你可以与她合奏。这样我们的乐队将会出名，会赚很多的钱。我们爸爸说你爸爸会允许你离开一个晚上的。你可以周六过来，周日早上回家。默多，如果你能来，那就实在太好了！"

穿司机制服的人打了个手势，乔尔会意，小声说道："我们要走了。"

"你认为你可以来吗？"莎拉问道。

"呃……"

"祖母也是这么说的。她认为你的演奏十分出色，希望可以再次与你相见。默多，我们还有一位吉他手，一位顶尖的吉他手，我们四个可以组成一个很棒的乐队。默多，只需要你与我们共度一个夜晚。你如果能来将会十分美好，你的演奏将会让我们的乐队更上一层楼。"

默多挠了挠后脑勺。莎拉把手搭在默多肩上，轻轻地按摩着。他条件反射地轻轻合上双眼。他的脸"唰"地变红，可他却无法阻止。莎拉的甜言软语在默多耳边回响："包裹里有两张 CD，一张是祖母送的，里面全是她演奏的作品和我们乐队的作品，既有我们上午演奏的曲目，也有别的曲目。当然，你也知道，里面全是吉格舞曲，没有别的风格。"

"好的。"

"你能来吗？如果能来就实在太好了。"

默多笑了笑。可他为何笑呢？其实他自己也不知道能不能去。莎拉手指的触碰让默多依然十分羞涩。他盯着莎拉，盯着莎拉的及肩长发，盯着莎拉脖子到肩膀的曲线。她手里依然拿着吊坠，手指轻触吊坠，默多幻想她手指触碰的是他。天哪，莎拉在抚摩着他。

莎拉对他挥手告别，乔尔放开卡车手刹，一边启动，一边向他挥手告别。乔尔对着车窗喊道："是拉斐特！"

默多拿起莎拉给的包裹。乔尔非常用力地挥手告别，似乎在对他敬礼，好像要离开的是他而不是默多。可莎拉的挥手告别却与他不一样。默多想，他们一定还会见面的，一定会。否则呢？默多从未有过这种虽然萍水相逢，却一见如故的感觉。这实在太特别了。

在售票窗口的依然是昨天那位黑人妇女。父亲没有打公共电话所需要的零钱，于是她让父亲使用自己的旧手机。谢天谢地，父亲终于打通了约翰爷爷的电话。默多一直到坐上转乘的车后才打开了莎拉递给他的包裹。第一趟车只是把他们带到更大的地方转车；第二趟车才是真正长途的开始。约翰爷爷会在终点等待着他们的到来。父亲又开始了阅读，直至天色变黑、灯光昏暗后他才闭上了眼睛休息。默多又等了一会儿，知道父亲打起了盹儿，他才放心地打开了包裹。包裹里面果然有两张CD以及一张手写纸条。默多正准备阅读纸条时，父亲醒了。默多赶紧把纸条塞进包裹里。

车上有一半的座位都空着，他们本可以一人独占一排座位，而不是挤在一起。可父亲不会那样，因为独占一排座位对他而言太"冒险"了，万一其中一个座位是隐蔽的活板门，从那里掉下去，卷入了车轮该怎么办？

至少默多还能坐在靠窗的位置。车行驶的道路宽敞而笔直。想象一下自己开车，可以随心所欲地远离喧嚣，去到任何地方。乔尔驾驶的小货车虽说是他父母的，他却有驾驶的自由。他虽然要为家庭杂货店运送货物，但也可以开车去干别的事情。

默多有位好朋友住在农场，从十二岁便开始开车。他是从学开拖拉机开始的。而其他的小伙伴们也同样在很小的时候就开始学习开车了。在默多的家乡，他们会在一条森林路上学习开车。当地上的泥泞不是很深时，新手司机便会跃跃欲试。可父亲的车由于太小了，经常会陷入泥潭中。这条道路对于山地自行车比赛而言是条理想赛道。默多也玩儿过山地自行车，沿着这条路通过森林一直骑到湖边。穿过高高的树木和灌木丛，看到太阳映衬下的湖光山色，分外迷人。在湖边有一个休息站，从那里可以看到古时候渡运的起点，这里还是古时候运煤码头的遗址。贪玩的男孩儿们喜欢在这里钓鱼。几百年前，曾经有人们从这里上船前往爱奥那岛 [1] 朝圣，这件事还被写进了一首著名的曲子里。当时的船更像是现在的划艇，只有当人们需要的时候才会开出。这就需要在开船前与对岸取得联系。于是冬天时，人们往往会点灯笼向对岸示意。这首著名的曲子是关于一位名为拉克兰卡·梅隆的小伙子朝圣时想要出逃却被抓获的故事。默多对这首管风琴曲耳熟能详。这位小伙子最后身受重伤并被抓获。他们打算将他吊在因弗雷里镇上，供众人观看。然而，拉克兰卡却在这个紧要关头顺利逃跑。他想方设法躲藏在一艘倒置的废弃旧船里，一艘搁浅在湖边的渔船。村里的一位少女散步时意外听见他发出的痛苦的呼吸声而发现了他。虽然这位少女的信仰与他信奉的天主教和新教相反，但她还是给他送来了食物。三天三夜后，这位少女费尽心思让他坐上了一艘前往对岸的划艇，但却由于家庭原因无法送他过岸。为了帮助拉克兰卡，她已经铤而走险且不惜与父母作对。对岸虽然遥远，但如果划艇足够结实、技术足够好，还是可以如愿到达的。但是在划的过程中必须警惕湍急的水流，因为在途中会遇到两条水流交汇，水深且急、波涛汹涌，而且无

---

[1] 苏格兰一个小岛。

法通过游泳到达。拉克兰卡出发的时候是一个深夜。他承诺少女如果顺利到达对岸，将给她寄来一封信。如果她没有收到信件，就说明拉克兰卡在途中遇难了。他是走上了通往自由的康庄大道吗？或许他把船驶向了某个岸边，藏匿在灌木丛下。这非常容易。默多居住的地方周围都是大片森林，很容易找到一个绝佳藏身地点。可这首耳熟能详的曲子并未告知这个故事的结局。拉克兰卡最后有没有淹死？不知道。这个少女坚信他已经遇难，不然为何没有收到他的来信呢？如果他还幸存，定会不惜一切代价寄来信件报平安。但或许根本没有寄信。默多也不知道他有没有寄信。或许他希望某天奇迹般地出现在少女面前，给她一个大大的惊喜吧！因为如果拉克兰卡寄出信件却不为她所知地落入他人之手，那她就永远无法知道他仍幸存的消息了。而他又无法通过其他途径与她取得联系，只能默认她不想与他通信。"或许是这位少女有了新欢吧！"他只能这么想。这真是个悲伤的故事。不过稍稍让人欣喜的是，没有任何人在河边找到划艇，于是拉克兰卡依然有可能顺利逃走了。默多想，如果自己有钱，最想拥有一艘船。他对汽车不感兴趣……如果有一艘船，你可以随心所欲去到任何地方。想象一下身边还有一位美女女友相伴，只有你们两个人在一起。你们甚至可以跳入水里裸泳，她舒展着裸体在你身边畅游。

　　天色渐晚，默多从车窗里观察着乘客们的影子。还有不少乘客仍在阅读。汽车疾驰在路上，默多并不知道身在何方。他浑浑噩噩、神思恍惚、脑子里一片空白。他心灰意懒、疲于思考。为什么要思考呢？父亲不也是这样吗？

　　默多把头从窗户那儿扭开，躺了下来，感觉有一丝凉意，随即又感觉到强烈的颠簸感，似乎要晕车了。

　　默多又想起莎拉邀请他与梦扎伊女王一起组乐队的建议。他十分乐意前往，却深知不会得到父亲的同意。父亲绝对不会让他去的。默多有时候替父亲感到遗憾。对父亲而言，生活似乎已经戛然而止，因为所发生的一切使他对生活绝望，他早已如行尸走肉一般地生活。有时候命运让你与别人不期而遇，可之后却再无交点。就好像莎拉那样的妙龄少女。她们指尖一触碰到你身上便会引起特殊的化学反应……忍不住发颤。这就是莎拉指尖触碰默多肩膀时他的反应。这代表什么呢？无论如何这已经成为过去了，将随着默多的离开而烟消云散。为什么会发生在我的身上？有时默多会这样想。你总能与他人萍水相逢，而他们各自过着精彩的生活，可你却如行尸走肉一般地生活着。

♪ 第二章

父子俩下车时正是夜深人静时，周围鸦雀无声。他们把行李放在脚下，坐在车站的长凳上，不知不觉等了一个小时。第二趟汽车在这个都不能称为车站的临时停车点把他们放下，他们只能坐在停车点外面的长凳上等候。约翰爷爷还没有来。旁边有台老式付费电话，可父亲不知如何使用。或者本来就是坏的。父亲又去尝试了一次，他顺利地把硬币放入槽中，却无法成功拨号。他看见默多在看着他，把听筒放回原处，踱来踱去。

"爸爸，让我来试试吧？"默多问道。

父亲没有回答，而是走到路边，盯着前方的道路。

默多知道，打付费电话需要按照特定的顺序操作。例如要先放进硬币，然后再拨号。或许是父亲操作顺序失误，导致无法拨号。另外，还需要拨打当地区号。这里只是一个小镇，或许父亲需要先键入周围城市的区号。又或者夜色昏暗，在一盏昏暗的电灯和月光的照耀下，父亲根本看不清楚。

默多又想，也有可能约翰爷爷的车在半路临时出了故障。这时有发生。车子经常会出故障。或许他在荒无人烟的地方车子突然坏了呢？

父亲还在盯着道路前方。或许他没有听到默多的建议。但他们出现在这里，本来就是默多的失误。由于默多，父子俩错过了汽车，而又使默多在今晨追随着音乐的步伐凭空消失。但如果不是因为要买茶包，默多也不会去商店。因此这一切归咎于茶包，可要茶包的人是父亲。

默多将手肘顶在膝盖上，戴上夹克上的帽子。天气并不寒冷，周围万籁俱静，默多甚至可以听见微风吹拂的声音。有地方休息总归是好的。这里虽然没有候车室，但至少有长凳可以坐下来，默多身子前倾，手肘顶着膝盖，注视着地面。任何地方的地面都是一样的，似乎看着地面让人忘记了身处何方。

如果沉醉于这夜色之中会怎样呢？你脑海中会听见声音。父亲和他坐在长凳上，周围杳无人烟。这是个鬼城。在这里，人们都躲在屋子里关紧门窗。然而你却可以听见声音，从山谷或海洋吹来的风声、千里以外的雷声以及各种声音。为何这些声音总能进入耳朵里？因为总有各种通道和管道。

总有一些东西会让你回到过去。然后呢？在脑海中建立起各种记忆的联系。不仅仅是回忆。你的思维在信步漫游。在默多的家乡，人们住在小镇后面的山上，除了各种自然的声音，如山谷、森林、河流、湖泊和大海传来的声音外，便寂静无声。夜晚躺在床上，如果不关上窗户根本无法入睡。为何？因为周围的声音沸沸扬扬。然而也不是声音太大，而是你必须把它们屏蔽掉才能入睡，不然这些声音就会在耳边嗡嗡作响。

科学老师曾经在课上放过一段雨点声音的音乐。这段音乐由雨滴打在瓦房上淅淅沥沥的声音、打在浅水池中滴滴答答的声音、打在玻璃上噼噼啪啪的声音构成。人们总会对这些声音印象深刻，但这其实只是小儿科。小提琴可以模仿出火车从远处到跟前，然后再消失得无影无踪的各种声音，甚至口琴也可以。手风琴可以模仿一些声音，拨奏吉他的琴弦也能发出特定声音。关键是发出这些声音的永远是人。如果没有人，则这一切只是纸上谈兵。当然计算机声音程序、多轨录音和混音及其他技术也能模拟出这些声音，但正如科学老师所说的，最终还是需要人为此编程。

因此这一切都是一清二楚的事实。火车如果没有了人的操控，去不了任何地方。一辆火车脱离了人，只能是一辆不能奔跑的废车。人也不用去任何地方，是火车运他们前往。因此是火车把人们运往他们心驰神往之地。随着"嘟"的一声，火车开动了，又伴着"嘟"的声音，火车到达了，你也到达了目的地。只要愿意，便可出发！

这便是默多当下的感觉。世界在转，而他在原地踏步。

音乐的世界非常奇妙，使人思路清晰。单词"雨点（rain）"和单词"火车（train）"之间只有一个字母"t"之差，可雨点滴答滴答的声音与火车轰隆轰隆的声音却是大有不同。而这似乎是文字难以表达的，只有用音乐才可将其明白无误地表达出来。

人们会发出什么声音呢？

默多想起了母亲的声音。

父亲在母亲死后是否发出过特别的声音呢？反正默多没有，他也做不到。他没有，是因为他做不到。就是做不到。或许有人能做到。而默多却力不从心。他脑袋一片空白。只想起一些无谓之事。什么是临终关怀中心？他不知道。想象一下，一个人病入膏肓，垂死之际，医生建议他前往临终关怀中心。

然而我不知道临终关怀中心为何物。

这意味着你已经气若游丝。

噢。

默多还记得父亲告诉他这个消息的那个夜晚。当晚，离开母亲所在医院的默多，与几位朋友出去放风。他大概十一点回到家，正准备吃点儿吐司和茶水作为夜宵，并溜回房间。这时默多意外发现父亲在门口等着他。父子俩坐在厨房的餐桌旁聊天儿。父亲看起来十分憔悴。他强打起精神，可颓靡的神情始终无法掩盖。父亲看起来欲言又止。最终父亲坦白，母亲已经被转到临终关怀中心。说完他强颜欢笑，盯着默多。

"噢，爸爸，那实在太棒了！"

是的，难以置信这竟是默多当时的原话：太棒了。当然事实与这话南辕北辙。默多原以为临终关怀中心是好地方，以为终于能摆脱阴森、黑暗的医院了。他原以为临终关怀中心是病人在下一个治疗阶段必须前往的地方。病人被送到临终关怀中心，接着就可以回家。默多啊，你还可以更加愚蠢吗？一个人的愚蠢竟可以如此没有下限。

父亲不知道默多误解了"临终关怀中心"的含义，两天后默多才意识到了真相。没有任何人愿意告诉默多，是默多自己从周围人的反应中回过了神儿来。所有人听到后的反应都是："天哪，上帝呀……"默多看见了他们的表情。

想象一下你能看见别人脑袋里装的东西。外科医生可以打开人的脑袋，但看到的是头骨、大脑、血管等，并不是人类真实的想法。人的脑袋里面藏着的是最轻微的声音、最小的粒子。任何一个想法都从脑袋的振动开始，这些振动也为世界创造了更多的声音。父亲此刻也与默多一样，正坐在这个美国小镇的长凳上，双手交叉，目光呆滞，双唇微张。父亲已俨然一位老者！他两眼无神，直视远方。他脑袋里的东西或许和默多一样：母亲和伊丽。父亲和默多、母亲和伊丽。两位幸存者、两位逝者。

在葬礼上，牧师谈到造物主上帝。她们由上帝创造，最终通过火葬魂归天国。"创造（create）"和"火葬（cremate）"这两个英文单词之间只相差一个字母"m"。"M"代表牧师（Minister），也代表母亲（Mum），也代表默多（Murdo）。

有的字母不会给默多造成痛苦的回忆。例如默多喜欢字母"b""s"和"z"，但不太喜欢字母"d"，对"t"也没有特殊感觉。父亲名叫汤姆（Tom），简称"t"，"M"代表"咪"，音符"哆来咪"的"咪"。并不是"火葬"中的字母"m"，并不代表死亡。你从喉咙深处发出"mmmmmmmmmm""嗡嗡嗡"的声音，不断地发出这个声音。但如果呼吸停止了，"m"的声音也就停止了。

默多继续把手肘顶在膝盖上，身子前倾，盯着地面。

不一会儿，巡逻警车又一次巡视到这里，第三次了。警车缓慢经过，警察像警匪片里的片段一样盯着父子俩，眼神让人毛骨悚然。警车看起来十分笨重，或许正在排查嫌疑人。如果行为稍有差池，警察将会把他们逮捕；如果他们尝试逃跑，警察将十分容易将他们抓获并处死他们。这是毫无道理而言的！如果警察认为你有安全威胁，将会置你于死地！或许你本身并不是安全威胁，可他们认为你是，那你就是：嘣嘣嘣，啊哈哈哈哈！噢，他是无辜的。不好意思，我不应该将他处死。

一辆四驱吉普车开了过来，一辆庞然大物，看起来像坦克。

"约翰舅舅！"父亲喊道。

约翰爷爷来了。他放下车窗，冲着他们用力挥舞双臂。车上还有另一位男士，两人都戴着棒球帽。约翰爷爷掉头后，在他们身边停车并从车上跳了下来。

"汤米[1]！"约翰爷爷笑着大声叫道，用力地拥抱父亲并拍打他的后背。这个动作对于默多而言十分奇怪。父亲站着一动不动，也向他回以笑容。父亲从未和男人有过如此亲密的拥抱。默多也没有，但随后约翰爷爷也拥抱了他，用力地拥抱并拍打后背。然后爷爷退后一步，上下打量着默多。"默多呀默多，我以为你还是小男孩儿呢，你多少岁了？你几乎快比我高了。天哪，戴夫，你快来看看这家伙长得多么强壮结实。"

戴夫就是跟他一起来的男人。约翰爷爷再一次拽紧默多的肩膀，用力地拥抱他。

"汤米呀汤米，他多少岁了？！天哪，我以为你还是个小孩子呢！这小子多少岁了？"

"十六岁，马上就要十七岁了。"

"上帝呀！默多可是我亲姐姐的孙子！"约翰爷爷笑了起来，并再次与父亲握手，"汤米真没想到再见你时儿子都这么大了。太令人感动了！"他叹了口气，随后介绍身边的男士，"他是我的一名好友，叫作戴夫·阿诺特，他可是来自麦克劳德家族的。嘿，戴夫！"

戴夫微笑着与父亲和默多握手。约翰爷爷这时拿起了父亲的箱子。"箱

---

[1] 约翰对汤姆的昵称。

子很重。"父亲赶紧说道。

约翰爷爷露出一个顽皮的表情，并把行李放进吉普车的后备厢。虽然他比父亲年长不少，可还是轻松提起了行李箱。默多正准备把书包也放进去，可父亲先他一步把书包塞进了后备厢里。约翰爷爷关上后备厢后，让父亲坐在前排副驾驶的位置。戴夫和默多坐在后排座位，默多坐在父亲身后。当他们正准备系安全带时，约翰爷爷突然说："汤米，你们怎么会去了密西西比的艾伦镇呢？"

父亲叹了口气。

约翰爷爷笑了笑："就像故事一样神奇！"

约翰爷爷开车从容、随意，汽车里放着乡村音乐，爷爷一边与父亲谈天说地，一边手握方向盘，还时不时与默多和戴夫互动一番。他住在该地外围的一个他称为苏格兰镇的小镇上。小镇居民都是从苏格兰过来的。正如戴夫一家，可是在这里住了几辈子了，对吧，戴夫？

"是的，住了几百年了。"戴夫说道。

"听见了吗？真让我们无地自容！你在这里还可以见到麦克劳德家族、麦克林斯家族、麦克斯温家族、麦克考利家族、约翰逊家族等——汤米，约翰逊也是苏格兰名字吧？"

"是的。"

"去哪儿都是苏格兰人！"

戴夫看着默多："到处都是阿诺特家族和麦克劳德家族，你也有他们的血统是吗？"

"是吧，我想是的。"

"麦克劳德家族！"约翰爷爷喊道，"他们可是农场主，默多！"

"都是因为卡洛登战役，麦克劳德一家被迫背井离乡。"父亲说道，"否则，他们将会被敌军赶尽杀绝。"

"天哪，听见了吗，戴夫？赶尽杀绝！因此你们去了另一个地方，叫作格伦科。对吧，汤米？"

"是的，先去了盟约派的据点。"

"盟约派！"约翰爷爷转头喊道。

"他们在后年将举办归国活动！"戴夫说道。

父亲闷声不响，戴夫·阿诺特于是看着默多寻求回音。但默多不太熟悉背景，不太懂他的意思。不同于默多，父亲才是熟悉历史和政治的人。

随后车内没人说话。约翰爷爷将音乐声音开大。这是一首用曼陀林演奏的曲子。"这是比尔·罗门演奏的！"他说道，"他们来自苏格兰西部的赫布里底群岛外围。汤米，你相信吗？这是比尔·罗门！来自刘易斯岛的比尔·罗门。"约翰爷爷开始跟着旋律唱起歌来："我在我回老家的路上，老家是一个我很熟悉的地方。"

他很熟悉旋律但不熟悉歌词，因此跟着旋律"嘟嘟嘟嘟"地往下唱。他突然停下来并且"咯咯"发笑。"那是我们汤米的儿子！回老家的路上！嘿！默多！你在后面睡觉吗？"

"算是吧！"

"算是！"约翰爷爷笑称。

他们到达的时候是深夜两点。默多一路未觉疲惫。他虽然对约翰爷爷全无印象，但在这人生地不熟的地方，见到来自本家族的一员还是相当宽慰的。默多的祖母是约翰爷爷的姐姐。这种亲人关系令默多想起他和伊丽之间的关系，感觉十分熟悉。当约翰爷爷谈起姐姐时，能感觉到他们关系亲密，彼此互相依靠。约翰爷爷的妻子是莫琳奶奶。默多在家时也曾见过莫琳奶奶，但已全无印象。约翰爷爷与她，还有两个儿子住在美国，这两个儿子是父亲的表弟。

这时莫琳奶奶已经睡下了，但为他们留下了三明治。约翰爷爷用茶壶装好茶。父亲坐在餐桌上，看起来筋疲力尽。

"妈妈一定非常喜欢这里，你说是吗？"默多问道。

父亲笑了笑。

约翰爷爷与父亲有血缘关系。但母亲一定会喜欢出门旅行。她一定会喜欢这种带有地下室的小房屋，温暖舒适，屋内摆放着各种小玩意儿。母亲一定会爱上这里。

默多被安排在地下室居住。当约翰爷爷告诉默多时，默多满心欢喜。约翰爷爷笑了笑，又拍了下他的肩膀，说道："莫琳奶奶早就猜到他会喜欢地下室，因为这是男孩儿们的天堂。"

对默多而言，他喜欢地下室的原因是可以远离是非，享受自己的宁静空间。地下室里有两个大房间、一个小房间，楼梯直接通向大房间。地板上摆放着一张床垫，莫琳奶奶早已铺上了床单和羽绒被，并整齐地叠放了两条毛巾。默多想起了父亲的谬论。人家明明是会为客人准备毛巾的。

由于两个儿子早已离家，约翰爷爷早就想重新布置地下室。可他目前还没有布置好，还需要时间去准备。因此地下室里堆积着各类家具，包括茶几、衣柜、各种桌子，还有绑在一起的大塑料袋。约翰爷爷已经将物品移位来为默多腾出空地。但由于地方有限，地下室的空地仅仅摆放得下默多的床，走来走去时仍然不可避免地会碰到周围物品。但默多依然非常喜欢：因为这里是他的私密小空间。

父亲为约翰爷爷带来了一瓶威士忌作为礼物。约翰爷爷仔细查看商标，说道："这可是难得的美酒，我很喜欢。"爷爷把这瓶酒放入酒柜后，拿起另一瓶已经打开的酒，为自己和父亲各倒了一杯，再加入了几滴水。然后他说道："汤米，你的亲戚遍布五湖四海。听说过我妈妈的表姐莫利·马尔赫恩吗？我们都称她为莫利阿姨。她可是个好人。"

约翰爷爷谈兴正浓、意犹未尽，他告诉默多很多新鲜事，可默多已经很累了，只想往床上一躺！父亲肯定也很疲惫了。约翰爷爷呢？他一定是工作了一整天，晚上再来接他们，明天早上还得继续工作——还有六个小时就到早上了！

"你不累吗？"父亲问。

"我早已经习惯了。"约翰爷爷说道。

默多笑了笑，抑制住自己即将要打的哈欠。虽说约翰爷爷早已过了退休年龄，但他依然全年无休地工作，甚至还时不时出远门。约翰爷爷是维修工，负责维修仓库、商店、办公室等，当然工厂、商店，以及办公室通常距离遥远、维修成本较高，约翰爷爷只能周末抽空前往。在这里，父亲、默多和约翰爷爷都必须要去工作。默多也想去工作，可他们不愿意让他去。或许很多年后他们会让默多去工作，可现在他们不需要默多也足以应付。因为一旦操作不当，结果将会是灾难性的，而只有约翰爷爷才知道这里面所有的门道。约翰爷爷停止了说话，默多睁开眼睛笑了笑。

约翰爷爷咧着嘴笑，说道："去睡觉吧，孩子，你已经困得不行了。"

"我只是……"

"你都已经打鼾了！"

"我没有，我很好。"

"去休息吧！"

"好的。"

父亲笑了笑，饮了一口手中的威士忌。约翰爷爷从椅子上站了起来，再次给了默多一个大大的拥抱，并用力拍背。

"带上一块三明治和一杯牛奶下楼。"他说。

"可以吗？"

"噢，那肯定了。千万别那么说，我的孩子！这些食物是莫琳奶奶特意为你们准备的。把这里当成自己的家吧，千万不要客气。她会为你准备所有你想要的东西！听说过杰罗尼莫[1]吗？"

"印第安人首领。"父亲说。

"噢，汤米，我们现在说的是你的莫琳舅妈！"约翰爷爷又坐了回去，并举起那杯威士忌。

默多开心地下了楼关起门，进入了自己的小天地。他吃完三明治后，

---

[1] 美国印第安人阿柏切族首领。

脱掉衣服，把牛奶放在床头，关上灯，然后躺进了被窝。

牛奶去哪里了呢？周围黑乎乎的一片，默多什么也看不见。过了一会儿，在昏暗中，默多隐约看见一个小窗户和一堵墙。

空气中弥漫着一股熟悉的味道。或许是潮湿的味道。默多还听见风吹过的声音，一阵迅速的、空洞的呼声，让人联想到空旷的外太空。默多还想起了被吸出宇宙飞船进入轨道的宇航员，迎面刮来的阵阵风会让你无法固定，然而太空并没有风，即便一切都与地球一样，太空里不刮风，也不可能刮起风来。否则，太空中的一切东西都会移动。你身旁的一切东西都在移动。因此这就是风的反面，风由内而外吹起来，而你只是在填补风中的一个空白。

默多盯着天花板，沉思良久，脑子里却一片空白。接着他环顾四周，想起自己身处何方后，把被子拉上盖住胸口。阳光透过天花板上的小窗户透了进来，一道狭长的光线。头上便是地面，这里是地下室。默多立刻起了床，拉过来一把木质椅子坐在窗户下面。房间内空间并不大，默多站在椅子上想通过窗户窥视外面的世界，但高度不够，还需要一把梯子。

地下室唯一一个缺点是没有洗手间。默多需要上楼梯，到屋内去使用洗手间。

莎拉送来的包裹被默多放在背包旁边。包裹里面有一张纸条和两张CD。梦扎伊女王送的是乐队演奏的"最强打击乐"组曲。另一张则是精选集。默多打开灯，阅读莎拉留下的纸条。莎拉告诉默多下一次乐队演奏将于下周六晚上九点在一个叫作拉斐特的地方举行，集合地点将在杰西酒吧。默多打开背包，查看自己带的衣物。他只带了牛仔裤及搭配的两件衬衫、慢跑裤及搭配的衬衫、一条游泳短裤、内衣以及袜子。他打算勤换衣裳。他把衣服叠好，放在柜子的上方。

默多完全没有意识到时间的流逝，直到自己饥饿的肚子发出了抗议的声音，并且需要上洗手间。于是他打开地下室的门，听到嗡嗡的声音。

他爬上楼梯，可洗手间的门紧闭着，或许是父亲在里面吧。

默多听见从敞开式厨房以及餐桌传来的响声，这可比以前在家的声音大多了。默多看了一下，只有莫琳奶奶在厨房边看电视，边准备食物。电视里播放的是天气预报。莫琳奶奶注意到了默多后，回过头来，对他微笑并迎向他："噢，默多！"

默多也向她回以笑容，像两人相识已久一样与她寒暄问好。确实，两人在多年前早已见过面。"你就是默多，"她说道，"当然你就是默多！"

默多伸出手正准备和奶奶握手，但奶奶给了他一个巨大的拥抱，并退后一步对默多上下打量。"我的天哪！"她惊叹道，"你长得和从前一模一样！"她再次拥抱了默多，"真是一点儿也没变！"

"是吗？"默多问道。

"天哪！默多！我上次见你距离现在多久了？是十年前的事情吗？"

"我想已经十一年了。"

"十一年。天哪，你可真是毫无变化！"

默多从莫琳奶奶准备好的多种早餐中选了一根香蕉和一盘玉米片。屋内的餐桌很宽敞，橱柜旁也摆放着凳子。

默多问："我可以坐在这里吃吗？"

"当然可以。"

默多于是坐在橱柜旁的凳子上。莫琳奶奶一边和他聊着天儿，一边准备着早餐，并看天气预报。这个电视频道是专门播放各类天气预报的，没有其他内容。但也充满趣味。预报中说道："飓风即将吹向佛罗里达州。这种真正的飓风将会对人们造成巨大的伤害。"

"那里的飓风威力十分强大。"莫琳奶奶说道。

"在佛罗里达吗？"

"是的。"

默多并不懂这些。对他而言，佛罗里达只是一个旅游胜地。有钱人去那里度假。因此这对默多来说是新鲜事。他对美国国土之辽阔毫无认知。从天气预报中，默多认识到美国各地区的气温相差巨大，有的地方高达 50 多摄氏度，有的地方竟是零下。在美国，气象灾害频发，有暴风雪、热浪、龙卷风以及暴雨等。在加利福尼亚有个地方叫作死亡之谷，是世界上地势最低和最干旱之地，也是气温最高之地。你可以去死亡之谷旅游。莫琳奶奶其中一个儿子和他的孩子们住在加利福尼亚。是的，他们已经有孙辈了，莫琳奶奶和约翰爷爷因此也升级为祖父母。

　　默多原以为莫琳奶奶也是苏格兰人，现在才发现原来她祖祖辈辈都是美国人，再往源头推，可能有一些苏格兰—爱尔兰血统。"我不考究如此久远的事情了，"她说道，"我只知道或许某位祖先有那边的血统。好了，默多，你感觉如何？从苏格兰过来，路途遥远吧？"

　　"是的，我们乘坐飞机过来，中途在荷兰的阿姆斯特丹转机。"

　　"荷兰，哈哈！"

　　"转机后直接飞往美国的孟菲斯市。"

　　"你们有坐船吗？"

　　"是的，我们在苏格兰的住所在一个小岛上，不是一个真正的小岛，但是像一个小岛。因此你需要搭乘摆渡船去对岸陆地上，然后才可以坐上火车去机场。"

　　"那可真是长途跋涉、风尘仆仆！"

　　"确实路途遥远。"

　　"是的，那当然，"莫琳奶奶说道，"你约翰爷爷和我目前最想去夏威夷。我们去年去了西海岸探望我们的孩子们，我们一路沿着西雅图驾驶。天哪，那里的日落和大海，美得让人惊叹。我们周围的人经常和我们谈起夏威夷，真是让人神往啊！"

　　"夏威夷！"默多惊叹。

　　"我去过三次苏格兰。三次。可没有亲戚过来看过我们，除了你和你爸爸。"莫琳奶奶皱了下眉，"你觉得奇怪吗？"

　　"是的，很奇怪。"

"真的，我的孩子。我也觉得很奇怪。我没有跟你爷爷谈起过此事，但我越想越觉得奇怪。"

默多这时听见关门的声音。"是爸爸从洗手间出来了。"默多说道，他跟莫琳奶奶打了个招呼，便从椅子上站起来穿过厨房，去往洗手间。

默多从洗手间出来后，继续吃玉米片。莫琳奶奶还在看气候频道，播的是大风吹到一个海边小镇上，吹过宽敞的道路，人们在街边自拍。一位妇女对着摄像头描述了强大的风如何吹翻屋顶、吹断树木、粉碎汽车以及压伤路人。真是如同梦魇般的情景。默多把自己吃完玉米片的碗拿到水龙头下清洗。莫琳奶奶看到此举，友好地说道："默多，这个留给我来洗就可以了。"

默多笑了笑，把碗放在滴水板上。"我可以到外面去走走吗？"默多问道。

"啊？"

"我能否去外面走走呢？"

"我的孩子，当然可以，你想去哪里都可以。这里是你的家，我们都是你的家人。你不需要咨询我，你可以做你想做的任何事情。"

"谢谢。"

"不用谢。"

约翰爷爷家里的餐厅宽敞、明亮，阳光透过落地玻璃，照射着庭院和花园。默多喝下剩下的橙汁，把杯子清洗干净，并倒放在空碗旁。"莫琳奶奶，"默多说道，"我想这里是所有人梦寐以求的地方。真的。梦寐以求。唯一的问题是他们买不起，这里的房子实在太贵了。不然他们一定会喜欢这里。一定会的。这里的一切实在太美好了。"

莫琳奶奶笑了笑。

"真的。"

"我知道，默多。"

餐厅有道门直接通往庭院，默多走出房门，看到一个颇成规模的小花园，周围架着足以阻挡邻居视线的篱笆。花园里堆放着各种各样的杂物，包括废弃家具和孩子们的室外玩具，如滑梯、秋千、滑板车以及少了个轮子的自行车等。这里还堆放着一个屋顶已经破旧不堪的花园棚屋。默多在花园里细细踱步，居然发现了一个足球！虽然球已经瘪了气，但看上去完好无缺。他踢了几下，尝试颠了几下球，但随后停止了。默多抬头看了下天空，天气暖和、天空晴朗，而他居然忘记了美好阳光的存在。这个花园与莎拉的有所不同，但也赏心悦目。在这里隐私得到保障，是日光浴的绝佳场所。

默多回到地下室，穿上了从家里带来的游泳短裤。这是一条新买的裤子，既可以游泳穿，也可以平时当普通短裤穿。在房间角落里的两个柜子之间，默多在墙角边找到了一摞旧书。放在上面的是一本关于牛仔和印第安故事的书籍，看起来十分有趣。默多把它拿到楼上。莫琳奶奶这时为他找出了一条看起来像张毯子的大毛巾。默多要到外面庭院去，必须要从父亲身边经过，因为父亲坐在桌边阅读。

默多在庭院篱笆远端摊开大毛巾，放在草地上，脱掉衬衫，趴在地上进行日光浴。

父亲这时并未留意到他。或许留意到了，但父亲没有表示。父亲阅读时总会沉浸在自己的世界里与世隔绝，这是默多做不到的。有时候默多希望自己也可以心无旁骛地阅读。但默多总是难以集中注意力，总是容易心猿意马，然后问题总会回到：我到底在哪里？父亲曾经尝试让他多读书，可默多总是做不到。他从地下室拿到的或许是本好书。好吧，关于牛仔、关于切罗基族印第安人和移民的故事，他还是感兴趣的。

过了一会儿，父亲喊道："时间够了！"

"爸爸，你说什么？"

"注意太阳！"

"好的。"

"晒太多并不好。"

"是的。"

他们又开始阅读，默多翻过身，戴上墨镜继续日光浴。过了一会儿莫琳奶奶从屋里出来呼唤他们。她为默多和父亲准备了一盘三明治和两杯咖啡。默多通常不喝咖啡。他小的时候就对咖啡的味道反感，至今也不喜欢。然而默多更不喜欢的是香烟的味道。他拿起一块三明治，仔细端详里面的夹心。原来是奶酪沙拉。

父亲等到莫琳奶奶走远后，悄悄问默多："你想在三明治里找到什么？"

"我就是想看看里面是什么。是奶酪沙拉……"

"那如果不是奶酪沙拉会怎样？你会不吃吗？"

默多笑了笑，父亲放下书本。"真的？"他问，"我想只是个习惯吧！"

"是的，习惯使然。"

"儿子，有些习惯是好习惯，可有些是坏习惯。坏习惯应该改变。因此，如果有人递给你一个三明治，你不应该翻开看里面是什么夹心。明白我的意思吗？这可是个没礼貌的行为。你自己好好想想。"

默多对父亲的言论不以为然。父亲继续阅读，而默多拿起三明治和咖啡，准备回到花园继续日光浴。可他转念一想后，还是决定回到餐桌旁坐下。他不想让父亲觉得自己脾气暴躁。他继续嚼着面包，其实刚刚莫琳奶奶端出三明治时，他一点儿也不饿，但为了礼貌起见还是应该吃一块。并且为了卫生起见，最好还是坐在桌子旁吃。因为在父亲看来，如果你在桌子上留下食物碎屑，你能全部清理干净；可在花园的话，如果留下碎屑在草地上，就难以发现并清理了。

如果小鸟时不时过来啄食，这有利于清理碎屑。可如果把食物碎屑留在土地里了呢？便会引来一群昆虫。只要食物掉下去了，必然会招致方圆几里内的各种昆虫。昆虫纷纷把头埋进土里，咬咬咬。如果它们错过了食物，便会自相残杀。昆虫从来不会为此担心。它们能分辨出来谁是谁吗？

那是我的奶奶，还是不要吃掉她为好；又或者这是低级昆虫物种，可以大快朵颐。昆虫总是自相残杀，互为鱼肉。

父亲吃完三明治后，把书放在桌子上，拿起桌上的咖啡，说道："我看你可是一点儿也不想上学！"

"哈哈。"

父亲笑了起来。

"我确实不想回学校，真的不想。"

"默多，生活中总有事情是我们无法选择的，不可以随心所欲。"

"不包括上学。"

"上学、工作。你要上学，我要工作。"

"我想去工作。"

父亲叹了口气。

"真的，我想去工作。"

"你很快就要工作了。"

"可是爸爸，我真的想去工作，真的。"

"你说了很多次。"

"因为我确实意愿强烈。"

父亲移出椅子，拿起书来盯了数秒钟，接着放下书本。

"你哪里来的这一套？"父亲说道，"你已经闲逛了好几个月。"

"爸爸。"

"只再读不到一年。"

默多抱怨着。

"一年。"

"爸爸，那根本不叫工作。"

"什么？"

"爸爸，我回到学校，不能去工作，这简直让人伤心绝望。"

"天哪！"

"是的，我就是这个意思——我已经心灰意懒。"

"你不可能心灰意懒，一点儿也不可能。"

"我就是。"

"你没有。你到底在说什么？"

"我的意思是我做不到重新回到学校念书。因为我讨厌念书，很讨厌，因此我做不到，这非我力所能及之事。"

"你可真是聪明。"

"爸爸。"

"默多，我只是希望你复读这一年，因为这一年间发生了太多事情。这与心灰意懒或其他乱七八糟的事情毫无关系。这一年我们经历得太多了，包括你妈妈的事情。我相信你在学校加把劲儿，一定可以迎头赶上的。"

"爸爸，我做不到。"

"你一定能做到。再读一年你便可以升上大学。"

"爸爸。"

"你只是复读这一年。就这样决定了。"

"爸爸……"

"可以了，不要再说了。"

"爸爸，我的意思是……"

父亲开始不耐烦了。他看着默多，默多耸了耸肩。父亲拿起剩下的三明治，站了起来，又把椅子重新放回原处。他似乎不太喜欢这杯咖啡，但还是端走了。

"小心不要晒伤了，"父亲叮嘱默多，"现在可是将近 30 摄氏度。"

默多点点头，回到草地上继续晒日光浴。父亲把目光投向他，可他假装没有留意，而是把关于牛仔的书籍举起，躺在毛巾上。他舒展身体，尽情享受阳光。

默多继续看书。默多喜欢看纸质书的感觉，因为可以在书中某页做上标记。这确实是本趣味横生的书。但默多翻了几页后，又想回到地下室了。可他不想让父亲觉得自己过于急躁。父亲可能会觉得默多那么着急一定是有原因的，例如想着搞自己的音乐了。如果他有耳机，他一定会听音乐，可是他什么也没带。天哪。这时候他特别想弹上一曲，特别需要。他确实很想，可是他无法做到。

父亲的声音再次传来："你不能带上你的手风琴。"

怎么可以？！他怎么不可以带了？！为何父亲不让他带？有什么问题？这种行为实在太傻了。是他而不是父亲要带。天哪，这实在太让人沮丧了。默多从草地上站起来，把书放在毛巾上，走过庭院，穿过厨房。他管不了父亲对他的意见了，他要考虑点儿别的事情。

约翰爷爷下班回到家大概是晚上六点半。父亲在那之前已经回房间了。默多帮助莫琳奶奶准备晚餐。在家的时候，如果是工作日，一般由默多准备晚餐。大多数情况下，默多会准备香肠或牛肉末，还有土豆和豌豆等。如果是周五晚上或者周末，则由父亲准备晚饭。周五晚上的晚餐是父亲从油炸食品店买来的炸鱼和土豆片。大部分时间父子俩会把晚餐放在膝盖上，边吃边看电视。然而在约翰爷爷家，莫琳奶奶会提前把食物准备好放在餐桌上，不同种类的食物，如肉类、蔬菜类等被盛放在不同的容器里，大家围坐一团自取。如果你特别喜爱某样食物，可以随意自取。如果你想要吃更多面包，也可以自取。这里的面包和苏格兰的不同，但比莎拉店里的要好吃多了。

在晚饭过程中，莫琳奶奶时而进出餐厅和厨房，时而参与大家的对话。她是个一流的厨师。虽然她很谦虚，但她的厨艺实属一流。她将这谦虚地称为家常便饭，但是这还能是什么呢？在自家烹饪的食品肯定是家常便饭，人们通过在家里聚餐得到放松。

父亲和约翰爷爷正在把酒言欢，而莫琳奶奶和默多喝的是橙汁和水。父亲不会介意默多也小酌一杯，可这个时候默多实在太渴，喝不下酒。约翰爷爷正在忆苦思甜，回忆着刚来到美国的生活。

"努力工作、多多赚钱、好好生活。这就是这些年来我的生活信念。有多少年了？"

"三十八年了，"莫琳奶奶回答道，"我与你相遇已经三十七年了，我们结婚也已经三十六年了。"

只有她能记住家里的所有事情！

"一般人打两份工，甚至三份工。"莫琳奶奶指着约翰爷爷，"他总是打两份工。"

约翰爷爷耸耸肩："工作多没办法。"

"也不总是这样。"

"大部分时候是。"

"当孩子们还小的时候你还打三份工。"

"那不是很多吗？"默多问。

"告诉他吧！"莫琳奶奶说道。

约翰爷爷察觉到了父亲的目光："是的，有时候是要打三份工。当然没有人强迫你，但为了生活得更好你必须工作。汤米，我们只能努力工作，不断进步。"

父亲笑了笑。约翰爷爷停了下来，准备接着说，可是又突然改变了主意。他拿起手中的酒抿了一口，看了一眼莫琳奶奶。

"我可不把运送面包当成一份工作，如果你说的是这个的话。"

"那你把这称为什么？你为了开车运送面包彻夜不归。我和孩子们整天都见不到你。"

"那只是值夜班而已！她说的是值夜班。"

"每周六晚到每周日清晨，你都要连续工作十二小时。可别告诉我那是值夜班。"

约翰爷爷笑了笑。

"那可真不是开玩笑的，七天都要出去工作。"

"只是持续了一两年而已。约翰爷爷向默多眨了眨眼睛。孩子，这都是为了家庭，你爸爸懂的。"

"三份工作，我们连跟他见面的机会都没有。"莫琳奶奶说道。

约翰爷爷举起酒瓶向默多父亲示意。默多父亲举起酒杯，与他碰杯。

约翰爷爷看着默多，说道："孩子，为健康干杯。"

"为健康干杯。"默多回应道。

他们互相碰杯、敬酒，莫琳奶奶也加入了他们的行列。父亲再次举起酒杯，并向默多示意，高高举起。

父亲对约翰爷爷和莫琳奶奶说道："这杯是敬你们的，感谢你们对我和默多的盛情款待。"

"谢谢你们。"默多说道。

"说这些干吗？"约翰爷爷咕哝道。

"必须的。"父亲说道。

"你们能过来我们非常高兴。"莫琳奶奶说道。

父亲看起来略显尴尬。他注意到默多在看着他，对着他微笑。这是默多多年来看见父亲最放松的时刻。默多也感觉如释重负。在老家他们难以如此轻松。在家的时候，他们只能待在家里，看着周围的一切。每一件物品都让人睹物思人，每一个角落都让人想起母亲。这可谓"亭台楼阁今犹在，只是朱颜改"。

父亲看着默多，默多抬起头。

约翰爷爷和莫琳奶奶谈笑风生，他们正在谈论约翰爷爷为何不放假的事情。"现在没必要说这些。"约翰爷爷说道。

"当然有必要。"莫琳奶奶对着父亲说，"汤米，他走进那间办公室，与他们理论。是的，他就是那么干的。他必须要让那帮人知道他的想法。二十二年了！天哪！他们都没给他休息的时间！他的家人从苏格兰远道而来！他们也没给他放假！""天哪，你可别告诉我，这都无所谓。"莫琳奶奶对约翰爷爷说道，"实在太伤心了！"

"我没有那么说。"

"你的话可伤人了。"

"我不是这个意思。"

"现在不是这个意思了？"

"对不起，我不是这个意思。"

莫琳奶奶摇摇头："你应该告诉他们你的亲戚们来了，你都没时间回家团聚……"

"我晚上在家。"

"他们可一点儿也没为你着想，这是我想说的。天哪，他们轻而易举就可以给你放假，然而他们没有，真的没有。"

"为何没有？"默多问。

"为何没有？哼！我的孩子，这可是个好问题。你劝劝约翰爷爷，他可能还会听你的。我劝他，他只会觉得我故意挑刺。"

约翰爷爷向默多眨眨眼。莫琳奶奶盯着他。最后他语气缓和下来，说道："我去那个办公室三次了，三次都尝试跟他们谈，可是他们三次都没有给我应有的福利。他们说需要人干活。"

"需要人干活！"

"因为现在业务繁忙。"

"任何时候业务都很繁忙。"

"我只是转述他们的话。"

"你为他们做了那么多！"

最后父亲说道："我们都来到这里了，这是最重要的。我对四处游山玩水也没任何兴趣。最重要的是可以在这里休息、放松，还有晒太阳。我们原来的地方可见不到任何阳光！"

"那可是真的。"默多说。

"不用担心我们，我们不需要去任何地方，我们待在家里就很好。"

约翰爷爷点点头。"我会尽量的，"他说道，然后突然笑了起来，问父亲，"你们听说过坎伯兰岬口吗？"

"听说过。"父亲回道。

"早期移民者还为此写了一首歌。"莫琳奶奶说道。

"就是你舅妈的家族！"约翰爷爷眨眨眼。

"才不是我的家族，我知道你想说什么。"

于是他们便又开始谈论家族历史，谈论他们的祖先。父亲知道他们当中的很多人。在家的时候，父亲很少谈论他们的家族，默多知之甚少，如今听起来津津有味。默多对母亲家族的历史略为熟悉，因为母亲经常挂在嘴边。

饭后，他们一起帮忙收拾桌子，他们把空碗和盘子递给站在橱柜前的奶奶，并且把剩下的食物放进冰箱里。莫琳奶奶负责把餐具整理好放入洗碗机。父亲开玩笑称在家里的时候他是人肉洗碗机。

他们天黑前到庭院中去小憩。约翰爷爷回到屋内，拿来两瓶啤酒、两杯威士忌和一壶水。不一会儿，默多感觉手臂有些痒，而父亲也在挠头。原来是蚊子。它们提前霸占了这个地方，约翰爷爷笑称："它们和切罗基族印第安人一样。"

"黄昏时分正是蚊子猖獗的时间，"莫琳奶奶说，"最好拿衣物挡住皮肤，裸露着的手臂最容易吸引蚊子了。"

约翰爷爷与父亲准备喝酒。"你们想喝点儿橙汁吗？"他问莫琳奶奶。

"不用了。"她举起茶杯，向默多使了个眼色。

"默多可以喝啤酒吗？"约翰爷爷问父亲。

父亲没有作声。

"我还是喝橙汁吧！"默多回答。

"那很好。"约翰爷爷说。

"你可别忘了，他还是个男孩儿。"莫琳奶奶说。

"我当然没有忘记。"约翰爷爷给父亲递上一瓶啤酒，"在这个地方生活，你需要一辆车。汤米，你可真应该把驾照带上，那样你就可以在周围逛逛了。"

父亲耸耸肩。

"这里有公交车吗？"默多问道。

约翰爷爷笑了笑："有的话就好了！"

"那这里的人们平时都走路吗？"

"他们经常做类似慢跑的活动。"莫琳奶奶说道。

"那叫作竞走，是一种健身方式。"约翰爷爷说。

"那可不是竞走，是快步走。"

"慢跑。"

"不是慢跑。我不知道你们把这叫作什么，反正我经常看见他们在商场里这么走着。他们不断地走着，也不买任何东西。他们结伴而行，去商场就是为了走路。"

"结伴而行？"默多问。

"是的。他们两两结伴或三人成群。"莫琳奶奶笑着说。

约翰爷爷笑了，父亲也笑了。"为何多年前你没有移民到美国？你也有移民的所有合法证件。"约翰爷爷举起酒杯，看着父亲，然后停了一会儿，说道，"是因为你的爸爸吧？"

"你是指我还是小孩儿的时候吗？"

"是的。你妈妈本来是很想移民过来的，因为你爸爸做了这个决定，她才没有移民的机会。"约翰爷爷叹了口气，"汤米，我知道她一定会来。你知道为何吗？因为她告诉过我。"约翰爷爷坐回到椅子上。

莫琳奶奶告诉默多："你妈妈是个特别可爱的人。"

"是他的祖母，"父亲说道，"舅妈，你指的是他的祖母，因为她是我的妈妈。"

"噢，是的，汤米，实在不好意思！她是一个不折不扣的淑女，她带着我们上教堂。那是一个格拉斯哥苏格兰长老会的教区教堂。"

"当然，不然还能去哪里？"约翰爷爷笑道。

"她十分有趣，"默多说，"我还记得她。"

父亲看了他一眼："你当时还小。"

"是的，但我还记得她。"

"是吗？"

"是的，她让我高兴。"

莫琳奶奶停了一会儿，若有所思地说道："你对她的评价听起来十分美好。我希望以后也有人这么评价我。"

"当然会有人这么评价你。"约翰爷爷说道。

"她已魂归天国。"莫琳奶奶握着父亲的手，轻抚他的手背，温柔地说道，"她正如你的小女孩儿一样，正在天堂里愉快地生活着。"

父亲抽动了下肩膀。约翰爷爷喝下一大口啤酒。

"当然是的。"莫琳奶奶补充道。

默多目光投向约翰爷爷，只见他笑了笑。莫琳奶奶说的"小女孩儿"，并不是指伊丽，而是指母亲。母亲是父亲的女孩儿，他的女朋友，更是他的妻子。"在天堂里愉快地生活着"的那位是父亲的母亲，也就是默多的祖母。

默多从未想过这些，也从未留意过父亲和约翰爷爷、莫琳奶奶之间的亲密关系。

约翰爷爷拍了下默多的肩膀："孩子，你确实遭遇不少打击，我们一家人要团结一致、互相支持。人们在遭遇困难、挫折时，一定要团结一致。"

莫琳奶奶看了看默多："他长得跟他妈妈像吗？"

"你说的是他的妈妈还是汤米的妈妈？"

"都是。"她说。

约翰爷爷笑了，莫琳奶奶也笑了，而神奇的是，父亲突然放声大笑起来！于是他们三人哄堂大笑。默多边笑边看着他们。约翰爷爷继续谈起一位远方表兄，谈起以前在亚拉巴马州，以及在莫琳奶奶家乡肯塔基州的日子。一只小鸟停在草地上，在草地上徜徉。这是一只蓝紫色的小鸟，长着长长的羽毛。它在草地上不紧不慢地徜徉，而不是跳跃。约翰爷爷又谈起另外一个名为唐纳德爷爷的亲戚，这位唐纳德爷爷娶了一位来自诺克斯维尔的名为莫利的太太。

"他们是马尔赫恩一家的亲戚，"莫琳奶奶说道，"他们的女儿嫁给了一位姓吉莱斯皮的年轻人，并搬到了亚利桑那州。"

"他可真有性格。"约翰爷爷说道。

"他是个令人讨厌的吝啬老头儿。这就是为何他们年纪那么大了，他女儿一家还搬走的原因。"

"他生活艰难。"

"是吗？"莫琳奶奶摇摇头。

"是的。"

"他那样对他可怜的太太，你可千万别为他辩解。"

"当然，我没有为他辩解。"约翰爷爷继续谈论唐纳德爷爷的琐事，认识他太太的莫琳奶奶也不时地插下嘴。父亲认真地听着他们聊天儿，看起来表情轻松愉快，似乎认识他们谈论的这些人物。默多许久没见过父亲眉眼如此舒展的样子了。

小鸟还在草地上徜徉，啄食地上的碎屑。这只小鸟面容奇特。有的时候你甚至可以发现小鸟的脸居然会与人脸有所相似。默多想起一幅著名的人身鸟面图。在图画里，鸟明亮的眼睛环顾四周。这或许就是人类几千年前的样子。有人相信人死后灵魂会转移到动物身上，例如鸟、鱼，抑或昆虫。一些印第安首领的头饰是用羽毛做的。约翰爷爷还在谈天说地。默多从椅子上站起来，父亲立刻明白他想去洗手间。而当他从洗手间出来后，他便想回到地下室里小憩。

地下室对于默多来说是世外桃源。虽说地下室里没有空调，可那又有何关系呢？这里私密性良好，这点比任何东西都重要。虽然灯光昏暗、阴影沉重，让人不禁想起蜘蛛网。当然在地下室都会出现这些问题，总会有些小生物爬到床垫里。

约翰爷爷曾说过地下室会有蟑螂，并解释过为何不安装空调的原因。

因为如果装上空调，蚊虫会更加猖獗。默多一开始以为他在开玩笑，但莫琳奶奶又向他解释了昆虫喜欢更加湿润的环境，蚊子也一样。因此千万不要在花园里装水池，除非你想招惹蚊子。

第二天清晨，默多赖在床上不愿起来，他醒了一会儿又睡了过去。大家常会提起时差，默多想或许这就是时差。他想起床洗澡，可又饥饿难耐。当他从地下室上来时，父亲在花园里，莫琳奶奶在厨房里准备咖啡。默多走进厨房拿起早餐，瞥见电视里的天气预报说今天将会十分炎热。默多多希望附近有海滩可以冲浪，可这里没有。约翰爷爷说附近的乡村里有一个大山谷，人们可以在山谷里面的湖水中游泳、做水上运动。他计划下下周末如果工作安排妥善、没有紧急任务，就带他们父子俩前去游玩。这周末他有其他要事。

莫琳奶奶煮好了一壶咖啡，味道十分浓郁。她让默多尝试一下她的喝法：一半咖啡一半牛奶。可默多更愿意喝橙汁。莫琳奶奶又倒了一杯咖啡，问："默多，你可以端到外面给你爸爸吗？"

"当然，我正想——好吧！"

"可以吗？"

"当然可以，我只是……好吧！"

没事，没什么事。默多刚刚走过过道时父亲没有留意到他，他当时正沉浸在书中。直到默多把咖啡放在桌上，他才抬起头："你还好吗？"

"还好。"

"那就好。"

父亲伸手拿起咖啡，默多回到屋里。当关上玻璃门后，默多看见父亲放下书本，双手交叉放在脑后。默多将早餐的碗、勺冲洗完毕后，下楼回到地下室，整理好睡过的床铺和被子。默多在家也做这些家务，包括去超市购物和洗衣服。有次默多在整理床铺的时候发现床单底部堆积着头皮屑、皮肤碎屑等一些脏东西。每天夜晚睡觉，皮肤都会新陈代谢，而睡觉时候的翻滚会使这些产生的碎屑堆积到床单底部。当你拍打床单时，这些碎屑便会像扬尘一样到处飞扬；当你咳嗽或者大声说话时，更是如此。阳光透过天花板上的窗户照射进来。你的每次拍打都会让一堆碎屑掉下，包括皮肤碎屑、头皮屑等。

因此屏住呼吸吧！

然而我们总不能时刻屏住呼吸。离开呼吸我们将难以生活。想想一个女孩子看见这个场景，一定会觉得十分恶心，对你敬而远之。

或许这些昆虫、寄生虫和微生物早就存在于此了。这些小生物或许在房子建好前就已经在这里筑巢了。甚至在切罗基族印第安人在此安营扎寨前就已经存在了。在这片土地上，白人是鸠占鹊巢的侵略者。默多现在躺的地方很有可能是土著印第安人原来的领地。想象一下，在这下面还有一个更深、更大的地下室。如果拍成电影，这里将会是恐怖阴森、令人不寒而栗的地牢画面，人们在此遭受肢解等酷刑。这里也可能是个恐怖的黑洞，一旦掉下去便会命丧黄泉。

默多再去翻阅角落里的书籍，发现柜子旁边还有另外一摞科幻小说、侦探故事和宗教传说。他打开柜子，发现了更多的书籍，甚至有成人杂志。这些很有可能是男孩子会躲起来看的书。默多打开一本，坐在床垫上准备欣赏。可这时默多发现光线不够好，看不清图片。天花板上的窗户透进来的光并不足以使整个房间光亮起来。

"这里应该有盏床头灯。"默多想。于是默多找了起来。地下室其他两间小房堆放着一堆杂物，如橱柜、盒子和袋子、旧式毛毯和床单、衣物和鞋子、碗碟和茶杯等，还堆放着各种看起来十分劣质、连着美式插销的电器以及两条延伸电缆，其中一条长达四十米。

甚至有手电筒！默多还在找床头灯。他跨过堆在地下的盒子在其他地方寻找。他发现了另一个柜子，他跪在柜子底部，翻找起来。默多找到一个旧式的顶装式 CD 机，用衬衫边角轻轻擦拭上面的灰尘。这部 CD 机不能播放广播，但有两个放录音带的卡槽，以及一个放 CD 的卡槽。想象一下这部机子还能运转。那该多好！

　　这部机子是常规的双叉插头，默多找到插座并插了进去，启动灯亮了起来。

　　默多赶紧拿出莎拉给他留的两张 CD，取出其中的一张放了进去。音乐响了！是快速的摇滚乐。这一定是梦扎伊女王演奏的！跟她在门口演奏的节奏一样！他把音量调到最大，希望大家都能听见，一起狂欢。可随后他又立刻关小了音量。他随后关掉机器，拔掉插销，把它移动到床垫旁边的插座前，再次插上插头，调小音量，静静聆听。第二张 CD 是完全不同的音乐风格，都是手风琴音乐家演奏的曲目。真是太棒了，美妙的乐声余音绕梁，让人沉醉。默多躺在床垫上倾耳细听。默多还听见了旧式机器发出的独特的"吱吱、嗞嗞、吱吱"的声音，与平时常用的 MP3 播放器有所不同。人们有时候故意寻找旧式乙烯基塑料唱片，就是为了听到这种干扰的杂音。他们认为这样听起来更加真实，就像在现场听乐队演奏一样。但这并不是乐队演奏现场，只有你孤单一人躺在床上，周围乐曲萦绕，而你在乐曲的中央——一个小男孩儿，忘却身上所有的罪孽和苦难。天哪，那不是数学老师美利肯吗？他正在上着课，内容是数据压缩。天哪，我可不要受到干扰。上帝神明，这可绝对不是干扰声音。

　　然而默多心满意足地听上了音乐，于是这一切对他而言都已经无足轻重。默多终于能舒舒服服地躺下，优哉游哉地听着他喜欢的乐曲。虽然不能演奏让默多心情低落，但起码他还能欣赏音乐。你环顾四周，侧耳倾听，但你看到的和听到的是什么呢？是你脑袋里的声音。听音乐的实际上是大脑，是大脑在听并且做出反应。

　　默多是这样认为的。在每个不眠之夜，默多躺在床上，所有东西都会浮现在脑海里，例如吉格舞曲、排练、某些成功或失败的场景。如果乐队里有人演奏时犯了错，你还必须帮助他们纠正。因此，虽说你的身体是休息了，可大脑并没有休息。有时候默多甚至会从床上跳起来，写下脑海里的一些话语，如"吉他声音更大""小提琴停止""电贝斯更大声"，甚至是"空、空、空"等。"空、空、空"是什么意思？只有默多知道。

接着天亮了，默多需要上学。在学校里，默多听见了一大堆废话，这些比自己小的学生总是吧啦吧啦地说着各种废话。他们看着对方，互相询问穿什么鞋、什么裤子、如何打扮等，他们无时无刻不谈论这些无聊的东西。他们也会对着某个被他们称之为大众情人的女同学说道："快看她！快看她！"

默多对这些无聊的社交十分讨厌，甚至觉得十分可笑。有时候也有女孩子对他投来仰慕的目光，真正仰慕的目光。你以为她们不会仰慕你，但实际上她们会的。莎拉在店里看见默多时便会问道："你是谁？"

"是我，"默多喊道，"是我！"

"你是谁？"

"哈哈。"

莎拉在店里一本正经。当你真正认识她，才知道她绝不是个严肃的人。她在店里收默多钱的时候，让人感觉不苟言笑！而周日早晨，当莎拉在伴唱和伴舞时，只能用美丽来形容。当然，周六晚上她也十分漂亮。

莎拉对苏格兰一无所知，甚至不知道它位于何方。她只知道英格兰。默多让她想象苏格兰位于英格兰的"头顶"，她也无从想象。他居然是莎拉认识的第一个苏格兰人。因此，如果她对苏格兰茫然无知，那在她的印象中，默多是从哪里来的呢？哪里都不是。他甚至没有国籍，他只是他，默多。在拉斐特弹奏吉格舞曲的家伙。默多一定会来的，他想来就一定会来的。他们一定这么想。只要呼唤默多他就会去。可他怎么去呢？有人开车载他去。谁呢？一定是他父亲或者爷爷，也可能是他奶奶。默多终于来了。默多你好！大家都准备好了，等着你和你的手风琴呢。默多的手风琴将从苏格兰空运过来。开始演奏吧！

哈哈，如果事实果真如此，那父亲会开车载我吗？噢，我的驾照被落在苏格兰了。我们可以坐火车或者汽车。汽车可以到达那里吗？

与梦扎伊女王共同演奏对默多而言可谓打开了一个美丽新世界。可问题在于父亲对此一无所知。他完全想象不到那位坐着演奏的老太太居然会是一位技艺高超的演奏者、一位才华横溢的音乐家。他根本没有听过她演奏！当父亲周日中午到来时，她在一旁吸烟。

才华横溢的音乐家意味着什么呢？对默多而言，如须跟父亲解释音乐的魅力，则要从头开始讲起。

一会儿后，默多听见有人走入地下室的脚步声，默多赶紧关掉音乐，侧躺在床上。父亲打开门走了进来。默多假装在睡觉。父亲在他的床头放了一瓶橙汁。没有门锁的房间就好像是一本黄色封面的黄色书籍。人们直接就可以进来。父亲在旁边等了一会儿，默多睁开眼睛，左右环顾。

"嘿，"父亲说，"你不上楼吗？"

"我睡着了，我刚才在阅读。"

"嘿，"父亲又问，"你不上楼吗？"

"当然，我一会儿上楼。"

父亲点点头："你昨晚也是这样？"

"我昨晚怎样？"

"突然就消失了！我们大家都还在花园的时候，你起身去洗手间，然后就无故消失了。我到处找你，发现你在楼下睡着了。我们都以为你还会回去跟我们聊天儿呢！"

"我太困了，所以要睡觉了。"

"默多，你可以先过来与我们道别，然后再睡觉。约翰爷爷和莫琳奶奶正等着你跟他们说晚安。出于礼貌，你也应该跟他们道别再休息，尤其是莫琳奶奶，她为我们准备好了一桌饭菜！"

"爸爸，对不起。"

"儿子，我知道你有歉意，但事情已经发生了，道歉也无济于事。我们做事情需要考虑周全。我们需要尊重他人。"

"爸爸，我尊重他们！我非常尊重他们！莫琳奶奶和约翰爷爷都是好人。"

"是的，当然，他们都是好人。"父亲走到门边，停了下来。他左右环顾，看见了那台开机键还亮着的旧音响。

"这是个 CD 播放器吗？"父亲问。

"是的。"

"我刚刚好像听见了音乐。"

"我是在后面的房间里找到的。"

"哈哈！"

"我把它调到很小声了。"

"好吧……"父亲盯着播放器。

"我是在柜子里面发现它的。"默多说道。

"然后你就直接拿走了？"

默多盯着他。

"你问过莫琳奶奶了吗？"

……

"你问过莫琳奶奶了吗？"

"爸爸，你要我问什么？"

"问她你可不可以拿走。"

"没有。是我找到它的，它已经被闲置在了柜子里。"

"它并不是被闲置在柜子里，而是你从柜子里把它翻了出来。儿子，明白我的意思了吗？如果不是你打开柜子，四处寻找，它又怎么会跑出来呢？你这么翻箱倒柜、不问自取可不是得体的行为。我们在别人家里可不能乱翻别人的东西。毕竟你只是个客人。你应该问后再取，懂了吗？"

"对不起。"

"'对不起'也无济于事。"

"我真的是对不起。"

"为了将来着想，我一定要好好教教你。"父亲说完后关上门，走了出去，默多随后听见上楼的脚步声，卫生间开门、关门以及插上插销的声音。

默多安静了一会儿，随后在床上伸了个懒腰，把手掌合放于脑后。他真心不想上楼。那他想去哪里呢？

哪里都不想去——只想待在这灰尘滚滚的地下室。

这就是地下室中最大的问题。地下室是埋在底下的，在地面还有微弱的光线透入，可地下室没有丝毫光亮。这里的夜晚也格外昏天黑地。如果你在外面突然进入这里，眼前定会伸手不见五指。默多总会在黑暗中思绪万千，想象宇宙的运转方式、永远水平的地平线、永恒的未来。这里是美国，你必须专心思考关于美国的一切，千万不能开小差，让思绪飘去印度。

美国，一个截然不同的新世界。你以为你从电影里认识了这个陌生的国度，其实不然。在白人到达并掠夺这片土地之前，这里的切罗基人是怎么生活的呢？他们顽强斗争却英勇牺牲。这里有男人、女人、小孩和一切他们丢弃的东西，有士兵、牛仔、印第安人和俘虏，有黑人。他们戴着手铐脚镣，最终被送上断头台。还有小孩子。这里还有马丁·路德·金，以及殴打和杀戮平民的警察。亚拉巴马州等地都发生了诸如此类的事件，而现在我们正在这里。人人都有生活信条。他们所信奉的这些信条是正确的吗？当然不可能全正确，但只要人们相信这些信条，那便是正确的。即便是这只傻乎乎的小鸟也有信条，当然，它并不傻。

当然小鸟并不傻，你看它盯着你的方式就知道了。默多是这么想的。如果拿小鸟和人做比较的话，小鸟什么也不懂。或许有些鸟，比如鹦鹉，还是懂的。如果你对小鸟充满好奇，它也会对你充满好奇。在牛看来，人就相当于庞然大物。有些动物只能辨别黑和白。蝙蝠甚至是瞎的。如果你养了一只蝙蝠作为宠物，它只能通过你发出的声音来判断你的存在。人人声音、长相各异。即便是拿着同一件乐器演奏，也会由于演奏者各异而发出不同的声音。小鸟也是一样。小鸟在盯着你看。人们常形容人笨得像小鸟一样，但这不是事实。小鸟可聪明着呢！在家乡的时候，人们经常可以听见海鸟发出的尖叫声，有塘鹅和海鸥的声音，蛎鹬、海鸠和鸭子的叫声等。无论身在何方，耳边都萦绕着燕语莺声。你能听见小鸟互相呼唤的声音，同样的声音不断萦绕、回响在耳边，可千万要当心：

来了个陌生人、陌生人，
来了个陌生人。
来了个陌生人、陌生人，
来了个陌生人。

默多上楼时，传来电视机的声音，莫琳奶奶正在走廊织衣服。默多原以为她在做饭，可实际上并不是。她坐在靠背长椅上编织着，旁边放着一个纺织箱、一杯茶和一本杂志。电视里正在播报加勒比海岛受到风暴侵袭，从墨西哥湾将传来龙卷风等。默多轻声喊道："莫琳奶奶。"

"嘿，默多。你躺了一会儿？"

"是的。"

"是你爸爸告诉我的。"

"我以为您在做饭呢……"

"我休息一会儿，孩子。"

默多走到约翰爷爷常坐的椅子那里坐下。

"是有龙卷风要来吗？"

"龙卷风，是的。不过在这里并不要紧。从得克萨斯州往上到俄克拉荷马州才是龙卷风肆虐的地区。在这里我们担心的是暴风，从海湾吹过来的暴风——你听说过亚拉巴马州的奥兰治海滩吗？"

"没听说过。"

"你知道我们这里靠近海滩，暴风经常会从海上吹来。你拿张地图看看就知道我的意思了。随便哪一张地图都可以！"莫琳奶奶放下杂志和书本，边拿起要编织的衣物和编织图案书，边扫视了一眼房间。

默多又看了一会儿天气频道，现在讲到了新墨西哥州和科罗拉多州，以及沿着海岸从亚利桑那州到加利福尼亚州，太平洋沿岸的长形半岛。那些州海岸线十分绵长，还有墨西哥湾、加勒比海和大洋洲。很有意思的地方。这些地方都是默多原先不知道的。

"莫琳奶奶，"默多问道，"我能到处走走吗？"

"走走？"

"是的，到处走走，像当地人那样。"

"噢，散散步。当然可以。这附近有个公园，开车的话并不远。白天公园的景色非常棒，夜晚则会聚集很多有意思的人。"

"那这周围呢？在周围走走呢？"

"孩子，你是想透透气吧？！待在家里可让你憋坏了。哈哈，你到这儿才多长时间？"莫琳奶奶笑着说，停止了编织。

"莫琳奶奶，我不是那个意思，真的。"

"孩子，我们明天将去超市采购物品，为明天晚上做准备，明天晚上将会有好多客人来我们家举办百乐餐，你知道什么叫作百乐餐吗？"

"不太清楚。"

"我会为百乐餐准备食物，很快你就会知道了，这是一种促进邻里和睦相处的活动。我明天准备带你去超市买东西。超市里面东西琳琅满目，你会喜欢的。默多，这里的人们喜欢健走呢！比我年纪还大的人都在积极健走！他们摆着手臂，走来走去，一不留神还会撞上你呢！"

"我只是想在周围随意走走。"

"孩子，你是需要出去走走了。不过现在外面温度很高，将近 30 摄氏度呢，一会儿可能会更热。夜晚和早晨是大家散步的好时机。你爸爸一起去吗？你有没有问过他？你约翰爷爷要带你爸爸去酒吧喝啤酒。"

"去酒吧？"

"哈哈，不带上你对吧？你得要满 21 岁才可以去酒吧。"莫琳奶奶编织着，并抬起眼睛打量着默多，"我有个朋友，喜欢到处蹭公交车。"

"我以为这附近没有公交车。"

"有的，孩子，这里当然有公交车，只是我不喜欢坐，而她喜欢。我一般开车，而她不开车。"

"你！你开车？！"默多表示惊讶。

"是的，你居然不相信！我从十二岁就开始开车了。"

"十二岁！"

"是的，我爸爸教我们开车，因为他喝得烂醉如泥的时候只能靠我们。"莫琳奶奶停顿了一下，"当然，他除了和你约翰爷爷在一起外都不会这样。我爸爸一直很喜欢你约翰爷爷。他们以前生活在肯塔基州。我爸爸和祖父很早便来到这里工作，那可是我的祖父啊，默多。"莫琳奶奶点了点头，"只有穷人才蹭公交车，你知道为什么吗，默多？因为只有他们才会到处占便宜。"

默多耸耸肩。

"孩子，你现在懂了吧？"

"是的，莫琳奶奶。但如果你出门非常着急，而又没有汽车，甚至无法付起打车钱的时候怎么办呢？"

莫琳奶奶手不停地编织着说道："继续说吧，孩子，我在听。"

"我的意思是这里有没有商店？就在这个地区。"

"当然有。"

"有多远呢？"

"很远。"

"因此你不会去那里？"

"不去。"

默多耸了耸肩："我想如果是我，我会去的。在家的时候通常都是由我来购物。我总是散步去购物。"

"是吗？"

"是的，我并不介意，甚至挺喜欢的。除非下倾盆大雨。"

"倾盆大雨！"莫琳奶奶笑着说。

"是的，我们家乡有时候会下倾盆大雨。"默多笑了笑，"这个时候就需要搭乘公交车了。我的意思是，如果你确实需要这个时候出门买东西的话……"他耸了耸肩。

"孩子，我明白你的意思。"

莫琳奶奶在聊天儿中提到了穷人，但其实他们就是不折不扣的穷人。那为何不乘公交车呢？他们从机场出来就是坐公交车的，为何现在不行呢？人们总是为明天担心，但明天终将来临。即便你对出门在外十分恐惧，也不可能整天待在家中。我们早就知道隐士的故事，出于宗教原因或信仰原因，他们总是隐居深山，岩居谷饮，与世隔绝。可他们如何解决温饱问题呢？他们既不出门工作，也不外出购物，甚至不见客人。他们远离尘嚣，以各种昆虫和植物为食。或许他们会捕鱼，或者抓一只松鼠，甚至是一头鹿。但倘若你手上没有枪，又如何能杀死一头鹿呢？那就只能跳到鹿的背上把它勒死了。还有一种方法就是设计陷阱，使鹿上钩。在苏格兰这种鹿非常多。每天清晨，可以看见它们去往海滩寻找水。因此你可以在那里猎到鹿，但是这在苏格兰是被禁止的，因为这些鹿都归富人所有，因此也只有他们才能猎杀那些鹿。

还有松鼠和小兔。

还有鱼！

但如果你没有船，又怎么能够捕捉鱼呢？那你只能依靠双手自力更生了。你只能把手放进水里等待鱼儿游过来，再把它们从水中捞起来了。

美国这里什么都好，就是周围不怎么靠海。默多很怀念一望无垠的大海。在家乡时，默多很容易就来到海边，忘却一切烦恼，任海风柔柔拂面。

对父亲而言，只要能让他安静看书的地方便是天堂，他可以坐在屋里、花园或者庭院中专心阅读。但对默多来说却并非如此。你在美国都干了些什么？我只看了书。明天就是周三了，从他们到达美国的上周五开始算起，已经过去整整六天，也就是将近一周了。

远处传来锯木的声音，普通的锯木声：吱吱嚓嚓。如果在外面会听得更清楚一些，这也容易理解：很多过来定居的人正在伐木建造自己的小木屋。

约翰爷爷下班回家时，默多正在花园外面。爷爷从事维修行业，因此时不时会有一些紧急状况需要处理。一旦遇到紧急状况要出外勤，爷爷便会有可观的收入，爷爷也经常有这个赚外快的机会。这个周末显然是个重要的日子。

周六将会是"聚会日"。虽然他们会一起去教堂，但是"聚会日"依然有其独特的魅力。凯尔特人的历史和文化在这一天得到传承。这一天，地摊林立、抽奖活动丰富，还有各种家庭烘焙活动以及竞赛奖励等，一天结束时还会有丰富的舞蹈活动。许多年长的苏格兰籍人士会定期捐钱，来资助"聚会日"的持续开展。约翰爷爷是"聚会日"的坚定支持者，除非有十分紧急的工作，否则周五晚上到周六早晨都会有空。如果实在有要事发生，他会收到短信通知。

而今年传来好消息：约翰爷爷的雇主承诺给他好好地放上一假，从周五到周末，并且承诺不会拿工作上的事情来打扰他。这意味着约翰爷爷从周四晚上到周日晚上都是放假状态，因此他们准备好好筹划过节。一家人在餐桌上谈论着放假期间的安排，默多只是静静聆听，从不插嘴。他们最终还是决定去走访亲戚——约翰爷爷的提议是去拜访他的姐夫。如果父亲不同意，默多也不会多嘴。默多祖父去世时他才十岁。默多记得他会唱滑稽的歌曲和民谣。可是在默多的印象中，他并不是个妙趣横生、喜眉笑眼的人，恰恰相反，默多脑海中的他是个暴躁易怒的老家伙。

约翰爷爷继续谈论着假期计划，直到莫琳奶奶走了过来。约翰爷爷立刻停止，并用手做出闭嘴手势。

"当然，我希望你能做到，"莫琳奶奶说道，"该吃饭了。"

约翰爷爷拿起食物放在自己的盘子上，他把土豆放在右边，肉放在左边。他又重新活跃了起来。"否则呢？否则你想怎样？"他说道，并向正在吃饭的父亲和默多调皮地眨了眨眼。

莫琳奶奶坐了一会儿，没有取食物。她昨晚也是这样。默多想她此时是不是在心里默默祈祷，又或者是需要休息一会儿再进餐。莫琳奶奶吃饭的方式也非常特别。她总是小口小口地吃，绝不把嘴巴张大。非必要时她是不会用刀子的。她总是小心翼翼地先将肉切成小块，然后放下刀，用叉子将肉块送入嘴巴。每吃一口她都要用餐巾纸轻轻拭嘴。

晚餐快结束时，约翰爷爷取出一瓶酒放在桌面上。

他指着标签说道："当地产的酒。"并为默多倒了小小一杯。

"这酒恐怕太烈了。"莫琳奶奶说道。

"不会，这才不会呢！"

"谁相信呢？！汤姆，你看看吧！他把这酒称为当地酒，这可不是什么亚拉巴马的酒，而是从我的家乡肯塔基带来的酒。"

约翰爷爷笑了笑，说道："当然了，但这可不能算是烈酒。如果这都算烈酒，那你在家乡可就要被人嘲笑了。"

"是吗？你来说说谁笑我？"

"我指的是你不知道什么是烈酒。"

"你以为我不知道什么是烈酒？天哪！"

"哈哈，"约翰爷爷笑了笑，"汤米，默多也来一小杯，你说呢？"

"呃……"父亲犹豫。

"我其实不太想喝。"默多说。

"孩子，你确定？喝一杯一点儿影响也没有。"

"如果一点儿影响也没有，喝来干什么？"莫琳奶奶问道。

"因为这酒味道好。"

"噢，味道确实不错。"

"你是怎么知道的？"

"我就是知道。"

约翰爷爷拿起酒杯示意："今天在座的这位女士，出生后可是一滴威士忌都没有尝过。你怎么看？如果你认识她的爸爸……"

"我爸爸怎么了？他可不是个酒鬼。"

"当然不是，我也没说他是。"

"他确实喜欢喝啤酒，那又怎么样呢？只是喝啤酒而已。"

"我也没说什么。我正准备说老祖父。"

"噢？现在又到我的祖父了？你总得说点儿什么是吧？"

"不是坏话。"

"那当然，你也不知道关于他的坏话，你一点儿也不知道。"

"我不是说坏话，我是想说点儿好玩儿的事情。"约翰爷爷笑了，"老祖父是个有意思的家伙。"

莫琳奶奶盯着他："别再说了。"

"亲爱的，我想说的是，这些传统已经进入了你的血液里，成了你性格中的一部分。"

"才不是呢！"她双手扣在桌子上，再次盯着约翰爷爷。

约翰爷爷又抿了一口酒："她的祖父可是个地地道道的山里人。"

"噢，好了，住嘴吧！"

"她祖父和她爸爸有一次带我去打猎。"

"可不止一次吧。"莫琳奶奶说道。

"当然不止一次，我说的那一次，祖父打下了一只小鸟！你知道那时他多大年纪了吗？"

"七十三岁。"莫琳奶奶笑了笑，又迅速忍住了。

"是的，"约翰爷爷说道，"我们当时徒步走过这个小池旁边的沼泽地。"

"那个鸟池。"

"是的，你们总是这么称呼。"

"不是我们称呼，而是这是它的名字。"莫琳奶奶说道。

"是的，那个湖有些特别，湖面很多杂草，湖里的青蛙跳来跳去。我们当时还带狗出门。"

"两只狗？"

"是的，两只都很漂亮的狗。狗可以让躲在杂草和矮木丛里面的小鸟受到惊吓，然后高高飞起，好让我们瞄准它们。当然我瞄准不了，我当时连手枪都没有。"

"你不会打猎？"

"是呀，当时我可不会。"

"你后来学会了。"

"是的，我后来才会的。我们就在草地里走着，看着前方一两百米处，相隔甚远的小狗，默多，它们训练有素。"

莫琳奶奶点了点头。

"这两条狗早就把小鸟吓跑了，我还没反应过来，就有一只小鸟从沼泽地里飞了起来。"

莫琳奶奶叹了口气，摇了摇头。她笑着看看默多，看看约翰爷爷，舔了下嘴巴。

"池边不远处，一只小鸟飞了起来，它突然飞上了天空。祖父回过神儿来，转身高举来复枪，朝着空中瞄准——'嘣'！我原以为他肯定没射中。'你没打中。'我说道。他一言不发。我再说了一次：'你没打中。'他这次回答我了：'孩子，我打中了。'"

莫琳奶奶终于忍俊不禁，哑然失笑起来。

约翰爷爷摇了摇头："他再次告诉我，他打中了目标。"

莫琳奶奶忍不住笑出了眼泪，赶紧拿起餐巾纸轻轻擦拭。约翰爷爷和父亲都大笑起来。默多也笑了。默多从约翰爷爷绘声绘色的描述中似乎看见了依然年轻的约翰爷爷和带着枪的祖父。莫琳奶奶最后说道："这可怜的东西，真是可怜的东西呀！"

"可故事还未结束。"约翰爷爷示意大家安静下来。莫琳奶奶指着他的餐具说道："先把东西吃完。你总是喝酒喝着喝着就忘记了吃饭。"

"好的，我这就吃。"约翰爷爷笑了笑，抿了一口酒，然后继续平静地说道，"我确实认为他没打中。"

"你当真那么认为？"莫琳奶奶朝默多和父亲俏皮地眨了眨眼。

"当时鸟飞得很高，祖父却没把枪举高，只是夹在手臂里——你知道他们拿枪的方式——然后站在那里仰望天空。"

"我爸爸当时在干什么？"莫琳奶奶问道。

"噢，你的爸爸，对了，他当时也跟祖父一样，仰望天空。但他在微笑。他还告诉我要耐心等待。他说，约翰，你要耐心等待，仰望天空，然后再耐心等待一会儿。"

莫琳奶奶点了点头，她脑袋低垂，闭上双眼。约翰爷爷轻轻摸了下她的手腕，对父亲说道："汤米，他可是个好人。"

父亲点了点头。

约翰爷爷又笑了："这时候小鸟还在展翅飞翔。祖父看着天空，再次说道，孩子我打中了。小鸟拍打着翅膀飞着、飞着、飞着，然后突然就停下来了。"

"可怜的东西，"莫琳奶奶再次说道，"那么，那两条狗去哪里了呢？"

"噢，对了，还有狗呢，它们还在等着，在旁边转着圈儿呢。鸟儿在空中高高地飞着，有多高呢？大概有十几米，噢，不对，是二十多米高！我也不太清楚，反正就是很高。我告诉你，那只小鸟扑闪着翅膀，不一会儿就掉下来了，像块石头一样砸向地面。祖父再次说道，孩子，我打中了。"

"我的天哪……"

"两只小狗看见之后立刻狂奔过来。"

"是吗？"莫琳奶奶说道。

"是的，射得可真是准哪！你知道最特别的是什么吗？他们一点儿也不觉得惊讶。"

"确实不惊讶。"

"回家后，我恨不得把这件事跟所有人分享，结果他们一点儿都不吃惊，只是用习以为常的眼神看着我。"

莫琳奶奶"咯咯"直笑："他们取笑你了吗？"

"当然取笑我！"

"我就知道会这样，你会怪他们吗？我可不会怪他们。"

"我和你奶奶认识那么长时间以来，那可是她第一次送我回家。但他们家人总是取笑我，这确实是事实，多么残忍的姐妹们哪！"

"嘿嘿，你说什么呢？！"

"你们生性残忍！难道不是吗？"

"你总有话要说。不如你来说说你的名字是什么？是苏格兰名字，是苏格兰籍，还是……"莫琳奶奶盯着他说道，又冲着父亲皱了皱眉，"住在我们周围的所有邻居，都会问他，你叫什么名字，是姓麦克吗？你是苏格兰人还是爱尔兰人。"

"他们都以为我是可怕的爱尔兰共和军！"

父亲笑了起来。

"当时我年轻气盛，远离家乡闯荡江湖。我只知道我是一个苏格兰男孩儿，只知道那么多！"

莫琳奶奶冲他做了个鬼脸，慢吞吞地说道："格拉拉拉拉斯哥，我来自格拉斯哥。贝基说过，我们家在肯塔基西部！"

约翰爷爷笑而不语。当约翰爷爷在侃侃而谈时，莫琳奶奶几乎没有吃饭。她盯着自己的餐具发了好一会儿呆，然后起身拿起盘子，离开了餐桌。大家都沉默不语。约翰爷爷盯着地板看了一会儿，然后对默多说："她想起了她的姐姐贝基。"

默多看着父亲。

约翰爷爷补充说道："她已经死了。"

"天哪！"默多说。

"那已经是好几年前的事情了。"

默多摇摇头。

"肯定是好人吧？"父亲问道。

"汤米，他们收留并救济了我，当时我还是刚从格拉斯哥来的一位小男孩儿。"约翰爷爷喝了一大口酒，接着问默多，"孩子，地下室还好吧？"

"很好。"

"那就好，莫琳奶奶说你一定会喜欢下面的。"约翰爷爷笑着说道，"男孩子们都喜欢！我和你莫琳奶奶有一次外出过夜，两个小家伙居然趁我们不在开了一场派对。一开始来了三四十个孩子，不亦乐乎地玩着游戏呢！后来又来了其他孩子，由于人太多了都进不来了。屋内的孩子正在组队激战呢！当我们回到家时，你猜怎么样？窗户烂了一个，椅子坏了两把，酒杯和盘子碎了无数，几乎所有东西都被打破了！"约翰爷爷对着父亲说，"你猜我干了什么？我一生气把整个地下室改装成了储物间，这下他们再也开不了派对了！"

"那是。"父亲笑着说道。

"必须要这么干，他们都那么大了，还干出这种幼稚的行为，伤害了他们的妈妈。我们如此信任他们，可他们却让我们十分失望。我们必须要让孩子们知道，信任是一点一滴积累起来的，他们也逐渐羽翼丰满起来。"

约翰爷爷叹了口气："默多，你的表哥卡鲁姆现在在硅谷工作了，离这里将近五千公里呢！"

"哇！"

"人们总会忘记孩子们也是一点儿一点儿成长起来的，可不能拔苗助长。"

"这跟过去不同了。"

"当然跟过去不同，孩子。过去跟现在就和这里跟苏格兰一样有天壤之别。"约翰爷爷停了下来。这时候莫琳奶奶用托盘端着一壶茶、一杯奶和一罐糖又出现了。她重新坐在桌子旁。当她入座后，她问约翰爷爷："你在说什么呢？"

"我在说我们那次去加利福尼亚的旅行。我们驾车从西雅图沿着海边一直到加利福尼亚中部的圣克鲁兹，那可是个令人惊叹的美丽的海边城市。"

"你在说我们的孩子们吗？"

"不，没有。"

莫琳奶奶叹了口气，语气里有些不满。

"我知道。"父亲说。

约翰爷爷对着默多眨了眨眼，"我和孩子们之间时不时会闹翻……"约翰爷爷喝下杯里最后一滴酒，看了看手表，"汤米，还想去酒吧喝一杯吗？"

"呃……"

莫琳奶奶瞥了一眼约翰爷爷："你还能开车？"

约翰爷爷笑了笑。

他们走了以后家里安静了下来。默多帮助莫琳奶奶收拾餐桌后，坐在沙发上看电视。莫琳奶奶在走廊忙着打扫卫生，并为明天晚上的聚会做准备。接着，她拿起吸尘器准备吸尘。默多本主动提出他来做，可被她拒绝了，她似乎是担心默多不会做家务！母亲生病的时候，这一切可都是默多干的呢！母亲生病后，默多便包揽了一切家务，如清洁卫生等。默多甚至还包揽了花园的卫生。父亲当时就像是出外勤的约翰爷爷一样，早上七点出门，晚上七点回家。

默多于是走开了，回到了地下室，打开音乐，拿起书来阅读。这时他又想起了台灯，于是重新上楼，问莫琳奶奶是否有一盏床头灯。莫琳奶奶为他找出了一个。默多心满意足地下了楼，打开台灯，整个房间明亮起来。他把台灯放在连接音响的插头附近，然后关上大灯，钻进被窝，边阅读边听音乐。在被窝里的感觉特别温暖舒适，跟在家里的感觉一样温馨。默多的家里没有那么多书，家里的书都是他小时候买的。默多在家的时候除了玩儿音乐，大部分时间都用来上网。他以前很喜欢玩儿电子游戏，可玩儿了一段时间后，觉得索然无味，现在也不玩儿了。很多沉迷于游戏的人只是头昏脑涨地在重复做着一件穷途末路的事情，默多原来也是这样。可是音乐让默多清醒过来了。人们常说音乐能使人保持冷静，这是事实。可默多觉得光是听，甚至是仔细聆听都还不够，还需要亲自演奏。

默多说的"仔细聆听"，也就是仔细听，然后从听到的音乐中吸收音乐元素，创作自己的音乐。当然你需要专心致志，然后才会有灵感创作音乐。音乐会让人浮想联翩，而你要做的，就是闭上眼睛，任由思绪飘散。

默多迫切地想要出去走走，想要到处看看。默多渴望看看这个地方，看看这里形形色色的人，无论是黑人，还是白人。默多梦见自己走在公共汽车站旁边，看见有人戴着牛仔帽，穿着滑稽的夹克，脚踏人字拖或者大长靴。还看见裸露着双腿的苗条女孩儿，皮肤上的斑点突出，小腿肌肉线条若隐若现。默多看见她们就站在公车站旁，或许她们只是普通人，又或许她们不是。默多盯着她们，盯着她们的短裙，那似乎不能再短了。或许她们是妓女。你可以看见周围的男士都在盯着她们，可她们毫不在意，也不回视，或许她们心里在意，但表面故意装得满不在乎。她们衣着性感，表情冷艳。你总是忍不住不去看她们，可警察就在那里，父亲也在那里，或许不在，或许是只有默多自己站在走廊处，谁在看着自己呢？是她们。其中一位性感的可人儿，盯着默多，身穿短裙，扭动腰肢。她甚至撩起裙子，露出大腿。她直勾勾地看着默多，用眼神挑逗着默多，而默多也被她吸引，目不转睛。她撩开裙子，拉下内裤，紧盯着他，紧盯着他，接下来……

然后默多醒来了，趴在床上，感觉到底下一阵潮湿。

默多用手臂撑着起了床，看见天花板窗户上透入一丝光线。他想起身上洗手间，可还是躺了下来。

他需要起来。

现在几点？默多并不关心。他伸手打开台灯，发现内裤湿了一片。

默多从床上起来，打开地下室的门以照亮楼梯。默多走进洗手间，拿起卫生纸，打开水龙头，清洗梦精。不知道是否弄脏了床单和被子。因为没有手淫，所以发生了梦遗。默多非常苦恼，因为你无法抑制梦遗的发生，只有起床后才能知道，而一切都于事无补了。

地下室的灯还亮着，音响已经关上。对默多这个年纪的男生而言，这事时有发生，并不新鲜，只是需要把衣服等清洁干净。有时候你只是跟女孩子拥抱，而你们的身体便如此完美地契合在一起了。这是男女身体结构所致，根本不需要费劲儿，两人的身体便能达到水乳交融的境界。噢，天哪，这就是男人和女人生理结构差别所致，多么浑然一体。

默多想起了莎拉，可又想起了她的家庭。是的，如果你认识一个女孩子的家庭成员，你就不想对她抱有任何性幻想了，你绝对不会再想象她的裸体，以及想象和她水乳交融。

他们准备一起去商店购物。莫琳奶奶订了11点的出租车。出去走走本来正对默多胃口，可他现在思想正在开小差。默多穿上鞋后，在外面走廊等着奶奶。父亲早已坐在墙边的长凳上等待他们。

"出租车到了。"父亲说道。

"好的。"

父亲看见默多穿着一件T恤衫，"或许你该穿点儿别的，"父亲说。

"这很干净，爸爸。"

"我不是这个意思，我的意思是商场里面的空调，吹得人有些冷，或许你该穿多点儿。像莫琳奶奶说的那样，人们很容易因此感冒，他们……"

默多还没等父亲说完就回到屋内。他脱掉鞋子，回到地下室。打开音乐调到第二首歌，默多认为这是手风琴能演奏出的最能让人魂牵梦绕的灵魂之音。

这样的音乐，确实是出乎意料的。一旦仔细聆听某首乐曲，总会发现可以从中汲取的"音乐养分"。这指的是你可以在不经意间记住并随手演奏出曲子里面的旋律。不仅如此,你还会对曲子带给你的感觉刻骨铭心,你的思维会跟着曲子的旋律飞扬。

默多脱掉身上的 T 恤衫,准备换上一件干净的衬衫,可想了一会儿又脱了下来,觉得穿件干净的衬衫去逛商店很浪费。"汲取音乐养分"这个说法是乔·哈金斯提出来的。乔擅长演奏曼陀罗,已经和乐队在一起排练了数周。当时默多与乔一起玩乐队的时候,母亲还在世,因此那是一年前的事情了。母亲很喜欢他们演奏的乐曲,认为那旋律听起来让人耳目一新。

耳目一新,默多的思绪飘到了乔的身上。

人们都说他是个特立独行的男孩儿,而他总有办法让你跟随他的步伐。他身上总有特质吸引着别人。YouTube 网站上有关于他的视频,但这只是表面,你无法通过视频了解他的人格魅力。你只有通过跟他交往才能真正了解他的内心思想。

乔喜欢我行我素。如果演奏时你不牢牢跟上,那只是你的问题,他只会置之不理。这样一个合作精神欠缺的乐手对于乐队而言绝非好事。这会让其他人无法应对。想象一下主乐手演奏到一半便停下来,说我要回家了的情况。

但你只要有跟他合奏的经历便会难以忘怀。为什么会这样?除此以外还有别的演奏方式吗?你心里面想着:这是一个乐队,我们必须同心协力。可乔不会这么想,他依旧如故。而只要他在,你们就要费尽心思迎合他的演奏,跟上他的旋律。而这个时候乔却在摇头晃脑,沉浸在自己的音乐世界当中。

"默多!默多!!"

"出租车来了。"父亲站在楼梯处大声呼喊。

这个当然是事实,如果一旦落后,或许再也无法跟上乔的节奏了。默多重新把 T 恤衫穿上,外面套了件夹克,然后迅速关上音响,走上楼梯。

父亲在前门等着他，准备锁门。莫琳奶奶已经坐在出租车里了。

"爸爸，实在不好意思。"默多边穿鞋边说道。

父亲点点头，默不作声。

默多上车后坐在副驾驶位，出租车司机一路上不断唠叨着关于太空博物馆、铁路博物馆和免下车电影院有多么妙趣横生，以及在这些地方买到的冰激凌有多么清爽可口。默多回头看了下莫琳奶奶，似乎她对美味的冰激凌特别感兴趣。

去超市的路上路况复杂，一路上经过多个环形路口和高架桥。这里的道路一般是三或四车道，内车道的车通常行驶速度更快。最夸张的是有个家伙在路上开着车飞速穿行，连喇叭都不按。

莫琳奶奶从后排用手指着前面一辆车，连声提醒："小心那辆车。"

父亲说："公车上的过道座位比靠窗座位更好，因为坐在过道，你无须过多关注路况，无须过度分神留意那些猖狂的司机。"出租车司机听了后沉默不语，他从口音便可判断出父亲是外国人。在距离购物广场最近的道路两旁餐馆和独栋商店林立，各类楼房琳琅满目：既有形状奇异的圆顶楼房，也有红砖围砌的新式楼房。停车后父亲主动付了打车费用。虽然莫琳奶奶一再制止，但父亲还是坚持付款。

他们在商场里慢慢行走，天气虽有点儿热，但也能称得上阴凉。商场里商店鳞次栉比，形形色色的人在里面闲逛。在这里既可以看见带着小孩的年轻妈妈，又可以看见老人家及健走者。有一个商店里摆放着巨大的仿真火箭船，孩子们爬到船的顶端，把船的斜槽当成滑梯一样滑下来。其他的娱乐场所还有溜冰场、电影院等，默多想，这里是否会有室内高尔夫球场呢？莫琳奶奶认为应该会有，因为这听上去就十分有趣。她也不是经常到这个商场购物，而且她每次来都只挑选最喜欢的商店购物。她最喜欢买的是漂亮的衣服和奇特的家居用品。为了准备即将到来的百乐餐，莫琳奶奶需要购置塑料餐具和纸巾、一次性碗盆、杯子等。当用餐结束时，她只需要将这些一次性用品扔进垃圾桶。

逛了几个商店后，默多便觉得索然无味，因此待在外面等待他们。父亲也是如此，他随身携带了一本书，坐在商店门口阅读起来。在商店的一楼，默多倚着栏杆俯看着地下一层。这时默多发现了某个商店门口摆放着一个比真人还大的吉他演奏者模型。这是一家音乐商店？默多看不清楚。

"爸爸，爸爸，"默多喊道，"看！那里有一家音乐商店！"

父亲从书中抬起头来，回头顺着默多指着的方向看过去。

"爸爸，我可以拿一些钱吗？我想……"

父亲想了一会儿，"可以，"他说道，他从口袋里拿出一沓美元，并取出其中的一张 10 美元，"够了吗？"

"我不知道。"

父亲又拿出 10 美元，一共给了默多 20 美元。默多站了起来，从栏杆上往下看。虽然地下一层的人摩肩接踵，但吉他手模型仍十分显眼。

父亲说："你确定是个音乐商店？"

"不然会是什么呢？"

父亲耸耸肩："你为什么不等莫琳奶奶回来带你去呢？"

"我只是想去看看。"

"可她马上就回来了。"

……

"默多，她马上就回来了，我们可以跟你一起去。你只需要再等一会儿，就一会儿而已。我可不想我们在商场里找不到对方。"

默多点点头。

"孩子，这个商场可大了。"

"是的。"默多伸出拿着钱的手。

父亲看了一眼两张钞票，说道："拿着用吧。莫琳奶奶回来后我们就下去。"

"爸爸，不去也没关系。"

"啊，天哪！"

"真的，爸爸，我下次去也没关系。"

父亲叹了口气。默多拿出钱，递给父亲。

"好吧！"父亲收起钱。

说完默多便转身，把手臂靠在栏杆上。父亲重新坐下打开书本。父亲喜欢阅读，这习惯非常好。默多喜欢什么呢？似乎什么也不喜欢。他似乎觉得对什么都提不起兴趣。父亲没能给他任何心仪之物。可谁又会介意呢？他看见音乐商店，就忍不住脱口而出说要去看看。默多想，与其这样，还不如不向父亲提出呢！

莫琳奶奶终于回来了。他们于是边走边聊，默多默默走在父亲和她的身后。下一个他们要逛的商店没有座位，于是莫琳奶奶把包放在他们所站的地方，然后离开他们前往购物。父亲再次拿出书本，在两秒钟内迅速开始阅读。两秒钟。默多站着一动不动，他无所事事。周围的人们在高声尖叫，默多一声不吭。默多想起以前和母亲、伊丽一起购物的场景，总是十分不愉快。默多只能无所事事地在旁边站着，一言不发。周围映入眼帘的是各式各样的衣服、衣服、衣服，周围华灯耀眼，前来购物的人们也非常兴奋，竭尽全力地厉声尖叫。默多感觉他在这种环境中可以睡着，当然只要父亲允许。可父亲不会允许。父亲允许默多阅读但不允许他睡觉。因为在商场睡觉是坏习惯。

默多本应该带上一本书，关于牛仔那本。为何他没带呢？因为他出门了。如果待在家里，可能他会想要阅读。可现在总归是在外面。你总不能跑到外面去看书。万一你要看的是一本成人杂志呢？

过了好一会儿，莫琳奶奶终于又出现了。默多和父亲替她拿起重重的购物袋，她自己也手拿购物袋。

"这里面有易碎物品，我可不想打碎它。"莫琳奶奶说道。

他们一同前往食品柜台，那里有来自世界各地的食物。

"墨西哥食物看起来不错，那里的食物很辣，"莫琳奶奶说道，"你爷爷喜欢吃辣的东西，所以才吃坏了胃。"她把他们带往熟食区中间的一张空桌子处，"以前你可以在这里用餐，现在不行了，"莫琳奶奶说道，"我想买一个三明治，汤米，看看他们是否出售火鸡或者鸡肉。"

"默多？"父亲问。

"是要吃三明治吗？"

"随便。"

"那就三明治？"

父亲盯着他。

"金枪鱼的，谢谢。或者奶酪、鸡肉的都可以。"默多耸耸肩。

"你没有特别想吃的？"

"没有，爸爸，随便就可以了，谢谢。"

父亲前往柜台点餐。莫琳奶奶边核对货物和发票，边和默多说话："有人可以一整天都待在这里，游手好闲。例如早上围绕着商场健走两圈儿，就到了午饭时间，饭后再健走两圈儿，就完成了一天的运动量。有人早上到这里来，待到晚上才回家。你相信吗？他们一整天都可以在这里，没有任何消费，两手空空。他们就是在这里健走，无所事事。他们不用工作就可以饱食终日。因为他们可以领取生活补助，孩子，你知道什么是生活补助吗？"

默多没有回答，莫琳奶奶的注意力这时被两个坐在附近的年轻女性所吸引，其中一个正在照顾着旁边婴儿车里面的小婴儿。她们穿着紧身牛仔裤，看起来可能来自中国，也可能来自周边的国家。她们的注意力集中在宝宝身上，并未环顾四周。莫琳奶奶刚才说话的声音并不小，她们完全可能听见了。或许她们也是莫琳奶奶口中在这里闲逛度日的一员，或许她们以为她们自己是。如果是这样的话，那就大错特错了。莫琳奶奶绝非此意。

年纪稍大的女士把婴儿从车中抱起，婴儿紧紧盯着母亲——如果她是婴儿母亲的话。莫琳奶奶正在谈论这个商场建设之初和现在之间发生了翻天覆地的变化。说着说着便停了下来，因为她的注意力被婴儿吸引了。莫琳奶奶认真地看着婴儿，似乎想抱他。天哪，想象一下她把婴儿抱了起来。"噢，天哪，他真是个天使，"莫琳奶奶感叹道，"他真是个小天使。"

莫琳奶奶还在看着小婴儿出神，这两位更像是少女的年轻女士与她交换了下目光。年轻的那位用手抚摩项链，她看上去跟默多一样年轻。默多从他坐的位置观察她的侧脸，正如她从眼角可以看到默多一样。这无疑是个性感的女人。或许她也在看着默多。或许没有，因为莫琳奶奶正在那里闲聊。父亲边摆弄三明治、饮料、纸巾和塑料餐具，边与她交谈。默多拿起自己的三明治，三五下就狼吞虎咽了下去。由于吃得太快，他觉得有块状食物卡在喉咙里，只能吐出来一看，发现是橙红色物体。默多把它丢在餐盘边上，喝了几口饮料。

父亲正在看着他。他于是又拿起另一块三明治。默多本来已经吃饱了，想要离开餐桌。可又担心离开太快会被父亲误以为是由于音乐商店的事情而耿耿于怀。事实上，默多并未对此过多计较，他只是单纯地想透透气，享受自由时光。

他觉得要把表演的事情告诉父亲。他必须告诉父亲，如果父亲不想知道，那另当别论。如果父亲不允许，那也另当别论。但是他首先要告诉父亲。

两个年轻的女性正在闲聊，莫琳奶奶也在跟父亲和默多闲聊关于过去的事情。默多一边听着，一边心不在焉地似笑非笑。

他们回到家的时候已经两点半了。父亲和默多主动提出帮莫琳奶奶准备百乐餐，可是被拒绝了。"这只是百乐餐，"她说，"不需要太费事来准备。"四点半的时候，莫琳奶奶的朋友乔西和玛丽莎来到家里帮助奶奶布置餐厅。玛丽莎是戴夫·阿诺特的妻子，阿诺特稍后会带上女儿、女婿和外孙们一起到来。

所有的宾客都自带食物到来。这就是百乐餐的意义，自带食物参加聚会。你可以吃到所有人带的食物。这是大家增进感情的好机会，参与者一般都是附近的邻居，当然也有远道而来的宾客。例如有不少宾客就是莫琳奶奶在教堂里认识的，他们从外地专程前来参加聚会。莫琳奶奶他们把食物摆放在餐桌上和橱柜上。默多饿得直咽口水，可环顾四周还没有人开始用餐。

这时，女士们都在厨房和餐厅帮忙准备食物，而男士们则在花园里围着钢琴喝啤酒、吸烟。父亲与阿诺特、约翰爷爷及其他朋友正在闲聊。默多坐在他们中间，幸运的是约翰爷爷把他拉到了旁边，离开了父亲与阿诺特的聊天儿范围。

约翰爷爷他们聊的是苏格兰见闻，而非家长里短。默多十分开心，因为他好不容易把这些烦心事忘记了，实在不想再听他们提起。一位上了年纪的男士走了过来，紧紧地握住了默多的手，说道："孩子，一定要学会勇敢面对。"在这之前莫琳奶奶的朋友乔西用力抱住了默多，并告诉他，现在你母亲去了极乐世界！默多实在不想听到这一切，这让他心烦意乱。甚至还不是心烦意乱那么简单，总之默多十分不喜欢。虽说乔西阿姨态度和蔼、语气平和，默多应该要表现得得体大方，对她的慰问深表感激，即便他内心百般不愿。

噢，是的，非常幸运，她去了极乐世界。默多或许应该这么说。在默多的学校，广播里这样安慰他——"向去往天国的默多的妈妈表示哀悼"。

去往天国、极乐世界。装着母亲遗体的棺木被放进火化间。噢，她多么幸运。或许我们都可以去往更美好的地方！如果人死后能重获新生，那么死亡也不再是人生的终点。

因此人们可能经历两种截然不同的生活：世俗世界和极乐世界。死后世界就是极乐世界。而世俗世界便是未亡人生活的地方。地狱里面生活的都是魔鬼。想象一下天堂和地狱确实存在。那么只有"不幸运"的家伙死后才会去往地狱。

想象一下，假设这位"不幸运"的家伙在地狱里弃暗投明，他有可能重返天堂吗？或者一个本在天堂的人肆意妄为，他有可能会被打入地狱吗？如果可以的话，人又是如何在天堂和地狱中转换的呢？

约翰爷爷和朋友们正在兴致勃勃地聊着工作上的事情。默多本想回到地下室，可又觉得太早回去会让父亲不满。但离开他们聊天儿的队伍总是可以的吧？

默多走向庭院他晒日光浴的地方。这里环境清爽宜人，篱笆又高又密，挡住了炎炎烈日。脚下的土地十分厚实，草地干燥。你以为全世界的草地都是一样的，其实不然。

篱笆的一端布满了露珠，黏黏的，蜘蛛网在阳光下闪闪发光。不知道是何种蜘蛛在这里织网，可能有不同种类的蜘蛛，甚至有毒蜘蛛。默多在离开苏格兰的前一天从网络上知道有一种巨型蜘蛛能在 25 米宽的河流两岸布下巨型蜘蛛网。或许这种蜘蛛并不生活在亚拉巴马。默多走到篱笆比较稀疏的地方，发现可以从这里挖个洞逃出去。但是即便逃了出去，也只是到了邻居家的花园。约翰爷爷曾开玩笑似的说过如果你闯入别人家的花园，别人很有可能会当场用枪将你击毙，然后被法院因为正当保卫个人财产而宣判无罪。

戴夫·阿诺特的两个小外孙女儿在离默多两三米远的地方。默多假装没有看见这两位小姑娘。他俯身观察小草，摘下一小束小草认真研究。他故意侧过身让她们能看见，他用手指拿起这束小草，放在面前，轻轻吹气，发出了轻微的声音。他再试了一次，还是不成功，于是便把小草扔掉了，装出一副被什么东西吓到了的表情。

"天哪！"他说道。

两个女孩子不知不觉靠近默多，稍大的那个问道："你在看什么呢？"

"嘘。"

"你在看什么？"

"一个小生物。"

她们十分惊讶，不明白默多的意思。默多指着草地后面说："一个很小很小的动物，躲在那里。"

小姑娘们认真看了看，稍大的那个甚至蜷缩在地上往里看。默多看了看她们，故意用一种吓人的声音说道："或许不是个小动物，而是个巨型大熊，超级大的巨熊……"

两个小姑娘立刻被吓到尖叫起来。默多瞪着圆圆的眼睛，走近一步，举起双手："一只很大、超级大、无比大的巨熊。哇哇哇哇哇哇！"

她们大笑了起来，迅速跑开。默多也笑了。她们想靠近默多观察他接下来的所作所为。这时候她们的父亲从庭院中走了出来，手里拿着电话。那是戴夫·阿诺特的女婿，他举起一个球，扔了出去。小女孩们追着把球捡回来，而她们的父亲停留在原地看着手机。

过了一会儿，他对默多说："你还好吧？"

"很好。"

"你是约翰的亲戚？"

"是的。"

"你在哪里工作？"

"我还在上学。"

"上学，哈哈，你喜欢上学吗？"

"不喜欢。"默多"咯咯"直笑。

"那你从哪里来的？"

"苏格兰。"

"苏格兰，哈哈，一路上风尘仆仆吧？"

默多耸耸肩："要先从阿姆斯特丹飞往格拉斯哥，然后再飞到孟菲斯市。"

"孟菲斯市，好地方。"他突然打了个响指，"噢，我知道了，你是从那里坐大巴过来的，你们中途在密西西比的艾伦镇停留过对吗？"

"是的，待了一晚。"

"一个晚上。你在那里见到了白人吗？"

默多吃惊地看着他。过了一会儿说道："你指的是……我在艾伦镇有没见到……白人？"

他并没作声。他的注意力由默多转向正在花园角落里破旧的小棚屋中玩耍的两个女儿。然后说道："你去过什里夫波特[1]吗？有一次我沿着I-20公路驾驶，去亚祖城。在那里他们只演奏亚祖音乐。"

"什么？"

"我妈妈来自俄克拉荷马市，但是她很早以前就搬去什里夫波特，因此有亲戚在那边。"他边说边左右踱步，环顾花园，两个女儿已经不在视线范围内了，"她们一定是进屋找食物去了。"

默多点点头。

"嘿，你有听过皮特的音乐吗？"

"皮特？"

"皮特·马歇尔？你住的地方的收音机没法听皮特的音乐是吗？"

"我不太清楚，可能爸爸会知道吧。"

"噢，皮特可真是个风趣的家伙，他思维敏捷、妙语连珠、十分幽默，他甚至敢于传播自己的政治主张。"

他说着说着，注意力再次被两个女孩儿吸引过去。她们拿着一条旧水管又出现在了破旧的小棚屋旁。姐姐拿着水管对着妹妹，妹妹很容易会碰到水管。

他皱了皱眉，问道："你有孩子吗？"

"我……"

他突然用手指指着默多："我认识你！我知道你是谁！噢，我是康纳，你是——"

"默多。"

----

[1] 美国路易斯安那州西北部城市。

"你的小女儿去世了，那可真是悲伤的事情。"他似乎要上前来与默多握手。

"你指的是我的姐姐。"默多说，"你把我和我爸爸混淆了。是我爸爸的女儿去世了，她是我的姐姐。"

"你姐姐，噢，那好吧。我现在明白了。还有你的妈妈？哦，我明白了。亲人的离世是最令人悲伤的事情了。是戴夫告诉我这些的，原来是你的妈妈和姐姐。现在我明白了。"

康纳伸出手，紧紧地握住默多的手，同时眼睛直勾勾地看着他，他目光锐利，像是可以洞察人内心的一切。这便是康纳。默多心生恐惧。他一直抓住默多的手不放。虽然默多没有尝试抽出手来，但他知道一定难以脱手。因为康纳是个彪形大汉，力大如牛，默多心惊胆战。他甚至把默多的手弄疼了。天哪！他的目光也让人战战兢兢。真是个疯子一样的人物。

过了一会儿，康纳放开手，拍打着默多的手臂。默多没有摩擦或按摩手掌，但不由得屈起手臂。他目不斜视地看着康纳。

"约翰是你的舅爷爷？我听说过你。你的名字叫作……"

"默多。"

"对，是默多。你从苏格兰过来的，和汤姆一起？"

"汤姆是我的爸爸。"

"是的。"康纳轻轻点点头，"姐姐和妈妈，唉……这个世界如此残酷。很多人可能都难以理解，他们难以理解！我指的是他们难以预测未来。"康纳指着天空，"我指的是他们的未来。我们各自都走在前途未卜的人生道路上。这条路或已血流成河，可我们却无法得知。我们就像盲人一样走在一条有路标的老路上。可我们已经看不见了，有路标又有何意义呢？你需要视力完好才能看见路标。默多，难道不是吗？"

默多认真地看着他。

"你认为生活是公平的吗？"

"什么？"

"你认为生活是公平的吗？"

"谁认为？问我吗？"

"是的，你，你认为生活是公平的吗？"

"我？我认为生活是否公平？"

"先生，让我来告诉你吧。生活绝不公平。绝不。你如果期待那是公平的，只能说你混淆是非了。你误入歧途，严重地误入歧途。"

默多用眼角的余光看见约翰爷爷在庭院里谈笑风生。可是父亲并不在，或许他在取食物。两个小姑娘在远处的角落把球投上旧棚屋的屋顶。默多希望康纳能留意到她们，这样他便可以结束这场奇怪的谈话，他便可以离开这里。

康纳再次拍了拍默多的手臂，拿起手机，向下滚动屏幕。然后突然又想起了什么，"不，先生，如果你无法看见路标，那只能继续盲人摸象地走下去，不仅如此，你还将彻底失去听觉、感觉和视觉。因此你只能强迫自己成长，只能成长。我指的是这里成长，"康纳敲了敲自己的脑袋，"这里和这里……"再轻敲了下胸口。

然后康纳笑了笑，仿佛这是一场友好的对话，希望能听到默多的回应。就好像希望默多落入陷阱，与他友好地促膝长谈。这种态度令默多十分反感。他绝不会以这种方式与父亲交谈，也不会与任何人这样交谈。他甚至不敢。默多只是个孩子，只会随心所欲地说话和做事。接着康纳的身子靠近默多，似乎想再次握手。

"能与你聊天儿非常开心。"他说道。

最开心的莫过于他终于走开了，默多心想。默多想说点儿什么，可张口却无言以对。他由衷地为他的两位女儿感到可惜。

彬彬有礼和爱理不理。彬彬有礼只是以礼貌的方式表示爱理不理的情绪。你想方设法融入他们的谈话就为了听他们信口开河、废话连篇。因此你只可以礼貌性地点头示意。默多早已厌倦这一切。他们可以说话而你却不可以。他们有权利畅所欲言，而你没有。这就是生活，这就是所谓的社交。当你该说话的时候你无言以对，当你想闭口不谈的时候，却总要被迫回应。这便是社交。噢，你好，今天天气真好。我母亲得了癌症，她已经病入膏肓了，还有葬礼上也是这样，大家都争相安慰你，但你却无言以对，只能说，我还好。一切都还好，只是母亲躺在棺材里等。

回家，我想回家。我讨厌这样的派对，我想离开。

父亲在哪里呢？在花园里大口喝着啤酒。他和戴夫·阿诺特在一起，也就是康纳口中的老戴夫。

约翰爷爷正在展示父亲带给他的那瓶作为礼物的威士忌。父亲在一旁微笑。老父亲。看见他能交上朋友，默多感觉非常高兴。母亲曾经为此而忧心忡忡，担忧在她离开之后，父亲是否会灰心丧气、怨声载道。默多十分感激父亲没有阻拦他参加乐队，如果在默多参加乐队的时候有人胡言乱语，那真是一场噩梦！父亲没有这么做。父亲本可以去往舞厅，告诫他们停止演奏。因为母亲说，那是父亲的做法。但现在父亲也有朋友了，这可真是难得一见的场景。他正在和约翰爷爷谈论家长里短和苏格兰见闻，从政治到宗教再到足球，侃侃而谈。

约翰爷爷喜欢听到关于流浪者和凯尔特人俱乐部的新闻，尤其是流浪者打败凯尔特人的消息——还有关于克莱德、帕尔蒂克、赫斯、爱尔兰人、阿伯丁等足球俱乐部的消息。在美国难以获得这些苏格兰足球俱乐部的消息，只能听闻英国、西班牙、法国、德国、意大利等足球俱乐部的消息。而苏格兰的足球俱乐部呢？似乎没有获得太多关注。那里都是一些老的球员，约翰爷爷愿意听到这些足球俱乐部的消息，也乐于分享。

默多此刻多么希望自己在家。这里的氛围让人窒息。想象一下家乡的崇山峻岭和无边大海。想象一下泛舟水中，感受美不胜收的湖光山色。仅仅呼吸一口新鲜空气便让人流连忘返。我只是想呼吸新鲜空气，我想骑车去往阿登廷尼或其他美景如画的地方。

至少这里还有花园。如果没有花园，默多会感觉窒息难行。

默多这时感觉饿了，但取食物处围着好几个人。默多或许应该过去跟他们寒暄，但他并不想。他有什么感觉呢？

或许是饥饿感。

或许不是。默多觉得自己是在抗争。默多现在感觉是一个人在作战，并且被打得遍体鳞伤。他很想躺下，在床上最好，但似乎不现实，在草地上也可以，可是有很多蚊子，更何况现在是蚊子最猖獗的日落时分。默多很想回到地下室休息，可又怕被父亲认为是缺乏礼貌的行为。父亲总是在指手画脚。但至少目前父亲是放松的。他正和其他客人聊得不亦乐乎。是的，父亲很轻松、很休闲、很自在。看着他，脑海里甚至能浮现出一段旋律，一首节奏优美的蓝调爵士乐短号，嘿嘿哒哒耶耶哒哒嘿嘿哒哒……或者是一首钢琴独奏曲，潺潺流水般的旋律。

通常情况下最容易紧张的人是父亲。如果是默多在和他们交朋友，父亲定会密切留意着一切，留意是否有人在谈话中说脏话或者黄色笑话，甚至留意是否有人会像憎恨同性恋者或种族主义者那般观念过于开放。如果默多和父亲一起在聊天儿队伍里，听着他们谈论足球，每句话都要带"脏"字，父子俩将会十分尴尬。无论是父亲还是默多都会像热锅里的蚂蚁一样，既着急又不知所措。

大家都在屋内自取食物，而默多还是不敢。默多看见有人取了鸡腿，有人取了沙拉，而有人取了法式面包。法式面包又香又脆，十分可口。

默多穿过花园，来到庭院尽头，走上私人车道。他甚至可以进入车库稍作休息。约翰爷爷打开了车库的大门。但默多绕过车库走到了前门廊的长凳旁。

他在长凳上坐下，耳边甚至可以听见蚊子在嗡嗡作响。从某个角度看过去甚至可以看见群蚊乱舞。蝙蝠也可能会出没。这里有 12 种不同种类的蝙蝠，它们以蚊子为食。蝙蝠就像是蜘蛛一样的生物，吃掉害虫，这绝对让人高兴。在苏格兰的时候，也有很多这些蚊蝇小虫。如果你在网上搜索，就会发现它们在显微镜下就像是前侏罗纪吸血怪兽一般令人恐怖：

一条飞翔的迅猛龙，张牙舞爪、面目狰狞地出现在你窗前。最可怕的是它们队伍庞大，数量为百万级，都在踉踉跄跄地飞来飞去。它们在飞行时会不会互相碰撞呢？或许会吧。虽说有声音和雷达系统，有声波会发射。世界上所有东西都是互相联系的，但又都能自行其道、互不干涉。它们都飞在自己各自的轨道上，轨道和道路不同，轨道是创造出来的，而道路则是早已铺设好的。你沿着道路行走的感觉，就像你在乐队里跟着节奏演奏一样，你不能背道而驰，你必须规规矩矩、按部就班。每一次排练都是旧调重弹，可这是必经之道。

默多最讨厌的就是这种排练方式了。在所有讨厌的东西里面，这是最令他反感的，因为这样做性质最为恶劣。又或者这并不是最恶劣的。

人们常常会谈论起爵士乐的即兴创作，但实际上不仅仅爵士乐可以即兴创作，"蓝色多瑙河华尔兹"也可以，默多就曾经即兴为母亲演奏此曲，惹得她捧腹大笑。她把这件事情告诉父亲，父亲说我们将此曲称作"灰色克莱德华尔兹"。母亲甚是开心，发出了爽朗的笑容。世界上再没有人能发出母亲那样的笑声，从喉咙深处发出的"咯咯"声，像有小气泡"哗哗哗"地升起来一样——这是你想学也学不来的东西，"哗哗哗"，怎么学呢？现在母亲走了，这种别具一格的笑声也随之消失了。

因此，如果一个人开了一个关于种族主义的笑话，可以说明他是个种族主义者吗？或许是吧。人们有时会口无遮拦。就好像在学校里，他们在你面前开玩笑。如果你笑了，说明你是种族主义者，如果你不笑，就说明你不是。那你是种族主义者？不是，我只是想测试一下你。

对不起了，老戴夫，不得不说你的女婿是个浑蛋。

可是没有人会在乎默多的这点儿怨念。虽然你很生气，可在他人看来却无足挂齿。噢，大家快来看看默多，他很生气，为何他如此生气？！噢，肯定是因为他喜欢那个小女儿，不然的话当别人问有没有黑人在艾伦镇时，他凭什么生气？是的，人们总会自以为是地臆断，那是世界上最烦人的事情了。他们对你一无所知，便想当然地凭空臆断。怎么会这样？

　　你对此感觉厌烦，希望可以远离喧嚣。默多来到前门，发现门已被锁上，他需要穿过后门去庭院中。他经过时对戴夫招手示意。女人们还在厨房柜台和餐桌周围忙活着。默多想直接穿过大厅走到洗手间，可门还是被锁住了。于是他径直走到地下室，关上了门，甚至恨不得插上插销把门锁住！他感觉自己像是切罗基印第安人，这里才是他跑马圈地，甚至是他的死后长眠之地。

　　约莫半小时之后，有人在外面敲门。是莫琳奶奶。默多眨了眨眼，他把音乐声音调小并关掉了灯。莫琳奶奶说："孩子，我希望你能到楼上去见下这些女士们。她们想要见你。"

　　莫琳奶奶在门口等着。有时候默多觉得他爱莫琳奶奶，莫琳奶奶也爱他。他知道她是的。这是件神奇的事情。

　　楼上一共有七名面目仁慈的女士，正在欢乐地谈天说地，旁边还有一位婴儿酣睡在婴儿车里。

　　莫琳奶奶一一为默多介绍着："这是乔西和玛丽莎，这是丽兹、艾玛·路易斯、凯瑟琳、安·玛丽和玛丽莎的女儿妮可。"

　　介绍完乔西问道："嘿，默多，你还好吗？"

　　"我很好。"

　　"默多总是很好，"莫琳奶奶说道，"你每次问他他都是同样的回答。我很好，我很好。"她拉来一把餐桌椅放在她旁边，示意默多坐下，并说道，"默多的祖母是约翰的姐姐。她的名字叫作艾菲，是位漂亮可爱的女士。我们在苏格兰的时候，她带我们上教堂，那是个教区长老会的教堂。她也给默多留下了很多弥足珍贵的回忆。是吗，默多？"

　　"是的。"

　　"约翰希望他和他爸爸能永久待在这里。"

　　这些女士们看着默多，期待他开口说话。可默多对此一无所知，因为没有任何人提前告知他。默多还想就此事询问莫琳奶奶呢！

这时丽兹问道："默多你想住在这里吗？"

"呃……"

"跟以前生活的地方是天壤之别吧？"

默多笑了笑。

"移民也不是件轻而易举的事情，"乔西说，"还得面对各种繁文缛节。"

"当然，但我们有亲属关系，"莫琳奶奶说，"有很多连英语都不会说的人都能顺利移民。"

"那倒也是。"乔西回应。

莫琳奶奶指着丽兹说："丽兹来自威尔士。"

"是的，那是很久以前的事情了，我都不经常记得。"

"当然，"莫琳奶奶说，"约翰常说他自己一半是苏格兰人，一半是美国人，但他的孩子完完全全是美国人。"

"亲属关系非常重要。"艾玛·路易斯说道。

"是吗？"乔西说。

"当然，难道你认为亲属关系不重要？"

"不，我可没有这个意思，我只是觉得移民政策不合理。如果你来自印度，那还好说，如果你来自越南、海地、朝鲜、俄罗斯等国，你可以得到什么？五年税收减免？甚至妇女儿童和婴儿还能拿到食物券！"

"我的天哪！"莫琳奶奶伸出手来握住默多的手。

艾玛·路易斯说："默多，你喜欢待在这里吗？"

"我喜欢。"

"噢，你喜欢！"

"是的。"

另一位女士笑了，那是安·玛丽。"他的声音真好听，我太喜欢了，"她说，"这是苏格兰口音吗？"

"不然呢？"艾玛·路易斯说道。

"我怎么知道？！"安·玛丽又笑了起来。

莫琳奶奶紧紧握住默多的手。她环顾四周，说道："我必须承认，他和他爸爸都十分坚强。你们都见过汤姆，都知道他的小女儿的事情了？那是默多的妹妹。而如今他的母亲，他那温柔美丽的母亲，也已仙逝，可怜的人儿，她与上帝同在。"

这几位女士都看着默多。他正准备告诉她们伊丽是他的姐姐而非妹妹。

"那一定很难接受吧，"艾玛·路易斯说，"莫琳，你说这是由于遗传造成的？"

"是的，只传女不传男。"

"默多，她们会永远活在你的记忆里，"乔西点点头，"一定会的。"

其他女士笑了笑，等着默多说话，可默多到底要说什么呢？他说不出来。记忆。他根本不想提到记忆。伊丽对他而言绝非记忆那么简单。他把手从莫琳奶奶的手掌中抽了出来，双手交叉放在胸前。他似乎想说点儿什么，但又说不出来。

说点儿什么呢？默多对莫琳奶奶说："伊丽其实是我的姐姐。我的意思是她走的时候是 12 岁，而我当时只有 9 岁。"

"什么？我说了什么？"

"不，按照现在的年龄算，她是我妹妹，可如果她活着的话她是我的姐姐，她比我大。她是一个好孩子，我不希望大家谈论她。"

"噢。"

"如果我不在这里，我不会介意。但如果我在这里，你们一旦谈论她，她便会消失得无影无踪。只要谈论她她就消失了。"

"我的孩子，你不需要提起她。"

默多低着头，避免与其他女士对视。莫琳奶奶再次紧握他的手。"都是回忆惹的祸，"默多说，"我不喜欢回忆往事。我跟其他人不一样，我不喜欢回忆。我不喜欢回忆姐姐的事情。我每天都在想念她，每天，莫琳奶奶，你懂我的意思吗？我指的是一天不差地想念着她。"

"噢，我的孩子。"

"不仅仅是回忆的问题。我认为她就在我身边。"默多看了看四周，发现其他女士正在倾听，"就像歌词上说的，我会永远和你在一起。我觉得伊丽永远与我同在。她是我的姐姐，我知道你们觉得我很可怜。我知道。"默多耸耸肩，"我难以控制自己，也不在乎别人的目光。如果伊丽不在我身边，母亲去世的时候我真的不知道怎么办，是伊丽带我渡过难关。这甚至是爸爸都无法办到的事情，只有伊丽能帮助我。"默多摇了摇头，盯着地板，"我也不在乎她是否与上帝同在，对不起，大家都说如果她去世了，她便与上帝同在。可在我看来，她依然与我同在，与我同在。她一如既往地过着自己的生活，她依旧是我的姐姐，她是个好女孩儿，也是个在我身边的人。她是我的姐姐，这就是伊丽。"

默多抑制住了自己想哭的冲动。现在他终于把这些都说了出来。他本想压抑住，可还是憋不住了，这都是因为莫琳奶奶。

因为莫琳奶奶是个好人，是默多最好的奶奶。默多可不愿意让莫琳奶奶生气！绝不！绝不！如果话题不是关于伊丽，他绝不愿意开口。伊丽绝对不是记忆中的人物。如果默多用回忆的口吻说伊丽，那她就变成了记忆中的人物。可是伊丽不是，她是默多的姐姐，是真实存在的，是一个很好的女孩子，那就是伊丽。默多绝对绝对不愿意让伊丽离开他的世界。因此他对别人以伊丽为谈资十分生气。

关于默多的话题到这里便戛然而止了，她们还盯着默多。乔西谈起了她自己的家庭——并不是从前的日子，她并不喜欢谈起以前的事情；而是说起她所熟悉的一家农场，其他女士也加入了话题。不再成为话题中心的默多于是默默安静下来，缄口不言。默多这时留意到玛丽莎和她的女儿都在盯着他看，默多也礼貌性地回视她们，不自觉地留意到她女儿妮可透明的衬衣下吹弹可破的皮肤，真实的有温度的皮肤，他似乎还能留意到她若隐若现的乳头……

妮可正坐在座位上调整坐姿——她不断眨眼，不断摆出其他姿势，默多也分不清楚她是否在搔首弄姿，反正默多脸红了，他的脸红得发烫。天哪，她正在盯着他。

或许妮可也不是光"盯着"默多，而是在等待默多的发言。

默多往椅子前面挪了下。大家希望他就艾玛·路易斯的话发表看法。可艾玛·路易斯刚说了什么？玛丽莎也在用鼓励的眼神盯着他，期待他发言。她是戴夫·阿诺特的妻子，是个好人。妮可则是他们的女儿。妮可一定发现了默多脸红了，一定。莫琳奶奶抚摩了一下默多的手，说道："孩子，这是你的罗伯特叔叔告诉你的吗？他了解清楚了？"

"罗伯特叔叔？呃……"

"这是遗传的，难道不是吗？"

"是的。他告诉我们这种癌症不会发生在男性身上，于是他们没太在意。如果情况相反，这种癌症只会发生在男性身上，那他们可就要好好研究了。尤其是有钱的亲戚，他们会花重金来好好保护自己的皮肤。罗伯特叔叔是这样告诉我的。"

艾玛·路易斯说："医生们可没有尽职尽责。"

"生活就是如此。"乔西说道。

"一个病人或许有更多机会见到州长。可他们可以为你提供什么呢？只能提供一个看护的人照顾你的起居。甚至他们都不是护士，并不是专业的护士。"

"是的，就是这样。"乔西说道。

"我的妈妈还躺在医院里，"艾玛·路易斯说道，"她已经病得瘦骨嶙峋了，他们会为她洗澡吗？不会。你们能相信吗？"

"我相信。"乔西说道。

"他们既不会为她洗澡，也不会为她喂食。我的天哪，在这个异常艰难的时刻、我们亟须帮助的时刻，却不能从政府那里得到丝毫帮助。"

这时门口进来两位小姑娘，父亲跟在她们后面。妮可站起身来，看了一眼墙角的挂钟，然后俯下身看了下婴儿车里面酣睡的婴儿。两个小姑娘跑到祖母玛丽莎的身旁，是的，妮可是她们的母亲，她是那位讨厌的家伙的妻子。那位默多讨厌的家伙依然站在门旁，手里握着电话。

艾玛·路易斯继续聊着母亲："他们没给她喝一口水，他们拒绝帮助她。我想给妈妈一杯饮料，却被他们拒绝了。我警告他们：'我知道这一切是为什么！你以为我不知道？这一切都是钱在作怪。你们在精减预算，你别以为我什么都不知道！我一清二楚。'"

年轻的女士举起婴儿，闻闻尿布。丽兹对另一位女士眨眨眼，并说道："还不需要换尿布吗？"

"不需要。"妮可把婴儿再次放入婴儿车中。

丽兹问康纳："康纳，你妈妈还好吗？"

"还好。"

丽兹笑了笑。康纳抬起头，扫视房间，发现了默多。他的目光在默多身上停留，像是发现了个陌生人。他双手交叉于胸前，神态轻松，表情冷峻。他站立在门口的姿势，仿佛自己是个居高临下的大人物！在花园里他曾尝试用言语欺凌默多，现在他在这里依然是一副不可一世的样子。这人真是个卑鄙无耻的浑蛋。第一次见面，他居然会用那样的方式欺凌默多，他们甚至不知道你的性格，也不知道你将会顽抗到底！他们对你一无所知，却仍会欺凌你。这个家伙刚刚在花园里用言语欺凌默多，现在又在这些女士面前要故伎重演。默多还年轻，认为自己能应对。他如此飞扬跋扈、愚蠢无知，根本不知道自己对付的是谁。有人甚至会直接拔出枪来把他射倒。

莫琳奶奶摸了摸默多的手腕。这时一个从未发表过言论的女士吸引了默多的注意。

默多冲她笑了笑，她问道："默多，你喜欢这里吗？"

"我很喜欢。"

"真的？"

"是的。"

"那就好，我们都很欢迎你的到来。"她说道。

默多虽然很想离开，但还是友好地笑了笑。内心焦躁不安的他忍不住站起了身，对莫琳奶奶悄悄说道："我想去拿些吃的。"

莫琳奶奶紧紧握住了他的手，好一阵子都不放开。

这时玛丽莎和两位小姑娘都待在妮可和小婴儿旁边。康纳站在门边让默多通过。默多本想回到地下室，可又想取些食物。约翰爷爷这时候正在厨房里，手臂里夹着一瓶啤酒，手上端着两个托盘，上面装满了食物，正走向橱柜的另一端。两个托盘里，一个装着满满的鸡肉块和香肠卷，另一个装着满满的三明治。默多从他的托盘里拿走了三明治，并为爷爷打开了厨房的大门，随着他走到庭院餐桌旁，为他放下食物。

"谢谢默多……"约翰爷爷眨了眨眼，撕开啤酒的包装，"渴了就必须来一杯！"他对在座的男士们说道，"你知道我们家乡把这叫作什么吗？叫作侃大山！你们正在侃大山，都在侃大山。默多，你说呢？"

默多笑了笑。

约翰爷爷看了看他，指着旁边的一把空椅子让他坐下。

"我只是打算从这儿经过。"

"哈哈，被我逮住了。"

在庭院里，父亲正在与戴夫·阿诺特聊天儿，父亲听他说话的同时把目光扫向默多。默多从托盘里的食物中拿起两个三明治，走进了屋内。人们聚集在厨房和餐厅中，默多穿越人群径直走下地下室。

默多听见浴室门被关上的声音，他想把音箱的声音调低，却发现那已经是最低的了。在家时他可以随心所欲地放出震耳欲聋的声音。

可他现在并不在家，现在在这里。他也不能躲在地下室一辈子。

噢，默多去哪里了？！天哪，或许他倒在了坑里！地下室有个黑洞，他一下子掉了进去！噢噢噢噢噢，天哪！真吓人！"掉——在——洞——里——"音乐奏起，一首大提琴独奏曲，噢噢噢噢噢，太吓人了，还划破了膝盖，噢噢噢噢。

如果他手边有一台吉他就好了。他最怀念的便是可以随时随地演奏。商场里有个音乐商店，假设那里有很多乐器，有口哨、口琴、或者儿童键盘，又或者木琴。可是，20美元可以买到什么呢？

默多听见楼上的脚步"嘎吱嘎吱"的声音。他再次将音量调低，但发现已经是最低了，可以用负一来表示，几乎听不见，你需要把头埋低、再埋低，直至把耳朵贴在音箱上才能听见微小的电流声，而不是音乐声，因此默多听见了断断续续的歌词，时有时无，就好像DNA链条上出现的排列无序的基因组。虽然音乐声如此低沉，默多还是担心父亲能够听见，但如果再低的话，默多可要"看音乐"，而不是"听音乐"了。

你犯了错误，因此只能"看音乐"。音乐居然是一种惩罚手段！这真的难以想象！犯错了！你去听音乐吧！这实在愚不可及。可这就是生活。

生活是公平的？哈哈。

下一首曲子的旋律传出，默多笑了起来。乐手发出笑声，鼓手和主唱配合默契。这种形势十分特别。默多很想把音乐声音调大、再调大、再调大，让楼上的所有宾客都听见。真是个颐指气使的浑蛋！默多又想起了约翰爷爷好朋友戴夫·阿诺特的女婿。戴夫的女婿，他女儿的丈夫，真是个彻头彻尾的浑蛋！在默多看来，所有的浑蛋都是懦夫，因此他也是个懦夫。或许他还欺负了自己的妻子，甚至是孩子，包括两位小姑娘和还在襁褓中的婴儿。想象一下他确实欺负他们。戴夫会允许吗？为什么？戴夫是个身材健壮的家伙，可以轻易地打倒他。默多也可以打倒他，父亲也可以，可父亲不会允许这种行为发生。可父亲对此一无所知，默多要告状。可告些什么呢？默多站在那里，对方口不择言。你不能永远忍受别人的胡言乱语。你需要让他们住嘴。这就是默多当时想说的，请闭上你的臭嘴。

可默多说不出口，他任由康纳为所欲为。默多觉得自己愚不可及，希望自己能快点儿长大。因为默多只是康纳根本不屑一顾的小屁孩儿，因此他可以作威作福、肆无忌惮。噢，默多是谁？只是从外国来的一个小不点儿。对于这样一个趾高气扬的浑蛋，默多只能任他盛气凌人地胡说八道，真是悲惨。

想象一下默多任由他胡说八道，默多确实如此。这叫作欺凌吗？毫无疑问是的。康纳说话的方式、说话的内容，似乎完全没想过会遭到反击。当然默多也没有反击。他没有预料到默多会反击，是因为默多确实没有这么做。因此默多只能默默地忍受这个家伙的语言暴力。

你会允许这种行为吗？

默多听见音箱里传出的"嗞嗞"声，在音乐里，默多仿佛进入了另一个世界、另一片天地，一个他可以忘却烦恼、忘却丑陋的地方。人类是丑陋的，人类是愚蠢的。甚至是愚不可及的。如果你不曾知道便可以了却这一切烦恼。但是没有如果，你毕竟还是知道了。默多并没有进入梦乡。

过了一会儿，他昏昏沉沉的。

如果默多不曾知道人类愚蠢的嘴脸。默多处于半梦半醒之间，却没有进入梦乡。他似乎是在思考，迷迷糊糊地思考。现在是什么时间？默多不在乎。他头脑昏昏沉沉的，似乎忘记了好多东西。世界上有多少首曲子永远消失了？为什么会消失？你绝对不可能把消失了的曲子重新拿出来，重新演奏。

好吧，你已经神经过敏了。因为你过于胡思乱想。怎样才能清空记忆？这是不可能的，因为白天欺凌你的人，晚上将会进入你的梦乡。就好像在学校里，白天发生的事情，白天每时每刻的所思所想，都会萦绕在你身边。默多本应该随便从地上捡起一些什么，打他以泄愤。真是难以想象这样的人如何配得上如此好的妻儿。戴夫的女儿真是美人，默多没有盯着她看，只是礼貌性地回视。这并非任何不礼貌的对视。她并没有滔滔不绝，而是仔细聆听别人谈话，温文尔雅。她不仅漂亮，还得体大方。她多少岁了？

她是如此真实，她看着默多的衬衫，默多也看着她的衣服，她高耸的双峰，让人不禁浮想联翩，还有她仔细倾听、认真观察的样子，她的手指与唇部摩擦的样子，都让人想入非非。她的动作得体大方，丝毫没有矫揉造作。她衣着朴素，身穿白衬衫，可丝毫掩盖不住她性感成熟的味道。她是如此真实可触，当她坐在你面前时，你无法将目光抽离，无法不留意到她高耸的双峰及傲人的曲线。

第二天，天空蓝天悠悠、白云朵朵。可家中却一片灰蒙蒙的，莫琳奶奶说马上就要下雨了。她待在房间里，父亲不见了踪影。默多拿着关于牛仔的书籍上楼在起居室闲逛。他打开门后，发现父亲正坐在窗户旁的扶手椅上阅读，这可是家里的最佳阅读地点。

父亲叫默多："嗨！"

"嗨！"默多准备转身离开。

"我以为你在楼下？"

"我上来了。"

"你能读书真好！"

"呃……"默多拿起书，让父亲看了下封面，在门口处犹豫了一下。

"你要坐下来吗？"父亲问。

"好的。"默多坐了下来。

"我听见你开音乐了。我只是告诉你我听见了，没别的意思。"

"对不起，爸爸，我已经尽量把声音调小了。"

"我没有说声音很大。"父亲在书上做了个记号，然后合上书本，"我并没有打算阻止你听音乐。只是昨晚你又一次不打招呼就自己消失了。客人们接连告别离开，而你却消失了。这些人都是莫琳奶奶和约翰爷爷的朋友和邻居，你应该要跟他们告别的。"

……

"他们到处找你。"

"我不知道这些情况，否则我会上楼的。我在下面听不见。"

"你可能正沉浸在音乐的世界里。"

"爸爸，我已经调小音量了。"

"你告诉过我了。"

"我确实是这么做的。"

"甚至你可以换一首歌曲？明白我的意思吗？"

"爸爸，我有两张不同的CD。"

"是吗？有时候我连旋律、节奏都分不清。"

"爸爸，那叫作柴迪科舞曲，是一种音乐模式，就叫作柴迪科。这就是你为什么一直听见有响声的缘故。"

父亲笑了笑。默多耸耸肩，盯着地板出神。

"我只是笑笑，没说什么。"父亲说道。

"是的，这种音乐就是这样，这种快速的旋律，还有手风琴演奏，我的意思是……"父亲盯着他，"爸爸，这可是扣人心弦的好音乐。只要你真正了解一下，就会理解我的话。"

"我相信。"

"爸爸，不久会有一个各种乐队聚集的小型音乐节。这个音乐节将在周六在一个名叫拉斐特的小镇上举办，会十分有意思。拉斐特离这里并不远，这就是我为什么听这种音乐的原因，我在学习，我不仅是在听。"

"是的，听然后学习。"

"你根本不明白我的意思，但是总有其他人明白。"

"当然，那就好。"父亲拿起书，再次打开书本。

"爸爸，我这么说不是厚颜无耻。"

"那就好。"父亲翻了一页，继续阅读了一会儿，然后放下书本问道，"你说的是什么节？"

"爸爸，是音乐节，是莎拉，也就是和她哥哥来汽车站送我们的那个小女生告诉我的。"

"你指的是你在艾伦镇认识的那些人吗？"

"是的，你也见过他们。"

"是的。"父亲点点头。

"那有什么不好呢？"

"没什么不好，没什么，默多。"

"可你什么都没说，难道是因为他们是黑人吗？"

"你说什么？"

……

"再说一次？"

"是因为他们是黑人吗？"

"因为谁是黑人？"

默多看着门口。

"难道你认为我是个种族主义者？是这样吗？"

"爸爸。"

"嗯？"

"没事了。"

"如果你那样想，那就太可怕了。"父亲举起书，随即又放下了，"默多，你总是一副心事重重的样子，能告诉我为什么吗？"

默多盯着父亲："我们哪里都没有去，这是我们离开苏格兰的第七天。"

"是的，今天是周四。我们周一就到这里了。"

"是的，爸爸，我们是上周五离开苏格兰的，至今已经一周了。"

"儿子，我十分满意这里，不知道你感觉怎么样。我觉得如释重负。我想你也会喜欢，因为你可以暂时离开你讨厌的学校。我昨晚也十分开心，可以见到各种各样的人，与他们把酒言欢。周六也会是美好的一天。"父亲耸耸肩，"我的意思是对我来说，我十分满意，所以不太想东奔西走。"

"好吧，爸爸，我只是想出去散散步。"

"散散步，好吧！"

"我可以出去吗？"

"当然可以，如果你确实很想的话。我不反对你出去散步。"父亲点点头，"我只是想知道你的行踪。"

"爸爸，我只是想去散散步，我又怎么知道会走到哪里去呢？我的意思是我可能会漫无目地四处逛逛。除非看到商店，我才能告诉你我在哪里。莫琳奶奶说附近有一家商店。"

"距离这里有好几公里，好几公里呢，默多。"

"那里不是有个车库吗？我以为那里有个车库。我可以去附近一个小商店，比如可以买牛奶、报纸或者咖啡的地方。"

父亲看着他。

"我并不是指一定要去那里。"

"我以为你是那个意思。"

"我不是，我只是想在周围逛逛。"

"默多，这里有很多人来来往往。你并不知道你会遇见谁，会不会做出疯狂的举动。这里的人们在汽车储物柜里藏着手枪，稍有愤怒甚至会拿起手枪对着你，"嘣"的一声你就可能脑袋开花了。你想听约翰爷爷告诉我的此类事件吗？"

"爸爸。"

"我只是提醒你要注意安全。"

"那我可以去散散步吗？"

"天哪！默多，你可别在这种小事上犯糊涂。"

"那可不是小事。"

"就是一件小事。"

"不是。"

"是的。"

"爸爸，那对我来说可不是小事。"

"我的天哪！"

"你总是那么容易沮丧！"

"我没有。"

"你有，然后就一发不可收拾。"

父亲冷静了一会儿，说道："我只是为你担心，不知道你出去会遇见什么。"

"爸爸，我只是想出去随便走走。"

"事情总是从随便走走开始的。"

"能有什么事情？"

"你还没有那么强壮，默多，你只有十六岁。"

"正是！我几个月前已经达到法定结婚年龄了，甚至还到了可以当爸爸的年龄了！"

"啊！哈哈，那我倒想知道哪个女孩子那么幸运！"

"爸爸，我只是举例说明，以前妈妈是这么开玩笑的。你在的时候她曾说过，我长大了，甚至可以让你们当祖父母了。爸爸，那是妈妈说的，不是我说的。"

"噢，默多，天哪。"

默多盯着地毯，半晌无言。过了好一会儿，他说道："妈妈会喜欢这里的。"

"仅限于度假。"

"但她会喜欢这里的。"

"是的。"

"我知道她不喜欢种族主义，她讨厌种族主义。"

"是的，那是……"父亲点点头。

"绝对是的。"

父亲耸耸肩："儿子，种族主义无处不在。"

"是的，但这还不是最坏的吧？最坏的是对人施以私刑，及侵犯人权等那类的事情。你应该在学校听说过马丁·路德·金的故事。"

"那已经是过去式了。"

"是的，爸爸，但警察是否还会继续残暴地对待他们？"默多看着父亲，"我实在忍不住会想，为什么莫琳奶奶和约翰爷爷会选择居住在这里呢？"

父亲笑了笑。

"我指的是为什么住在亚拉巴马州呢？"

"儿子，原因显而易见，这都是因为工作。莫琳奶奶来自肯塔基州，在那里找不到合适的工作。因此他们举家搬迁至此。人们由于工作的原因需要背井离乡，就好像约翰爷爷离开了格拉斯哥，搬迁至此，遇上了莫琳奶奶。"

"这我明白，可为什么偏偏是亚拉巴马州呢？"

"儿子，不仅仅在亚拉巴马州存在种族歧视，其他的地方也有这种情况出现。"

"纽约！"

"是的，纽约，"父亲叹了口气，他从扶手椅上坐起身来看着默多，默多也注视着他，"儿子，这就是你想表达的吗？你认为因为是在亚拉巴马州，所以感觉到了种族歧视？"

"爸爸。"

"这就是你的观点？"

"不是的。"

"儿子，种族主义无处不在。就比如在苏格兰。不要假装一无所知。"

"爸爸，我没有假装。"

"儿子，这不是教科书上的案例，这是真实世界的所见所闻。芸芸众生，形形色色，随着你日渐成熟，自然就会有所体会。你总是说自己长大了，可是思想却如此幼稚。难道由于约翰爷爷和莫琳奶奶住在这里，他们便是种族主义者了？"

"什么？"

"这不是你想从我这里知道的消息吗？"

"不是，绝对不是，我绝对不是那个意思。"

"儿子，你的问题是你总是词不达意。"父亲摇摇头，将目光从默多身上移开。

默多呆呆地坐着。父亲打开书本，看起书来。默多在等待着他继续发话。可父亲还是在看书。默多从椅子上站起来，拿起他的书本，头也不回地离开了客厅，把门关上。他走进浴室，也不抬头看镜子，便径直洗起脸和手来，洗完把手烘干后，他轻轻打开了身后的浴室门，发现没有人，他于是走出浴室，准备下楼。

默多进入地下室，书掉地上了，但并不要紧。他坐在了床垫上，突然听见上面传来笨重而迅速的脚步声，默多坐在床上等待着。果然，父亲打开房门走了进来。

父亲站在床边，说道："默多，你不必欲言又止，不妨畅所欲言。"

默多躲避了父亲的眼神。父亲走到床头边看着默多。

"站起来，默多。"父亲命令。

默多依旧坐着。

"站起来！"

默多只好站了起来，他面无表情，一言不发地盯着地板。他一会儿将手臂交叉置于胸前，一会儿打开手臂。

"告诉我怎么回事？"父亲问。

"什么怎么回事？我不明白您的意思。"

父亲紧盯着他。

"真的，爸爸，我不太理解您的意思。"默多把手放进口袋里，想了想又拿了出来。

"我只是想知道你去哪里，我只是担心你，仅此而已。"父亲说。

"爸爸，我理解，但您确实无须担心，因为我不会去任何地方，真的，您无须为此担心。"

"你说什么?"

默多交叉着手臂。

"你说什么?"

"因为我身无分文,"默多咬了咬嘴唇,说道,"我的意思是,我身无分文。"

"什么?"

默多耸耸肩。

"我可以给你钱。"

"您给我的钱都不是零花钱。"默多再次耸耸肩,"只有在需要我买东西的时候您才会给我钱,我自己一点儿钱都没有。爸爸,我的意思是我没自由支配的钱。"

"我可以给你。"

默多打开手臂,眼睛看着上方。"爸爸,我的意思是,您从不给我零花钱,我指的是零花钱。您从来没给过!"默多摇了摇头,"爸爸,我从来没有零花钱……从来没有,我指的是零花钱……"默多攥紧拳头,"你从来没有给过我所谓的零花钱,我也不知道该怎么办。由于身无分文,我都无法出去散步,我身上一分钱也没有,想买一包口香糖都不行。爸爸,我身无分文……任何东西对我而言都是不可企及的。"

默多边说边发抖,自己想方设法制止自己。他把手放到两旁,不断攥紧又打开拳头,深呼吸。

父亲转过身去。

"对不起,爸爸,对不起。没有也没关系。"

"一直都是妈妈在管你的零花钱。"

"是的。"

"我的意思是……"

"对不起,爸爸。"

"你可以提醒我，你需要提醒我。"

"好的，爸爸。"

"无论发生什么事，我都不希望我们之间发生这样的争执。我是指我们父子之间。"父亲伸出手来，轻轻拍拍默多的肩膀。默多低下头。

父亲很快就离开了地下室。默多躺在床垫上，随后把音乐打开，声音调低。默多听着行云流水般的音乐，感觉漫步在一个美好的地方，看见周围潮湿的树叶、树根的分支，闻着树木的味道，听见潺潺的流水声。

当天夜里，约翰爷爷开车载着父亲去往约5公里以外的当地酒吧小憩。约翰爷爷小酌了三四杯，依旧坚称自己"十分清醒"，而本不想喝酒的父亲也喝了一些啤酒。他们于是在回家的路上也算是"醉驾"了一回。

默多心里非常希望他们去酒吧。这对父亲和约翰爷爷而言都是很好的放松机会。如果不是父亲在此，约翰爷爷也不一定会有可以这样休闲娱乐的机会。他们离开后，莫琳奶奶便坐在沙发上看电视，她从电视机旁的杂志架上取出一本杂志。默多也想看看架上有什么书，于是跪在地上细细查看，他发现了一本《美国公路地图册》。打开一看，里面全是各种地图，每一页上都是满满的地图，就好像是在网上顺手涂鸦或者放大的地图。这真是一本内容丰富的旧书。默多非常兴奋。莫琳奶奶看着他。

"默多？"她问，"你想去什么地方逛逛吗？"

默多笑了笑，重新坐到沙发上，从第一页开始仔细阅读。在地图上，默多不仅可以认识各种路，也可以熟悉各种地形，如山地、河流和湖泊等，地图中还标示了各大城市的中心城区。真是一本包罗万象的好书。默多翻看了一下地图册，看见很多地名。真正的地名！默多大声向莫琳奶奶念着这些地名。

"真是太神奇了，"他说道，"你看！这里是格雷特纳！格雷特纳！那里是埃尔金！天哪，是埃尔金！还有麦肯尼！阿伯丁！阿伯丁，这可是真正的阿伯丁！这些都是苏格兰名字啊，莫琳奶奶！还有格拉斯哥！"

"当然,还有格拉斯哥!"

"高地!天哪,还有高地?"

"什么?"

"居然有一个镇叫作高地,一个真实存在的小镇!"

"那有什么问题呢?"

"高地指的是一大片山地,而不是一个小镇。"

"或许是不同的高地。"

"当然不同,但在这里高地是一个镇!"

"当然是个小镇!"

"这让我想起了家乡的那些人。"

"是的,当然——还有菲尔·坎贝尔!那也是一个小镇吗?菲尔·坎贝尔?一个镇?"

"当然是个镇。"

"可这听起来像是一个人的名字!菲尔·坎贝尔!"

莫琳奶奶耸了耸肩:"他们都喜欢去那里,菲尔·坎贝尔。每年加拿大西海岸都有一批人去菲尔·坎贝尔。"

"天哪!"

"这是为了吸引游客才取了这样一个花哨的名字!"

"他们都是从苏格兰来的吗?"

"孩子,那我可说不准。"

"想象一下,每年都有成千上万的游客到菲尔·坎贝尔去参观!"默多重新看看地图,发现了一个叫作米尔波特的地方,"米尔波特!莫琳奶奶,就在我们住的地方附近,是在我们前方的一个岛屿,有一个叫作米尔波特的镇!"

"哈哈!"

"我们曾经去过那里。我朋友的叔叔有一艘船,曾经去过米尔波特。那里有个跳水码头。我们去那里玩过。"

"是吗？"

"是的，那里很好玩儿。那里还有一个薯片餐厅，如果游泳累了，就可以在那里享用鱼和薯片。真是太好吃了。"

"听起来十分诱人。"

"这些不同的地名真让人兴奋！"

莫琳奶奶笑了笑，说道："都是些稀松平常的地方。"

"罗马，看！是罗马！"

"是的，那是罗马·格鲁吉亚，还有雅典·得克萨斯，以及巴黎·田纳西。这都是那些乘着喷气式飞机到处旅行的人想出来的。你知道那首歌吗？"

莫琳奶奶哼了起来：

噢，我们乘坐的不是喷气式飞机，

而是破旧的雪佛莱汽车。

"你没听过这首曲子？这些地名，罗马·格鲁吉亚、雅典·得克萨斯等。"莫琳奶奶笑着说，"确实十分有趣，你会常常听见。在亚拉巴马州有一个雅典，你仔细看地图就会找到。"

默多没有回答。他正在认真寻找莎拉说的小镇：拉斐特。他仔细研究地图，终于找到了拉斐特。

"莫琳奶奶，我看见了拉斐特。"

"是的，距离田纳西州查特怒加市不太远。"

"那距离这里并不遥远。"

"是的，你堂兄吉莱斯皮住在查特怒加市。我们以前曾搭乘火车途经亨茨维尔市去看望他们。不知道那班火车现在是不是开往圣路易斯市了？我想很有可能。查特怒加市是印第安人居住的地方，他们有首这样的曲子。"

莫琳奶奶哼道：

请你告诉我，亲爱的小男孩儿，

那是查特怒加小火车吗？

莫琳奶奶停了下来，她问默多："你听说过迪克西线吗？以前这条线非常出名，可惜的是现在已经消失了。人们不一定会知道这段历史。你问他们，他们却对这段历史一无所知。天哪，在过去的日子里，他们需要乘坐马车、轮船、火车等，才能翻山越岭渡过田纳西河。而现在这一切都已经成为旅游景点了，失去了本来的交通含义。孩子，那里风景秀丽，十分壮观。你听说过迷失的海洞吗？"

"没有。"

"你没听说过？"

"迷失的海洞？从来没有。"

"哈哈，孩子，在淡水下面，那里有一大片滨海幽穴。"

"那是真正的地下海洋？"

"是的，在那里还可以乘船航行在海洋上方。如果你喜欢坐船的话。"

"可以坐船！"

"是的。我们下下周可以去那里游玩儿，反正暂时没有别的什么计划。我们可以去那里共度周末。"莫琳奶奶看了一眼墙上的时钟，然后从椅子上站了起来，"我去冲一杯热巧克力，孩子，你也来一杯吗？"

"我可以为你冲一杯吗？"默多问道。

"谢谢，不需要。"

默多也从椅子上起身，陪着莫琳奶奶一起走进厨房。事物之间总是互相联系、互相制约的。当莎拉说起表演时，语气听起来像是去拉斐特是件很容易的事情一样。有多容易？他现在大概知道了。莎拉说他和他父亲可以与朋友在拉斐特过夜，但仔细想想，如果真的非常近，又何须过夜呢？他们可以直接坐大巴回家了。或许是莎拉他们有朋友、亲戚在那里，所以她才那么说。不然他们也可以在表演结束后直接开车回家。或者坐大巴回家。因此应该有大巴去往拉斐特。

"你知道是否有大巴开往拉斐特吗？"他问莫琳奶奶。

莫琳奶奶笑了笑："原来你喜欢坐大巴！"

"不，我的意思是……"

"你刚刚的意思让我以为你喜欢坐大巴。那里是山区，风景秀丽，还开设了滑雪度假区。你在家的时候会经常滑雪吗？"

"不会。"

"卡卢姆就经常滑雪，他是你的堂哥。他和他的妻子，还有两个孩子住在加利福尼亚州。你可能不知道加利福尼亚州的雪是什么样的，那里的雪会覆盖整个山区。他们住在一间大房子里，如果你和你爸爸想去看看的话，他们随时欢迎你们。那两个孩子比你还小。默多，他们一定很想见见你。"

"那约翰在那里吗？"

"约翰？哈哈，"莫琳奶奶笑笑，"你问了个好问题。"

"我只是好奇问问。"

"不，他不住在那里。约翰在密苏里州的斯普林菲尔德，我们通常叫他小约翰。他和你约翰爷爷同名。他们俩可都是工作狂。"

默多笑了笑。

"那可不是一件好笑的事情。"莫琳奶奶端起热巧克力，喝了一口。她转向默多，轻轻摸了下他的手。她把电视调到天气频道，然后又关上了。

"我想进屋休息一会儿。"她对默多说。

"莫琳奶奶，我可以把这本公路地图册带到地下室吗？"

"天哪，默多，当然可以，我可不希望你再说这种如此见外的话！把这里当成自己的家一样，想做什么就做什么。"莫琳奶奶开玩笑地挥舞着拳头。

"对不起，莫琳奶奶。"

她点点头。

默多聚精会神地研究着公路地图册。如果是自驾游的话，或许不需要经过查特怒加市，而是可以驾车经过这些各具特色的小镇。除非大巴停靠在沿途各个站点，正如他们从孟菲斯市乘坐的大巴一样。

这时从外面传来轮胎轧过碎石路的声音，这是约翰爷爷的四驱吉普车的声音。他和父亲从酒吧回来了。默多从床上跳下来，拉来一把椅子，爬上天窗，往外张望，但由于找不到活梯，看不太清。

地下室房门紧闭。默多脱掉外衣，关掉灯，进入被窝。他期待着上面传来父亲的脚步声，以确认他是否安好。父亲为什么不来呢？他总要检查下默多是否被吸血鬼攻击，或者是否被怪物拽走吧！

默多想把灯重新打开，他的脑海里全都是莎拉告诉他的表演，如果可以成行的话。如果"可以"成行。

可如果默多实在无法赴约，他说过他会去，因此他要全力以赴，这是大家所希望的，否则他们会大失所望。

关灯后原来如此黑，默多想，真是伸手不见五指！如此漆黑一团，把眼睛闭上会更加舒服。如果在黑暗中睁大双眼，总会有种天旋地转、天塌地陷之感。甚至可能会以为是发生了地震，地表破裂了，你一边往下陷入深渊一边拼命抓住土地。真是让人毛骨悚然。

默多打开了音乐，把声音调小。这跟大声听音乐是截然不同的感觉。

实际上，父亲对音乐一窍不通。因此对默多的心思也一无所知。他只知道默多会在房间里播放音乐，只知道默多在玩乐队，或者曾经在母亲生病前玩乐队。

跟父亲说这些，简直就是对牛弹琴。

可是莫琳奶奶就不一样了，或许莫琳奶奶会理解他，甚至可以跟他一起去。莫琳奶奶会开车，他们可以租一辆车一起去。

他在床上翻了翻身。月光从窗户透了进来，照射到屋内，形成独特的角度，看上去像是一张特制地图，上面标示了地表的隆起、分裂和裂缝。想象一下你手里拿着一支马克笔，沿着这些裂缝、隆起、山川和湖泊等，勾勒出轮廓。默多又想起了母亲，但他并不愿意画母亲，她躺在床上的样子，她生病以后发生的种种变化。

可怜的母亲哪！

默多情不自禁地想起了一些很私密的事情，他从未向任何人吐露过的心声，甚至连他自己都不知道的心声。这些事情杂乱无章，让人心乱如麻，可有时又会突然格外清晰。或许是在他睡觉的时候，在他睡眠中的清醒时刻。默多有时会任由思绪飘散，可有时又会不可抑制地十分生气。

或许这就是生活。若非在茫茫人海中，父亲遇见母亲，坠入爱河，也不会有默多和伊丽的诞生。不同的父母诞下不同的孩子。

翌日清晨，默多早早就听见了四驱吉普车碾过碎石路的声音，是约翰爷爷开车去工作了。默多穿起夹克，走上楼梯，穿上放在前门地毯上的靴子，经过父亲的卧室，来到了饭厅。他本想打开饭厅到庭院的门锁，可发现门并没有上锁。他于是拉开门，走到庭院外。莫琳奶奶正在花园里。

"嗨，默多！"

"莫琳奶奶！我正准备出去走走。"

"你起得真早！"

"你也是！"

"哈哈，又是一个不耐烦先生！"

"不耐烦先生"是莫琳奶奶为约翰爷爷起的绰号。原来每天早上莫琳奶奶都会随着约翰爷爷一起起床，帮助他打点一切，目送他出门。默多并没有想过这些。

默多打算沿着庭院四周散步，四周的小路宽敞笔直、视野开阔，是散步的好地方。屋前的草坪修剪得齐整，小路路面被草覆盖着。因此在这里散步犹如走在某户的草地上。约翰爷爷曾说过一个男孩儿由于擅闯他人花园而被击毙。默多想这其实难以避免，如果你不想走在草地上那就必须走到大街上去了。

因此这何错之有？这里几乎没有真正的人行道，只是在路边石下面有水沟隔开流水，因为这里是洪水多发地带。洪水猛兽。天气频道经常会报道这里的洪水。

默多走着走着，经过一辆由一位身穿格子衬衫壮汉驾驶的轻型货车，正在倒车。默多因此需要停下来，为他让路。壮汉司机用怪异的眼神看着默多，似乎在埋怨他挡住了道路。主路上的汽车并不多，路上行人稀疏，有人在遛狗。在这里看不见公交站的标志。因此如果巴士由当地巴士公司运营的话，或许会直达中心城区，那里的巴士线路将十分繁忙。

这一切如此宁静！默多突然有种喜欢这里的感觉。在这里，默多不认识任何人，与任何人都是素昧平生的。这就是重获新生的滋味！在这里，默多特立独行、自由自在。这便是柳暗花明又一村的感觉。

但默多还是那个默多，他的内在并未改变。默多这时想起一首歌，博·乔克斯的名作：

四十英里往下，四十英里往下，
四十英里往下，往下，往下往下，
往下挖。

默多此时此刻在亚拉巴马是事实。默多此刻是默多也是事实。博的歌曲的旋律在他脑海中不断盘旋着。

默多笑了笑。他想起莎拉，因为这首曲子来自莎拉送给他的 CD 中。

默多感觉很好，对他而言，这叫重获新生。

这种感觉就是：这一切都与我无关！手风琴在哪里？我只想要手风琴！

是的，在家他就可以演奏手风琴了。他需要音乐，他希望演奏手风琴，他也要去和梦扎伊女王一起演奏。因此他要告诉父亲，他需要告诉父亲。

默多大步流星地走过大楼，又回到了莫琳奶奶的家门前——半个小时路程？

他从私人车道走进后门，莫琳奶奶已经不在家里。他拿起两根香蕉，倒上一杯牛奶，走下地下室，打开了地图册。查特怒加市并不遥远，如果想要乘坐大巴前往，线路就是地图册上显示的向右转入佐治亚州，穿过山川。

默多需要钱，为数不多。他并不想伸手向父亲要，但目前看来他确实需要这样。

两台手风琴在一起演奏将会产生与众不同的音乐效果，和音效果十分优异。你紧握拳头，仔细思考，感觉手臂肌肉紧张。你心情十分紧张，甚至身体颤抖。可梦想终归是梦想，能否实现掌握在默多手上。梦扎伊女王十分清楚默多有能力实现。当然他可以实现。他只需要不顾一切离开便可以实现这个愿望。

能在乐队里做领队是默多梦寐以求的事情，而下周末默多可以将这一切实现。可默多必须要获得一台手风琴，活动手指，练习一下，并且越快越好。哪里有手风琴呢？或许艾伦镇的当铺里有，或许查特努加市、亨茨维尔市也会有。在当铺买一台是不错的选择，但是要先试弹一下。永远不要在没有试弹前轻易下手，尤其是手风琴，否则后果可能十分严重，你可能会买到毫无用处且白占地方的废物。

可这便是生活。天生一物必有用。

或许这一切的担心都是多余的。梦扎伊女王一旦听到默多的演奏便确定要与默多结成乐队。甚至还没开始演奏便知道了！她说她看见默多站在树边时就已经知道了！她真的这么说！就是观察默多站立的方式便对默多的演奏技艺一览无余。你见到一个人时你会对他上下打量。噢！因此梦扎伊女王仔细观察了默多的站姿、动姿，甚至是听和看的动作，她早就看得一清二楚。

梦扎伊女王是乐队首领，因此默多只能跟随她的节奏。但她会要求默多放松并且专心演奏，她甚至会给默多机会让他自由发挥。当时在艾伦镇她就让默多演奏"蓝裙子华尔兹"。为什么呢？或许仅仅因为默多所演奏的手风琴是蓝绿色的，又或者是因为某个穿着蓝色裙子跳舞的女孩子，一个穿上了蓝色裙子跳舞的女孩子。女孩子轻歌曼舞的时候总是婀娜多姿的。你可以看见她们修长的双腿。默多喜欢看她们跳舞，这个时候你将她们优美的身段、曼妙的舞姿一览无余。她们跟着音乐翩翩起舞，摇曳生姿。默多不明白为什么有人会说波尔卡比华尔兹更好看，这实在是无稽之谈。在观看跳舞时观看女孩子修长的腿部才是最赏心悦目的事情，尤其是场上所有女孩子都亭亭玉立、婀娜多姿，实在养眼。

莫琳奶奶从房子里走出来，拿着托盘，呼喊着正在花园里躺在毛巾上，边读着地图，边晒着日光浴的默多。默多把音箱放在了房间，有条电线可以拉到屋内，父亲正待在那里。默多对这本地图册爱不释手，上面记录着各种公路，指引着你到达想到达的任何地方。例如只要沿着75号州际公路行驶，你便能去到底特律，或者另一头美国最南端一个名为红树林沼泽地的地方。这真是一条神奇的公路！那便是美国的州际公路。这些公路穿行在美国各个州，而75号公路则是南北走向的。

如果能绕去拉斐特和查特怒加市，再前往斯维特沃特看看地下海，将十分有意思。这一路将会经过名山大川和国家公园等。他们正在谈论下周末约翰爷爷可以周五就开始休假，带他们出去游玩儿。默多在想他能否在周末与他们共同出游时，周六晚上顺路去参加乐队表演。毕竟他们所去的地方与表演地点在同一条公路上，按理应有巴士前往，肯定也可以搭便车。在这里，人们经常会搭便车，但是需要非常小心。默多盘算着周六晚上可以与莎拉一家共同度过，周日清晨从那里返回斯维特沃特或者坎伯兰岬口，坎伯兰岬口是约翰爷爷的叔叔多年前居住过的地方，而约翰爷爷的叔叔也是默多的亲戚，多年前从苏格兰搬到此地。

默多合上地图册，从地上站了起来。莫琳奶奶把托盘放在庭院的桌面上，与父亲聊了一会儿。随后，她便回到房间，父亲也继续阅读。默多进来的时候，父亲头也不抬。父亲，我想去佐治亚州的拉斐特参加乐队表演。什么？你说什么？您听见了。哈哈哈。默多想，还是不说为妙，或者继续等待最佳时机。

父亲全神贯注地阅读。默多想他需要尽快开口，他想不出别的妙计良策，只能将计就计。父亲知道他站在那里。默多端起一杯果汁。

"爸爸，"他说道，"我正在考虑跟音乐相关的事情。就是那个……"

父亲点头示意他继续往下。

"我现在没有手风琴，没有吉他，也没有任何像样的乐器。"

父亲半合上书本。

"我不知道别人是怎么样的。在我看来，我现在只能倾听音乐，可当我有音乐灵感的时候，却无法演奏。因此我只能听，认真听，然后从中学习。爸爸，我就是这么做的。"

父亲笑了笑。

"我感觉我对音乐可以心领神会。或许别人没有这样的感悟。以前在学校的时候，我也可以异想天开，甚至在脑海里虚构出音乐旋律。你平时去上班的时候，我还待在房间里。在我去学校前，我总是会在房间里胡思乱想，甚至会在吉他上随手弹出我脑海中虚构的旋律。爸爸你也知道当我沉迷于音乐时，我会进入忘乎所以的状态。"

默多停了下来，看着庭院门口的地板，这是木质地板。默多盯着外面的土地，想象着如果有东西掉下去，会发出的"砰砰砰"的撞击声音。

父亲正在仔细听默多说话。

默多说的是什么？一派胡言。父亲是不会允许默多去表演的，默多心里十分清楚。默多十分想笑，觉得自己实在是愚蠢得无可救药。他今年十六岁了，一直都在混混沌沌地上学。而这一切在别人看来根本无足轻重。老师曾说莫扎特在十七岁就成了一名宫廷乐师。那意味着什么呢？默多总想做点儿什么，可又不知道那是什么。即便他凭空消失了，生活也依然会一成不变。默多站在屋里，穿着泳衣，刚晒完太阳的他皮肤有点儿红。

"儿子，你是在说音乐节吗？"父亲问道。

"是的，在查特怒加市附近。"

"对。"

"拉斐特在佐治亚州，在山的另一头。你可以在地图上找到这个美丽的小镇。莫琳奶奶也听说过。那里还有一个博物馆。还有我们的远房亲戚，他们还没有往西搬到加利福尼亚。"

父亲笑了笑。

默多也笑了笑，或者说是皮笑肉不笑。这时的默多突然感觉胃有点儿不太舒服。

外面拍打着翅膀的小鸟在看着默多。想象一下小鸟看着你是什么感觉？小鸟会盯着人看吗？这似乎是一只切罗基族印第安人的小鸟。它就在那里拍打着翅膀，定睛注视着，仿佛在说：我的地盘我做主。

桌面上摆放着一小碟饼干和一杯橙汁。由于橙汁是冰镇过的，默多拿起来的时候右手触碰到了液化的水蒸气而被弄湿了。在庭院里比待在外面凉快，这是由于头顶是木制天花板，因此不会被晒伤。

"你要坐下吗？"

"好的。"默多坐在桌子旁边。

父亲笑了笑，环顾四周。莫琳奶奶走了出来，她站在桌子旁挠着头，似乎对什么事情困惑不解。莫琳奶奶看着默多，默多回以微笑。

"莫琳奶奶您好！"

"你好，"她说道，"我出来这里是要做什么呢？"她瞥了父亲一眼，"天哪，我的记忆力什么时候如此糟糕了！"

"我的也是。"父亲说道。

"你也是，哈哈！"

默多扫了一眼父亲。

莫琳奶奶看着桌面上的食物，若有所思地准备往回走。

"默多，"她像学校老师点名一样用手指指着默多，"然后问道，"你还好吗？这是我刚刚想问又突然想不起来的问题。"

"我还好。"

"汤姆呢？"

"还好。"父亲笑了笑。

"嗯，"莫琳奶奶皱皱眉，"你也还好？"

"是的。"父亲说。

"那在苏格兰的所有亲戚都还好吗？"

默多咧嘴笑了笑。

"你是不是在熨衣服？"父亲问道。

"是呀，衣服都堆积如山了。"

"需要帮忙吗？"默多问。

"不用了，"她说道，"你可帮不了我，一点儿也帮不了！"她拉起默多的手，"你还在度假呢，孩子。看看那太阳，你手可真是热气腾腾的。"

"他知道太阳很猛烈。"父亲说。

"我只晒了二十分钟而已。"

"是半个小时。"父亲更正。

"还没到半个小时。"默多据理力争。他微笑看着目光在他和父亲之间不断停留的莫琳奶奶。

"来，默多，拥抱我一下。"莫琳奶奶对默多说。于是他从椅子上站起来，走向奶奶。她紧紧抱住默多，轻轻叹了口气："默多，我的孩子呀！"她边说边再次拥抱默多。莫琳奶奶的拥抱异常温暖，正如她本人给人的感觉一样。

梦扎伊女王的拥抱就会截然不同，艾德娜阿姨也一样。可那代表什么呢？或许也没什么。毕竟你不是她们的家人。如果是她们家人，或许拥抱的感觉就会有所区别。相比之下，艾德娜阿姨可能会更擅长拥抱，但这也要看她心情。与人相拥在某些场合会让人感觉十分奇怪。在你看来一个简单的拥抱可能对他人而言耐人寻味。父亲就不拥抱。约翰爷爷总是用力拍打你的后背。有的人甚至会用拳头重击你的后背。父亲在母亲葬礼那天拥抱了默多多次,别的时间几乎不会拥抱默多。可父亲跟你握手的方式,有时就像是拥抱。

莫琳奶奶又谈论起天气来,父亲与她攀谈起来。默多从父亲的表情中便可以知道他对莫琳奶奶的看法与默多不谋而合。父子俩都认为莫琳奶奶是最好的,对他们关怀备至。

默多对任何事情都可以满不在乎,这点非常奇怪。在生活中人们总会对某些事情耿耿于怀,可默多没有这种想法。无论对于什么,他都可以大大咧咧、若无其事。

他们三人都默不作声。父亲在看书,莫琳奶奶似乎在乱忙活。

她真的是一位温柔善良的好奶奶。她对他们父子俩的好超越了任何血缘关系。血缘是什么?或许轻于鸿毛。她实在是个无可挑剔的好奶奶。她正在跟默多说话。

"为了保护那条狗,"她说道,"他冲了出去把狗放在了车里。"

"天哪……"父亲摇摇头,"默多,你听见莫琳奶奶说的话了吗?"

"说什么?"

"男孩子找到了他的狗,"莫琳奶奶说,"他为了保护狗,把它放在车里,可没想到的是车竟然被倒下的树木压垮了,车身也被摧毁了。这是发生在俄克拉荷马州的事情。"

"天哪!"默多感叹道。

莫琳奶奶看了下默多,又看了下父亲:"只是为了保护一条狗,可怜的孩子,可怜了他的妈妈!"

"是的,当然。"

"都怪这天气。"

"在苏格兰不会这样?"

"不会，除非是登山时遇到雪崩或划船时被淹。我的意思是没有人是由于天气原因，像洪水、龙卷风等直接遇难的。"

"你原先并不了解这类意外吧？"

"不知道，"默多回答，"我想在我们家乡也没有人了解。"

"或许有人很清楚。"父亲说。

莫琳奶奶拿起饼干，说道："你都没怎么吃。"

"我吃了一块。"父亲回答。

"我正准备吃。"默多回答。

"你喝了我为你准备的橙汁吗？"

"喝了，这是货真价实的橙汁的味道，比我们在家乡的好喝多了。"

莫琳奶奶突然指着默多说："噢，默多，我终于想起来我刚才要说什么了。我想问你关于周日去教堂的事情。你们在家的时候去教堂吗？"

默多还没反应过来。

"你愿意跟我和约翰爷爷一道周日早上去教堂吗？如果你能去那就太好了。"

默多笑笑，并点点头。

"你可以好好考虑考虑。"莫琳奶奶说道。

"好的，莫琳奶奶。"

默多心乱如麻。莫琳奶奶是个好人，好得无可挑剔。问题出在他自己身上。目中无人的康纳以及他肆无忌惮的言论在默多脑海里挥之不去。

默多对他的声音深恶痛绝，绝对不想再次听见。但若跟随莫琳奶奶周末去教堂，或许他也会出现。如果是别人，默多绝不会犹豫不决，而是直接拒绝。可是发起邀请的是莫琳奶奶，是默多心怀感恩的莫琳奶奶。默多不介意与其他人见面或者交谈，无论是否是他的同龄人，也无论男女。

这种思想真是愚不可及。默多总会见到别人，默多也愿意去别的地方与他人见面。他愿意交朋友。因此如果不是康纳，他是愿意去教堂的。或许父亲不会去，但是默多是愿意去的。

这一切是因为什么呢？即便父亲相信，默多也不会相信。默多有了地下室这个自己的小空间。父亲也有了自己的房间。那待在自己的小空间里又何错之有呢？为何父亲总把默多喜欢待在自己房间里看成一个问题？如果默多连自己的私人空间都不曾拥有，这次度假将会是一场煎熬。当然，这可不是一次普通的度假。想必没有人会把这次远行称为一次度假吧。父子俩背井离乡来到这里是为了疗伤，忘记失去至亲之痛。母亲去世后，无论是父亲还是默多都需要勇敢面对。可这并非惩罚。很多人都会用怜悯的眼光看着你，然后心里想：天哪，这位可怜的小男孩儿到底做了什么坏事，以至于失去了母亲？

可是没有。默多没有做任何坏事。母亲就这样去世了。那便是只会发生在家族女性身上的癌症基因，夺去了母亲的生命。这就是现实。跟上帝和耶稣没有任何关系。莫琳奶奶是最好的奶奶，但不是默多的母亲。她有她的母亲，默多也有默多的母亲。

她和父亲或许正在说话。他失去了他的母亲，而我失去了我的妻子。是的，那你的母亲呢？或许失去母亲不如失去妻子那么悲伤吧。失去妻子的感觉比失去母亲痛苦多了。不是吗？是的。父亲需要学会勇敢面对。所有人都需要学会勇敢面对。默多也需要面对。默多已经是个男子汉了，而不是一个小男孩儿了，男子汉即将成长为一个男人。当然，如果他是个男子汉，或许就可以随心所欲了。

因此好人都会去教堂吗？什么是好人？赞美上帝、受人敬仰的人被称为好人？好人又能怎样呢？在他们身上不会有坏事发生吗？如果他们遭遇不测，他们还会是好人吗？

默多又想起那些无辜的人。那些无辜的人失去了他们宝贵的生命。究其原因，如果上帝置你于死地，这代表是上帝对你的惩罚吗？如果上帝置你的至亲于死地，这是对你的惩罚吗？或者这是对谁的惩罚呢？发生在母亲身上的事情，让默多反思自己是否做了伤天害理之事。否则，为何会得到姐姐和母亲相继命丧黄泉的报复。如果这一切都事出有因，那么原因到底是什么呢？

人们常说：人人生来有罪。可这不是事实。或许相信的人会觉得那是事实。父亲或许就是。可难道伊丽是个罪人吗？默多很讨厌那派言论。我们总要承受各种沉痛的打击，这事出有因，可是原因只有上帝才知道。其他人却一无所知。或许耶稣也知道。人们用羔羊之血为自己赎罪。羔羊便是耶稣。通过涂抹耶稣这位尊贵又圣洁的救世主的血，我们便清洗了自己身上的原罪。就好像盲人走在一条血迹斑斑的路上。默多想起了乔西，莫琳奶奶的朋友。她们都是虔诚的教徒。默多又想起了那个在车站见到的骨瘦如柴的家伙，像行尸走肉一般。

想象一个刚出生的婴儿，居然是罪人！这实在让人难以置信。康纳一定相信这派言论。按照这种说法，父亲犯下的罪行将会由孩子们来赎罪，那真是可怜了那两个小女孩儿和尚在襁褓中的婴儿。一个可爱的婴儿，生来就是为了赎罪。或许父亲就是这么认为的。母亲的离去是为了给父亲这位罪人赎罪。这一切都是父亲的错，因此母亲走后，父亲就过起了地狱般的生活，像是一个盲人由于无法看见路标，走在一条暗无天日的路上。这个看不见路标的盲人就是默多。默多一直以为母亲会好起来，这种想法真是愚蠢至极。母亲再也好不起来了，可默多却毫不知情。因为没有人告诉过默多这一切，少不更事的他一厢情愿地认为母亲总有一天会恢复健康。他需要自己的父亲告诉他这一切。父亲对母亲的病情一清二楚，却对默多缄口不言。到临终时，母亲甚至难以起身。想象一下，想象一下病入膏肓的母亲甚至无法呼唤默多，更无力握住默多的手的模样。

周五晚饭后，一家人围坐桌前聊天儿。约翰爷爷交叉双臂，直勾勾地看着默多五秒钟之久。默多微笑，知道约翰爷爷此目光意味深长。果然，约翰爷爷又盯着默多看了几秒钟，然后问道："默多，你是否考虑会长住在这里呢？"

"你终于还是问了。"莫琳奶奶说道。

默多看着父亲。

约翰爷爷立刻举起手示意："不要管他，我问的是你。你是否会考虑住在这里呢？"

父亲和莫琳奶奶都在等待着默多的回答。

"不，他说，我的意思是我不会考虑这件事，因为我没有足够的能力做出判断，这件事也不由我来做决定。"

"可是孩子，如果由你来做决定呢？"

父亲从饭桌站起身来，拿起空茶杯在厨房水槽处清洗。

默多说："谢谢爷爷，可这件事决定权并非在我的手上。"

"真了不得！小小年纪居然是个政治家！"约翰爷爷嚷嚷道，接着他把默多的手按在桌上，"你可逃不了了！绝对逃不了！我已经问过你爸爸的意见了，现在该问你的意见了。如果由你来决定，你会走还是留？说吧，是回家乡还是留在这里？"

默多发出了"咯咯"的笑声。

约翰爷爷也笑了，面向莫琳奶奶指着他。默多眼光依次停留在父亲、莫琳奶奶和约翰爷爷身上。

"是的，"他大声说了出来，"我想留下。"

约翰爷爷对父亲说："听见了吧？"

"是的。"父亲说，又坐了下来。

莫琳奶奶露出了灿烂的笑容。"让我来告诉你吧，老吉米·尚德的歌可真是棒极了！"约翰爷爷对她说道，然后冲默多眨眨眼，问道，"手风琴多少钱一台？贵吗？"

"是的，"父亲回答，"默多喜欢的那种不便宜。"

"因为它质量好。"默多耸耸肩。

"产自意大利。"父亲说道。

"什么？这是个笑话吗？"约翰爷爷说道。

"不是，"默多说，"那里的手风琴是全世界最好的。"

"孩子，你开什么玩笑！意大利！怎么可能呢？"约翰爷爷问莫琳奶奶。

"舅舅，意大利的音乐非常优美，难道你忘了？"

"不，我可没有忘记。我的意思是，那里的音乐确实优美，可乐器制造和音乐创作是两回事呀！你喜欢唱歌的那个家伙对吧？"约翰爷爷问默多。

"当然，帕瓦罗蒂，谁不喜欢他那优美的歌声呢？！"

"还有伟大的歌剧，"父亲说，"就算每天听也不会厌烦！"

"妈妈喜欢歌剧，"默多说道，"喜欢歌剧的人是妈妈。"他再次看看父亲，"是妈妈喜欢歌剧。"

"是的，当然。"父亲笑着说。

默多故意转移目光。歌剧是母亲的挚爱，永远是母亲的挚爱。默多无法想象父亲居然也会对歌剧感兴趣。伟大的歌剧，他真的是说了伟大的歌剧吗？难道还有普通的歌剧呢？

默多盯着桌子，他知道父亲在看着他，可他不想与父亲目光交汇。他也瞥见莫琳奶奶正在冲他微笑，他想回以笑容，可又无法实现。这一切实在糟糕透顶。父亲还在说着什么默多也不想管了。

此时此刻，默多只想离开餐桌，这是他唯一想做的事情。

默多不会哭，他也不能哭。即便有想哭的冲动他也要努力抑制自己。他也不能眨眼，只要稍微一眨眼，眼泪就会掉下来。他能做的只是想方设法让自己置身事外。你必须想办法做到身在曹营心在汉。那就是默多处理这种情况的方式。即便人在现场，也想方设法冷眼旁观、超然物外，因此他只能装作心不在焉、思绪飘散。在学校，默多也是这样，甚至在别的任何地方——巴士、渡轮上等，例如在送母亲去临终关怀中心回来的渡轮上，又或者是每个父亲在渡轮休息室内，默多在外面吹了冷风、淋着冻雨的漫漫长夜。默多需要那样一种能力。站在渡轮外面，看着无边无际的大海，默多想象着自己在海里游来游去，他并不介意海域有多么宽广，但他想起了自己的母亲，母亲已经魂归天国，与伊丽团聚。

默多听见父亲活动的声音，或许是移动椅子的声音。

莫琳奶奶温柔地说："你们经历了最煎熬的一段日子。"

默多看着她："莫琳奶奶。"

你这么想也是对的。他和父亲，都经历了一段煎熬的岁月。这已经是他们遇到的最大的困难，生活绝望到顶点。没有任何情况会比现在更糟糕。对父亲而言也是的。

默多呼唤："爸爸，爸爸……"

父亲笑了笑。

默多站起身，走下地下室。他既没有打开灯也没有打开音乐。他希望能悄悄地把自己藏起来。

默多没有开灯。

周围一片漆黑，眼睛看不见任何东西。

周围传来一阵细细的"嗖嗖"声，是蟑螂的声音吗？可约翰爷爷说它们发出的是"嗡嗡"声。他说的是实话？默多不清楚约翰爷爷是否真的看见过蟑螂，真正的蟑螂身子又黑又肥大，并且在地上滑行。

而这就是生活，默多想起这段时间来生活发生的翻天覆地的变化，不由得感慨万千。自从母亲去世后，生活便每况愈下，让人焦头烂额。你很努力地想要恢复原状，可发现这一切只是徒劳无功。你每天起床后发现生活依旧如此，你以为事情会变好，可是这一切好的改变依然没有发生。每天清晨，母亲不会再在门口叫你起床，告诉你别迟到；这一切都已经成为永远的过去式。

生活与想象中大有不同。经过这些事情，父亲愈加焦虑不安。他跟默多一样，都没有准备好面对这一切。

时间一分一秒过去了。默多觉得自己不能再待在地下室，他要去楼上的卫生间。

父亲一个人待在厨房里，他正在收拾东西，对默多的出现表示高兴。他虽然一声不吭，但默多知道他心里高兴。

默多说："爸爸，我来收拾。我告诉莫琳奶奶我来收拾，所以，还是让我来吧！"

"好。"

默多从他身边走过，来到滴水板前准备开始洗碗。父亲已经把使用过的餐具摆放在水槽里，并倒入热水。

"我不打算用洗碗机。"他说道。

"我也不打算。"

"那你需要把碗碟洗两遍。"

"我知道。"默多说。

"好的，好的……"父亲离开厨房，或许想回到自己的房间，又或许和约翰爷爷去酒吧。默多希望父亲出去走走，酒吧将会是个有趣的地方。

"出去走走，看看外面的世界，总比待在家里好多了。"

默多双手沾满了洗洁精。水槽上方有一个小窗户，虽然有一棵树挡住了视野，但风景依旧秀丽。默多不介意听见蟑螂发出的"嗖嗖"声。昆虫无处不在，随处可见蜘蛛网和其他种类的昆虫。谁介意这些？默多反正不介意。从未介意。有人或许会认为郁郁葱葱的森林十分吓人，不敢入内。但默多从来不怕，他曾经进过。当时他还是个小孩，或许你会说他自己强迫自己进去。那是在伊丽去世后。默多学会从生活中找乐子。他深入森林，坐在灌木丛和树林旁，看见各种虫子爬进潮湿泥泞的泥土里。在这片没有太阳直射的灰暗地带，小草无法生长，泥土里却有各种植物残骸。

父亲卧室的门已经关上了。默多敲了敲门，父亲打开了。

"爸爸，对不起。"默多说道。

"没关系，不必担心。"

"爸爸。"

"不，你是对的。我知道什么呢？戏剧？我压根儿什么都不知道。"

"爸爸，是我的错。"

"不，不是你的错。"

"是我的错。"

"不是的。不用担心。"父亲从卧室里走出来，并关上了门。他们回到了饭厅。默多紧随父亲进入了饭厅，此时，约翰爷爷和莫琳奶奶正在偷窥着父子俩。

第三章

他们集会的地点距离家中将近 200 公里，需要大概两个小时车程。他们离开主路后便进入了一条用数字标识的小型公路，并沿着公路一直驶到山脚下。莫琳奶奶告诉大家这里因为牧场而闻名。他们从山脚开始驶上一条虽然宽敞明亮，却坎坷崎岖之路。来到目的地后，在服务员的指引下，他们把汽车免费停放在农场周围的管制区内。停好车后，他们下车步行经过一条绿树成荫的小道，随后便进入一个宽敞的收费大门。

"这里不允许自带食物、饮料、以及手枪，"约翰爷爷提醒他们。周围海报上的标语既严肃认真，又不乏诙谐幽默，例如：

所有参观者请自觉购票

如遇雨水请自备雨具

参观充气城堡的门票不可退票

饮酒者请移步至指定区域

当心募捐者，谨防诈骗

吸烟有害健康

两岁以下儿童（难道你以为十岁？别做梦了）免票进入

晚上，大营帐处将会有精彩的苏格兰高地舞表演。只要购买门票，便可参加，也可参加下午举办的音乐盛会。父亲想要付款，可被约翰爷爷及时阻止了。入口处的工作人员给他们分发传单。默多取了一沓传单放在口袋里。其中一张宣传的是"少儿游戏（0-5岁）"，另一张"寻找毛皮袋竞赛"。在他们到达前，不少儿童游戏就已经结束了，这些游戏从早上10点就开始进行，而他们到达时已经是中午12点30分了。女性舞蹈比赛按照年龄段来进行划分：吉格舞蹈Ⅰ（3-5岁），吉格舞蹈Ⅱ（6-11岁），吉格舞蹈Ⅲ（12-17岁），吉格舞蹈Ⅳ（18岁以上）。约翰爷爷开玩笑地建议莫琳奶奶加入最后一个组别跳舞。不少女孩儿和成年人身着华丽的苏格兰传统舞蹈服饰，如格子裙、短裙等。在入口处的一位女士认识莫琳奶奶，热情地与她打招呼。莫琳奶奶为她介绍了父亲和默多，称他们为来自苏格兰的侄子们。默多喜欢她介绍的方式。随后，莫琳奶奶与她攀谈起来，并越走越慢，等了好一会儿她才赶上了他们的步伐。可她一赶上他们，便遇见了另外一位她所熟悉的女士，并前去寒暄。

"这是莎莉·罗斯，"约翰爷爷介绍道，"是莫琳奶奶的一位老朋友，我们时有联系。今天乔西也会来，咱们也能碰面。还有谁呢？还有不少人，都是一起去教堂的朋友。"

约翰爷爷笑着对默多眨眨眼，并说道："孩子，要对这些信仰宗教的朋友充满敬意，可别胡乱开玩笑。"

······

父亲看了过来。

"我的意思是，孩子，小心为妙，在这群女士面前可要谨言慎行。"

父亲笑了笑，问道："你觉得呢？默多？"

"我不太懂，爸爸，我不太懂。"

他们在路边停了下来，让行人先过去。

"这跟宗教有关吗？"

"我不清楚。"

"不，这只是鸡毛蒜皮的小事，"约翰爷爷说道，"是我大嘴巴。"

默多看着他。他脑子里一片空白，除了想起这是他们的私事，或许应该和莫琳奶奶说。但这话如果从他口中说出，即便本意是开玩笑，听起来也不像开玩笑。如果约翰爷爷认为那是……胡乱开玩笑？那意味着什么呢？只是开玩笑而已？他可从来不会就这些东西开玩笑。从不。那是莫琳奶奶和她的朋友们。绝不会。

过了一会儿，约翰爷爷又说道："或许我们之间有小误会了。孩子，在百乐餐当晚，你是否和她们说过些什么呢？艾玛·路易斯她们对你颇有微词。孩子，是不是我听错了？"

……

"你当时说了什么？"父亲也问。

默多低垂着头。父亲正在等待他的回答。默多既不清楚，也无所谓。

"爸爸，这都过去了，说什么也无所谓了。"

默多的胃又开始抽痛起来，一种奇怪的感觉。约翰爷爷说了点儿什么，可默多听不见了。父亲也说了点儿什么，默多同样没听见。最后他听见父亲说："我们走吧！"

约翰爷爷握起了默多的右手："孩子，我误会你了。"

默多摇摇头："约翰爷爷，我也不清楚我说了什么，或许我当时正在跟莫琳奶奶说话，她们听见什么并理解错了。但我可从来没跟她们开过那样的玩笑，也没跟莫琳奶奶开过那样的玩笑。绝对。"

约翰爷爷对父亲说："汤米，这都是我的错。我误会默多了。我真是个浑蛋。"

"没事。"

"人们在格拉斯哥还会这样称呼孩子吗？我小的时候他们就称呼我为宝贝！他们现在还会这样称呼吗？"

默多笑了笑。

父亲一言不发地看着两人。这虽是一场误会，但默多无疑反应过度了。

约翰爷爷虽略有不快，但很快就恢复了正常。因为他遇见了身着苏格兰短裙的朋友。

"看，"他说，"那是老查理，我过去和他打个招呼。"然后爷爷便走开了。

人们无论胖瘦、老幼，都跟着队伍走着。默多和父亲也继续前进。当时温度大概20摄氏度，父亲把手放在口袋里，四处张望、神态轻松。

"爸爸。"默多叫他。

"怎么了？"

"约翰爷爷所说的开玩笑，我不知道意义何在，因为我根本没开过那样或类似的玩笑。我从来不会开那样的玩笑。天哪，爸爸，莫琳奶奶在我心中是无可挑剔的。我绝对不会说话惹怒她和她的朋友们。绝不。"

"我知道了，默多。你可以有自己的想法，这绝对值得鼓励。可是你一定要谨言慎行。平时在谈到政治、宗教或种族主义的问题时，一定要小心翼翼。别人不一定与你看法一致。正如在苏格兰，流浪者队的粉丝和凯尔特人的粉丝、新教徒和天主教徒，他们的爱好或身份是恰好相反的。无论你站在哪队，总有与你想法相反的人。如果在场的都是天主教徒，而你是唯一的新教徒，在场的都是黑人，而你是唯一的白人。你和他们的身份及爱好截然相反。因此这时候一定更要小心谨慎，注意言行。当然，最稳妥的方法就是保持沉默。"

默多点点头。

"你还好吗？"

"好。"

"你刚刚脸色苍白，我担心你要昏倒。好久没见你这样无精打采了。"父亲笑了笑，"以前我也曾经这样。"

"是的。"

父亲轻声笑了，把手放进口袋，掏出20美元，放在默多手上。

"我本打算早点儿给你的。"

"谢谢爸爸。"

"好吧，如果你还需要钱，回来找我要。"父亲指着前方各式各样的商铺和路边的帐篷。

"随便逛逛吧！"他对默多说。

"我们一会儿在哪里集中？"默多问道。

"不用担心，我们一整天都在这里，总会碰上的。"

"好的。"

"今晚有音乐和舞蹈节目，我想你是一定会去的。"父亲拍打着默多的肩膀，然后走开了。默多走向另一个方向，离开主路，来到路边远离人群的地方。

此刻阳光温暖明媚，默多更想躺下进行日光浴，而不是逛各种摊位。这里的景色也十分秀丽：周围岩石林立，山峦密布。默多喜欢看见一座座山峰。当然这里也有河流，但是和苏格兰的湖泊不太一样。或许他们对苏格兰的评价是正确的：如果苏格兰的天气不这么恶劣的话，或许它是世界上最宜人的国度。虽然亚拉巴马州也是如此。莫琳奶奶说亚拉巴马是个风景秀丽的州，可是几乎不靠海。亚拉巴马州只有西南一个小角落濒临墨西哥湾。

默多终于找到了一个阴凉的地方。这是一片红土地，但草地十分舒适。默多躺了下来，把夹克作为枕头置于脑后。他看见远处的天空中有直升机飞过的气流痕迹，三道、四道甚至是五道轨迹云。这些飞机要飞到哪里去呢？在家乡的时候，如果你看见飞机在高空中飞翔，一般是飞往加拿大；在低空中飞翔，一般是飞往英格兰。默多从口袋里拿出刚刚在入口处取的宣传单浏览了起来。"全世界范围内的人们饱受饥荒和牢狱之苦。这些善良的基督教徒，生活在水深火热之中。因此睁开双眼，拥抱他们吧！"宣传单上大部分内容都与宗教相关，但也十分有趣。其中一张还讲述了"亨利·克雷格集会"的历史。亨利·克雷格每年都会把该地捐献出来，让来自四面八方的人们有在此相聚的机会。虽然他早已与世长辞，可人们依旧保持着这个从五湖四海前来相聚的传统。

虽然这个集会传统源于苏格兰高地，却并非完全地道。该集会传统源于苏格兰传统活动"同乐会"[1]。马术师们骑着马、举着火把在场地上来回奔跑，等待着族人的命令。他们古往今来便肩负着娱乐统治者、国王和首领的使命。他们唱歌、跳舞、讲故事以及参与各种体育比赛。这就好像是在向上层建筑缴税一般。在古代，人们还没有金钱收入，于是国王和首领从他们所打的鱼或者收获的农产品，以及被他们称为生命之水的威士忌中取走一部分作为进贡品。如今他们的后代依然酿造这种酒，唯一不同的是，在现代这种酒被称为"摩闪酒"[2]。

"砰！"突然传来足球的撞击声。

一群男孩子和两个女孩子正在操场上愉快地踢着足球。能在阳光下自由自在地奔跑，感觉自然十分美好。默多把宣传单重新折好放进口袋，起身，并打算逛逛路边的摊位和帐篷。默多扫视了一下这些商品的价钱。父亲给了他20美元，可是不包括买食物的钱吗？他实在饿坏了。其中一个摊位售卖啤酒，但一瓶就要7美元。其他摊位售卖食物。人们坐在外面饮酒、吃饭和聊天儿。默多在一个摊位前看见父亲和约翰爷爷，他们正在与两位老者聊天儿。约翰爷爷居然在吸烟！是约翰爷爷！默多可从未见过他吸烟呢！

在他们还未发现默多前，默多便溜到旁边的摊位上去了。

在这里，他们售卖着各种与凯尔特人相关的物品，如苏格兰短裙、威士忌以及带扣鞋子等。其中一个商店还出售彩色玻璃、装饰珠宝、剑、盾及短匕首等。有各种苏格兰、爱尔兰风情的物品，以及凯尔特人相关物品。小贩们也都身着苏格兰传统服饰，如短裙、花式衬衫以及皮革马甲等。在这里，年龄各异的男男女女都身穿苏格兰高地服装。女孩子们也穿着短裙。不少年长者打扮起来也风姿绰约，而他们的裙子是最短的，露出线条

---

[1] 一种有歌、舞、音乐或讲故事等的非正式集会。

[2] 指私酿的威士忌。

优美的腿部。他们还身穿束腰外衣和短袜，衬衫外面还有白色蕾丝、褶皱和腰带等装饰品。

年纪稍大的妇女也身着短裙、格子呢背心上衣，并佩戴格子呢围巾等，并且还戴上各种帽子或手提雨伞以防晒。男人一般都穿方格短裙。默多这个年纪的参观者虽然不多，但都身穿苏格兰短裙，搭配衬衣或者马甲，手臂还文着文身。他们还佩戴牛仔帽、棒球帽、软帽、贝雷帽或船形便帽等。他们的T恤上印着跟苏格兰相关的标志或者是其他别具一格的标志，例如"别碰海洋"或"别碰长老会"，甚至有个写着"FBI"，下面的标志却是"联邦集成局"。有一对男女身着一样的T恤衫，上面印着"你好，我是菲尔·坎贝尔"，默多想象自己与他们打招呼，并告诉他们，嘿，我在地图上看见了你们的小镇。

在一旁聊天儿的老者都身穿款式正统的短裙，搭配传统的褶皱夹克及衬衫，打上领带。他们厚袜子上的短匕首十分抢眼。他们修长的腿部和有节律的行走方式让人忍不住侧目观看。从他们的穿衣打扮来看，他们或许是官员，甚至是身居要职的高级官员，正在视察着这次活动。

其中一个帐篷提供绘图服务。很多小孩儿在脸上或脑后画上了苏格兰的国旗标志——圣安德鲁十字。还有的人在胸前或后背画上了联邦旗的标志。你可以对你的家族历史展开研究，看是否有苏格兰遗产，是否有人参加班诺克本战争或卡诺登战争，正如电影《勇敢的心》里的场面。有人问："亚瑟王是苏格兰人吗？"或许他们更熟悉的是美国宪法、美国独立战争、阿拉莫[1]以及美国内战吧。

有几个女孩子正在售卖宗教物品。她们冲着默多微笑，其中一位向默多兜售彩票。默多摇摇头，心里暗自期待她能向自己介绍更多信息，可她却走到旁侧寻找下一位潜在客户。默多想知道的是，如果他真的购买彩

---

[1] 美国得克萨斯州圣安东尼奥的天主教方济各会传教区，曾于1836年得克萨斯独立战争中被墨西哥占领。

票，并且幸运地中了奖，他该如何兑奖呢？他想问这个女孩子，万一他中奖了，可他已经回到苏格兰的家中，她是否会为他邮寄奖品呢？如果他这么问了，这位女孩子一定会认为他匪夷所思、异于常人。她或许根本没听说过苏格兰呢！当然在这里工作她肯定会听过！无论如何，默多根本没有足够的钱去买彩票。

路边的摊位和帐篷还开展着有奖游戏，只要投中一个篮球或者发射弹头枪支射落目标，便有奖励。5 美元可尝试一次！

默多继续走，找到一个可以"踢球"的游戏——你只要把球踢进篮子里便可得 3 美元。如果三次射门中射入两次便可赢得奖品。默多跃跃欲试。在苏格兰也有类似的游戏，不同之处在于你除了踢球之外，还必须运球。只有运气很好时才能把球运进去，即便你把球运了进去，也有可能会被重新弹出来。因此你必须确保球已经完全进入球门，在球门里打转。而这可谓是困难重重的过程。即便你真的成功了，奖品也就是一个像气球一样大的足球，与其说是足球，不如说是个气球。或许这也就只值 3 美元。默多继续往前走。在啤酒摊位旁，他看见可以玩宾果和彩券有奖游戏的摊位。在这些琳琅满目的摊位中，唯一缺乏的便是与音乐相关的货摊。默多找来找去也找不到。默多希望有一个售卖乐器或 CD 的货摊，可惜没有。这里大多都是抽奖和彩票摊位。周围的人谈论的话题大多与宗教相关，如耶稣的受难地、审判日或上帝的恩典等，还有些是默多也不知道的事情。默多虽然听见却听不懂的内容——例如上帝的真理是唯一的裁决，又如这里的教堂名称：橡木圣经、回溪历史、光线改革、泰森的福音等。或许这是新教徒的教堂，因为天主教堂的名字里总会带有"圣"字。当然这是苏格兰的传统，或许这里会有所区别。

接着默多看见了一个黑人！他在摊位前与友人交谈，说话带有非洲口音。他身后跟着另外一名黑人以及三名黑人妇女，还有白人朋友。默多脑海里想起了耶稣与所有各种族、各肤色的孩子们在一起的画面。真是出乎意料的美好！

如果这叫作出乎意料的话，那意料当中的又是什么呢？一个黑人也没有？

其中一张海报道出默多的心声：音乐承载上帝之荣光。

路边摊位上，出售着印有各种图案的T恤：如救赎、自由和宽恕等。当默多走过时，摊贩明显认为他并不是他们的目标客户，没有向默多派发传单。有些海报展示的并非图画，而是彩色玻璃画，其中一张的内容是四名女孩儿遇难。

"四名女孩儿遇难！"默多在稍远的地方认真看着这张海报。四名女孩子由于在教堂遭遇炸弹爆炸而无辜遇难。这是真实发生的事情吗？应该是的，否则不会以海报的形式在这里出现。四名女孩儿遇难。四名女孩儿！默多目瞪口呆，后退了一步。他想顺手拿走一张传单，可最后还是放弃了。这是真实的故事吗？一定不是的。

可如果不是的话，又怎么会出现在海报里呢？天哪！四名女孩儿遇难。四名女孩儿遇难！默多向前走着，可脑海里这个标题挥之不去。想象一下看到海报的人是莎拉。她一定会拍案而起，义愤填膺地问身边的黑人朋友：到底发生了什么？但海报里说了，是炸弹爆炸所致。如果你是黑人，你定会恼羞成怒。白人也会。如果你是白人，你会做何感想？默多此刻的所思所想呢？他并不太愿意分享。或许愿意与莎拉分享。可莎拉并不在这里，不可能在这里。那梦扎伊女王呢？也不可能。艾德娜阿姨呢？哈哈哈。

入口处的露天大屏幕列出了当天活动的具体时刻：迪克兰·派克——下午三点；现场活动——下午五点；苏格兰高地舞——舞厅于晚上七点半开放。在露天屏幕的周围，有的一家团聚，有的三五成群地在草地上野餐，其乐融融。在他们的周围，有小狗在蹦蹦跳跳，两个小男孩儿围着一只没上绳索的苏格兰牧羊犬愉快地奔跑。人们普遍穿着苏格兰短裙和T恤，男士头戴苏格兰船形便帽，腰上系着带扣款式的皮带。他们有的脸上涂着和孩子们一样的图案，其中一名还在T恤衫上印着"红鹰之子"的字样。

正在吸烟的约翰爷爷在不远处看见了默多，并向他招手。他与几位老头儿坐在一把大的遮阳伞下。

他看见默多后，把烟举到半空中，对默多说："这可是个坏习惯，你可无论如何要替我在莫琳奶奶面前保守这个秘密，不然我的好日子可是到头了。"

周围的朋友笑了起来。

"我只在少数的重要场合吸烟，今天就是一个重要场合，哈哈。总有一天我会戒掉的。"他指着其中一位吸烟者笑着说道，"他就是诱惑我吸烟的坏蛋！耶和华说，这就是诱惑。"约翰爷爷用另一只手挡住眼睛，对默多说，"来，到我这里来吧！"

约翰爷爷用手搂住默多的腰部，拉他靠近自己，对朋友说："这是我从苏格兰来的侄子默多。"

"我们是邻居！"其中一个朋友说道。

"你爸爸二十分钟前在此路过，"约翰爷爷说道，"他以为这是什么工会聚会，哈哈，这些人连工会是什么都还不知道呢！我们是在联合太平洋铁路公司认识的，都是迪克西线上工作过的同事。"约翰爷爷将手里的烟掐灭，对着默多说，"孩子，你看到前面的阿拉莫摊位了吗？"

"呃……"

"你看看那个摊位，看到那些苏格兰名字吗？约有四五个苏格兰人与联邦军队为伍为得克萨斯州而战。你知道美国内战吗？他们都是苏格兰人，苏格兰—爱尔兰人。那是阿尔斯特。你还能找到不少起着苏格兰名字的土生土长的美国人。你甚至可以在学校里跟学生们玩个游戏，让他们悉数念出身边的苏格兰名字。"

这游戏听起来趣味无穷。

约翰爷爷笑了笑，站起了身，摸了下后背。他退后了一步，把默多拉到边上，用默多的身体挡住他的动作。然后他把手伸入后袋，掏出钱，偷偷塞给默多。

"啊，约翰爷爷……"

"去玩玩，找些乐子。"

"您没必要给我钱。"

"注意保管，放在兜里。"

"谢谢，十分感谢。"

"记得别跟莫琳奶奶提吸烟的事。无论如何，你可一定要严守秘密。"
默多笑了。

"这可是军令如山。必须严加注意。"

"当然。"

约翰爷爷拉住默多的手臂，低声说道："孩子，忘了那些关于宗教的事情，我之前跟你说的那件事，是我理解有误，南辕北辙了。你知道苏格兰方言里'浑蛋'是什么吗？我就是个浑蛋。你没事吧，默多？"

"没事。"

约翰爷爷笑了笑，他看着默多，欲言又止，最后拍了拍他肩膀，叮嘱道："去找些乐子吧！那边有很多男孩子在踢球呢！"

"我看见了。他们可比我年纪小多了。"

"没关系，跟他们一块儿玩儿。"

默多咧嘴笑了下。约翰爷爷又坐下与朋友们聊天儿。默多赶紧偷瞄了一下爷爷给他的钱，一张纸币，50 美元！是 50 美元！天哪！默多停了下来，仔细查看。是的，是一张 50 美元钞票。约翰爷爷给了他 50 美元。天哪！加上父亲给他的 20 美元，他现在有 70 美元了。70 美元。

默多饥饿难耐。这里的食物都十分昂贵。小摊位或许价格会合理些。其中一个摊位前有两位身穿苏格兰高地舞蹈服装的小女生服务员，一位满头金发，另一位满头乌发。或许她们要参加晚上举办的吉格舞比赛吧。她们的裙子短得不能再短，搭配着长袜子。

她们正在热情地招呼着一位老太太，似乎跟她认识许久的样子。老太太戴着一条普通围巾而不是格子呢花巾，或许是老式的格子呢花巾？默多不太清楚。整个集会都笼罩在浓浓的怀旧氛围当中。

在货摊一旁的宣传板上印着各类食物的价目表。这里出售的并非正餐，而是各种可口小吃，如各类蛋糕、面包和甜甜圈等。价目表上写着：

"饥饿的海狸"套餐——6美元
"饥饿的熊"套餐——8美元
"饥饿的马"套餐——12美元

默多站在货摊前等待这两位小女生为他点餐。一口美国口音。她们为老太太找钱并端上套餐，然后转身面向默多。默多只知道自己十分饥饿，却没想好需要点点儿什么。他不知道"饥饿的马"和"饥饿的熊"套餐里都有什么，除了相差4美元外有何区别。或许一头饥饿的熊比一匹饥饿的马更加饥不择食，会把人活活肢解开来，而一匹马不会。可是马吃的是什么呢？默多想不出来。麦片？马吃肉？还是吃素？

老太太还在等待自己所点的食物。

"我想知道您点的是什么，可以吗？"默多问，"我不太清楚这几个套餐之间的区别，您点的是6元套餐，还是8元套餐，还是别的呢？"

"什么？"

两个女孩儿正在不远处，听见他们的谈话。老太太似乎不太理解默多的意思。默多接着问："我想知道这几个套餐之间的区别，不知道该点哪个……"

老太太突然笑了起来："你是莫琳·辛普森的侄子吧？"

"呃……您说的是我的莫琳奶奶。"

"你从苏格兰来的？"

"是的，"默多笑笑，"辛普森是我外婆婚前的姓。"

"很好。"这位老太太说道，向坐在货摊一旁的一位老头儿示意。默多早就留意到他，可不知道原来这两位是一伙儿的。老头儿头戴棒球帽，正在小口抿着一杯咖啡或茶，看起来年纪稍大，可精神矍铄。棒球帽上的标语写着"邓肯·巴兹提特"。老太太对默多说："他叫切斯，我叫克拉拉，克拉拉·霍普金斯。孩子，你叫作？"

"默多·麦克阿瑟。"

"好的，默多。欢迎你加入我们，来吧，我分你一点儿。"老太太拿起食物，递给默多。

"谢谢。"默多拿起食物，走到边上。他走到路边，停了下来，又走了回去。

"呃……"他再次仔细看了一下手里的食物。

"来吧，孩子。"老太太边说边拿起默多手里的食物。她从里面取出一份，没有问默多，然后递给默多一个面包。

"吃一个甜甜圈吧！"老头儿招呼默多。

"他是莫琳的侄子。"

"什么？"

"来自苏格兰。"

"噢……那我想你一定饿坏了，孩子。"

"是的，谢谢。"默多回答。

"不用谢他，他是开玩笑的。"老太太笑着说道。她拿出那个甜甜圈放在桌上，并给了默多剩下的食物。

默多等着老太太告诉他这些食物的价钱。老太太检查了一下餐桌上的食物，犹豫了片刻，并把头转向别处。默多等着她说话，可却感觉被她刻意忽视。于是默多心里明白了，她是不会收默多的钱的。

老头儿这时将身子倾向默多，似乎欲言又止。他吸了一口气后重新坐回椅子上，双手交叉于胸前。

默多对老太太说："十分感谢您。"

"没事。"她小声咕哝道。

默多两手小心翼翼地端着满盘的食物，然后转身离开。他目光再次寻找那两位姑娘，可她们已经不在原处了，她们正向着旁边的帐篷走去，或许是想在草地上坐下小憩。

默多在三点前便到达表演场地等候表演，此时现场还空无一人。默多坐在第三排边上远离舞台的角落里。他坐下来吃着盘子里的食物，喝着纸杯里的水。他刚才忘了在货摊买一瓶水，可也不想再回去。如果他专门为了取一杯水而回去，别人或许会以为他是故意回去占小便宜的。因此默多只能从别处再次寻找，幸运的是，他在一个代表教堂的帐篷前找到了免费分发的矿泉水。他们用纸杯为每位前来的客人分发免费的矿泉水。这种乐善好施的行为是极好的，让人将教堂扶危济困的形象铭记于心。

舞台的门口在默多座位的对面。你进门后便可以在左手边发现一个上升的舞台。舞台的右边摆放着座位，舞台的周围摆放着一排桌子。而舞台的下方有一块宽敞的空地用于跳舞。

迪克兰·派克到达现场的时候观众依旧寥寥无几。派克留着长胡子、长头发，头戴棒球帽，身穿牛仔裤和皮夹克。他把太阳眼镜随手放入口袋，手举麦克风，测试现场设备。默多以前跟乐队排练时曾听过一个笑话：几位技术人员在调试音响设备，可现场却听不见音响的声音。你可能在教堂大厅，问那位正在沏茶的女士哪里有音响，可她一看见你便两眼一抹黑，眩晕了。当然，这是个笑话。虽然扩音器没坏，可现场仍没听见声音。

观众们陆续来到现场，三三两两地坐下。派克对他们的到来表示欢迎。这时已经是下午三点二十分了，派克开始调试吉他，却丝毫没有开始表演的迹象，或许他想等待更多的观众。他拿掉吉他，并把它倚靠在麦克风架旁边的椅子上。接着他拿出一包香烟。在现场观众的目光下，他举起香烟包，拍拍胸脯，做出向大家道歉的手势。接着他离开舞台，走向入口处，边走边取出一根香烟。

现场观众接踵而至，人们三三两两地分散在观众席上。有时候如果观众人数少，表演者便会希望他们能坐在一起，否则总是感觉门可罗雀。

当然你也可以视而不见，不闻不问，继续表演。过了一会儿，派克回来了，打开了麦克风。

他看了一眼头顶的扬声器，对着后台的人员喊了一声："能听见我的声音吗？"

现场没人回复，至少默多没听见。可默多看见派克在点头，想必后台应该有人回答。随后，让默多又惊又喜的是，派克居然唱起了《Johnnie O'Breadislea》[1]！虽然声音并不大，但每个音符沁入心扉，让默多陶醉其中。默多还意犹未尽时，第一首曲子就结束了。默多本应该第一个鼓掌的，可惜他没有。派克对现场观众的反应略微有些失望。他环顾四周，咧嘴而笑。默多感觉这行为多少有点儿可笑，可谁介意呢？派克接着介绍下一首曲子，关于肯塔基州的煤矿产业、一个小镇如何被大公司打破宁静的故事。这首曲子曲风强劲有力，并且有合唱部分。派克声音铿锵有力，有时十分刺耳，但总体也算动听。现场音乐通过音响迅速向四周传开，引来越来越多的人围观。歌手对着观众大喊："下午好！"

一位老头儿回答："下午好！"

这位光头老头子胡子花白，身穿亮颜色马甲。歌手在台上留意到他，并大声叫道："我喜欢这件衣服！"

老头儿停顿一下，说道："真的吗？"

"是的。"

"那实在太好了，孩子，如果你不喜欢我可要回家了。"

周围的观众笑了。老头儿递给歌手一瓶啤酒，气氛很轻松。歌手开始介绍自己："我叫迪克兰·派克——叫我迪克兰。"随后他告诉大家他曾去过何地，现在住在得克萨斯州的休斯敦。他是个石油工人，兼职做歌手。

默多喜欢听他的介绍。在苏格兰的人们也从事各种各样的常规工作。迪克兰的歌曲让人感觉贴近生活，情感真实。他在为人们介绍下一首曲目，

---

[1] 一首著名的苏格兰民谣。

讲述一个在得克萨斯州由于争取福利而被枪杀致死的可怜人的故事。他弹奏着吉他，声音低沉、缓慢，似乎在静静诉说着这个悲伤的故事。现场观众也被歌曲的情绪所感染，全神贯注地聆听着。曲终，观众都为这靡靡之音热烈鼓掌，而莫琳奶奶也是他们其中的一位。一开始默多并未留意到她们，后来才发现了莫琳奶奶、乔西和另一位女伴。

默多在食品摊位遇到的老头儿这时也站在舞台入口处，他依然戴着棒球帽，手臂夹着一个小提琴盒子。歌手留意到他以后，对他点头问好，同时把口琴绑在吉他处。

派克这位歌手态度谦逊。不少歌手目空一切，一副高高在上的样子，可派克不会这样。他谦和地看着台下的观众。一群身穿短裙和头戴船形便帽的年轻人坐在舞台旁边，派克与他们寒暄："你们还好吗？"

这群年轻人看着派克，稍显意外。

他抬头看着屋顶，用近乎咆哮的声音喊道："这令人讨厌的白天，我可一点儿都不习惯！"

下面的观众笑了起来。莫琳奶奶不喜欢"讨厌"这个词。派克现在向入口处的人群中的某位女士行礼致敬，表示欢迎——默多发现父亲也在人群中。他们一群人在莫琳奶奶附近的座位坐下。默多留意到在父亲旁边的一位女士正在与父亲交谈，父亲用耳朵贴近她的方式让默多感觉有些怪里怪气。父亲的头与她的头是如此靠近，虽然没有接触，但也足够奇怪。默多已经想不起来他上次坐在女性旁边是什么时候的事情了。

迪克兰开始演唱下一组曲子，这是一组以铁路为主题的组曲，台下不少观众对这首歌略知一二。身穿亮色马甲的老头儿情绪高昂，边和着音乐节奏，边在空中挥舞着拳头。

在生活中，人们对一组曲子表现出义愤填膺的情绪这种场景并非司空见惯。默多从未听过这组曲子，但脑海里浮现出从查特怒加市开出的火车需要搭乘渡轮才能通过田纳西河，便可窥见一斑。

曲终时，迪克兰调整麦克风，对着手提小提琴箱子的男士说道："切斯，轮到你帮忙了！"接着他介绍曲目，切斯登上舞台。

"今天在座的各位有姓麦克弗森的吗？"话音刚落，有人嘻哈，有人嘲笑，却没有人真正回应，他接着说道，"我妈妈来自阿巴拉契亚山脉附近，她族人姓麦克弗森，祖籍苏格兰。可是据我所知，大部分族人都已被绞死。可怜的麦克弗森全族几乎被赶尽杀绝。这便是下首曲子的内容。这便是所谓的劫富济贫、行侠仗义的罗宾汉精神。罗宾汉是苏格兰人吗？不可能，如果是的话便不会穿绿色衣服了！"迪克兰对着麦克风笑了起来，"这是个苏格兰式笑话吧？"

观众席中的大部分人一脸茫然，也没有发笑。他们似乎对这段历史一无所知，可默多略知一二。罗宾汉这位绿林英雄绝不可能是苏格兰人。因为新教徒的代表颜色是蓝色，而天主教的代表颜色才是绿色。默多环顾四周想寻找父亲。他说的这些是父亲所讨厌的东西，而公开谈论这些奇怪且幼稚的内容更是被他所不齿。

切斯已经手拿小提琴来到了舞台中央。迪克兰指着他头上棒球帽的标语"邓肯·巴兹提特"，说道："这便是政治！可怜的邓肯，一个顽强抵抗的老好人，最终的结局呢？还不是给了他让人讨厌的特权。"

观众席有人鼓掌，有人发笑。

"你们认识另外一位麦克弗森吗？詹姆士·B. 麦克弗森将军？"

观众沉默不语。那群身穿短裙、头戴船帽的年轻人盯着派克。

"是的，就是独立战争，没有比这更糟糕的事情了。詹姆士在亚特兰大战争中战败，被英勇无惧的独腿将军约翰·胡德手下所俘虏。可怜的詹姆士与胡德祖籍都是苏格兰，一个来自苏格兰北方，一个来自南方，还曾经是西点军校的同班同学。读书时，麦克弗森敏而好学，帮助胡德通过考试。可胡德悟性上乘、智计百出。"迪克兰对着麦克风说，"你们总喜欢谈论包瑞德、歌颂罗伯特·李将军。"

可在得克萨斯州英勇善战的胡德在田纳西州节节败退。

是的！观众席内有人发出尖叫声和口哨声，也有零星的掌声，接着又陷入一片沉默。迪克兰接着说："奥尔德·派蒂·克利伯恩来自爱尔兰科克郡，是一个新教徒！有人听说过他。你们都知道他对上层阶级恨之入骨吧？他要求他们释放奴隶？"迪克兰停顿了一下，"盟军首领要求部下为奴隶分发枪支，帮助他们解救自己和家人。听起来不像是同一个人吧。"

迪克兰笑了笑，环顾现场观众。"这个故事的寓意是：生活总是错综复杂的。好吧！现在听好了，以下便是让我发笑的部分——那些叛逆的孩子们，有的苏格兰人、苏格兰—爱尔兰人，或阿尔斯特—苏格兰人，随便一个名字——是他们为这首曲子作的词。民间有人想把整段歌词收集起来，可搜肠刮肚依然未能如愿。这些曾经的叛逆者已成为过去，纪念他们曾经击毙詹姆斯·B. 麦克弗森的歌词也随之而去，使得作为盟军中一员的他未能——

行军经过佐治亚州。"

这是迪克兰唱的最后一句歌词，曲调来源于一首默多在苏格兰曾听过的关于新教徒抗争天主教徒的曲子。迪克兰再次环视观众，说道："他在亚特兰大就已经被击毙。"

迪克兰再次对着麦克风咆哮道："很高兴在我的家乡与大家交谈。在得克萨斯州我可不敢这么做，否则我将会被抓起来绞死。在得克萨斯州我只敢唱跟历史相关的曲子。我在那里唱的歌词讲的似乎都是 17 世纪，甚至是更早以前的事情。是吗，切斯？"

切斯点点头，继续为小提琴调音。

迪克兰向前一步靠近切斯，与他肩并肩，并对他说："下面是《别了，麦克弗森》。"

他们交换目光，切斯刮了四下琴弦。四下。那有什么作用呢？小提琴发出悲伤，却又不像是哭泣的声音，就像是讲故事的独白，用小提琴声诉说着：以下便是今天要讲的故事。接着迪克兰的声音加入了进来：

永别了，黑暗而孤独的山峰，

在遥远的天空下，

麦克弗森将永别于人世，

他被吊在高高的绞刑架上。

永别了。他被绞死在绞刑架上。这或许也是一场战争。什么战争呢？默多也不晓得。可这便是他的所听所闻。麦克弗森的一生正气凛然、无所畏惧。这虽然是默多耳熟能详的曲调，可切斯的弹奏加上迪克兰的演唱让这首曲子听起来别具一格。这并不像是一首悲伤的挽歌，更像是令人毛骨悚然的呐喊：永别了，朋友们！

是的，那便是英勇的麦克弗森。你好，再见！他虽然被高高地吊在绞刑架上，却毫无惧色。人们或许正在等着你死后出售你的小提琴。一些你认识的，甚至是昨夜还在一起喝着啤酒的朋友。可此刻事不关己，高高挂起的群众或许还在等着购买你的小提琴，甚至是你的衣服、鞋子等。虽然过去人们生活物资贫乏。当你去世以后，他们只会拿走你剩下的值钱的物品。即使是亲人、朋友，也依旧如此。

很多时候，你可能带着一种心情去欣赏音乐，可收获的却是另一种心情。为何会这样呢？默多也说不清楚，可这确实存在。这两个家伙为这首曲子赋予的新内容，关于奋起抵抗的男人们和蒙受苦难的女人们的故事，和这一切的故事，或许都是愚不可及的。如果你不喜欢他们的演唱，那整场演唱会对你而言便是一场噩梦。

因此这种感觉十分特别，默多是幸运的，刚好能来到现场，并且喜欢他们的演唱。这使得默多恨不得能马上拿起乐器演奏一把过把瘾。默多站了起来，目不斜视，低着头走到舞台旁边，他需要走到观众席后面才能走出表演场地。

观众席中间还有不少空位，听众人数比默多想象中的要少。或许还有一些已经提前离席了。默多没有仔细察看，因为怕看见父亲。他只想快点儿离开。

大部分货摊都已经收摊了，人们陆陆续续把货品搬上汽车或货车。剩下的还在经营的货摊大部分出售食物和饮料，而最人头涌动的莫过于烧烤摊位。人们围坐在摊内或露天的桌前，吸烟、喝啤酒、高谈阔论，不亦乐乎。他们的谈话声远远传播开来。有些已经回家的人再次赶回来加入苏格兰高地舞行列。也有少数远道而来的人一直在集会现场等待着高地舞的开始。

这是默多许久以来参加的首次吉格舞会，甚至是从母亲去世前算起。能重新加入舞蹈的队伍让默多内心深受震动。舞蹈音乐激动人心，身体也随之摆动。在默多看来，音乐不仅可以直达心灵，更可以与身体的每一部分产生共振：如头发、牙齿，甚至是袜子和鞋子，你的骨子里可以流淌着音乐的血液。

默多走着走着不知不觉便来到了集会地点的另一侧，也就是早前少男少女们踢球的地方。足球滚到了默多的脚下，他颠了六下以后便传回给他们。接到球的男孩子用脚踝做了个奇怪的击球动作，随后用膝盖踢给另一个男孩儿，而另一个男孩儿则用脚将球围住，防止球再被旁人抢去。哈哈哈！

默多并不擅长足球，父亲的踢球技术则要好得多。父亲年轻的时候，时常参加足球比赛。他也曾与其他志趣相投的父亲和他们的儿子们在住处街道旁的空地一同踢球，别有一番风味。

天气依旧十分炎热，默多把夹克脱下搭在肩上。这条夹克最让默多满意的地方就是它的口袋。默多来到草地边上的篱笆墙前面，发现了一个可以容下他的缺口。翻过篱笆后则可见一个小树丛。你可以在这里抄近路进入或离开活动场地。

默多听见头上有直升机在空中打转的声音。这飞机从哪里来的呢？

默多继续向前走，突然看见牛群！牧童骑着牛翻过重重峡谷。在远古时期的苏格兰，你在街上可以看见来自高地的牲畜贩子把牛羊赶到格拉斯哥市场，割开牛羊的血管，用牛羊的新鲜血液换取食物，或者把牛羊的血混在燕麦粥里。

这些牲畜紧盯着你，一副任人宰割的可怜模样。这些牲畜的角和尾巴将会做什么用呢？答案是用于制作汉堡包和香肠。默多以前学校的一名女同学曾经埋怨用这些东西制作的汉堡包令人作呕。她是素食主义者，这么说也有一定的道理。这位女生非常另类，笑声尤其突出，那是一种特别的"咯咯"声。

她的笑声与众不同。有人总能轻易把别人逗乐，把一个小姑娘逗乐的感觉将会令人难忘。

想象你自己走在树林里，想象你的背包里装着所有东西，你一头扎进名山大川。或许这就是经过佐治亚州去往拉斐特镇的道路。默多想象着自己的模样，忍俊不禁。

现在几点了呢？谁知道呢？美国南部有着深厚的历史文化，但这段真实的历史是耸人听闻的。简直让人无法想象。

迪克兰·派克的演奏在默多听来虽精彩绝伦，但并非所有人都钟情于它。因为歌曲里有政治含义。有人拊掌击节，有人嗤之以鼻。默多难以想象有人会讨厌音乐。或许令他们嗤之以鼻的不是音乐，而是音乐里的故事，当然这也是音乐的一部分……因此他们对音乐曲调、歌词和歌手都不屑一顾。

默多散步走过大营帐。一辆卡车正停在后面，工作人员正在搬运音乐设备。夜晚演出的主角是一个苏格兰乡村舞蹈乐队。默多并不是从外面的广播系统中得知这一消息的，而是从内部宣传中获取了该信息。可是默多把具体时间忘了，只记得是中午到晚上的某个时间。人们三三两两地聚集在前门谈天说地。这里烟民不少，随处可见有人吞云吐雾。你可以毫无理由随时消失，大家心照不宣：吸烟去了。想象一下如果在学校也是如此，老师发问：大家都到哪里去了？学生回答：老师，他们吸烟去了。

晚上的表演并非在舞台进行，而是在观众区域。此前表演的椅子被移开，以为夜晚演出创造空间。迪克兰正坐在椅子上拨弄着吉他，切斯与身穿花式夹克的老头儿以及其他几位老头儿在一起聊天儿。由于演出很久没开始，不少拖家带口的人们陆续离开。默多转移到了舞台边上的椅子上。迪克兰再高歌一曲后，便把吉他传给身边一位男人，他演唱了一曲关于动物的民间歌谣。他又唱了一曲后，把吉他交还给迪克兰，迪克兰随后演唱了一曲风格浓郁的乡村曲子。迪克兰在演唱中喜笑颜开，有的演唱者在整个表演过程中都面无表情。

演唱结束后，他问切斯："你准备好了吗？"

"好了。"切斯说道，犹豫了片刻。

切斯正在四处寻找小提琴。默多方才看见他的琴放在舞台附近，与琴弓平行放在椅子上。他稍等了片刻，可切斯似乎还未找到。于是默多起身，找到小提琴和琴弓，小心翼翼地拿了起来。小提琴手由于职业缘故，对别人拿琴弓的方式吹毛求疵，若碰上一位脾气暴躁的小提琴手，则更是雪上加霜。默多就曾经领教过。

切斯看着默多，默多把琴和琴弓交还给他。

"孩子，谢谢你。"切斯说道。

"我坐下的时候刚好看见。"默多说。

"哦，谢谢你为我找到琴。"

随后，默多并未回到之前的座位上，而是坐在舞台一侧。以前他也曾经有一把小提琴，学过一阵子。可是他的琴与切斯的大有不同。区别是什么呢？他的琴给人带来欢乐！在绞刑架上的麦克弗森的故事。想象一下你在绞刑现场，他把琴抛在空中。谁能捡到便归谁！所有人都争先恐后，为之雀跃。

三三两两的人群陆陆续续进来。年轻人走到舞台边上，四名身穿短裙、头戴船帽的小伙子回到了离舞台不远处的桌子旁，在音乐声中轻声交谈。这就正如在苏格兰时，没有人让他们停止交谈，只是希望他们控制音量。可当他们酒至半酣，把酒言欢时，那便是他们自己也身不由己的场面了。

他们继续放声大唱起来。又是一首默多从未听过的曲子。切斯的小提琴演奏伴着迪克兰的口哨声。这首口哨声伴奏的曲子带有几分宗教色彩。越来越多的人加入口哨伴奏的队伍。吹口哨这项其乐无穷的音乐活动其实并非易事，绝对比大家想象中的困难。在舞台旁边的小伙子们互相对视，尝试加入吹口哨伴奏的队伍。这样一首大众参与的曲子总能拉近人与人之间的距离，一曲终了后，本来视如陌路的观众们通过一唱一和，似乎成为志同道合的朋友。

随后那位胡子花白、身穿花式夹克的老头儿开始评论该曲。据称，此曲改编自一首老歌的曲调，可周围有人称这是新曲。各执一词的他们把目光投向切斯寻找答案，可切斯一言不发，并未回应。迪克兰用肘部抵着吉他，忍不住接连打了两个哈欠，然后从椅子上站了起来。

切斯问迪克兰："你听说过'拿破仑的撤退'吗？"

迪克兰正在夹克兜里寻找着什么，敷衍道："我必须先来根烟。"

"吉他仅起画龙点睛之效。"切斯说道。

"那只是你的看法！"迪克兰低声咆哮道，就像表演时发出的声音一样。

吉他甚至使观众分散了注意力。

迪克兰嬉笑着，把吉他举过头顶，四处寻找放置的地方。他看到不远处的默多，犹豫片刻，随即向默多招手示意。默多耸耸肩，接过了他手上的吉他。

迪克兰取出香烟，走到出口附近。演唱会坐在父亲身边的那位女士也在出口处，并与迪克兰共同走出帐篷。默多捧起吉他放在膝盖上，凭他对吉他的了解，可以清楚地判断手上这把并非是一把质量上乘的好吉他，当然也足够完胜一般吉他了。

大家正在等着切斯再次登台表演。默多能感受到他们的急切心情。当切斯准备好后，他对着观众唱到："老拿破仑正在暗中观察着他，他又撤退了。"

这虽是默多熟悉的曲调，可听起来却不尽相同。默多印象尤为深刻的是切斯表演的方式。默多难以言表，但这种感觉十分强烈，是苏格兰式的表演方式。什么是苏格兰式？或许只可意会不可言传。默多虽未听过这种演奏方式，但又似曾相识。他一边和着拍子，一边用手指敲打着吉他，似乎要加入演奏的行列。切斯看着默多，对他点头表示默许。默多于是背上吉他，等待合适的加入时机。终于，默多在他认为恰如其分的小节中加了进来，随着切斯的节奏弹起了吉他。

切斯演奏起来习惯性地对周围的一切熟视无睹。有的歌手喜欢环顾四周，有的喜欢闭起双眼。切斯既没有闭眼，也没有环顾四周。他的演奏风格别具一格，或许是老派风格吧。默多很少有机会听见这种风格的演奏，但他享受其中，切斯和头戴棒球帽的老头儿随着音乐摆动着身体。切斯演奏时动作频繁，但他身体各部位非常协调，进退有节。你感觉他会随着音乐高潮的来临而爆发，然而他却没有。

默多一直弹着吉他与切斯和音，虽然中间有部分与主旋律有所脱节，但很快就跟上了。吉他只是伴奏的辅助工具。默多留意到吉他上有个标签，或许表明这是把手工制作的吉他。

一曲终了，切斯朝默多默契一笑。默多在人群中发现了莫琳奶奶的身影，与朋友一起坐在营帐的后排，朝着默多挥舞双手。约翰爷爷也在，可父亲不见踪影。切斯呵呵一笑，把小提琴夹在手臂下，向默多挥舞着琴弓，喊道："弹得不错！"

"可我错过了一部分。"

"是吗？"

"我后来又赶上了。"

"当然，你又赶上了。"切斯冲他挥舞着琴弓，呼喊着身穿花式夹克的老头儿，"嘿，比尔，他可不是没听过拿破仑！他想知道谁是拿破仑！"

默多对拿破仑是谁一清二楚。

默多发现了父亲的身影，他在入口处，默多不知道他是什么时候出现的，或许是在默多演奏的时候。因此父亲肯定听到了默多的演奏。父亲似乎一点儿也不意外。他对吉格舞曲完全一窍不通，或许约翰爷爷还更能欣赏切斯的演奏。这种老派的演奏方式总能让人想起昔日的祖上关系。母亲也是，母亲一定会喜欢这种演奏方式。

切斯摆好椅子后，呼喊坐在后排的妻子克拉拉："克拉拉，你准备来一曲吗？"

克拉拉略显惊奇，切斯接着问默多："你是否愿意来一曲呢？莫琳的苏格兰小侄子？"

切斯朝默多眨了眨眼睛，克拉拉转身对莫琳奶奶说了点儿什么后，站了起来。她穿过人群，走上舞台，坐在切斯旁边。

她笑着对默多说："孩子，你还好吗？"

"很好。"

"我想你应该愿意来一曲。"切斯说道。

"好。"

"我们试试《当我逝去》这首歌吧？"切斯敲着棒球帽边缘，挠着耳朵对默多说，"孩子，你听过《当我逝去》这首歌吗？"

"呃……我也不清楚。"

切斯点点头："没关系，你马上就能跟上。"

默多看着正在微笑的克拉拉。

"这首歌我就不拉小提琴了。"切斯说道。

"你不拉了？"默多问。

"嗯，我清唱一会儿。"他扫视周围，把小提琴和琴弓放在身边的空椅子上，"你很快可以跟上的。"他说完看着地面，清了清嗓子。

他也在等待着克拉拉起头。克拉拉紧闭双眼，酝酿情绪，然后左右摆动着头，似乎如释重负。她起了头，然后很快进入歌曲的情绪。她歌声独特、棱角分明、铿锵有力，可以称为"钢铁般"的歌声。她的声音从开始到结束都刚强有力，每个音符都掷地有声。她气聚丹田、声如洪钟，赋予该曲"钢铁般"的力量。切斯的声音从一开始时就加入了，在每句结束时加入了"当我逝去"的和音，克拉拉也回应"当我逝去"，然后开始清唱下一句：

当我逝去，我会重生
因为我相信
我已找到救赎
当我逝去
当我逝去，我会重生

这或许是一首赞歌，一首美国式赞歌，因为在家乡从未听过。切斯看着默多，对他说："来吧，你会喜欢的。"默多随后加入了进来。

克拉拉唱歌的时候大部分时间紧闭双眼，当她睁开双眼时，眼睛总是盯着某人。这似乎让默多感觉似曾相识。为何呢？他想不出来。最终其他歌者在末尾和音处加了进来：

当我逝去，我会重生
哈利路亚
因为我已得到宽恕
我的灵魂已找到天堂

当我逝去

当我逝去，我会重生

哈利路亚

　　当一曲终了，克拉拉向默多微笑，并向莫琳奶奶愉快地招手。莫琳奶奶看起来满心欢喜。切斯夸默多："孩子，表现真棒！我们再来一曲如何？"

　　默多在回答他前，四处寻找迪克兰，他甚至站了起来。约翰爷爷向他竖起大拇指表示祝贺。默多露出了开心的笑容。默多在入口处发现迪克兰站在父亲身旁，刚才那位女士也在。默多问迪克兰："再来一曲？"

　　迪克兰点头表示同意。父亲也在看着他们。默多调好吉他。切斯说道："孩子，我们来演奏《失落的朝圣者》吧！"

　　"是《孤独的朝圣者》。"克拉拉更正道。

　　"《孤独的朝圣者》，好吧……"切斯指着默多，"这是莫琳从苏格兰来的侄子，莫琳和约翰都坐在那边，你们都认识吗？"

　　"默多。"克拉拉招呼道。

　　切斯举起小提琴，倾向默多说起悄悄话来："我的引入部分会比较长，如果你准备好了，就可以加入进来。你可以慢慢来。我们还会重复一次前奏，为了克拉拉演唱方便。明白了吗？我们可以慢慢来。"

　　"好的。"

　　切斯吸了口气："我们需要在这里听见你的声音。在这之前有两三段引子，明白了吗？当你准备好了以后，就可以加入吉他声音。你现在准备好了吗？"

　　"好了。"

　　"好的，"切斯对克拉拉说道，"你等他加入以后再开始。我们前面有几段引子……"切斯耸耸肩，克拉拉点点头。

　　两段重复的前奏。默多仔细聆听，判断时机，最终加入了进来。切斯全程看着默多，直到他演奏完一次前奏后，再开始第二次。

然后轮到克拉拉登场。这一切都是为了克拉拉，当然是为了克拉拉！默多心里发笑。这一切都是为了克拉拉。切斯需要默多的帮忙，更好地为克拉拉伴奏。这一切都是为了克拉拉。

当然。

她的演唱是独一无二的。

她的歌声总能让你身临其境，感觉身处蕙心纨质人群之中。因此这便是一曲赞歌，如同前面的曲子那般。默多现在知道赞歌是某种曲子的代名词。而刚刚克拉拉演唱的是一首关于人的赞歌。什么才是赞歌的定义呢？什么是赞歌？

默多不大清楚词的含义，但也并不为此困扰。他置身于美好的人群之中，脑海里充满各种美好的回忆。

当一曲终了，默多把吉他放在膝盖上，等待着人们的掌声。克拉拉对着莫琳奶奶微笑。默多四处张望寻找父亲，可寻找无果。迪克兰走向默多，默多看见后从座位上起身，并把吉他背带脱下。

迪克兰拍拍默多肩膀，与他打招呼："嘿！"

默多把吉他递给他，说道："真是把好吉他。"

迪克兰取过吉他："是的。"

"这是什么吉他？"

"什么？"

"我想知道这是把什么种类的吉他。"默多问道。

迪克兰咕哝道："好的那一类。"

"有名字吗？"

"没有，没有名字。"迪克兰轻声说道，"嘿！你觉得克拉拉·霍普金斯的演唱怎么样？她唱得可真棒！我也很久没听过她的演唱了。你居然可以应对自如！克拉拉最近都很少开嗓，但居然被你赶上了！"迪克兰再次拍打默多的肩膀，并准备离开。

"你要离开了吗？"默多问。

"是的。我已经表演了好一阵子了，需要来瓶啤酒。"迪克兰咆哮似的再次重复，"我需要来瓶啤酒。那边提供烧烤的帐篷为我准备好了牛排。我指的是牛排。你吃牛排吗？"

"牛排？"

"难道你不认识什么是牛排？"

默多笑了起来。

迪克兰仔细端详了默多好一会儿，然后对他摇着手指说道："我问了你爸爸同样的问题，他跟你的反应居然一模一样：牛排？对，他就是这么回答我的，牛排。我问，你吃过牛排吗？牛排？他问我。你们从苏格兰来的朋友都不知道牛排是什么！"迪克兰退后一步，再继续上下打量着默多，"你大概也不清楚牛排在这个国家的历史吧？"

"牛排的历史？"

"天哪！"迪克兰笑道，转过身去。他拿起吉他，向周围的观众致意。有些观众向他回礼，有些观众并未留神。穿着花式马甲的老头儿握紧拳头挥舞在空中，高喊着："孩子，我曾在那条铁路上工作！我曾在那里工作！"

"是吗？"

"当然，而且你知道吗？我还坚强地活着！"

迪克兰笑了起来。他点燃一根香烟放进嘴中。他停下来与切斯和克拉拉交谈了一会儿，然后走向出口。莫琳奶奶与朋友正坐在附近。她看见默多走过来，便向他招手。默多也向她招手示意。他这才发现自己原来把夹克放在了椅子上，差点儿就忘得一干二净。

高地舞集会在晚上八点准时开始。对于到处闲逛、无所事事的默多而言，这段时间难以消磨。如果默多可以呼朋引伴，或许时间会过得快一些。可默多只能找把椅子，孤独地坐在草地上，或者在周围散散步。他已经散步了很久，对周围的人已经相当熟悉，不想再走来走去了。

货摊和帐篷早已收摊，只有食品摊位还在提供各类食物。默多没有发现父亲，或许他在人群中央，某个默多看不见的地方。人们喝着各种看起来很昂贵的酒，默多更希望能边走边吃薯条和汉堡包。可或许他们并不出售薯条。

年轻人聚集在运动场附近，可默多没有看见克拉拉食品摊上的两个女孩儿，也不知道她们是否还在。或许她们在父母的反复叮咛下早已回家了。毕竟这已经到了该回家的时间。这其实并不公平，你很想与她们见面，但却不能相见。生活就是这样，她们闯入你的视线，留下美丽的倩影，可又从此与你离别。

默多不知不觉来到了停车场的出口。这是一片相当隐蔽的空地：你可以想象山间隐秘的空间、神秘的峡谷。道路泥泞曲折、怪石林立、曲径通幽。如果你没有自己的车，则寸步难行。这里是美国，不知道这里的人们是怎样去这些地方的呢？

默多走着走着，遇上了一家四口：爸爸、妈妈、一个男孩儿以及一个小婴儿。小婴儿倚靠在父亲肩膀上。他们衣着普通，妈妈肩上围着一条苏格兰呢子围巾，手上推着儿童车，里面坐着小男孩儿。默多走到一边给他们让路。他并未走远，否则就会出了凭票出入的大门。虽然周围并没有人卖票，默多或许可以重新大摇大摆地走进来。此时默多看到了迪克兰，他正与之前跟父亲交谈的女士在一起。迪克兰肩上挂着吉他。这位女士边说边做着手势，看见默多后便停了下来。

迪克兰朝默多招手："你还好吗？"

"很好。"

"很好？你认识琳达吗？她是我的司机。"

琳达不理会迪克兰，向默多招手示意。

"琳达对这种集会不以为然，"迪克兰说，他笑了笑，"她不喜欢苏格兰短裙。"

"不，我喜欢。"琳达争辩道。

"你不喜欢男人穿短裙。"

"是某些男人。"

"某些男人！腿部瘦削的男人？"

默多笑了起来。

"那可不是开玩笑。"琳达说道。

默多脸"唰"地红了起来。

"不好意思，"琳达说，"我不是针对你。"

"默多，她不喜欢来这种地方。"迪克兰补充道。

"我不喜欢和那些人待在一起。"

"你呢？你今天开心吗？"迪克兰问道，"找到了不少乐子吧？"迪克兰把吉他移到一旁，腾出手来拿出香烟。

"开心……你的音乐铿锵有力，让人回味无穷。"

"谢谢。"迪克兰看着他，点点头，点上一根香烟，"再次感谢。"

琳达闭上眼睛，抱怨道："才不是呢！他们可讨厌你唱的歌了！"

"你又来了！"迪克兰举起手来。

"他们可不喜欢你说的话和你唱的歌了。每句话都不喜欢！你知道我在说什么。"

"你指的是有一部分人，这部分人总是存在的。琳达，我一般不说'这些人'或'那些人'，毕竟众口难调，你难以面面俱到。"

"噢，天哪！"琳达摇了摇头，往后退了一步，然后停下来。

"我在得克萨斯州见过比这更糟糕的情景，我在那里演出一周，每个晚上他们都扔刀子！"

"因为他们讨厌你说的东西！"琳达说道。

"是吗？！可我总要说点儿什么！"迪克兰笑了笑，随后他问默多，"在苏格兰，人们还会像今天这样打扮吗？"

默多笑了笑，迪克兰扬起眉毛。

"不是的，他们一般不会那样打扮，"默多回答，"或许在某些场合吧，例如球员参加国际足球或橄榄球大赛，又或者参加婚礼——人们总喜欢穿着传统服饰参加婚宴。"

"也就是特殊场合才穿？"

"是的。"

"他们会戴上十字架吗？"琳达问。

"我不太清楚，我想那也是传统仪式的一种，或许是基督教洗礼仪式。"默多笑着说。

迪克点点头："嘿，听到吗？那边的演出十分精彩。"

默多盯着她。

"精彩绝伦。"琳达笑笑，然后回过神儿来与他们继续向前走。

迪克兰问默多："你演奏手风琴？"

"是的。"

"你爸爸告诉我的。"迪克兰点点头，似乎欲言又止，他看着琳达，举起手来与她告别。

默多想说点儿什么，可最后还是决定保持沉默。迪克兰在等着默多的回应。

默多想了想，问道："我正想问你，你有没有听说过拉斐特小镇的一种音乐活动呢？"

"当然听过，你指的是卡津音乐。"

默多笑笑。

"你指的是这个吧？"

"是的，还有柴迪科？"

"当然听过，那是拉斐特小镇的特色。"迪克兰笑笑，并与在出口附近的琳达再次告别。

"在查特怒加市附近？"默多问道。

"查特怒加……"

"我指在查特怒加市附近，并不是在市里。"

"孩子，不是查特怒加吧？"

"我是在地图册上看到的。"

"查特怒加？！"

"我以为查特怒加市离拉斐特很近，沿着州际公路穿过佐治亚州便是。"

"佐治亚州？！孩子，拉斐特不在佐治亚州！默多，你弄错了，咱们说的不是同一个拉斐特。"迪克兰咕哝道，"你指的是在路易斯安那州的拉斐特小镇，你刚说的是卡津音乐和柴迪科舞曲。天哪！"迪克兰摇摇头，笑了笑，然后猛吸一口手上的香烟后，将其扔到地上踩断。

"路易斯安那州？"

"是的，你现在懂了。想去那边旅行吗？那里的小型音乐节十分有特色。"

默多咧嘴笑了。

"照顾好你自己。"

"谢谢，我会的。"

"好。"迪克兰走到出口，与琳达会合后一起往前走。默多回到主路上。

这时默多发现了父亲，他在出售食物的摊位上与莫琳奶奶、约翰爷爷和其他朋友在一起。默多故意躲开他们。父亲可能希望默多与他们一起吃东西、聊天儿，可默多并不愿意。他现在并不饿——之前很饿，但现在不饿。他想回家。他想舒服地躺在他的安乐窝里惬意地听音乐。

默多并不介意父亲是否与他一同回家。他觉得这很愚蠢。如果父亲想离开，那便可以随心所欲。但是默多想走了。他也想随心所欲，说走就走。

70美元，默多现在有70美元了，昨天他还一无所有。生活就是这样，跌宕起伏、变幻莫测。

默多围着货摊走，沿着中间道路走向大帐篷。一个年龄相仿的女生走在他的前面，手里拿着电话及传单。她的身边还有另外两个身穿紧身裤和衬衫的女生。最高的那个女生头戴一顶小白花。他最初看到的那个女生则较为瘦小，脸上长满雀斑，正看着默多。"你可以为我登记姓名吗？"

她递给默多宣传单，并问道。她另一只手则拿起手机拍照。

默多看看她，签下名字："这样可以了吗？"她点点头，并指着手机。

默多耸耸肩。她靠近默多，要跟默多自拍。她拍下照片后，仔细看了下宣传单上的签名，问道："你来自苏格兰吗？"

"是的。"

"你在这里上学吗？"

"没有，在苏格兰上学。"他看着另外两个女生。

"你在苏格兰上学！"她看着两个朋友，"他在苏格兰上学。"她瞥了一眼默多的名字，问道，"上面写着什么？"

"我的名字。"

"默多，"她念了起来，并没有念出麦克阿瑟，她把宣传单递给朋友们，"你玩儿乐队，是吗？有人告诉我的。"

"谁？"

"某个人。"

"是我奶奶？"

默多看着另外两个女生，其中头戴白花的那个女生故意转移目光，小脸通红。虽然她把脸移开，可默多还是留意到了她的脸蛋越来越红，像熟透了的红苹果。默多自己也控制不住地脸红起来。他不由自主地低下了头。

"你几岁了？"第一个女生问。

默多想要离开她们。

"你几岁了？"她拍了拍默多肩膀，不屈不挠地问道，"16岁是吗？你大概16岁吧？"

默多看着她。

"哈哈，"她对着两个同伴笑了起来，"他16岁！"

头戴白花的女生走开了，另一个女生跟着她。第一个女生指着她们，对默多说着些什么，可他不知所云。接着她便小跑起来跟上两个同伴的步伐。

默多难以抑制自己脸红的节奏。别人可不会这样，一定不会。这些女生并不了解默多，只知道他不会妙语连珠、油嘴滑舌。默多不懂这些，也不知道应该跟女生谈些什么内容。人们常说，你应该想方设法把女孩子逗乐。可是要谈论什么内容才能把她们逗乐呢？有些人喜欢谈论电视节目中有趣的内容，可默多根本不看电视，对电视中那些粗制滥造的节目充耳不闻，可这些愚蠢的家伙随意开着各种不登大雅之堂的玩笑。噢，这些玩笑着实令人作呕。为何别人居然会因此发笑？或许是社交场合所需吧，好像被人下令必须要发笑一样。这是全世界的人们都看的电视节目，即便这个玩笑很低俗，即便你心中鄙夷不屑，你依然要挤出笑容。

或许他们也是一知半解，只是跟着发笑。人们生活中时常会发笑。或许你跟他们交谈的内容一无是处，他们也会发笑。就像在超市里，你问那些整理货架的人，奶酪在什么地方？他们回答你在旁边的货架上。然后便开始冲着你发笑。

他们到底在笑什么？他们在上气不接下气中发出的奇怪声音，就是笑声。想象一下你是一个来到地球的外星人，听见人们的笑声：呃呃呃呃啊啊啊啊嘻嘻哈哈嘿嘿嘿嘿吼吼吼，这些声音真是荒诞古怪。

这让你想起了什么？丛林里的怪声。半夜以后丛林里各种昆虫及其他动物发出的各种鬼哭狼嚎。

这三个女生多大了？大概 13 岁或 14 岁吧，不太可能 15 岁了。虽然头戴白花的女生长相清秀、身材火辣，并且给人感觉如果你戏弄了她，她不会因此耿耿于怀。她头上的白花给人这种感觉。她红通通的脸蛋让你想跟她开玩笑，但她头上的白花似乎告诉你她也会对你开玩笑。否则她为何要头戴白花呢？这便是小女生的心思。可默多是不会跟女孩子开玩笑的。他根本不认识她。即便他认识她，又可以说点儿什么呢？如果说话风趣幽默，或许她会笑。你总希望她开心点儿，而不是郁郁寡欢。这个世界已经让人如此伤心失望，如果可以使人喜上眉梢，又有何不好呢？或许你可以对着她声情并茂、妙语连珠，使她笑口常开。

默多本可以回家。现在，他本可以回家。如果有人问起他，他该怎么回答呢？我要回家了。回哪里？苏格兰吗？是的。天哪，你指苏格兰？是的。

可回家又有何意义呢？回家后他便能随心所欲地演奏，便能排练。默多需要演奏、演奏，需要练习、练习，需要活动手指、活动手指。他感觉他需要好好摸摸吉他，好好练习……

如果明天就回家，那周六便可以演奏手风琴，他自己的手风琴。他唯一需要的便是买机票的钱。父亲，我的钱呢！

哈哈哈。

想象一下，自己是空中飞人。乘飞机回家，然后又乘飞机来美国。

只要手里有钱，又何尝不可呢？很多音乐家都是这样，来回取自己需要的物品。何尝不可？

大营帐已经关闭了，这是默多始料未及的。人们正在准备晚上的舞会。好吧，这里的一切都静悄悄的。默多听见某处传来的喊声，听起来又像是笑声。这是今天第二次有女生这样注视着默多，包括克拉拉·霍普金斯在食物摊中的那次。她们注视着你的原因是因为你曾经在台上演奏。母亲曾经有一次在吉格舞会上看见一位女生笑脸盈盈地注视着默多，还为此取笑了他一番。

即便是在演奏中，有时你也可以观察到女生的脸，尤其是当她与你四目相对时。然后呢？如果她在后面等待着你，你就与她一同出去，否则呢？或许有人这么干，他们说接着你就可以与这位女生做爱了。某些人如此说道，如果你相信的话。你也可以不相信，毕竟他们很有可能只是信口开河、夸夸其谈。

在吉格舞会后默多一般不愿意过多交谈。有时他甚至忘了自己身处何方，有时他仅仅是十分疲惫。很多人此时会极有交谈意愿，默多总是点点头，却心不在焉。每每此时他总是想要到外面呼吸新鲜空气。有时是因为乐队的提琴手吸烟，他想离开此地。默多总是在外面闲逛着，有一次他在外面闲逛，发现外面是个教堂。当他走到教堂后面的墓地时，居然发现一位提琴手在吸烟。默多的出现着实让他吓了一大跳，这让他始料未及。乍然惊现的默多就如同从棺木里跳出来的僵尸一样。

这成了乐队的笑料之一。默多很怀念当时在乐队的日子，怀念在乐队里演奏，怀念乐队里的同伴，怀念与他们一起载歌载舞、欢聚一堂的感觉。

默多继续在场地四周闲逛。很多地方都已经人去楼空，帐篷和货摊也了无踪影。而大营帐依然没有对外开放。

默多不想在乐队开始演奏前进场。因为人们会坐在那里闲聊。他们或许会说：那是默多，默多来了。嘿，默多，你好！默多回答：你好！

如果坐在那里的人是莫琳奶奶，默多并不介意，也会开心地与她打招呼。约翰爷爷也是。如果是父亲，他一定很想知道默多干了什么，去了什么地方。他会问，默多，你怎么又消失了？父亲，我没有消失，我只是在周围散散步。人们都喜欢散步，我跟他们一样，你可别小题大做。

在大营帐里，桌椅被整齐地摆放在舞台周围和小吃吧台附近。小吃吧台上放着三明治和包括啤酒在内的各种软饮。现场井然有序，气氛轻松愉快。父亲和默多坐在莫琳奶奶和约翰爷爷旁边，在舞台的远端。父亲又给了默多 20 美元，默多现在手里一共有 90 美元，而他至今分文未花。

即将表演的音乐家来自加拿大附近，他们演奏的是传统苏格兰乡村音乐，节奏活泼轻快，让人想翩翩起舞。正当他们舞动起来时，莫琳奶奶和约翰爷爷的朋友过来打招呼，并坐在他们身旁。这几个朋友是百乐餐当晚没有出现的。他们谈论的是这次大集会如何一年不如一年，如何变味儿了。他们还谈起传统乡村舞蹈。约翰爷爷称舞者总能让他们感到欢乐。

他冲着默多喊："孩子，高低大杂舞来了！"

默多笑了笑。

"这是什么？"

"呃……"

"默多是一位音乐家，"约翰爷爷说道，"孩子，你是演奏手风琴吗？"

大家都盯着默多，莫琳奶奶笑了起来，父亲也跟着笑了起来。

"你演奏手风琴吗？"一位男士问道。

"是呀！"

"哈哈，大杂舞来了！"约翰爷爷笑称。

默多解释道："那是当人们团团围住，跳起舞来，不在乎自己跳的为何种舞时的称呼。"默多耸耸肩，喝了一口苹果汁。他们等着他继续解释，可默多似乎不知道该说些什么？

是父亲，一定是父亲告诉约翰爷爷的。"大杂舞"是在苏格兰时，人们对这种团团围住的跳舞方式的称呼。选一位大杂烩的舞伴吧！他们不需要知晓舞步，只需要在酒精的刺激下激动地推拉，不断地转动身体，拍手跺脚。何乐而不为呢？谁会介意这是否是旋转舞、吉格舞、华尔兹、两拍舞、波尔卡或摇摆舞？只要大家一起手舞足蹈、尽情欢乐就行。毕竟这又不是在学校学习舞蹈。

人们或许会对苏格兰乡村舞蹈产生讨厌情绪，也包括不少音乐家在内。你必须以某种方式演奏，也需要有部分自己的空间。你听到一首熟悉的曲目，并用身体动作加以诠释。这个过程其乐无穷。

而乐队合奏并非如此，乐队成员在一起时，一般都是循规蹈矩地排练，这当然也很好，但时间一长总会让人不胜其烦。舞蹈则会给人带来动感，有时候总会不由自主地舞动起来。

莫琳奶奶聊天儿时说起现在的人舞姿与以前相比已经大相径庭，引起了大家的共鸣。但在家乡时还可以看见旧式舞步。领舞者手牵舞伴进入舞场，互相对视并行屈膝礼问好，拍手并摆动身体后，开始跳起两拍、三拍或四拍舞步，所有人都精神抖擞、步伐整齐。默多看见了刚才 T 恤衫上印着"菲尔·坎贝尔"的那对夫妇。你似乎在对他们说：你好，我在地图上看见过这个名字。默多指给莫琳奶奶看，奶奶指了指乐队接着指着自己的耳朵打个了遗憾的手势语，原来是音乐声音太大了，她无法辨认默多的意思。她问默多："你喜欢这里吗？"

"喜欢。"

这是奶奶第二次问他了，实际上默多非常喜欢这种集会。父亲在他一坐下时就问了他同样的问题，或许是因为现场没有跟默多一样年轻的小伙儿、小姑娘。约翰爷爷也这么问他，你喜欢这里吗？喜欢。那为何你不跳个舞呢？你可以拉个姑娘跳一曲！

在约翰爷爷看来，你大可以落落大方地走上前去直接问道：你好，我可以和你一起跳舞吗？如果你这么做了，她们便会与你四目相望，答应你的请求。或许她们会以为你真的能歌善舞。实际上默多不善舞蹈。因为你会弹琴，人们以为你会跳舞。但实际上你并不通晓舞蹈。你仅仅可以演奏，而伴舞需要由其他人来完成。音乐家是不会跳舞的。这便是大杂舞的好处：你仅仅是走上前，不需要起舞。

随后聊天儿的方向便转向下午的音乐，这并不是迪克兰的演奏，而是克拉拉、切斯和默多的合作。

"默多最擅长的并非吉他，"约翰爷爷说道，"而是手风琴！对吧，孩子？"

默多喝了口饮料："是的，我想是的。"

莫琳奶奶笑了起来。父亲也笑了，半转向桌子，表情略带尴尬。

随后约翰爷爷与一位朋友走向吧台点餐。他们想要喝啤酒，由于此前的玩笑，约翰爷爷掏出钱来请朋友喝一瓶。

默多仍是孑然一身。如果可以有个同伴，一同散步聊天儿，将会十分惬意。如果在街上看见一个女生，通常她不会形单影只，而是与朋友三两成群，因此你如果与她搭讪成功，将会与她和她的朋友们一起闲逛，这样看起来便成了三五成群。如果只有一个人，看起来稍有孤单落寞之感。可是如果你与她们搭讪，通常不会只有"一个女生"，而是"三三两两"，因为女生一般结伴而行。你总不可能与其中一位搭讪而忽略了另一位。三个人一起走也未尝不可，只是你总得先找其中一位开始搭讪，这样就会忽略了其中两位。默多想，如果头戴白花的那位女生在的话，他会先与她搭讪。

莫琳奶奶在听完父亲说的关于默多的事情以后，开心地笑了起来——默多从前的事情。父亲在谈论默多。另外一位女性正在认真倾听父亲，并把眼光瞥向父亲。

默多向她回以微笑，随后起身散步。他很清楚父亲告诉他们的是他小时候听过无数次的故事：一个关于不慎掉入坑中的故事。

默多朝着零食吧台走去，这并非真实吧台，因此没有年龄限制。默多可以不受限制地享受啤酒，可是价格不菲，居然要 6 美元一瓶！默多本可以买一瓶并拿到外面喝，可最后还是放弃了这个念头。默多继续围绕着舞台周围闲逛。不少人站在出口处，吸烟闲聊，在流动厕所旁排队。

大营帐周围的摊位和帐篷都被收了起来，略显空旷，可视野也因此开阔，与下午只能看到弹丸之地形成鲜明对比。下午随处可见的小摊贩早已收起帐篷，离开场地。默多想起下午的门庭若市，对比现在的人去楼空，虽然耳边依然回荡着苏格兰乡村音乐，心中依然有一丝曲终人散的落寞感。

当他回到营帐内时，约翰爷爷正站在入口处，与一群身穿苏格兰短裙的老头儿聊天儿。

"默多！"约翰爷爷喊道，"你到底去哪儿了？我正四处找你呢！"

"我在外面逛了一会儿！"

"你消失了。"

"当然不是。"

约翰爷爷用胳膊把默多环绕到跟前，并向大家介绍说："这是我来自苏格兰的侄子默多。"

"默多，你好，很高兴认识你。你听说过斯凯岛吗？"

"听说过。"

"三年前我和妻子、女儿一同去那里度假，景色实在太美了。"

另一位朋友指着他身上的短裙说道："这是麦克劳德格子呢，你听说过麦克劳德吗？"

"听说过。"

"我姓托尔莫德，苏格兰常见的姓里有托基尔和托尔莫德。"

"好吧，"约翰爷爷说道，他笑着看着两位同伴，并把默多拉到一旁，悄悄地问他，"孩子，你喜欢这里的音乐吗？"

"喜欢。"

"你觉得这位手风琴演奏者怎么样？"

"还不错……"

约翰爷爷用手臂碰了下他。"嘘，"爷爷说，"我已经跟他说好了，一会儿休息的时候，你就上去演奏一曲。"

由于声音太小，默多压根儿没听清楚爷爷说的话。

约翰爷爷再次说道："我已经跟他说好了。"

默多点点头。

"孩子，我已经拜托他了，一会儿休息的时候会让你上去用手风琴演奏一曲。"约翰爷爷笑着说。

"不用了，谢谢爷爷，不必了。"

"孩子，没关系，你在休息的时候上去。"

"不用了，爷爷，真的不用了……"

"孩子，没关系的，真的没关系。"

"我知道，我的意思是……我真的不太想。"

约翰爷爷盯着他。

"可以不上去吗？"

"当然可以。如果你想上去的话，他很乐意效劳，你可以在休息的时候上去演奏一曲。"约翰爷爷说道，"当然，在你自愿的前提下！"

"谢谢。"

"当然，只有在你自愿的前提下。"

"谢谢约翰爷爷。"

约翰爷爷拍打着他的肩膀，然后回到两位老头儿身旁。

默多走到营帐后端，帆布旁整齐地摆放着一排椅子，中间空出了一条空道。在后排坐最大的好处是有灯光阴影遮盖，不用暴露在强光之下。默多本想坐下，却难以找到满意的空位。情侣们都相邻而坐，如果你靠近他们坐下，会让他们误以为你想窃听他们的谈话。

约翰爷爷让他演奏一曲，这也未尝不可。约翰爷爷本意是好的，只是默多此时不太想上台演奏。爷爷还在与两位老头儿聊天儿，站在边上让一位手拿托盘的女士通过。默多看见她笑脸盈盈，可见爷爷与她开起了玩笑并把她逗乐了。约翰爷爷是个好人，他总是助人为乐，并想方设法让别人愿望成真。或许默多真的可以上去演奏一曲。

可他不想。

莫琳奶奶与父亲畅谈起来，父亲讲了更多关于默多的故事。父亲眼睛环视四周，似乎在找寻默多的身影。可默多坐在阴暗处，父亲难以发现。父亲肯定以为他又消失了！父亲总是以为默多凭空消失。父亲常说的"不慎跌入坑中"的故事，是他小时候，父亲告诉他和伊丽的。当时默多4岁，伊丽7岁。这是一个寓意深刻的故事，告诉我们：你一旦走散，总有意外发生。父亲故事里的小男孩儿有一次不听教诲，执意离开父母。有一天他走进一片森林，不慎跌入坑中。他不断呼喊：快来救救我吧！快来把我拉上去！可惜没有任何人听见他的呼救。因此，他被困在坑中数日之久，为了维生，只得以蜘蛛和甲虫等小爬虫为食物。他唯一不吃的是青蛙！他不愿意吃青蛙！有一次一只青蛙掉进了坑中，可他死活不敢吃，但青蛙是由于蚯蚓的吸引才掉进坑中的，小男孩儿喜欢蚯蚓。

默多也喜欢蚯蚓，可伊丽不喜欢。伊丽认为他当然会吃青蛙了，为何不吃呢？如果不吃的话，他便会饿死！在法国，人们还喜欢吃蛙腿呢，总能看见他们津津有味地啃着蛙腿。

"当人们吃青蛙的时候，青蛙会反抗吗？"默多问。

"好问题，"父亲对母亲说，"青蛙会反抗吗？"

小男孩儿不吃青蛙的原因是他认为青蛙是他的同伙，没有任何人会吃掉自己的同伙！如果他吃了，他将永远无法重获新生。因为那是他逃生的救援力量。他爬到青蛙背上，青蛙一跃而起，他得以重见天日。这是个好故事。父亲总是这样告诉他们。即便当父亲与他们姐弟俩吵架后，他依旧会坐在床边，把这个故事娓娓道来。这就是父亲。

中场休息前最后一个曲目是：《潇洒的白人警长》。有人对曲调耳熟能详，大部分人一无所知。当然想学非常容易，网络上遍布各种视频教程。但谁又会如此大费周章呢？大家只是想娱乐身心、自得其乐，仅此而已。

在这首曲子中，有趣的地方在于小提琴手成了领奏，使得整首曲子洋溢着美国风味。默多是这么认为的。但默多听着听着，便想起了切斯·霍普金斯——如果演奏《再见了，麦克弗森》的不是麦克弗森，而是切斯呢？总之，他的演奏与切斯·霍普金斯的可谓相去甚远。

可是，或许他已经竭尽全力了呢？或许是吧。

默多从这首曲子中听出了一丝悲伤的情绪。即便《潇洒的白人警长》是一首欢乐的曲子，默多依然听出了心酸的味道。

中场休息时默多接着闲逛。他回到座位时，乐队正在演奏他们口中的大杂舞曲目《快乐的土风舞曲》。人们在欢快的曲子的鼓舞下，纷纷迫不及待地步入舞场。他们大声起哄、邀请舞伴，按捺不住地跳入舞场。

一位男士正在与莫琳奶奶和父亲交谈，他们相互靠近以听清对方的谈话。默多没打算去听他们的谈话，也听不清楚他们的谈话内容。这个男人手捧啤酒，对乐队投以愤怒的眼神。可这并非乐队之过。父亲和莫琳奶奶似乎对他所说之事表示同意，可默多想，如果他们确实需要窃窃私语的话，为何不转移阵地到稍微安静的营帐后方去呢？约翰爷爷便是如此。他与几位好友坐在营帐后头。可绝大多数的人还是希望翩翩起舞的，他们希望在这里一展舞姿。这有什么过错呢？

一位女士向着父亲走去，径直向着父亲。是的，没错，向着父亲一个人。她伸出右手，用食指示意，召唤父亲与她共舞。默多可从未见过她。这时莫琳奶奶与她打招呼："露丝，你好！"

这位女士对莫琳奶奶的招呼声置之不理，继续向着父亲摆动手指，似乎与他发生了某些争执。默多看见这种行为，心里暗自发笑。可当他看见父亲被她牵起双手，猛地起身时，又感觉到些许奇怪。他笑着看着默多和莫琳奶奶，做出无能为力的表情。接着便随着她步入舞场，等待着节拍的空隙，翩然起舞。是的，父亲在跳舞。

默多喝了一口手中的果汁，注视着父亲的一举一动。他舞步娴熟，与这位女士配合默契。看起来两人之间领舞的是她，她搂着父亲的腰部，引导他跳舞。一曲终了，他们停在舞场等待下一曲。

这可是默多想象不到的父亲会做的事情。

乐队演奏的其中一曲是《格伦坡民谣》。默多真想拿起手风琴演奏起来，他跟着哼唱：

这残酷的雪啊
席卷了格伦坡
覆盖了欧纳德的坟墓

这是一首华尔兹。父亲仍与那位女士共舞。莫琳奶奶也盯着在场的舞者。默多与莫琳奶奶之间有一个空位。默多移了过去。

"嗨，莫琳奶奶。"

"嗨，默多，你喜欢这里的音乐吗？"

"喜欢。"

"真是美妙的音乐。"

"是的。"

默多当然喜欢这里，虽然这里不会有任何事情发生。默多心里十分清楚，来这里就是来东张西望，满足自己的好奇心的。当然如果他有同伴，甚至是女伴，或许可以一起畅谈一番。

父亲和那位女士舞动着，在他们身边经过。莫琳奶奶微笑地看着他们，并说道："她是露丝·劳伦斯。"

莫琳奶奶依然保持微笑。此时舞场奏起了另一首舞曲，她依然微笑着注视着场上的人们。如果此时默多手里有一支笔和一个画板，他会给她画一张素描肖像，记录下她此刻的神情。莫琳奶奶注视着场上的舞者，可又似看非看地盯着他们的头顶，笑容里透露着担忧的神情。莫琳奶奶不经常盛装打扮，但为了今天还是刻意打扮了一番。

默多还留意到了她脖子上闪闪发亮的项链。此前默多并未见过她佩戴这条项链，至少白天肯定没有戴过。或许是钻石项链？或许吧！

默多靠近她，夸奖道："莫琳奶奶，这条项链真是光彩照人。"

莫琳奶奶眼睛瞥向默多。

"真是珠光宝气、流光溢彩。"

"默多，你爷爷现在还会送我礼物，这就是他送的。"莫琳奶奶笑着抚摩着项链。

"您想跳一支舞吗？"

"什么？孩子，你想吗？"

"是的，如果……"

"我不介意。"莫琳奶奶小心翼翼地站了起来。

"实在太棒了。"默多说道，奶奶把一只手伸向默多，默多握住了她的手，并一同步入舞场，"你看起来美丽动人，我想你准备……"

莫琳奶奶皱了皱眉。

"请吧！"默多说道。

"默多,你可真会说话!我想这也是你们的家族特征了。"

默多笑了起来。他们步入舞池,站在边上。默多把手搭在莫琳奶奶的肩膀上,她扫视了一眼其他舞者。

"这是一首什么曲子?"她问道。

"我想是吉格舞曲。"

"我想也是。"

"莫琳奶奶,我必须告诉你,我舞跳得可烂了。"

她点点头:"默多,我们来试试快速的两拍舞吧。跟着我来,一二走、一二走,速度稍快一些。别害怕,你不会摔倒的,吉格舞稍微有些棘手。"

莫琳奶奶调整好舞姿,在周围寻找空地,然后他们便跳了起来。莫琳奶奶停了下来,告诉默多:"你在往后退呢,你尽量别往后退,你是男的,你要领着我跳。"

"好的。"

"别老盯着地板。"

"好的,但万一我踢到您呢?"

"别担心,"奶奶说道,"在我的家乡,人们穿着靴子,也一样欢乐地跳舞。他们甚至还把糖果扔在地上就跳起舞来。你见过他们那种大而重的鞋子吗?"

"没有。"

"你不知道吧,他们的鞋子底部是木制的,在地板上一跳一跳,声音可响亮了。"

越来越多的人进入舞池,默多不由自主地移向一旁,可莫琳奶奶把他拉回了原道上。莫琳奶奶擅长跳舞,默多早已预料。他们围绕着舞池翩翩起舞,但似乎与音乐节奏有些脱节。这完全是默多的错。莫琳奶奶笑了起来:"默多,你要集中注意力。"

默多心里一阵紧张,忍不住手心发汗,他意识到自己的手放在了莫琳奶奶的裙子上,紧握着她的裙子。他不知道莫琳奶奶是否注意到他的一举一动。莫琳奶奶稍微有些气喘吁吁。默多硬着头皮往下跳，一二走，一二走，一二走。

在回家的路上，约翰爷爷开着他的四轮驱动吉普车，父亲坐在副驾驶位置，而莫琳奶奶和默多则坐在后排。默多打了个小盹儿，车上只能听见发动机的嗡嗡声。约翰爷爷和父亲在聊天儿，车上的收音机没有开，默多打了个哈欠。莫琳奶奶看到后笑了笑，视线又回到了车窗外。直到约翰爷爷的一句话"他当然是爱尔兰人"打破了车内的宁静。

"我以为他是美国人。"父亲说道。

"我是指他的家庭，他是爱尔兰后裔。"

"我还以为他的妈妈来自格拉斯哥。"

"是的！但你想想他的名字，迪克兰，苏格兰可没有人叫这种名字！谁会叫迪克兰呢？他一定是爱尔兰人，这个名字一听就是爱尔兰名字。对了，跟他一起来的那位女士是谁？我可不认识。"

"她叫作琳达，我以为她是和其他人一起过来的。"

"哦！"

莫琳奶奶插话："汤米，琳达住在密苏里州的斯普林菲尔德，和你的堂弟约翰住在一个地方。我认识琳达，她人很好，她也认识小约翰。"

奶奶说话时，父亲回头看着她。她眨眼看了下默多，然后视线再次回到窗外。

小约翰便是约翰爷爷的大儿子，可约翰爷爷和大儿子之间不再说话了，不过莫琳奶奶和儿子之间有交流。这是默多两天前，有一次从浴室出来无意间听见莫琳奶奶打电话给他时获取到的信息。

约翰爷爷继续与父亲聊天儿，但音量降低，默多坐在后排竖起耳朵听着。

"迪克兰的表演，就像是在看电视节目，"约翰爷爷说，"爱尔兰—苏格兰人或者苏格兰—爱尔兰人！汤米，看得我火冒三丈，想必你也暴跳如雷。这家伙，不仅厚颜无耻地为詹姆士国王和他的叛军正名，还直接把'苏格兰'叫作'苏嘎兰'！这浑蛋！原谅我的语言。真让人不可容忍！请叫我苏格兰人，不要叫我别的。他还把'爱尔兰'称为'噢爱尔兰'，真让人讨厌。"

父亲轻轻说道："他来自亚拉巴马，约翰，他只是在得克萨斯州工作而已。"

"我并非针对他，我没有这个意思。这也不是我跟刚才的朋友们在一起会谈论的事情。我只会跟你说。作为一名歌手，他居然有那样的宗教信仰！拜托，他来到这里只是商业表演！说一大堆比利男孩儿、新教徒、天主教徒之类的破玩意儿，天哪，现在都是什么年代了！汤米，你理解我的意思，他这种行为简直无耻！"约翰爷爷看着父亲，说道，"他是怎么知道这些事情的？"

"他工作的环境里有苏格兰人，"父亲回答，"有很多苏格兰人在海外工作，他肯定是听见了他们随意开的玩笑。"

"玩笑！"约翰爷爷摇摇头。

默多将目光投向后视镜，可无法看到爷爷的表情，于是默多往后躺回座位中。父亲知道默多在倾听他们的对话。约翰爷爷安静了下来，这便是他反感迪克兰的地方，也是其他观众反感他的地方。也正因为他这样的举动，琳达才如此生气。可迪克兰仅仅一笑而过。他经常随意开玩笑，比如他坐公交车出行并为此创作歌曲。他称没有人会因为驾驶私家车而创作歌曲。迪克兰开玩笑道：因为如果他们这样做了，便会引起车祸！所有人都笑了起来。这算是他开的玩笑里比较正常的一个。他总是在演唱曲子的空隙开玩笑，并发出标志性的咆哮声音，就是些无关痛痒的玩笑话，可不能当真。

莫琳奶奶打起盹儿来。

他们经过一片民居，约翰爷爷欢乐地吹起了口哨，与其说是口哨声不如说是呼吸声，像是管道里排气的声音，哼哼哈哈嗡嗡……

♪ 第四章

周日清晨，父亲一手捧着书，一手端着咖啡，踱步到庭院中。默多在老地方进行日光浴，只是由于今天太阳猛烈而更靠近篱笆。他把音响和《美国公路地图册》放在手边。他看见父亲过来后，把音量调低，向父亲挥手示意，然后继续阅读。他读的是一个被错判进部队监狱，不得不背井离乡多年的少年，最后终于得以回乡的故事。该镇镇长由于小时候发生的一件事情十分讨厌他。这个故事发生在亚利桑那州，情节引人入胜。

父亲坐下后，没有打开书本。这似乎有点儿异常，因为父亲平时手不释卷，只要一坐下便立刻开始阅读，有时甚至边走路边阅读。默多抬起手把音箱音量调低，可再调就几乎是静音了。这让人根本无法专心欣赏音乐，即便你看起来很专心，由于音量过小，也无法专注。真正的专注是你情不自禁地全身心投入，甚至为此废寝忘食。

此时的气温接近 30 摄氏度，莫琳奶奶早就告诉过他们这几天天气炎热。她和约翰爷爷一大早便出门去教堂了。在临走之前她再次走下地下室，询问默多的意见。默多依然没有答应。但这其实并不算改变主意，因为他一开始便没有明确地答应。

默多继续阅读。过了一会儿，父亲走了过来，从庭院搬来一把椅子。

"可以一起吗？"他问默多。

默多笑了笑。

父亲指着他的书："这本书还不错吧？"

"挺好的。"

父亲点了点头，坐在椅子上，在太阳下闭目养神。"这就是生活。"他喃喃自语。

然后两人便闭口不言了。默多重新拿起他的小说，正准备阅读，这时候父亲开口说话了。

"关于去教堂的事情，你可不能不去，不管你怎么想，这并不因为你所在的地域而有所改变。"

"可在家的时候，斯托诺威[1]等地……"

"是的，可是在这里，教堂与社区是密不可分的。和莫琳奶奶一起去教堂的都是亲朋好友，一旦你没有出现，他们甚至会因此以为你生病了，而为你请来医生！"

默多笑了起来。

"这可毫不夸张，他们对于去教堂这件事可是相当郑重的。"

"真是原教旨主义者……"

"这话不太对，默多，这与原教旨主义无关，他们只是普通人。"

"爸爸，我看了他们在聚会上发的宣传单，他们说的某些话实在是愚蠢无比，我可没有那么厚颜无耻。"

"你没有？"

"绝对没有。"

"那就好。儿子，我必须告诉你，你的约翰爷爷和莫琳奶奶都十分以你为荣。"

默多欠了欠身，摇摇头，呼吸急促。

"老实说，"父亲说道，"我认为去教堂事小，他们想以你炫耀事大！那都是因为昨天你在聚会上弹吉他的时候露了一手。他们其中一位朋

---

[1] 苏格兰西北部城市。

友说完全被你的演奏迷得'神魂颠倒'，这可是他们的原话。他们对你都赞不绝口，这可绝对不会是言不由衷的大话。要知道，你只是弹了下你所不擅长的吉他……如果你演奏的是手风琴呢？绝对会技压群雄，让他们相形见绌！"

默多看着父亲。

"你绝对会技压群雄！"父亲笑了起来，"我绝对没有开玩笑！"

"爸爸，这可不是我的目的。"

"当然。"

"真的，我无意让他们相形见绌。"默多身子前倾，继续说道，"我只是希望和他们一起玩儿音乐，而不是与他们相比。你怎么可以技压群雄呢？这绝对不行，这根本就是胡闹。你理解我的意思吗？这根本是胡闹。"默多摇摇头，"对不起，爸爸，我的意思是……对不起。"

父亲笑了："我可不习惯别人说我胡闹，知道吗？"

默多低下头，盯着地面，盯着被太阳照耀着的桌面。

父亲把手扣在桌面上："我不习惯别人说我胡闹。"

"正如你所见，整场表演都是切斯在领奏。切斯·霍普金斯非常优秀，他的演奏无与伦比。克拉拉声音独一无二，她的演唱堪称天籁之音，我喜欢与他们合作，爸爸，我非常喜欢与他们合作……"默多边说边摇头。

"是的，当然，你也是独一无二的。"父亲故意转移目光。

默多闭起双眼。

"儿子，这是毋庸置疑的事实。"

"爸爸，他们与我不一样。"

"有什么不一样？你就是独一无二的。大家是这么认为的，也是这么评论的。可是你，又一次凭空失踪了！"父亲笑了起来，"儿子，如果你留下来演奏手风琴，你不是没有机会，你确实有机会。约翰爷爷已经跟乐队打了招呼，他们也同意了。可后来，你倒好，直接拒绝了！"父亲叹了口气，"我没有责备你的意思，我只是……不理解你的行为，你平时不总是不放过一切能演奏的机会吗？"

"我没有。"

"你就是，任何人邀请你，你都迫不及待地来上一曲。"

"不是任何人。"

"还说你不是，你就是随时准备要来上一曲。不要误解我，我没有责备你的意思，我觉得这样也未尝不可。你当时在艾伦镇就与那个黑人家庭在一起即兴演奏，我可是亲眼看见的。"

"你不知道发生了什么，爸爸。"

"我当时就在那里。"

默多笑了笑，不置可否地摇摇头。

"你认为哪里好笑了？"

默多不再发出声音。

"他们请你表演，你欣然答应，可约翰爷爷邀请你，你却直接拒绝。"父亲盯着默多，"你居然二话不说就拒绝了，还是当着他朋友的面让他吃了闭门羹。要知道，你爷爷可是排除万难请求手风琴演奏者给你这个机会的，而你，却断然拒绝！真是难以置信！大大出乎了我的意料！你居然敢拒绝爷爷！"

父亲摇摇头，身子挨着椅子靠背，然后又前倾，食指指着默多："这与他们是否是黑人毫不相干，因此不要谈些不着边际的。我所想说的只是，你可以为陌生人演奏，却不为你的家人演奏！"

"爸爸。"

"你知道你这样做会伤害到别人吗？知道吗？你伤害了约翰爷爷，那意味着你伤害了我，伤害了我和莫琳奶奶。这可是家事，默多，后果很严重。去教堂的事情也是一样，你本来有机会可以弥补自己的失误，可你没有抓住机会。莫琳奶奶想要把我们介绍给别人。这是她来自苏格兰的亲戚，这意义深远。"

"但你也没有去。"

"是没有去。"

"为什么？"

"她先问的你。"

"是的，但是她也问你了，也问你了！"

"当然，此话不假，她确实是问我了。可她先问你，你已经拒绝了，因此我也拒绝。如果你答应了，我也会跟着答应。"

……

"你的意思是，如果我去的话你也去，我不去你也不去？"

"你不会把我独自留在家里？"

"可以这么说。"

"因为你不信任我？"

父亲盯着他。

默多耸耸肩。

"我是信任你的，可事已至此。"

"你指什么事？"

"算了，"父亲说，"不讨论了，约翰爷爷和莫琳奶奶随时会回来。"

默多点点头："爸爸，我有自己的生活。如果我愿意演奏，我自然会演奏。如果我不愿意，那我就不会演奏，就这么简单。"

"是的，就这么简单。"父亲叹了口气，"听着，当约翰爷爷请你去演奏手风琴时，你就应该演奏。因为我们是一家人，一家人就应该这样。这对你而言并不难。你是演奏手风琴的高手，因此你应该为我们演奏一曲，正如你在艾伦镇为那家黑人家庭演奏的那样。我依然忘不了那一次你的演奏！这是你妈妈去世以后我第一次听你演奏。我走到那栋楼的后面，突然发现自己被黑人朋友们包围着。而你正在其中为他们演奏！"父亲笑了笑，摇摇头。

"爸爸。"

"事实就是这样。"

"爸爸，不是这样的，事实并非如你所见的那样。我不是为他们演奏，不是的，我是与他们共同演奏。你在结束的时候才过来，因此你只听见我的演奏，没有听见莎拉祖母的演奏。"

父亲笑了笑。

"爸爸，她很出名。她是个著名的音乐家。她叫作梦扎伊女王。你不应该诋毁她。"

"我没有诋毁她。"

"你刚才就是。"

"我没有这个意思。我讨厌你这么说，默多。"

"她是个伟大的音乐家。"

"我知道。"

"她会在音乐节上表演。"

父亲叹了口气："只有你才听过所谓的音乐节，拉斐特只是一个小镇，约翰爷爷经常开车经过。"

"这不是同一个拉斐特。我所说的拉斐特在路易斯安那州，有两个不同的拉斐特。这是迪克兰告诉我的，迪克兰·派克。"

"我知道迪克兰是谁。"

"他也是个音乐家。"默多耸耸肩。

"音乐家就能解释一切！"父亲从椅子上坐起，摇摇头。

"爸爸。"

"你以为你深谙世事，实际上你少不更事、涉世未深。"父亲转过身，拿起椅子。他离开庭院，扔下椅子，回到屋内。

默多看着父亲把门关上了，他坐了一会儿，然后收拾东西，回到屋内，径直走向地下室。他关上地下室的门，躺在床上，但突然像想起了什么一样又跳了起来。默多飞快地脱下慢跑裤，穿上一件 T 恤，换上运动装，套上运动鞋。他从夹克中找钱，抽出一张 20 美元的钞票，三步并作两步，急忙跑上楼梯，快快快。父亲把自己关在房间内。默多经过父亲的房间时，没有停留，径直走向后门，可又停了下来。他想了想，还是回到父亲卧室门口，轻轻叫道："我出去散散步，就是在附近走走，不会走远。"

他说完后便转身离开。让这一切随风而去吧！默多离开庭院，走到旁边的汽车出口处，来到人行道上，散起步来。他心情舒畅，眉开眼笑。当然父亲定会为他担心，但这不是默多的错，是父亲的错。父亲一贯如此。他很生气，并且会持续忧心忡忡。

无谓的担忧，毫无意义。

或许他刚才应该喊声"爸爸"，他没有喊"爸爸"。或许他应该说"爸爸，我到外面走走，我出去散散步，就是围绕着附近走走，爸爸，我不会走远"。

父亲定会担心，因为他就是那样的人。

默多鬼使神差地回头看看，父亲居然不在身后！默多幻想着父亲从屋内小跑出来，边跑边叫："默多，回来！回来！"

他绝对不可以在外面逗留过久，绝对不行，因为莫琳奶奶和约翰爷爷即将回家，他们也会非常担心他。

默多往前走，拐了个弯，寻找路标。他看见这里的屋前都悬挂着美国国旗或亚拉巴马州州旗。亚拉巴马州州旗与苏格兰国旗一样都是由圣安德鲁十字架构成，不同的地方在于亚拉巴马州州旗是白底红十字架，而苏格兰国旗是蓝底白十字架。

人们总会因为鸡毛蒜皮的小事忧心忡忡。为什么？因为他是与我针锋相对以后才愤而离家的。我希望他不会干出什么傻事！默多理解父亲的心情，可是这也有些过分了。他能做什么呢？难道离家出走？想想都觉得傻里傻气。父亲总是这样，默多又不是第一次见识他的脾气。怎么会这样呢？

如果他称呼"爸爸"：爸爸，我到外面走走。爸爸，我不会走远。这样父亲或许就会默许他的行为，不再为此担忧。人总要出去透透气，总不能由于担心便将自己一辈子锁在屋内。这样只会把人活活憋死。想象一下，当默多憋死在家里时，被人介绍：这就是从未踏足外面半步的默多·麦克阿瑟。真是奇思怪想！

我只是在外面走走，不会消失！这附近的街道人烟稀少、鸦雀无声。约翰爷爷开玩笑说会因为擅闯民宅而被枪毙。因此他们的活动地点只能是停车场或购物广场。但如果他们没有私家车，又怎样去停车场或购物广场呢？那就只能步行了。或者乘坐出租车。但如果你想省下车钱呢？那你可以试试搭便车。不少人会这么做。例如身无分文的穷人，别无选择，只能搭便车。甚至你会被堵在路上。想象一下你被堵在路上。可这里是美国！国土如此辽阔，怎么可能被堵在路上呢？真让人歇斯底里。

观看天气频道时，会让人感觉国土辽阔，东边日出西边雨。但是看了公路地图册以后，又感觉条条大路通罗马，纵横交错的公路网使人们可以轻而易举地去到任何地方。例如，只要有辆车，便可以随时去往路易斯安那州的拉斐特。如果说有人持有驾照却从未用过，那便是父亲。默多不明白，怎么可以明明有驾照却忘了带出来呢？去拉斐特的路十分方便，直接南下去往摩拜镇，随后沿着小镇一直往前走。你将会穿过新奥尔良州去到巴吞鲁日小镇，随后便会到达拉斐特。如果你先去往密西西比的艾伦镇，路途也并不曲折，你可以先经过亚祖城，后经杰克逊市，然后便到达拉斐特。这些路径在地图上都被标注得一清二楚，本来遥远的道路看起来不再遥远。如果你想自驾游，还可以向东行驶至萨凡纳，或向西行驶至圣地亚哥，一路上四通八达的公路让你畅通无阻。而默多脑海里有目的地，那边是加利福尼亚州，卡卢姆表哥在那里。

天哪，莫琳奶奶的亲戚真是遍布五湖四海，太神奇了！这才是默多梦寐以求的事情，你可以去往任何一个亲戚家，如果你想消失，便可以躲到任何一家去。生活有时会让你想逃避现实，寻找世外桃源。钱财或许已经无足轻重，无论是否带了20美元出门，你只是想找个地方清静一下、躲避现实。

人行道旁的草坪绿草如茵，没有篱笆遮挡。街上杳无人烟，或许都在教堂吧!

默多继续往前走。散步是最好的运动,让人心情愉悦、如沐春风,还能让人头脑得到放松、如释重负。默多感觉自己逐渐沉静了下来,气定神闲地独自走在路上。

周日是教堂日,因此周一、周二、周三、周四、周五都是上学日。你可得规规矩矩待在学校!这是数学老师米利肯说的话。你以为你去上的是数学课,结果他给了你一本《圣经》。孩子,你可给我当心点儿!你以为只有周日才是教堂日吗?在我这里,每天都是教堂日,每分每秒都是上帝赋予的。试想一下,直角三角形的三个角都是直角。无穷大。再想一下,所有的圆圈都是直线,而所有的直线只是一个点。这才是生活的真谛。所有的点都只是一个点。无穷大。上帝才是至高无上者,只有上帝才无所不在,而你只是一个渺小的存在。

大家都觉得米利肯老师在胡言乱语,默多甚至听见另外一位老师形容他"执迷不悟",米利肯老师"执迷不悟",对自己的信仰"执迷不悟"。可你依然要尊重他。上帝啊,请你宽恕我们的罪孽和苦难吧!让我们远离诱惑,让我们每天在安乐与健康中醒来。

默多看见一个男人出来遛狗,他牵着一根绳子。默多刻意走到了人行道里面,以免被绳子绊住脚。这位男士明显忽略了默多。一位亚拉巴马男人,他们总是这么称呼,亚拉巴马男人和亚拉巴马女人。有人甚至在电视上开玩笑:把"阿里巴巴与四十大盗"[1]改成"亚拉巴马和四十大盗"。约翰爷爷对这种说法嗤之以鼻:简直是幼稚!

这位遛狗男士可是默多散步遇见的第一个人。他上下打量着默多,因为默多也是他遛狗遇见的第一人。你与路上形形色色的行人四目相对。

而狗却不一样。狗在世界各地都别无二致。在狗的眼里,所有的人都一样,它们分不清是苏格兰人、土著居民,或者是爱尔兰人,它们只会

---

[1] 《天方夜谭》里的著名故事。

"汪汪汪"地乱吠。

路上依然万籁俱寂。真是个散步的绝佳场所。居民们只把篱笆修在花园后方，前方只有草坪，被修剪得整整齐齐的草坪。

前方是一座大教堂和塔楼。这座红砖结构的方形塔云窗霞户、柱子林立，看起来十分坚固。这幢饱经沧桑的建筑到底有多少年历史了呢？此时，去教堂的人们聚集在停车场。默多心中暗自想，如果这时莫琳奶奶和约翰爷爷刚好在此，并看见了他，该怎么办呢？不会的。

但万一呢？俗话说得好，不怕一万，就怕万一。

默多躲在角落里。如果被人发现了，那就大事不妙了。他继续沿着街道行走。走着走着来到一条主路，人行道的旁边有个公交车站。确实是个公交车站！站前还有供人等车用的长椅呢！

约翰爷爷和莫琳奶奶都对公交车线路一无所知，原来在教堂附近是有公交车站的。或许他们去的是另一个教堂吧！

默多现在认出路来了，这就是那天去购物广场的那条路。公交车上有信息板标注出公交线路的时间、地点以及换乘信息。

默多走了多远？他只知道自己走了二十分钟到半个小时。那是走了多远呢？反正已经不是绕着同一个街区了。那就意味着默多要原路返回了。父亲会为此担心的。

默多想起自己有 90 美元：父亲给了 40 美元，约翰爷爷给了 50 美元。90 美元可以买一台手风琴，甚至 20 美元都可以买到，这取决于手风琴的质量。公交车票多少钱一张呢？信息板上并未标注。从这里乘坐公交车可以去到另一个公交枢纽站，或许可以从那里乘车去往路易斯安那州的拉斐特。当然，还要算上回程的车票钱。这样一来一回还要加上手风琴的价钱，不知道 90 美元是否足够。除非默多可以想方设法搭上约翰爷爷或别人的便车。别人是谁？或许是父亲，因为父亲也有驾照。他可以致电罗伯特叔叔，让罗伯特叔叔去给父亲找驾照，并用快递寄来美国。从苏格兰寄来美国只需要两三天——最多四天。

父亲还可以租车，要知道自驾游可是别开生面、妙趣横生的。

这就是生活。默多很欣慰自己能出来走走。购物广场周日也是开业的。有人去教堂，有人去购物，人人都过着自己的小日子。这也无可厚非，这毕竟是他们自己的生活，可很多人却没有意识到这点。我以为这是我的生活？不是，这只是你父亲的生活。他过着两种生活，而你只是他的傀儡。

路前方还有别的商场。但是没有购物广场，只有普通的商店，附带着小型停车区域。汽车停在那里，商店也正在营业。

默多继续往前走，准备转弯。

他出来了多久？超过一个小时了。围绕着某个街区四处闲逛。当他出现在家门口的时候，父亲应该会很高兴吧。是高兴、生气，还是狂怒呢？人人都过着自己的生活，各得其所。父亲也一样，有高兴或生气的权利。

默多突然想迎风奔跑。千万不要跑，他们会误以为你是干了坏事落荒而逃。这是约翰爷爷说的。他们甚至会因此枪击你。当然，如果你是运动员，或经常慢跑，那就另当别论，但普通人千万别在路上随便跑起来。

默多还留意到路上没有儿童，这里甚至没有花园，那孩子们都上哪里玩耍呢？

一定是购物广场！

或者是教堂——听见那祈祷的声音了吗？孩子们用诡异的眼神盯着大人们，想着他们为何双眼紧闭，嘴里不停喃喃自语，为何？大人们怎么了？他们在做什么呢？他们为何不停地说，神哪，请宽恕我们吧！神哪，请赐予我们力量！到底发生了什么？难道是狼来了？那就要当心了！快闭上双眼！噢噢噢！快！快闭上双眼！噢，我们的天父啊！无所不能的上帝啊！谢谢您，谢谢您让我们平安度过以前的一切苦难，请您继续保佑我们在将来的日子里幸福安宁，即便厄运降临、灾祸临头，甚至是饿狼来袭，都请守护我们。

　　饿狼来袭！

　　默多沿着主路，原路返回莫琳奶奶的家中。他从汽车道旁绕着花园走进屋内。父亲换上了衬衫和西裤，坐在庭院里。他一看见默多便赶紧走向他，默多停了下来，父亲拍打他的肩膀，说道："儿子，太好了，你终于回来了。我们要出去吃饭，你行李箱里带了衬衫吗？"

　　"衬衫？我想有的。"

　　"稍微得体的？"

　　"当然是得体的。"

　　"太好了，赶紧去换衣服吧！"父亲松了口气。

　　"好的。"

　　"约翰爷爷和莫琳奶奶都准备好了。"

　　"好的，爸爸。"

　　回到地下室的默多赶紧把音响插上，但没有拧开。他站了一会儿，然后坐在床边上。他伸了个懒腰，望着天花板。默多早就为此行准备好了衬衫，现在拿出来准备穿上。这毕竟是和约翰爷爷及莫琳奶奶一起共同进餐，他当然要梳洗打扮一番。可至于这件衬衫是不是得体的衬衫？或许又要经过一番争论。人们总需要为一些小事争论得不可开交吗？

　　父亲总是得发表点儿什么，有时候非必要场合他也要发表。这就是父亲。为何他也想起来吃饭了呢？他不可能饿了。他除了在庭院看书，哪里都不会去！出去工作的人们才会感觉到饿，才会出去吃饭。但如果突然有工作任务，他们也会延迟吃饭时间。

　　父亲说出去吃饭，这是否意味着要穿那件为特殊场合准备的衬衫呢？其实即便默多穿的是T恤，莫琳奶奶和约翰爷爷也不一定会留意。再说了，父亲自己不也穿着同一件T恤衫多日未换洗吗？有多久了？一周？或许默多应该告诉父亲，赶紧换件T恤吧，你浑身发臭！

默多站了起来，四处寻找衬衫。他记得自己带了两件：一件普通的，一件特殊场合穿的。得体的那件就是为特殊场合准备的。在换衣服前首先要洗澡。默多赶紧跑上楼，去洗手间洗了把脸，他抬起头看镜子时，能看见自己一根根竖起的头发。他盯着镜子里面自己的眼睛，冲着镜子里的自己微笑。他仿佛看见了母亲，而不是伊丽。

默多心里根本不想外出就餐，根本不想。可是他觉得难以启齿。其实勇敢表达意愿又何错之有呢？我不想去，我就是不想去。对不起，父亲，我不想出去就餐。我现在有些忙，我不想去任何地方，只想待在家中。默多忍不住说了出来：我不想去，我不想去，父亲，我不想出门。

可是这只是发发牢骚而已，默多当然要出门，因为这是莫琳奶奶和约翰爷爷的邀请。他们正在等待默多，如果他不去呢？不会的，他一定会去的，原因很简单，因为他饿了。

他们正在等待着默多。

他们去的是他们最爱的餐厅，叫作"家常熟食店"。这与在苏格兰的熟食店大有不同。这里的熟食店非常大，像是烧烤店一样，里面摆放着各种食物，包括各式各样你闻所未闻的蔬菜，以及各种肉类，如排骨、猪肉、火腿、羊肉、鸡肉、牛排以及一大堆鱼肉。该店每周三下午茶时间至晚上十点之间会播放蓝草音乐或乡村音乐。约翰爷爷和莫琳奶奶非常喜欢这里的氛围。"这里有家的感觉。"约翰爷爷说道。

爷爷和奶奶希望默多和父亲尝试各种食物，并向他们一一解释。饥肠辘辘的默多和父亲都不再客气。这里的很多食物都是他们闻所未闻的，例如"玉米粥"——但他们也提供比萨和千层面。"'玉米粥'是将玉米粥和奶酪混在一起做成的。"约翰爷爷说。

"你懂什么，先生。"莫琳奶奶点了一个三明治，并配上土豆泥，"这是肯塔基传统食物，而不是亚拉巴马食物。"莫琳奶奶强调。她对默多眨了眨眼睛。默多正在对选择何种食物犹豫不决，最终还是选择了千层面和薯条。父亲和约翰爷爷吃牛排配土豆泥。约翰爷爷还笑称默多对意大利情有独钟，既吃意大利食物，又演奏意大利手风琴。随后便为自己与父亲点上啤酒，为莫琳奶奶和默多叫来橙汁。

莫琳奶奶的三明治让人垂涎三尺，早知道如此，默多也点三明治就好了！此三明治非一般的三明治，而是里面夹有火鸡、培根和烤奶酪的三明治，让人味蕾大开。

和莫琳奶奶及约翰爷爷在一起的感觉真好。他们喜笑颜开，喜欢侃侃而谈，谈着家长里短、家乡风情以及肯塔基州和其他地方的趣闻逸事。约翰爷爷谈得最多的还是有关美国的事。莫琳奶奶相当配合地倾听着。爷爷说出了一句谚语，意思是"这算什么，更坏的事情还没到呢"。大家都笑了起来，可却不明白其中的含义。这只是一句过气的谚语而已。爷爷还唱起了大卫·克洛科特的一首经典曲子。大卫是苏格兰后裔，出生在田纳西州的山顶区域，在阿拉莫地区以弹奏小提琴出名。爷爷谈论的一切都与苏格兰有或多或少的联系。

莫琳奶奶在他身后扮起鬼脸来："你先歇会儿，让其他人也有说话的机会！"她边说边向默多点头。约翰爷爷笑着看着他。

默多问道："加利福尼亚州有多远？"

"什么？"约翰爷爷看着他。

莫琳奶奶笑了起来。

"我只是在想，如果驾车去探望卡卢姆表哥的话，到底有多远？"默多补充道。

"原来如此！"莫琳奶奶说道。

约翰爷爷叹了口气，问道："孩子，你一天能驾驶多少公里呢？"

"我不清楚。"

"800 公里？"约翰爷爷盯着父亲，"汤米呢？好吧。算算每分钟要走多少。"

"哇！"父亲说。

"一分钟大概走1.6公里吧,"约翰爷爷说,"然后你就会越开越快。"

"快可就不安全了。"莫琳奶奶说道。

"我可不是这个意思,只是让你以此速度估算一下开到目的地需要多长时间。"

"六天!"父亲说。

"将近5000公里。"约翰爷爷耸耸肩,"汤米,如果你想向北走就更远了,卡卢姆在奥克兰市。"

默多本想再继续询问到路易斯安那州的距离,但父亲在,他只好欲言又止。但知道到加利福尼亚州的距离他便可以与之比较。去加利福尼亚州需要六天,那去路易斯安那州呢?地图册提供了绝佳的测量工具,册上还专门有一页提供了英尺和公里的计算数值。一路南下到摩拜小镇,向右转弯,再向左转弯,便可去往莫琳奶奶说起的最南端的奥兰治海滩,既可以游泳,也可以进行各种娱乐活动。

若要前往路易斯安那州,便要在通过新奥尔良后一路前行,在到达得克萨斯州前,便会经过拉斐特。表演安排在周六晚上九点,因此如果默多要去的话,便要在周六一大早、天还没亮时就出门,除非自己开车,如果坐车的话还需要确保所有的换乘都顺利进行,不能遇上在孟菲斯市时发生的那种由于没有搭上车而要过夜的情况,否则便会错过表演。因此最好周五出发,只能周五出发。除非约翰爷爷愿意驾车送他前往田纳西河谷。接着会怎样呢?

他会告诉父亲,对不起,爸爸。

莫琳奶奶一直在谈论这几天天气糟糕,或许需要推迟行程!天气预报里播报的是倾盆大雨,若是倾盆大雨,人要如何出门呢?就算勉强出门,也只能待在帐篷内,哪里也去不了,着实无聊。这样也就浪费了整个周末。因此他们只得推迟,这样或许他们可以一起去观看吉格表演呢。何乐而不为呢?他们也喜欢吉格表演!如果他们去了,一定会喜欢的。但是他们不会去的。

为何?

因为这不合情理。父亲和爷爷是不会去那种场合的。想象一下,父亲告诉约翰爷爷:天气太糟糕了,去不了田纳西河谷,我们一起去看梦扎伊女王的吉格表演吧!

哈哈,不可能。

但是,假设是他儿子的表演呢?是不是会有所区别呢?这里是美国,而默多演奏的是吉格舞曲,这是不是与众不同!莫琳奶奶一定会喜欢的,约翰爷爷也会!因此默多需要先想方设法找到一台手风琴,他必须找到,他可以找到。

莫琳奶奶和约翰爷爷正吃得津津有味。他们时不时抬起头环顾四周,看是否有熟人。如果有的话,他们便会介绍道:这是我们来自苏格兰的亲戚。

90美元不够买一台手风琴。如果他要求的话,父亲或许会给更多。或许会。即便他去吉格舞表演,也与父亲无关。毕竟他们原定的地点是田纳西河谷,约翰爷爷还为此特意请假。因此,孩子,别想这些乱七八糟的无稽之谈,纯粹是浪费人力、物力。你可以浪费你的时间,但不能浪费他人的时间,尤其是你还是客人,你是客人!因此,闭嘴吧!

他们一路上将会经过乡村、山川和河流,也会乘坐轮船等——还有不少同行的朋友一路上一起谈笑,夜晚便在帐篷或小木屋里过夜。

一路欢歌笑语。

因此默多必须同行,即便他不想去,他也不能不去。即便吉格舞曲表演正在进行,而默多很想去。他说过他必须去。他答应了莎拉,如果不去的话便是违背诺言,这可是倨傲无礼的行为。这种行为如果符合父亲的预期,便被认为是好的,反之便是不礼貌的行为。

梦扎伊女王还在等着他呢,并且承诺让他演奏两台手风琴。

除非是由于暴雨阻挡了他们表演的安排,又或者他们换了表演地点。这是他们在美国度假的最后一个周末,约翰爷爷还因此请假。因此默多不能不随他们前往田纳西河谷。父亲最担心的便是默多不去。所有人都在紧锣密鼓地筹划一起旅行，而你突然拒绝，就像被打脸一样难堪。因为这事关家庭，就好像在聚会上默多拒绝演奏手风琴一样严重。家庭永远要排第一位。你只是个客人，不能横行无忌。家人做什么，你就要老老实实跟着。因此默多必须要和他们一起。否则……

否则会怎样？

父亲正在询问爷爷和奶奶，他想去吧台，该点些什么？或许是一品脱啤酒？哈哈哈。

请给我来一杯苹果汁，谢谢。

父亲什么时候想喝苹果汁了？为何不来一瓶酒？或者来一杯常见的杰克&可乐[1]。

父亲从椅子上站了起来，走向吧台，或许是想找一位服务员。他站在那里，四处张望。约翰爷爷指着大房间里的角落示意：男士卫生间在那边。

父亲朝着那个方向走去，此时约翰爷爷起身，走到吧台，在付款处排起了队。当父亲从卫生间出来时，看见了约翰爷爷。两人都抢着付款，但是气氛友好，并未影响旁人。父亲想要付款，可约翰爷爷坚持由他请客。最终还是约翰爷爷买了单。约翰爷爷和父亲一前一后走回餐桌，父亲手上提着两瓶威士忌和其他饮料。爷爷回头与父亲说话："来我们这里就由我来请客。"

"我希望能出一份力。"父亲说。

"哈哈！"约翰爷爷笑道。

莫琳奶奶看着他，又看着父亲，然后目光移向默多。他们二人坐了下来，父亲打开饮料。约翰爷爷对莫琳奶奶说道："他是客人，我可不想要让客人买单。"

父亲笑笑："约翰，我也想出一份力。"

约翰爷爷听了后，身子猛然向前倾，差点儿就从椅子上站了起来，

---

[1] 杰克丹尼威士忌兑可乐，再加上冰块和酸橙或柠檬，按照一定比例调配。

然后他盯着父亲，大声说道："你已经买票了！"

父亲明显被这一反应吓到了，莫琳奶奶叫了起来："噢，先生，好了！好了！"

"不好意思。"约翰爷爷闭起眼睛。

默多又看了一眼父亲，父亲盯着桌子，又抬起头看着约翰爷爷。

爷爷说："真不好意思，我反应过度了。"他双手扣在桌面上，安静了下来。他看着默多，露出了勉强的笑容。

"无论如何，机票钱我可没有请，还有车票，都是你们自己付的。"

约翰爷爷转过椅子面向父亲："对不起，汤米，我反应过度了。"

"噢！"父亲耸耸肩，"千万别。"

莫琳奶奶叹了口气，笑了笑，环顾四周，对默多说："孩子，你喜欢这个地方吗？"

"当然喜欢。"

"你想听听音乐吗？他们这里有很好的乐手在演奏。"

默多点点头。约翰爷爷举起手中的威士忌，喝了下去。父亲也举起了手中的威士忌。约翰爷爷对默多说："孩子，你们到底是念 slàinte mhòr 还是 slàinte mhath 呢？"

"这个……一般简称为 slàinte 或 slàinte mhath[1]。"

"在这里我们常称为 slàinte mhòr。"

"是吗？"

"是的，"约翰爷爷看着父亲，"他们常说的是 slàinte mhòr。"

"我也不太懂。"父亲说道。

"是吗？哈哈。"约翰爷爷笑着。

父亲笑了笑，抿了一口威士忌，感叹说："这酒可真不错。"

"我也很喜欢。"约翰爷爷附和道。

---

[1] 苏格兰盖尔语，指来自布雷顿角岛的凯尔特人乐队。

"你有想过驾车回家吗？你为此担心吗？"莫琳奶奶对默多说，她打开钱包，拿出车钥匙，"这就是你所担心的？你以为我会给约翰爷爷开车吗？"奶奶"哼"了一声说，"他把我们载到天涯海角都说不定呢！"

默多笑了起来："没有，我可没有这么想。"

"噢，我不相信！"约翰爷爷"咯咯"直笑。

"我真没有！"

"这家伙可是能洞察一切的！"约翰爷爷笑道。

父亲也笑了，看看默多，也看看爷爷和奶奶。奶奶合上了钱包。

"我知道你也是老司机，可不知道你也能开吉普车。"父亲对奶奶说。

"噢，你真不知道！"

"当然！"

莫琳奶奶拍拍父亲的手腕。

默多说道："奶奶，我以为你喜欢开小车。"

"是的，孩子，我确实喜欢开小车，可以灵活地转来转去。"

约翰爷爷笑而不语。过了一会儿，莫琳奶奶盯着他，说道："别太责备自己了，先生，我们总归要卖了它的。"

"是的，没错。"

"我们别无选择。"

"是的。"

莫琳奶奶点点头，对默多说："他不愿意我坐公交出行。"

默多笑了笑。

莫琳奶奶对爷爷皱皱眉："那我以后该如何出行呢？既不想坐公交，也没有汽车。"

"我知道。"爷爷回应。

"你知道什么？先生，待在家里可把我憋坏了。如果汤米和默多走了，我该干什么？怎么办？"

"我们会很想念他们。"约翰爷爷抿了口啤酒。

"当然，我们绝对会想念他们，绝对会。"

"你们离开我们会很伤心的。"约翰爷爷对默多眨眨眼。

"才不会呢！"莫琳奶奶说道。

"像是个承诺吗？"

"是啊，你现在是否承诺会致电密苏里州的斯普林菲尔德呢？"她问爷爷。

爷爷盯着她，沉默不语。

过了一会儿，她对默多眨眨眼，指着爷爷，然后说道："汤米，他以为我不会竞走！天哪，我年轻的时候可登过山呢，我现在也可以竞走！"

约翰爷爷皱皱眉："我可没说过。"

"那是。"奶奶回答。

在回家的路上，默多坐上副驾驶位。他不知道该和作为司机的奶奶说些什么，又担心一不小心让奶奶分神儿。奶奶两眼盯着路前方，似乎更愿意保持沉默以集中注意力。后座的父亲和约翰爷爷几乎全程没有交流。

学会善于交际。

何为"善于交际"？默多觉得独自躺在床上也没什么不好。这就是卧室的意义，你在卧室里可以远离喧嚣、休憩身心。大家都需要休养生息，例如安静地躺在床上，戴上耳机聆听音乐，或沉下心来阅读，甚至什么也不做放空自己。为何总要做点儿什么呢？尝试着放空大脑。如果是下午呢？你依然需要你的小天地。卧室便是你的小天地。父亲对默多躲在卧室的行为十分厌恶，可如果是他自己躺在自己的房间里呢？正如父亲会回到自己的房间休息，莫琳奶奶会回到她的房间休息，为何默多就不可以呢？最近几天外面一直下着倾盆大雨，如果不在家待着，还能去哪里呢？下雨的时候，你总不能去花园吧，你只能待在房间里或者客厅里，除非有人做客，你需要出去打招呼和寒暄一番。而这个时候显然你无法听音乐，显然不能。

默多讨厌阅读，深恶痛绝。

约翰爷爷谈起他们曾经去过的某个印第安人村落，这些土著人住的都是木质房屋。印第安人向游客们展示他们祖先的物品，让人毛骨悚然，可他们却毫无惧色，甚至眼睛都不眨一下。

假设，这是默多呢，会不会也是一样。

牧师在母亲的葬礼上念着祷告文。从今以后，你无处不在，你永远与我们同在。即便现实中你不在我们身边，你也永远在我们心中。默多此时应该伤心落泪吗？哀思如潮，让人不胜回首。如果正如悼词所言，她永远与你同在，又何来眼泪呢？因此不能哭。悼词里废话连篇。让上帝去承受这种压力吧！哈哈哈。

地下室里传出尖叫声。被虐待的尖叫声。如果你继续深挖，深挖到地底，那些曾经是繁茂的田野和泥泞的小路的地方，你会不会挖到由于印第安人尸体被埋在那里而造成蛆虫繁殖的地方？

在母亲的葬礼上，父亲也没有哭泣。人人都为父亲感到遗憾。为何不为默多感到遗憾呢？如果母亲的去世让父亲悲伤欲绝，对于默多而言也是一样的惨绝人寰。可怜的父亲。难道默多就不可怜？即便现实中你不在我们身边，你也永远在我们心中。这真让人无语。

母亲去世后，为何争吵、呻吟和抱怨等负面行为就与父亲联系起来了？而不是默多？谁是父亲，谁又是儿子呢？默多是儿子，父亲就是父亲。儿子又如何为父亲感到遗憾呢？这简直是无稽之谈。儿子不应该为父亲感到遗憾，正如耶稣不可能为上帝感到遗憾一样。

儿子想要到达的地方，父亲早已到达。父亲总是在那里，可儿子却从未到达。这便是父亲、父亲、父亲。在母亲的葬礼上，父亲坐在默多旁边，认真聆听牧师的祷告，时不时做出回应。看起来父亲像是在与牧师进行一场深入的交流与会话，而不只是在听。默多却半个字也听不进去。毕竟牧师是在对着父亲祷告，下面听的人也只是为父亲这位可怜的人祈祷。大家都在关心，父亲到底怎么样？父亲还好吗？会不会从此一蹶不振？或许会的，人们在遭遇突如其来的重大变故后，或许会变得丧心病狂、歇斯底里。是的。想象一下，母亲还在棺木里，人人扑在上面。还有父亲，父亲甚至跳上棺木。是默多拯救父亲于水深火热中，默多喊道：爸爸，别跳，千万别跳！快回来吧！于是在众目睽睽下，大家纷纷感叹：看看汤姆·麦克阿瑟吧！这个可怜的男人已经万念俱灰、无可救药了！

天哪！默多，那到底是谁？父亲居然要依赖药物使自己平静下来。很多人在停止药物后会重新发作。可父亲没有，父亲从此变得沉默寡言，与世隔绝。他回到自己房间，闭门谢客，埋头苦读。他除了读书外，便目不转睛地盯着窗外。他的房间在路边，因此他总是盯着屋前的那条街道。如果默多想要看看窗外，他必须要站在椅子上才能张望。而他看到的是一片湛蓝无比的天空。默多喜欢看天空，而亚拉巴马的天空格外晴朗。

门口响起了敲门声。

默多站起身，给莫琳奶奶开门。

"我给你带了点儿吃的！"她递给默多一个松饼和一杯茶，"最近海边有低气压气团环绕，可能会有暴雨降临。"

"哦。"

莫琳奶奶点点头，笑了笑。默多接过松饼和茶，并向奶奶道谢。

他把食物放在床头柜上，并关上门，可莫琳奶奶向他挥挥手。

"孩子，我有个问题想问你——你认为癌症可以治愈吗？"

"治愈癌症？"

"是的。人类斥巨资购买武器，为了长驱直入，侵略别国。他们为何不花费同样的金钱来照顾自己呢？难道那不是人类更急需解决的问题吗？到底谁会来解决这个问题？你以为总有别人，无论黑人、棕色人或白人，可结果根本没有。因为这并非他们的义务。医疗向来并非是他们花费纳税人金钱的主要去向，他们还有别的目的。好吧，我今天多嘴了。我们刚才在教堂里谈论的便是这些。事情本不该如此，人人都这么说。我们在一起便会谈论这些东西。我们相互讨论，如果你认为是谈话也可以称为谈话。"

莫琳奶奶握着默多的手腕。奶奶的手细皮嫩肉、手指纤细。她说："伊丽，真是个动听的名字，默多，这是来自苏格兰古语吗？"

"是的，来自盖尔语。"

"这名字可真好听。"莫琳奶奶点点头，笑了笑，随后轻轻地摇摇头，"你可想过下个周末怎么度过吗？"

……

"如果你想跟我们一起去教堂，我们将无比欢迎。"

"哦。"

"你爸爸决定跟我们一起去。"

"爸爸！是吗？"

莫琳奶奶笑了笑。"默多，这是个开放式的教堂，随时欢迎你的到来。"她拍拍默多的手腕，"让我拥抱你一下吧！"

默多向前一步，与奶奶相拥。随后她便回到楼上。

默多关上了门。无论如何，莫琳奶奶是个无可挑剔的好奶奶。虽然生活糟糕透顶，但无论发生何事，莫琳奶奶总是最好的。

大雨如约而至，倾盆而下。默多站在椅子上，透过窗户，凝视着外面的天空。莫琳奶奶说这雨水影响范围广阔。虽说家里的屋顶已经有漏雨的迹象，但莫琳奶奶不希望约翰爷爷爬上高处进行维修。虽说爷爷擅长修葺，可她担心爷爷摔伤脖子。她总是担心爷爷。噢，我必须等他回家才能睡着。母亲也是这样，母亲总是等待父亲的归来。

她总是那样！吃饭的时候，她端出默多的饭："快吃饭吧，默多。"

"那妈妈你的呢？"

"我等你爸爸回来再吃。"

哈哈。

是的。默多喜欢看到父母亲相亲相爱的样子。父亲走进家门，母亲静候他的回归。她总是翘首期盼着父亲的出现，即便是在临终关怀中心。她总是要看着父亲走进门。为何？

她在眼巴巴地等着父亲。即便默多在那里，默多在与母亲说话，她也在等待着父亲的到来。这举动难道不是意味深长吗？

是的，虽然默多并不懂。

其实默多并非不懂。他知道母亲爱父亲，哈哈，当然她也爱默多。

默多听见窗外吱吱的声音，不是音乐声，在脑袋里就像是煤气管道的声音。

或许对于父亲而言，最难以招架的便是默多也去世，而他还活着。这对于父亲而言，是最坏的结局，最让他痛不欲生的事情。

当他们离开医院回到家后，默多便辍学了。父亲难以理解这种行为，他觉得不可思议。实际上默多在过去一年都没怎么上学，他再也无法将精力投入学习，再也不可能。为何？母亲曾以为他能好好学习。母亲总归是母亲。母亲总是认为默多敏而好学。可他实际上并非如此。默多并不属于擅长学习的那一类人。默多感觉无能为力，他需要有其他东西分散注意力，或者想方设法变出一些新花样。可老师总认为他的想法与老师的格格不入。

上帝啊，默多脑海里回响着像煤气管道发出的"吡吡"声一样的声音。当默多最后一次离去时，他不忍再直视母亲，他不敢，不愿意，也做不到。他径直走出了房门。

他需要离开，需要逃脱。离开却一直爱下去。我虽然离开了，但我心中依然充满爱。

噢，我的孩子，你还好吗？还好。你呢，妈妈？我也还好，一切都好。

默多手里有90美元，约翰爷爷和父亲给他的，可他还没有花出去。他在聚会现场逛了一天却一分钱都没有花出去。当然，如果没有遇见克拉拉·霍普金斯，他的钱可能已经早花出去了。克拉拉请默多吃了两顿饭，只收一顿的饭钱，甚至连这顿默多都没有付款。当然这并非因为默多一毛不拔，而是单纯因为默多忘记了，默多把自己口袋里的钱忘记了。或许默多应该告知她，但并没有。

40美元是父亲给的饭钱。如果这40美元给了克拉拉当饭钱，默多就身无分文了。约翰爷爷给的50美元才是零花钱。一旦发生意外，只能用这50美元应急。假设默多要搭乘公交车去拉斐特，就需要使用这50美元。如果没有这50美元，默多将两手空空。

默多身无分文。这也是默多离开学校的原因。他需要自己赚钱，便需要闯荡社会。囊中羞涩的人是难以在社会上生存的。如果父母没有留给你一笔财富，你只能通过工作，夸张点儿说，甚至是抢劫银行获取金钱。约翰爷爷和莫琳奶奶都只是白丁俗客，虽然他们有住房，那也是多年前购置的，因此爷爷只能通过兢兢业业地打三份工来赚取生活费用。默多从小对生活的艰辛耳濡目染。因此默多希望能通过工作帮助家庭减轻负担，可无奈父亲对此表示明确反对，因此默多只能自谋出路。默多对储蓄的重要性心知肚明，在穷人的世界里，只能通过工作积少成多，否则后果不堪设想。

难不成去抢劫银行？

如果真抢劫了银行，应该往何处逃匿呢？亚拉巴马州有很多藏身的绝佳地点，苏格兰也是。人们常常会谈起。默多认为最好的藏身地点并非苏格兰或爱尔兰，而是通过海路一路向上通过克里南运河。这便是默多构思的出乎意料的逃生之路，有别于常人所想到的因为在格拉斯哥，所以乘坐火车逃往英格兰的路线。默多想的是经过艾雷岛，但绕开爱尔兰，直接去往加拿大或格陵兰岛。当然，你需要有一条船才能在大西洋畅通地航行。

这么一想，90美元便远远不够了。如果去拉斐特，则需要用钱买车票，买手风琴，还有路上的干粮。因此你需要有足够的金钱傍身。光是了解手风琴多少钱一台是毫无意义的，因为手风琴价钱可高可低。艾伦镇当铺里的那台看起来并不赖，但你需要真正弹奏起来才知道簧片的质量。如果他可以周五启程，则可以顺利与莎拉他们见面，并顺便搭便车回家。

默多浮想联翩。

默多上楼，莫琳奶奶依然在厨房里看着她的天气频道。默多与她一同观看。"雨停了。"她说道。

默多犹豫了一会儿，随后回到地下室，拿起夹克穿上，重新上楼，跪在前门穿上靴子。

父亲从房间出来，见状问道："你要出门？"

"嗯，想在附近走走，我的意思是……"

"我可以与你一起吗？"

……

"可以吗？"

"当然可以。"

默多等待着父亲穿衣服。莫琳奶奶从厨房出来，问道："你们要出门散步？"

"是的。"

"很好，可一会儿可能还要下雨呢！"

"你一起去吗？"默多问。

"不去了，谢谢你，孩子。我还有事情要忙。"

"如果你能去就太好了。"

"当然，默多，我也想去，不过我还有事情要做，没有时间。"

这时，父亲出现了，站在一旁等候。莫琳奶奶为父子俩打开门，并挥手目送他们离开。他们走上街道后，默多再次回头，看见奶奶依然站在门口。她再次向父子俩挥手，默多也挥手回敬。父亲也朝她挥手。

"她喜欢看见我们外出！"父亲说道。

"是的。"默多笑了笑。

"往哪边走？"

"我只是想……"默多指着路口，耸耸肩。

"有特别想去的地方吗？"父亲问。

"没有。"

他们继续向前行走。地上积水严重，但天气闷热。不一会儿，父亲便脱掉夹克，挂在肩膀上。他闻到一股特殊的味道。

"或许是山核桃或者枫叶的味道。"他说，"这里的植物与家乡大有不同，是另一种生态环境。亚拉巴马真是个有趣的地方。"

"是的。"默多回应。

父亲看起来心情愉快。是发生了什么好事吗？难道是他们下周二就回家？或许父亲归心似箭，无比期待这一天的到来。这当然也合乎情理，但似乎也不太可能。

确实不太可能。

在美国的每一天，即便糟糕透顶，也比在苏格兰要好。在苏格兰他们再也难以过上像以前那般快乐的日子。即便真的快乐，也毫无意义。无论阴晴圆缺，他们已经无动于衷。

假设父亲小时候早已经移民至此地，默多就不再需要考虑是否要回家了，因为这里就是他们的家。可如果那样的话，父亲和母亲便不曾相遇、不曾结婚，便不会有默多和伊丽。如果父亲娶了别的女子，便会生下不同的孩子，而他们将会是美国人。父亲会娶一个美国人，或许可能是琳达那样的美国女人。

默多本想就此与父亲交流一番，可经过一番思索后，他还是决定保持沉默。他和父亲都喜欢这样安静地走着，怡然自得。他留意到路边的微小事物，例如房屋门前的旗帜，不同的花园、车库之间的相似之处。他对路两旁的房屋很感兴趣，并在心中暗自忖度房屋里房间的个数。"在这里，大部分的房屋都是小平房结构，有些下面建有地下室。地下室里有两三个房间，又或许是一间大的游戏房，里面摆放着桌球台或者小酒吧等。"父亲说，"苏格兰的房屋结构简洁，没有太多多余的部分，房子使用面积更加大。"

父亲谈及了不少关于他自己以及约翰爷爷工作性质的话题，以及来年计划和默多"离开学校"之后的生活。可默多此时注意力分散，恍若未闻。父亲的话说得让人无法插话。可实际上默多也没有在听。周围的一切都宁静安谧，几乎连风声都听不见，也没有任何汽车经过。这是个绝佳的散步地点，因为你可以放空大脑。周围听见的唯一声音便是你的脚步声。

或许是天气的潮湿使得周围格外宁静。又或许这是暴风雨前的宁静。当雨水降临时，地面的一切声音都被其掩盖。雨水打湿了大地，声音响亮而厚重。连绵不断的大雨倾盆而下，落在屋顶，落在地面，让人无法外出。在街尾的花园里有一位上了年纪的妇女在弯腰照料着花园里的植物，她头戴草帽，身着围裙，裤子塞进长筒靴中。到处都是水洼。她抬起头，看见了默多父子俩。默多以为父亲没有留意到她，不料父亲冲她喊道："你好。"

可她没有回应。默多并不为此感到惊奇，只是稍微有些失望，或许是因为他们是外国人，这位妇女才没有与他们相识的兴趣。她继续埋头苦干。

莫琳奶奶是不会把太多时间花在花园里的，她大部分时间都在处理家务。她甚至把自己称为"制陶工人"。花园里空气流畅，如果稍微整理一下会更加整洁美观。

当他们来到红砖方塔教堂前面时，看见不少年轻的妇女和小孩子在侧门入口处。角落一旁的公交车站告示牌上详细标注着公交车出发的时间和开往的地点。或许这辆公交车可以将人们载到市中心的大型公交车站吧。默多想走上前去看看公交信息，可父亲紧紧跟随，略显尴尬。

当他们靠近车站时，默多忍不住问道："爸爸，这里有个公交车站呢，这辆公交车到底开往哪里呢？"

父亲也十分感兴趣，他们走到公交信息牌前细细查看。

"穿梭巴士？"默多对着信息牌问父亲，"什么是'穿梭巴士'呢？"

"穿梭巴士指的是从一个地点到另一个地点来回通行的巴士。"

"哦，那去往何处呢？"

"或许是市中心吧，又或许是购物广场——购物广场便是这条路。"

默多盯着指示牌又端详了一会儿。

父亲抬头看看天空，然后低头看看手表。"我们走吧？"他问道。

"好的，看着这些巴士很有意思。"

"快要下雨了。"

他们继续向前走。他们行走前方的道路交通繁忙，大型卡车发出"嘟嘟"声音，驾驶舱中挂有旗子和各种小饰品。不少卡车围绕着整个国家东奔西走。

这里的汽车与家乡的相似，而并不像在电视和电影里看见的有顶的直线型汽车。在美国可以看见各种类型的客货两用车，这是在苏格兰所没有的。父亲也在盯着这些车流，或许他在想如果他把驾照带来的话会怎样呢？

去路易斯安那州的拉斐特！哈哈哈。

没门儿。即便父亲带了驾照，他也不可能租车驾驶，即便只是一个周末，也不可能。他原本可以从周五租到周日，或者从周六租到周日，周六驾车出发去看吉格舞曲表演，周日回家。从居住地前往拉斐特一路坦途、畅通无阻，他们完全可以这样一来一回。可是父亲认为这是大费周章，即便这是手到擒来的一桩小事，父亲也会认为这是辛苦辗转。

父亲谈及过几天他们将要去田纳西河谷度假，言语中透露着期待和兴奋之情。约翰爷爷及莫琳奶奶的朋友，也就是一同去聚会的一对夫妇也会一同前往，甚至会一起过夜。父亲叮嘱默多："一定要尽量与他们和睦相处。"

"好的。"默多答应父亲。实际上默多并不打算与他们一起去，他心里在打着自己的小算盘。

想象一下络绎不绝的马车队伍。

汽车和卡车都连绵不绝，但交通畅通无阻，人们奔波在路上。除了开车的人以及你的家人，没有人在意你来自何方、去往何方。

是的，默多并不打算与他们一同前往田纳西河谷。就那么简单。

父亲边走边说："好像感觉有雨滴。"

"没有吧！"默多回答。

"我们应该去购物广场逛逛的。"

"刚才？"

"是的，"父亲说，"其实离这里并不远。我们可以在那里买个三明治，你还可以顺便逛逛音乐城。你不是喜欢吗？"

"呃……"

"可现在马上要下雨了。如果雨下得大我们就打车回家。"父亲耸耸肩，"看看周围有没有喜欢的餐厅，我们坐下来喝杯咖啡。好吗？"

"呃……"

"你看起来不太愿意！"父亲笑着说。

"我的意思是，只要你喜欢就可以了，爸爸。"

"只要我喜欢？"

"是的……"

"这么说，你不愿意？"

"不是的，爸爸，只要你喜欢，我便与你一起。我的意思是，我无所谓。"默多停了下来。

父亲在他面前也停了下来，问道："如此说来，这并不是你此刻想干的事情？"

"我无所谓。"

"那在你看来，我们现在直接回家更好？我想问你更想干什么？你此刻的想法。"

"想法？"

"你现在最想干的是什么？"父亲叹了口气，"是什么呢？"

"随便。"

"好吧，那好吧！"父亲笑了笑，闭上眼睛，"好吧，那我们回家吧！"

这一天终于结束，默多感觉如释重负。虽然准确来说这天还没有结束，但也接近尾声了。真正的周四夜晚尾声，是约翰爷爷下班回家，吃过晚饭，大家各自回到房间休息。周四过后便是周五了，周五又会怎样呢？

　　周四的夜晚，默多在楼下研究公路地图册。约翰爷爷致电，告知家人七点才能结束工作回家。因此他们最早也要在七点半才能开始吃晚餐。虽然莫琳奶奶会提前准备好晚餐，但父亲和默多更愿意等待爷爷的归来。奶奶很为爷爷的身体感到担忧：不仅仅因为他已经 68 岁，不再年轻，更因为他至今仍起早贪黑、兢兢业业地工作。约翰爷爷每周工作日以及每隔一周的周六，都是清晨 6 点 30 分准时起床，7 点 15 分出门驱车 80 多公里工作，如果有紧急状况更要增加出门次数。但约翰爷爷依然锲而不舍地努力工作，因为一旦退休，又可以做些什么呢？他常因此开起玩笑来，可莫琳奶奶从来不附和。

　　因此去田纳西河度假的准备工作大部分由莫琳奶奶来完成。他们打算早起出发，并在外停留过夜，或许进展顺利的话，还将停留周五和周六两夜。父亲告知默多要准备好足够的衣服。默多当然收拾好了足够多的衣服，可这并非是为了与他们一同度假，而是为了中途离开去往拉斐特。因此他每次答应父亲都是言不由衷、敷衍了事。

　　默多此刻决心与他们分道扬镳，因为他要敢于追求心之所向。如果他违心与他们在一起，或许将再难以追求千里之志。因此他只能欺骗父亲，因为这才是正确之举，势在必行。

　　从艾伦镇到拉斐特的道路绕开了摩拜小镇，这条路沿着密西西比河往下穿过维克斯堡，穿过莎拉父亲想让她上学的杰克逊城。或许默多可以在路上某些地方搭乘便车，这样便可以省钱。不，他还是需要更多的钱，很显然 90 美元应付整个路途依然捉襟见肘。他还需要 100 美元或 150 美元，因为需要购买手风琴，并搭乘汽车。如果需要省钱，默多唯一的方法便是搭乘便车。何乐而不为呢？很多人都是这么干的。在苏格兰如此，在美国也如此。虽然你总会在恐怖电影频道里看到搭便车的情景，之后便是电锯屠杀或者被吸血鬼肢解尸体。但这里是艾伦镇，只要他能打上莎拉家的便车便会相安无事，或许用梦扎伊女王的蓝绿色手风琴演奏也是可以的。否则，默多便需要更多的金钱，才能完成这趟出行。

说起零花钱，父亲还欠他不少呢！父亲从未给过他任何零花钱！哈哈。

是的，父亲并非吝啬，他只是健忘，健忘而已。可母亲去世后一直到现在，父亲忘记的零花钱对于默多而言已经是相当大的一笔财富了。或许默多应该向父亲要回，默多打算明天就跟父亲摊牌，就好像父亲需要向他归还贷款一样。

默多合上了公路地图册，舒服地躺在床上，没有播放音乐。是的，他只想安静地待上一会儿。

他也对莫琳奶奶说了谎。默多每次与莫琳奶奶打招呼，她总是笑意盈盈的。可这根本没有任何意义。难道不是吗？默多每次面对她都难以抑制说谎的念头。他看着莫琳奶奶，难以撒谎。他归根结底只是个骗子。然而莫琳奶奶和约翰爷爷可是这世界上最好的人。

默多站起身，打开门，等待着楼上的声音消失后上楼进入洗手间。他关上门并插上插销。他看着镜子里的自己。

他并非故意看镜子，但还是看见了。

天哪，一阵恶心。他赶紧洗把冷水脸，并拍打脖子，保持清醒。

默多对自己的眼睛非常不满意。说不出为什么，就是不满意。他的眼睛不会传情达意。当默多想微笑的时候，他的眼睛看起来并不像微笑的样子。

还有他的嘴唇，上嘴唇中间低两边却翘向鼻孔，看起来像字母"V"。无论如何，这都是身体的一部分，浑然一体，与其他部分相互配合，使整个身体运作起来。这就如同在整首乐曲里，曲调和一个个音符配合起来，你需要跟着节奏将一个个音符演奏出来，串联成一首完整的乐曲。

是时候剃须了。可默多并不想剃。他看着镜子里的自己，心里希望伊丽和母亲也在这里。

他对着镜子笑了笑，默多式微笑。

他脸上的青春痘消退了不少。或许是因为晒太阳的缘故。他的脸部和脖子都被晒红了，但身上没有变化。或许他的皮肤天生如此，难以晒黑。有的人皮肤总是白的，或只是会被晒红。

他不经意间做的一件事情让所有人都深受影响。你在镜子里似乎看见了别人，他们也在看着你。你从镜子里看见自己的脸庞，可别人也看见他们的脸庞。为何他们都出现在你的镜子里呢？原因或许是你做的决定影响了别人的生活。

他们自认为对你了如指掌。他们经常的说辞是：我对你的想法了然于胸。在我面前，你无所遁形，休想说谎。父亲和母亲都自认为很了解默多，可在默多心里，伊丽才是最贴心的，伊丽才是默多心里的一条蛔虫，知道默多的一切秘密。伊丽甚至知道默多常去的色情网站，知道默多一切无聊的秘密，知道默多一切不愿意说出来，即便说出来也没人会在乎的事情，只有伊丽，时刻住在默多心中的伊丽才知道这一切。

关于谎言，谎言总是一个接一个往下说，一旦开了头便停不下来。但这一切谎言都有一个起点，一旦没有了这个起点，后面的谎话都无从成立。因此默多后面的每一次说谎都跟内心唯一的愿望相关：他承诺一起去度假而他并不打算去。

默多听见关门的声音。约翰爷爷下班回家了。

他们一直到晚上八点才开始用晚餐。约翰爷爷打开一瓶酒并给默多倒上一小杯。父亲笑而不语。他们下周二就要踏上返乡之旅，可默多把这件事忘记了。他抿了一口酒，如饮甘露。美酒佳酿总会让人回味无穷。可在默多看来，啤酒似乎更可口。

默多希望父亲和约翰爷爷可以再次去酒吧，可他们此刻都正忙于打包行李。莫琳奶奶也在打包，不断奔波于屋内和车库。因此无所事事的默多可以心安理得地待在地下室。过了一会儿，父亲独自坐在客厅看电视。

默多等待的时机终于到来：是否应该如实告诉父亲呢？

如果默多向父亲坦白想法，父亲一定会告诉约翰爷爷和莫琳奶奶。他们或许以为默多头脑发热、感染疾病了。毕竟这年头病毒横行，约翰爷爷甚至还就美国的医疗保障开起玩笑：搞不好要卖掉一个器官才可以治好病。你摔折腿住进医院，结果难以承担高额医疗费，只得卖掉肝脏。如果说了，他们可能忧心忡忡，以至于跑下楼来关切地询问默多：孩子，你怎么了？是否生病了？噢，没事，没事，我只是……

随便吧！

他们会发现默多安然无恙，他只是心情低落，又或许他现在没有病，但明天可能会生病。或许这只是心理问题，压力太大无法释怀。他们会因为默多的所作所为而失望吗？会的，但这对他们而言只是小事一桩。父亲还会跟着去，其他朋友也会去，他们并不会因为默多而取消旅途。他们只是想看看默多的葫芦里卖的是什么药。

就这样不知道过了多久，默多待在地下室不想出去。莫琳奶奶也待在房间里许久。默多本想去跟她道晚安，但或许她已经躺在床上看杂志了。此时为时已晚。

是的，为时已晚。

父亲和约翰爷爷还在客厅里，或许在把酒夜谈吧。如果默多刚才向他们坦白，一定会破坏这宁静的夜晚。

翌日清晨，大家都早起在做最后的准备。对默多而言，这是最后的时机了。他不想见到约翰爷爷和莫琳奶奶，而是等待父亲进入洗手间，等待父亲开门的瞬间。默多忐忑不安，焦虑万分。当门被打开后，默多悄悄上了楼。父亲为默多把着门，可默多此时说道："爸爸，我可以跟您说句话吗？"

"怎么了？"父亲问道。

"没什么，只是……"

"出了什么事情吗？"

"不是的，爸爸，我只是想告诉您，对不起，爸爸，我……"默多忍不住抽泣起来，跑回地下室。

父亲紧跟他回到地下室，并关上了门。默多站在窗边，距离父亲大概三四米。过了一会儿，默多感觉好多了，缓过神儿来，再次鼓起勇气。可他这时候又犯了傻，他想透透气，把手放在口袋里，可居然忍不住又哭了起来。

"噢，爸爸。"

"怎么了？你到底是怎么了？"

"爸爸，我去不了了。"默多痛苦地摇摇头，"爸爸……我不能去，不能去，爸爸，我不能去。"

"为什么？"

"我就是不能去。"默多闭上双眼，低下头，大口呼吸。

"儿子，发生什么了？"父亲想要靠近默多，可是犹豫了。

"爸爸，我非常抱歉。"

"你先冷静下来。"

父亲吸了一口气。

"发生什么了？"

"爸爸，非常抱歉，我不能随你们一同度假。一想到和你们在一起待上一整天，坐在那里听着你们谈天说地，爸爸，我就不想，不想……爸爸，十分抱歉，真的十分抱歉，我只能决定临时退出你们的行列。"

父亲边听边点头。

"爸爸，我非常抱歉，爸爸……"

父亲用手抱着默多的肩膀。

"儿子，不用担心。"他说道。

"我真的十分抱歉。"

"不用为此担心。"

他们又站了一会儿。默多盯着地面，肩膀缩成一团，手放在口袋里。他不敢与父亲目光对视。默多心情低落，感觉好像不能与父亲再次相见。

"没事的，"父亲说，他拍打着默多的肩膀，"你还好吗？"

"还好。"

"他们会很失望的。"

"爸爸，我很抱歉。"

"不用担心。如果你改变主意了，我们半小时内还在家。"

默多点点头。

父亲离开了地下室。终于结束了。默多终于说了出来。他听见父亲的脚步声逐渐远离。

莫琳奶奶会十分失望的，约翰爷爷也是。虽说父亲会与他们一同前往，但这毕竟不同。他们再也不需要担心父子俩之间了无交谈是否意味着他们之间出了问题等事情了。因为默多和他们并不在一起。

但默多此刻还不想看见爷爷和奶奶，于是他独自坐在床边。过了一会儿他听见爷爷吉普车的关门声，便赶紧跑上楼，只见他们还在把东西搬入后备厢。

约翰爷爷冲默多喊道："一切顺利，没问题的！"

"谢谢爷爷。"

约翰爷爷笑了笑，继续搬行李。默多穿过门，从饭厅进入庭院，并走到外面的车道，帮助父亲搬运行李箱。父亲看起来略显焦虑，但努力没有表现出来。莫琳奶奶提着她的最后两个箱子放在后排座位上，然后打开车门上车。她回头又看了一眼默多。

"嘿，"她挥舞着右手拳头喊道，"你一定会后悔的！"

默多笑了笑。

父亲与默多四目对视，但并无交流。约翰爷爷此时走向驾驶位。父亲看起来欲言又止。

默多交叉双臂，看着父亲。父亲走到副驾驶位，并打开车门。约翰爷爷简单向默多交代："我们回到家时或许是午夜了。如果我们在外过夜的话我们会打电话回家的。"

"不过夜也会打电话回家的。"父亲说道。

默多点点头。

莫琳奶奶打开后排座位的窗户："孩子，你知道食物放在什么地方吧？"

"当然。"

"你可别一不小心把屋子给烧了！"约翰爷爷开玩笑道。

父亲上了吉普车，并关上车门。默多向前一步。约翰爷爷发动汽车后，父亲摇下车窗并交代他："可别忘了带钥匙。"

"好的。"

"我是指你出门散步的话一定要带钥匙。"

默多点点头。"祝你们玩得开心。"他说道，并退回一步。

吉普车缓慢地行驶到了主路上，默多走到路边，朝他们招手，并回到车道上。他一直注视着吉普车，直到它消失在视线范围内。他又站了一会儿，心里想着他们会不会忘了带点儿什么。如果他们越长时间不回头，便越不太可能。

一辆车五分钟能走多远呢？如果说时速大约 50 公里，则半小时行驶 25 公里，15 分钟行驶 12.5 公里，5 分钟行驶 4 公里左右。

默多回到地下室，快速收拾好衣服和所需用品。此时已经是早上八点多，因此他需要快速行动。默多首先要解决的便是乘车问题。美国国土辽阔，默多已从地图册的数据中算出所需时间。杰克逊市在地图册上看似很近，实则路途遥远，默多需要经过亚拉巴马州的伯明翰市，然后换乘至艾伦镇。如果是乘汽车出行便可大大节省时间，因为你可以根据需要选择最佳道路，也不需要每到一个小镇都停车让乘客上下车或转车。默多把两张 CD、《美国公路地图册》以及一本消遣书籍收入囊中。

终于到了默多放飞自我的时间了。他拿起夹克，环顾四周检查有无遗漏的物品，然后走上楼上洗手间。他是否需要带一条毛巾？需要。可莫琳奶奶给他用的那条太大了，需要占据很多空间。他打开莫琳奶奶装毛巾的柜子，取出一条小的擦手巾带上。

他知道父亲的应急用钱存放地点，并在那里发现了 600 美元。默多取走四张 50 美元，这已经是最低极限了。路途充满一切未知因素。如果默多不幸没能搭上便车，需要一路都搭乘汽车，还要买手风琴，这 200 美元是远远不够的。可是默多不敢取走更多。

默多从冰箱里拿走奶酪和冻肉，做了四个三明治作为路上的干粮。莫琳奶奶只要看见默多取走了食物便大可放心了。他还从冰箱里取走了一些水果，找到了奶奶的棕色食品袋包起来。

下一步便是用莫琳奶奶的便条纸为她和约翰爷爷留下一张便条，并为父亲也留下一张便条，告诉他们自己去参加吉格舞曲表演了，会在周日回家，并且会与他们电话联系，请他们不用担心。这时候，屋中电话响起，并持续数声。默多快步走到走廊，但没有接听电话。或许是父亲用约翰爷爷的手机打回来的，或许是的。电话声音停下后，再次响起。默多这次把电话拿起，但缄默不语。他不想跟任何人说话。这时已经是八点半，不知道他们走了多远。

默多或许应该接电话的。这样他们便不会为他感到担心了。当然，前提是电话的那头是父亲，可能不是父亲，而是另有他人。如果是父亲，他一定会不放心，并请约翰爷爷回来看看是否一切正常。这便是父亲的所作所为。或许吧。默多用笔记下爷爷家的家庭电话和地址，夹放在公路地图册的封底，并扯下一张便条纸放在背包里，想了一会儿，再扯下一张放在夹克口袋里。

默多将写好的两张便条放在橱柜上，用杯子压着。他再次检查庭院门是否已被锁好，并拉上窗帘，然后再次进入洗手间，出来后，最后一次环顾房屋。他打开前门，一切准备妥当，他走出房屋并把门关上。

街上寂静无人。默多快步走到路口，并一直往前走，经过红砖教堂，去往主路上的公交车站。

他孑然一身在公交车站等车。过了五分钟，有一辆车缓缓驶来，车门打开，默多上了车，并投下硬币。司机师傅对默多视而不见。车门关上后，司机师傅继续对默多视而不见。难道是因为默多没有买票吗？或者有别的含义？司机师傅加速上路，并继续忽略默多。就像家乡的司机一样脾气暴躁，默多走到最近的空位坐下，此时车上包括默多在内只有三位乘客，后来陆陆续续又多了好几个看起来像是学生的乘客。

公交车一路开往市中心地区。默多在去公交车站的道路上吃了根香蕉。在公交车站的告示板里有一张大型地图，标示着主要公交线路，默多早已仔细研究，并得出前往密西西比艾伦镇的最佳路线。

默多早已为昂贵的车票做好了心理准备。可如果默多选择先往西走，车票价格实在是贵得让人咋舌。因此往西走比一路向北先前往孟菲斯市要更难操作。默多不想回到孟菲斯市，这给人感觉再一次时运不佳，默多可不想重复这种坏运气。不过运气是什么？这不过都是你的人生际遇罢了。

🎼 第五章

　　汽车到达伯明翰以南时已经满座了，默多坐在靠近过道的座位，坐在里面的是一个骨瘦如柴的小个子。多大年纪呢？大概三十几岁吧。他看起来六神无主、焦虑不安。一定是发生了什么事情！他对身边的默多视而不见，不断地打开手机，查阅信息，再关上手机，然后把手机放好，不久后又拿出来，放在手上，双眼目不转睛地盯着窗户。

　　默多此时已经筋疲力尽，准备闭目养神。旁边的小个子也闭上了双眼，但不一会儿又睁开眼检查手机，一边咬着右手拇指指甲，一边喃喃自语："这破车怎么动也不动。即便我也很想它赶紧动，可这也不是我的错，怎么大家都在责怪我。明明不是我的错，不是我的错。"

　　他半转身面向默多，似乎在想，我是否应该跟他倾诉衷肠呢？

　　默多盯着前方。他虽然很想小憩一会儿，可一想到可能会坐过站，便打起十二分精神。汽车是不会等人的，只会继续一路向前去往下一站，如果你顺利到站下车这当然最好不过，不然的话将会是一场灾难。其他人或许也跟默多有一样的想法，都打起精神四处观望。

　　旁边的小个子双眼微闭，可依然掩盖不了脸上的焦虑。他又开始自言自语，头转向默多，似乎在与默多说话："这该死的司机，他到底是不是司机？随便一个司机都不可能开得这么慢！这该死的司机，到底开的什么鬼车？！你以为可以瞒得过我？我曾经可当过司机，你别以为能骗我。

我曾经可当过。"

"当过司机?"默多问,"你的意思是你也是司机?"

小个子盯着默多:"这一切都不是我的错,他们都责备我,可这一切不是我的错。"

"什么错?你迟到了吗?"默多问。

"迟到,是吧!"小个子两眼直视窗户,摇摇头,又看起手机来。

默多等着他继续聊天儿,可他不再说话。于是默多从背包里拿出书来准备阅读。周围有人看着手提电脑,有人看着手机,也有人聚精会神地阅读。有两位乘客在高声交谈。

作为凡夫俗子的我们,都有着俗世的担心和忧虑,就像这位小个子男人一样。默多有一次在格拉斯哥经历过一件趣事:当时他正在火车站等车,一位外国妇女毫无来由地朝他大喊大叫,引得周围群众纷纷侧目。他们都怀疑默多偷窃了她什么东西。或许这位女士精神失常吧,默多感到冤枉,并当场尝试与她沟通,可是她竟无视默多。因此默多无可奈何,只得逃离现场。这种事情时有发生,一旦发生除了怅怅不乐似乎也无计可施。

默多打了个盹儿,当他醒来时旁边的小个子男人已经不在身边。汽车正停靠在站上,车上四分之三的座位都是空着的。车窗外,人们在外面休息、吸烟,伸展腿脚,也有几个人站在行李架旁等待司机。默多感觉汗流浃背,身体缩成一团也不舒服,可又不敢下车,一旦错过了开车该怎么办?他移到了靠窗的座位,头倚在窗户上,头瞬间感觉凉快了一些。他从背包中取出最后一个橙子,剥开皮吃了起来。橙子鲜嫩多汁、香甜可口。默多还带了几个三明治,但想留到之后才吃。他在牛仔裤上擦了擦手。

这时默多看见了小个子男人,紧盯着他。默多赶紧从靠窗的座位移动到过道座位。小个子男人把行李包放在头顶的行李架上,挤在默多旁边时,小声咕哝道:"我只是上洗手间,还不能让人上洗手间了吗?"

"我以为你下车了。"默多说。

"你可一点儿也不客气,那么快就抢了我的座位。"

"我以为……我买车票了。"默多摇摇头。

"你买车票了，难道我没买？"

"我不是这个意思。"

"我们都他妈的买了车票。"小个子回到座位上，盯着窗外，再次自言自语起来，"我们都他妈的买了车票。"他再次拿出手机。

"我以为你下车了，"默多说道，"如果你告诉我，我一定不会坐的。你不用着急。"

小个子转身朝向默多，并盯着他。默多耸耸肩。小个子再次把眼光投向窗外，看着汽车边上的行李舱架，他向下看着来往的乘客，并用手肘碰碰默多，指着外面乘客的头，说道："看吧，他正要离开，他是那位婴儿的爸爸，他正要离开。看吧，那是婴儿的妈妈，她正抱着孩子。天哪，他想要离开，他想离开，可她并不想他离开。看吧……"

小个子侧过身以躲开默多的视线。默多看见一对年轻的男女，女士手上抱着一个小婴儿，男士手上提着一个书包准备上车。

"她告诉他，记得给我写信，切记。这便是她说的话，记得给我写信。"小个子说，"他不会写的，呵呵，他只会打电话。时间一长，事情必定如此。他不会写信的，一定是这样的。"

"是的。"默多应付着。

"要知道，我也曾经经历过这一切。"

很快乘客们便回到车内，汽车启动重新回到州际公路上。默多打了个盹儿，但是又害怕像之前一样。汽车一路向前，不远千里的人们无论早晚总会平安到达自己的目的地。如果早了，便意味着比预料之中要提前，可很多时候都是推迟，而不会提前。

汽车终于到达杰克逊镇，默多从座位上站了起来。小个子男人依然坐在座位上。默多向他道别，他举起手臂向默多简短地告别。

大概不到一小时后，默多便回到了艾伦镇。重新回到这熟悉的街道和建筑物的默多喜上眉梢。他再次走过狂野西部商店和当铺。之前那台手风琴已经不在展示橱里了，烟灰缸则仍在窗户边上，还有一根剩下四分之三的香烟。默多往窗户里随意一瞥，发现好几把吉他以及一把漂亮的贝斯。默多很喜欢贝斯，为什么呢？默多说不清楚，就是无缘由的喜欢。他没有贝斯，如果他有的话，那是多么美好的一件事情！

当铺里还有两根萨克斯管和一根单簧管，还有那把特别的口琴。当铺此时正开门营业，因此默多靠近门口时，响起一阵熟悉的欢迎光临的声音。一位老妇人走了出来，由于她身材臃肿，默多赶紧往旁边移动为她挪开位置。她站在门口，从烟灰缸上举起那根只燃烧了四分之一的香烟，并把它点着，弹掉烟灰，交叉着手臂，然后再弹掉烟灰，看着来来往往的行人。

她对默多说："你今天还好吗？"

"很好。"

"这一切多么安静、祥和！"她用力拍打着胸脯，像是胸口不舒服。

"是呀！"默多看着商店橱窗。

"真是安逸静谧的好环境，我要赞美耶稣。"她说道。

默多笑了笑，继续向前行走，前往莎拉家的小商店。他大概走了两三公里的距离，到达了商店，走上门廊，并打开了门。一位年纪稍大的老妇人在收银，一位老头儿在排着队埋单。默多站在他的身后。老头不耐烦地挥舞着手，似乎在说，不用了，谢谢。

默多问那位收银员："您好，请问莎拉在吗？"

"莎拉？不，她不在。"

"她在家吗？"

"我不知道，也不太清楚她在哪里。"

"谢谢。"默多回答，虽然他心里想哈哈大笑，但那又于事无补。他听见排队的老头儿低声问收银员：他想问什么？

默多关上门，继续来到这栋楼房的一侧，发现他们乐队之前演奏的地方。可是这里空无一人。一个大概十二三岁的小男孩儿出现在默多眼前，并问道："你想找谁呢？"

"呃……乔尔。"

"乔尔？"

"或者莎拉？"

"噢，"小男孩儿点点头，"他们不在这里，他们已经离开了。"

"你知道他们什么时候回来吗？"

"我不知道。乔尔的妈妈在这里，你去问她吧！"

"谢谢。"

"不客气。"

默多接着敲门，并按门铃，可是没有人应答。默多走到边上观察窗户。小男孩儿仍在默多旁边，并问他："她不在家吗？"

默多再次敲门。

"为什么不试试后门？或许他们在后门附近，听不见前门的门响。"

"谢谢。"默多回到人行道上，看见一个男人靠近。默多等待他走到跟前。

"你来这里有事吗？"那个男人问默多，并将他上下打量了一番，然后又问，"你来这里干什么？"

"没什么。"

"没什么！"

"我们可以说是朋友吧，我以为他们在屋内。"

"他们不在。"

"哦。"默多回头盯着房屋。

"你认识他们吗？"

"是的。"

"你认识哪位？是亨利吗？"

"他是莎拉的爸爸，其实我认识的是莎拉和亨利。"

"哦，好的……"这位男士看着默多，"亨利去克拉克斯了，一会儿便回来。其他人都和梦扎伊女王一道去路易斯安那州了。"

"噢，天哪！"

"那里有大型音乐节。"

"是的。"

"有问题吗？"

"不是，我本打算和他们一同前往。我还以为在他们出发前能遇见他们，搭上便车。"

"原来如此。"

"拉斐特远吗？"

男人耸耸肩。"你可以沿着 55 号州际公路往前，然后向右拐入巴吞鲁日，接上 10 号州际公路——你走哪条路？"男人向四周看了看，"你开小车吗？"

"小车？"

"你没有小车？"

"没有。"

"那你是乘坐巴士来到这里的吗？"

"是的。"

"好吧！"

"我想问，这里的人会搭便车吗？我指的是免费搭便车？"

"搭便车？"

"是的。"

"你坐汽车来，也要坐汽车离开这里，尽量不要搭便车。知道吗？"

"好的。"

男人在一旁等待默多收拾好背包，并重新上路。默多回头看看他，向他道谢。

男人点点头，但依然一动不动。默多应该让他告诉亨利他到过此地，当然应该，可他没有。等默多再回头时，男人已经不在了。搭便车或许确实并非明智之举，可默多囊中羞涩，只能出此下策。否则就只能步行前往了！可步行耗时实在太长，现在已经是下午了！他还要走回车站。不能再拖泥带水，而要分秒必争了！想到这里，默多开始大步流星向前走。

过了一会儿，一辆小型卡车经过默多，停在路边，原来是刚刚那位男士。

他摇下副驾驶位上的车窗并冲默多喊道："嘿，你还好吗？来吧，我带你去车站？"

"还好。"

"我载上你吧！"男人示意默多上车。

"不用了！"

"没事，"男人笑了笑，"快上车吧！"

默多犹豫片刻："不用了，真的，谢谢。我可以散散步……"

男人笑了笑。

"我可以散步的。"

"你确定吗？"

"确定，我指……"默多耸耸肩，"谢谢。"

"好吧！"男人把窗户关上，扬尘而去。

这场景有些许搞笑。默多内心忐忑不安。这似乎是微不足道的小事，可默多心里就是七上八下的。这只是默多一直想搭乘的便车，而且只是去车站。现在倒好，他需要快马加鞭了。

他再次经过当铺时，在橱窗处停留，打量着自己口袋里的钱。290美元虽然看似是一笔不小的数目，可买了车票后，钱包便瘪了不少。再加上默多想买的手风琴，天哪，默多没敢往下想。之前在这里见到的手风琴上并没有价标。

默多再次走进当铺，又响起了一阵欢迎光临的声音。柜台周围装着安全栏杆，防止有人闯入偷窃。这里陈列着好些让人兴趣盎然之物：来复枪、小刀、手枪、工具和某些电子设备，如手机、平板电脑以及耳机等，还有各种乐器和首饰，如钻石、耳环和项链等。有两位男士正在仔细端详着电动工具和各种室外装备。当铺里面没有店员。从房间后面走出来一位大腹便便的老妇人，身上带着一股浓重的烟草味道。

"你好，"她说，"要买点儿什么吗？"

"随便看看。"

"我们现在有不少物美价廉的物品在打特价呢，想买吗？"

"谢谢，我想问一下这里之前有一台手风琴对吗？"

"噢，是的。"

"我前几天在橱窗里看见这台手风琴。"

"是的，当然，这可是一台非常漂亮的手风琴。"

"它是否打特价呢？"默多问。

"嗯，如果还在的话当然打特价。这位老妇人说着便走到了店铺后方，取出了那台手风琴。"在这里！"她说道，她把手风琴拿到柜台上，屏息凝视。她聚精会神地仔细打量了一会儿，笑了笑，并把目光投向默多，"现在这台手风琴只需要85美元，真的是不可思议！这可是一台绝世好琴，音色优美。现在还打特价。原来我们卖125美元，今天85美元卖给你了。"

"我可以试试吗？"

老妇人笑了笑，似乎没反应过来。

默多指着手风琴，再次问："我可以试试吗？"

"噢，亲爱的，当然可以，你当然可以试！"老妇人打开栏杆，默多跨进栏杆，仔细查看。这台手风琴原来属于一位爱琴如命的音乐家，一位真正的音乐家，一位智者。

默多背上背带，在老妇人饶有兴致的目光注视下拉了一小会儿，他边听边用心感觉。

"真不赖。"默多评价道。

老妇人迟疑地笑了笑："这琴原本125美元，我们现在打特价85美元。"

"但是也并没有看上去的那么好。"默多说。

"85美元。"老妇人笑了笑。

"有箱子装吗？"

"箱子？噢，我去找找。"

过了一会儿她拿着一个箱子从后面走出来，放在柜台上，随后她便开始写收据，尽管这时默多并未答应买下手风琴。老妇人拿出来的琴箱上有个单独的价标，但她瞥了一眼正在店里查看工具的另外两名男士后，把价标撕了下来，小声地对默多说："你只需要付 85 美元，箱子送给你。"

"谢谢。"

她笑了笑："你可以为我演奏一曲吗？"

默多调整好琴带，开始演奏《蓝铃花波尔卡》，老妇人顿时吃了一惊，她或许以为默多还是个新手。实际上默多从小开始学琴，这首歌是默多很早便学会，并曾经为爷爷奶奶等老年人演奏过的。

老妇人专心致志地倾听着："噢，天哪，这可真是天籁之音，天籁之音哪！"

两位在店里选购工具的男人也被琴声吸引住了。默多接着演奏了一首相对流行的缓慢小曲，并尝试了一些他最近琢磨的新的编排方式。这种编排方式融入了他的情感，默多自我感觉良好。

最后，默多停了下来，好了。他把琴箱打开，解开琴带，把手风琴放入琴箱。他把琴箱扣子系紧，然后用力拽紧。老妇人一直在饶有兴致地看着默多。

"手风琴有点儿重。"她边说边把收据递给默多。

"是呀！"默多从口袋里取出两张 50 美元递给她，接过找回的零钱后，便穿过马路到公交车站去。

现在默多终于如愿以偿了，这趟旅行总算值得了。现在他也不在乎莎拉一家是否提前离开了，他可以买车票前往。虽然他们已经走了，可默多现在再改变主意也为时已晚。

终于到了艾伦镇的公交车站：这一切似曾相识。在问询台负责卖票的还是那位黑人妇女。她打量着默多，或许是对他还有些许记忆。

去往杰克逊镇的汽车上人满为患，可从杰克逊镇去往巴吞鲁日的汽车上却有三分之二的空位，因此默多可以一人独占两个空位，随意横躺竖卧。他还剩下一个三明治、一个苹果和一根香蕉。香蕉皮已经变黑，但里面完好无损。他把香蕉吃掉，然后拿出书本。他重新躺下，闭目养神。虽然这台手风琴不能说称心如意，但起码也算是差强人意。他用手抚摸着琴箱，打开琴箱观察手风琴，然后再把琴箱合上。

只吃了一根香蕉的默多依然感到十分饥饿。他想把三明治也吃掉，毕竟现在时候也不早了，但离目的地依然路远迢迢。

默多心里担心的是从巴吞鲁日到拉斐特镇的汽车，不知道运行到几点，也不知道时间间隔是多久？艾伦镇这一趟实在是耗时耗钱，可又必不可少，毕竟默多从这里购买了一台价格实惠、音质还算凑合的手风琴。在付款时，默多脑海里想的是折算成英镑是多少，85美元大概为64英镑，也算物美价廉。

默多忍不住想把琴拿出来仔细端详一会儿，可又觉得麻烦，最后忍住没有把琴搬出箱子。他其实可以站在过道上把琴扣上演奏的，很多人在火车上这样演奏。

默多靠着右侧窗户，窗外是一望无际的密西西比河。以默多之前在地图册上对路线的了解，默多相信很快就要横跨密西西比河了。但他不太确定。

默多脑海里出现了一首曲子：《小船和大海》，这是一首加拿大水手曲子。密西西比河波光粼粼、一望无际，河面上船只来来往往，远处还能看见一个个小岛，让人回忆起家乡。默多想念波光荡漾的水面，这似乎在他心里占据了一席之地，这是他之前没有意识到的。他把书拿起来，又放下。亚拉巴马州的海岸线并不长，而路易斯安那州则完全不同，那里海岸线绵长，周围有小岛环绕。要知道，苏格兰周围有700多个小岛，不知道在路易斯安那州附近有多少个呢？或许更多吧！

长途汽车给人提供了极大的便利，把人带到任何心驰神往之地。你还会在车上经过很多闻所未闻、见所未见的地方。若不是有汽车，或许你根本不会涉足此地。

我来到
那孤苦伶仃孩子的墓穴

默多一般少言寡语，无论谈论什么都是寥寥数语便画上句号。你做的事情越多，谈资便越丰富。可是言多必失，有时候你说的话听起来都不像是出自自己之口的。即便你是在陈述事实，听起来也像是在编造故事。

为什么你要编造那种谎言呢？有时候听起来像是在自我吹嘘。有谁会就某人去世这种事情吹嘘呢？还真是有。你母亲去世了，周围人说天哪，听听他在说什么。然后你冷眼旁观，嗤之以鼻：这算什么，我母亲和姐姐都去世了。噢！你姐姐也去世了吗？他们仍然不以为然，还有，我的狗也去世了。好吧，非常遗憾。然后他们便开始问东问西，对你所说的置若罔闻。你甚至看见他们目光游离。

父亲到底在想什么呢？人们脑袋里总不会空空如也。或许他在想伊丽，或许吧。不知道父亲有没听见，克拉拉·霍普金斯唱到：

那孤苦伶仃孩子的墓穴
孤身长眠在这里多么惬意

想象着伊丽是否如此。是否如此？这让人悲痛欲绝。父亲的态度就像学校里的那些颐指气使的班主任老师。好吧，你要开口说话。

说什么？

父亲在跟谁说话呢？他甚至会与兄弟发生争执，使约翰爷爷在餐厅里因为买票这件小事大发雷霆。

临时爽约或许并不是默多所做的事情里最肆无忌惮的，还有比这更糟糕的。默多的生活与一般人截然不同。他与他在家乡的小伙伴们的生活也截然不同。默多需要迎接生活中的一切苦难。有谁与他并肩作战呢？只有父亲。

是的，只有他们两人同舟共济。

可对于父亲而言，只有母亲与他同舟共济。她是父亲唯一的灵魂伴侣，是他的命中所爱。可母亲去世后此爱随风而逝，成为绝唱。

父亲是否告诉过母亲，她是他命中注定的那位爱人呢？男人一般不善言辞，或许直至她去世父亲也没能亲口表白。又或者直到阴阳相隔，他才意识到母亲为今生挚爱。只可惜此情可待成追忆，只是当时已惘然。这便可以解释母亲去世后父亲的某些行为。默多记得有天晚上，父亲没有回家，他没有说去了哪里。可他打电话回家时，听起来像是喝醉了。或许他确实是喝醉了。这是之前从未发生过的，默多印象深刻。虽然父亲一再道歉，但他从未解释。当时他在格拉斯哥，或许去了罗伯特叔叔家，不然还能去哪里呢？可他们从未对此进行讨论，为什么呢？

在母亲发病的早期，她精神尚好，白天可以在病房里走来走去，让人感觉她在努力与病魔抗争。或许灵丹妙药和新式技术能给病人带来新的转机呢！

可奇迹终究没有发生。

或许从家里拿走钱会是最让莫琳奶奶大失所望的。他居然把钱偷走了，偷了多少？200美元。天哪！200美元！默多取走这笔钱是为了买手风琴和搭乘汽车。人们都说搭乘便车不安全，可不然还能怎么办呢？难道告诉他们我这钱是借来的吗？天哪！到底是多少钱？200美元。是的，那你必须搭便车了，因为手风琴加上汽车费用早已超过了这些。

父亲或许会说："哈哈，居然买了台手风琴！不就是用来听一下并学习学习的嘛！用你的耳朵和脑袋来学习。"

"好的，爸爸，这不仅仅要用脑袋来学习，还需要真正的练习。有人曾经说默多手指灵活。你手指非常灵活，孩子，你不仅灵活，还很聪明。

由于手指上遍布着神经末梢，因此只有脑袋转得快手指才会灵活。当然，这手指也绝非天生灵活，而是后天根据演奏乐曲需要，勤加练习而成。所谓冰冻三尺，非一日之寒。若非后天锲而不舍的练习，也难以锻炼出手指的灵活自如，更加难以表现出乐曲的精髓。"

当然，父亲对这一切都不明所以，他对音乐一窍不通。父亲便是他们口中的那种不通音律的门外汉，即便是天籁之音，在他的耳朵里也只是偶然串联在一起的音乐符号而已。

200美元是默多向父亲借的，他在心里暗下承诺一定会归还。只是目前，他确实需要买手风琴，如果他口袋里有钱，绝对不会出此下策，绝对不会。

"噢，天哪，默多饿坏了。"

默多在想自己给家人们留下了什么，除了两张便条以外别无他物。他们根本找不到默多，除非他们提前回家。为何提前回家？想要确认他没有自寻短见。真是个调皮捣蛋的小男孩儿。他们原本计划在外停留一两晚，却因为父亲对于独自在家的默多总是提心吊胆，只能提前回家。他们都会被父亲的担忧所传染，甚至担心默多一把大火烧了整栋房子！当然父亲会看到他留下的字条。

天哪！

莫琳奶奶肯定会替默多说话。噢，别责怪他，他只是个孩子，想寻求刺激罢了。

诚然。寻求刺激何错之有？如果呆坐在客厅里阅读和与梦扎伊女王一起表演舞曲两者二选其一，你会选哪个？噢，路易斯安那，请别为我哭泣，我来自亚拉巴马，还带着心爱的五弦琴。那首著名的儿歌《噢，苏珊娜》是这么唱的吗？

父亲肯定会说，天哪，这小子还不知道拉斐特在哪里呢！他甚至以为在查特怒加市附近！

父亲什么也不知道。他不知道默多手里有莫琳奶奶给他的《美国公路地图册》。是莫琳奶奶给他，不是他偷偷拿走的。

但他是绝对不会对你言听计从的！那便是他以前在学校里的表现，他不听课，甚至还溜走，无故旷课一整天。他到底去了哪里？格拉斯哥？没人知道。

不，他整天待在房间里玩自己的音乐！

他已经十七岁了，还需要重读一年。因为这一年，他变成了学校里年纪最大的学生。当然没有人喜欢这样。当默多告诉约翰爷爷时，他也说他不喜欢这样。

诚然，谁会喜欢成为学校里年纪最大的学生？没人愿意。

可谁又会在意呢？谁又会关心这一切？想象一下被他人所关心惦记，真是无聊至极。

至少默多留下了纸条。他们至少会觉得默多是个有担当的男子汉。莫琳奶奶和约翰爷爷都会这么认为。只是父亲不会。

当然，现在再来回想都为时已晚，这一切木已成舟。

事已至此，你的家庭也已成定局，覆水难收。

默多在巴吞鲁日又等了一个半小时，这时候他已经饥肠辘辘。他坐在车站外面的长凳子上吃掉了最后一个苹果。呼吸新鲜空气的感觉真是美好。他把背包挎在肩上，膝盖上放着《美国公路地图册》。手风琴也放在他的双脚旁边，他希望能把琴拿出来，尽兴地演奏一曲。为什么不能呢？周围一片宁静祥和，等待着汽车到来的人们或在抽烟，或在轻声交谈。是的，或许他可以演奏一曲，人们需要音乐来娱乐身心。但或许现在不需要，公交车站的人们不会想让他演奏的。他们会说如果你要演奏，请走到街上去。为什么？因为法律是这么规定的。默多用手摸了摸琴箱。

一位女子坐在长凳的另一头距离默多一米左右的地方。是一位大概二十多岁的年轻女士。她手上拿着手机，但目光并不落在手机上，而是盯着道路。这夜晚的天空啊！

周围其他人像是从四面八方而来聚在这里的。默多观察其中一位妇女穿着紧身裤的方式，感觉她来自巴基斯坦或印度，甚至南美洲。当然也有个别行人看起来不像是长途旅行，只是在此暂时歇脚。或许他们买不起票吧。出门在外，你必须精打细算。假设默多没有在莫琳奶奶家制作一个在外面买，价格起码15美元以上的三明治，他口袋里的钱还够用吗？默多无法统计，或许要到吉格舞曲表演结束回家以后才能统计。如果周日清晨，他如愿遇见莎拉一家，并搭上便车前往杰克逊镇或者其他能顺利接驳上大巴的地方，便可以省下不少钱。但是万一遇不上呢？

因此你必须未雨绸缪。即便肚子饿了，也不能花钱坐在咖啡馆里喝咖啡、吃点心。你必须精打细算。人们常说"居安思危"，什么是"危"呢？假设饿了，算是"危"吗？或许不算。即便是饿了，口袋里有钱也不能随便乱花。因此，饥饿不能算是真正的"危"，即便不是买吃的，也一样会用掉这些钱。随后你可以步行而不是乘坐汽车，这又能省下买东西吃的钱。你本可以坐车，可你为了省钱选择步行。毕竟这是你的钱，你可以挥霍无度，也可以一毛不拔。

而坐在长凳另一端的那位女士呢？她是否与默多一样赶路？她是否携带行李？默多没有发现箱子，只看见一个大号的手提包。她看起来疲惫不堪，或许是因为等待许久而无聊至极吧。或许吧。人们总是需要为很多事情等待。因此这个时候如果默多能来上一曲是很好的，能愉悦身心。这位女士此时正把目光投向默多。天哪。她没有和他眼神相遇，但是她偷偷看着默多。是的，她绝对在看着默多。

她在偷偷看着默多，虽说不是目不转睛，也能算是定睛凝视吧。她肯定也知道默多在观察着自己。默多脸红耳热，赶紧将目光转移。虽说她不一定能发现默多火辣辣的脸庞，可默多内心十分尴尬。

"你去哪里？"她主动跟默多搭话。

他看了看她，然后转移目光，然后又看向她。

"你去哪里？"她再次发问。

"呃，去拉斐特。"

她斜眼瞥向默多。

默多缓缓回答："我……要去的地方是拉斐特，拉斐特镇。"他拿起手中的公路地图册，并打开，"是路易斯安那州的拉斐特。"

女士靠近默多，看看他手指指到的地方。默多闻到从她身上、她的衣服上，以及她的胸脯，甚至是乳头散发出来的香水味。天哪……

她的胸部……默多赶紧稍微移开身体，以免她误以为默多在故意偷窥她的胸部。虽然默多没有这个念想，不过还是要避嫌。只要你把目光投向她，便会留意到，这个完全没有办法避免。默多挠了挠头。

"从这里一直往前就到了。"她说。

"谢谢！"

"嗯，好的。"她大口呼吸，似乎感觉不太舒服，或是局促不安。或许她在等着默多说话？或许吧。人们在公交车站等车有时精神会高度紧张。他们担心错过汽车，因此要根据发车时间表仔细盘算。当然有警察在的时候也会让人毛骨悚然。警察一个小时之前曾经来过此地巡查，并上下打量了默多一番。这种行为十分诡异。为什么他们要打量默多呢？他们表情严肃、面无笑容。约翰爷爷曾经说过千万不要像警察盯着你一样盯着警察，他们可从来开不起玩笑。在他们面前可千万不要轻举妄动。

车票不仅昂贵，价格还时有波动。他听见人们议论在网上看见的车票价格常会有打折，例如同一路线的车票今天是 40 美元，明天可能就变成了 70 美元。为什么？如果从一个小镇步行到另一个小镇乘车也能省下不少钱。如果你先搭一段便车，再坐上大巴，甚至还能剩下一顿饭钱。如果你的运气足够好，甚至能遇见不介意再多让你搭一段便车的大巴司机。

为什么他在艾伦镇时不愿意接受那男人主动提供的便车呢？为什么？为什么他当时不愿意？天哪！

毫无缘由。或许只是因为自己当时想更小心谨慎一些。人们常常会说出门在外，不能随便相信陌生人。你对他们一无所知，只是在路上萍水相逢。因此难以对他们完全信任，无论是乘坐大巴或者是搭乘便车，都需要多加小心。

默多转向那位坐在长凳边上的女士，说道："呃，我想问问，搭便车是怎样搭的呢？"

她看着他。

"我的意思是，你是否认识曾经搭过便车的人呢？"

"什么？"她皱皱眉，勉强挤出笑容。

"呃……"

"你说什么？"

"呃，我就是想问问搭便车的事情。"默多欲言又止，面红耳赤，如鲠在喉。

她又看着默多。"你是在开玩笑吗？"她看起来有些生气。

默多看着她。

"你是在开我的玩笑吗？"她叫了起来，"你居然敢开我的玩笑！你居然敢！"

"不是的，我没有。我的意思是，如果没有足够的钱，如果这里的人们没有足够的钱，需要搭便车的话，应该怎么办？"

"老娘有的是钱！你什么意思？以为我要偷你的钱吗？我不会偷你的钱，也不会偷任何一个人的钱。我可不是小偷！你在说些什么？"

"没事，没事了。"

"你以为我要偷你的钱？"

"没有，我绝对没有那个意思。"

这位女士拿起手提包，从长凳上愤然起身。

"我绝对没有那个意思。"默多再次澄清。

她离开长凳，走到汽车站入口的另一边。默多盯着地板发呆。这气氛真是让人毛骨悚然。默多抬起头，一位老妇人正在看着他。他觉得自己是十足的傻瓜。为什么会发生这样的对话？这一切纯属误会。同样的东西用不同的语调说出来，竟是如此话里有话。

当到了大巴应该到来的时间时，那位女士仍然坐在另一条长凳上，手里拿着手机，可目光游离。默多拿起他的背包和手风琴箱子。她仍然一动不动，或许她等的是另外一辆大巴。默多很欣慰自己跟她并不同车。这么想或许有些自私。可默多真心希望她并非囊中羞涩，或者漫无目的。即便她并非如此。这辆车毕竟是当晚去往拉斐特的最后一班车。

当默多上车时，车上人满为患。司机只能把默多的手风琴箱硬塞进车两侧的行李箱里。默多手里拿着背包。有人喜欢过道座位，面前的这个男人便是如此。默多挤过他的身旁来到靠窗座位。这位男人身穿夹克、牛仔裤，戴着一顶看起来脏兮兮的棒球帽，坐在座位上两眼盯着前方出神。

外面又下起了雨，打在车窗上噼里啪啦，引得车内乘客纷纷侧目。默多很庆幸在下雨前就上了车，他希望刚才那位女士也可以不在外面淋雨。不知道她会不会是无家可归的人？毕竟在公交车站遇见的人形形色色。她看起来正值青春。不知道多少岁呢？

生活就是这样，一切皆有可能。如果你年轻貌美、身无分文、流离失所，便很可能会沦为妓女。人生有时就是这般无奈，尤其对于年轻女士。当然，作为妓女也需要面容姣好、身姿曼妙等条件。

这时候车灯被关闭了，默多很庆幸旁边的男士没有打开阅读灯。默多喜欢在黑暗中安静地休息，闭目养神。此时的他已经疲惫不堪。

为什么？他今天做了什么事情吗？没有。只是一直在等车和赶路。但是假设他睡着了，然后突然惊醒，对周围感到一片茫然，不知道身处何方！这时候可能已经走出千里之外了。将近五千公里的路途被分为几天的旅程。

坐在过道座位的男士与默多交谈："我去加尔维斯顿[1]。你听说过加尔维斯顿吗？"

这位男士身子一动不动，只把眼光投向默多。他身上有一股类似香

---

[1] 美国得克萨斯州东南部港口城市。

烟的味道。他再次与默多交谈："我去那里工作。我的侄子负责人才招聘，也就是我哥哥的儿子。"

"哦。"默多点点头。

"兄弟们都不怎么喜欢我。"这位男士的目光再次转移，他或许在等着默多搭话，"有一首歌叫作《加尔维斯顿》。加尔维斯顿，加尔维斯顿，你听过吗？"

"好像没有。"

男人点点头，看着前方的座位，看起来面容安宁。

"我去拉斐特。"默多说。

"噢……"

默多原本打算告诉他关于吉格舞会的事情，可欲言又止。在生活中，人人都各安本业、各得其所。或许默多根本不应该告诉他他的目的地是拉斐特。毕竟，大家都已经自顾不暇，又怎么会多管闲事呢？

坐在前排座位的乘客高声说话，听起来由于喝醉了而神志不清。默多从后面看见他们的头摆来摆去，听见他们交谈关于扑克的话题。听起来似乎有一对朋友，一个赢了一大笔钱，一个输了一大笔钱。如果你把对方的钱都赢走了，又怎么能叫作朋友呢？他们是一群海外工人。

和迪克兰·派克一样是海外石油工人。或许结束演出的派克已经回到了工作岗位上。或许这几位乘客还认识派克呢！假设他们果真认识。你在一个陌生的国度乘坐汽车，在千千万万人之间居然遇到陌生人与你认识同一个人。多么奇妙的缘分！默多看着窗外。外面街边一个大型霓虹灯牌子吸引了他的注意，他转过身去仔细看着牌子：

拉斐特国际音乐节

欢迎来到路易斯安那国际音乐节

前方便进入了这个小镇。默多坐回到位置上，准备与身旁的男士说点儿什么，但还是欲言又止。汽车很快便到达了拉斐特镇。默多拿起背包，准备下车。

"再见。"他说。

"终于到了。"他对默多说。

　　默多本以为很多人会下车，结果只有六名乘客下车。司机从行李箱中拖出默多的手风琴箱。默多打开检查：手风琴完好无损。他于是拿起行李箱准备步行至音乐节现场。这可是一段不短的距离。一路上他接到各种传单、宣传册和音乐节现场的指示图。他在一座街灯下停了下来，仔细阅读并查找梦扎伊女王的吉格舞会地点。他很快便找到梦扎伊女王的名字，它出现在"兰西卡津舞曲全明星阵容"中，这是午餐时间的吉格舞会。这似乎感觉不太对劲儿。根据莎拉留下的纸条，这个舞会在深夜举行，地点是杰西长廊，而梦扎伊女王将为一个名为"扎迪漫步者"的乐队做暖场表演。可是默多在音乐节的宣传单上找不到杰西长廊这个舞会现场，他还浏览了地图上的所有地点信息，但也毫无发现。他把所有东西收到背包里，背上手风琴箱子。

　　默多在路边随处可见狼吞虎咽地吃着快餐或喝着啤酒的观众，他顿觉自己肚子空空，也想吃点儿汉堡什么的。他最后一次吃饭是什么时候？很久了。好像还是在巴吞鲁日，吃了一个苹果。他在汽车上吃了最后一个三明治，当时已过密西西比河。他甚至想不起来吃东西的过程了，只记得自己吃下了一个三明治。此时的默多早已饥肠辘辘。他并非身无分文，如果饿了，就必须要吃饭。他想去一个真正的餐馆吃上一顿。这里遍地都是小吃摊。甚至其中一家摊位的菜单是以歌词的形式呈现的：什锦菜、龙虾派、秋葵片、热饮等。还有穷汉三明治。什么是穷汉三明治？我就是个穷汉。

　　这便是麻烦所在。你明明想点餐，却不知道那菜名的葫芦里卖的是什么药。在其中一个摊位上，一个女生正在贩卖汉堡包、热狗。默多可以吃素汉堡。默多跟父亲一样，在饮食方面不挑剔。这位女生正在卖食物给默多旁边的人，对默多置之不理。于是他又多等了几分钟。这位女生继续为两位女士准备食物，对他不闻不问。等了许久的默多不得不相信她是故意的。于是他离开了这个摊位，继续向前走。他边走边欣赏路旁的美景，聆听美妙的音乐。默多此时已经非常劳累，毕竟他拖着手风琴箱子走了很长一段路，他十分想坐下来歇歇脚。

人们在路旁的灯下载歌载舞。男士们头戴牛仔帽，身穿背心和牛仔裤，女士们则衣着各异，有穿超短裙、长裙、牛仔裤的，有穿凉鞋、颜色鲜艳的牛仔短靴的。到处都是年轻人的世界。

默多在草地广场周围找到一个公共付费电话，他的口袋里也有足够的零钱，遗憾的是在昏暗的灯光下难以研究出公共电话的操作过程。他把手风琴箱子放在脚边，拿起话筒，开始拨号。可是没有成功。默多再次投入硬币，并拨号。依然没有接通。他再次尝试先拨号再投入硬币，还是不行。他尝试能否接通接线员，可也没有成功。他既不能找到任何人，也看不到任何指示。他终于明白父亲在公共电话亭尝试打电话给约翰爷爷时为什么要大发雷霆了。如果你找不到指示，一切都徒劳无功。

默多四下寻找，想找人询问。可此时天色已晚。到底有多晚呢？他回到较为光亮的音乐节现场，坐在地上休整一下。这时的默多既饥饿又劳累，举目四周似乎无处容身。

警察又出现了，他诡异地看着警察的样子。

无处容身的想法再次出现。

是的，无处容身。他本以为随便走走便会遇见莎拉，可结果令人大失所望。尤其是现在，周围很多地方都要关闭了。莎拉曾经提出让默多与他们一家及其朋友共同过夜，可前提是必须要与她联系上，而默多现在既没有可以联系上她的电话，也没有地址。看来自己着实考虑欠周，可即便他对此有所考虑呢？也无济于事。相反，应该是莎拉把这些情况都考虑在内。

周围一家光线明亮的食品摊飘来一股香味，而且还无人排队。有一位店员身穿围裙、头戴棒球帽，手里握着手机，正站在摊后。默多走向前，放下手风琴箱子，看见摊前的一块告示牌上写着"路易斯安那州传统食品"。菜单是用西班牙语、英语和法语三种语言写成的，字体歪歪斜斜，难以辨认。默多仔细查看，希望能找到几样简单一点儿的食物。

店员在后面仔细看着默多，耐心地等待着。随后他自己拿起菜单，先用西班牙语，然后用英语问默多："你想吃点儿什么？"

"呃，请问有汉堡包，或者热狗吗？"

店员耸耸肩，指着菜单。

默多仔细看了看他手指的方向，想要看出个所以然来，却无能为力。他无法辨认出这些潦草的手写体。

"你们这里有汉堡包或热狗吗？"他问。

"只有炸鲶鱼。"他说。

默多疑惑不解地看着他。

"我们没有热狗，只有炸鲶鱼。"店员笑了笑，指着菜单某处，"就是这个，炸鲶鱼。价格实惠，有加上饮品的套餐。"

默多看了看价钱："可以，好吧！"

"你要炸鲶鱼吗？"

"来一份套餐，谢谢。"

"不客气。"

默多看着他用勺子把食物从容器中挖出来，然后放入一次性盘子中，那里面有洋葱、调料、生菜、西红柿片等。

店员笑了笑，对默多说："饿了吧？"

"是的。"

"想喝点儿什么？"

"有橙汁吗？"

店员叹了口气，"没有橙汁。"他指着冷饮箱子，"我们有可乐、七喜和芬达。"

"请问有茶吗？"

"没有茶。只有碳酸饮料、可乐、胡椒博士，还有七喜。"

"那你们有水吗？"

"当然有。"说完店员递给他一瓶水，并指着他的手风琴箱子问道，"嘿，你会弹手风琴？"

"是的。"

"太好了，太好了。"店员笑了笑，犹豫片刻，忍不住说了出来，"我也会。"

"你也会吗？"

"是的，我……"

"你也会手风琴？也演奏手风琴？"

"嗯，是的，我也演奏。"

默多笑了起来。店员把水放在默多的食物旁边。他整理了一下棒球帽，挥起手来，"你知道吗？我要养家糊口，必须得赚钱。"他故作苦脸说道，可又笑了起来，又对着默多举起一根手指，"总会有一天的！"

默多笑了笑："是的。"他给了店员一张 10 美元纸币，并收起找回的 3 美元和几个硬币。

"那边有小费箱，请随意。"

默多于是往罐子里投下了几枚硬币，把纸币放回牛仔裤袋子里。

店员朝他皱皱眉，叫道："嘿！小伙子！"

"怎么了？"默多疑惑。

店员用力挥舞着手："你投了多少钱进去？"

"什么？"

"你往小费箱投了多少钱？"

"啊？"

"你投了 35 美分！是不是把我找给你的硬币都投进去了？这可不好，真心不好。"店员再次朝默多摆动手指，又指了指零钱箱，"你得投入 1

美元。"

"1 美元?"默多看着他，大惑不解。

"是的，1 美元。"店员摇摇头，"1 美元。"

默多倒吸了一口凉气，把 1 美元放入小费箱。

店员耸耸肩："这才是正确的做法。"

默多点点头，把水放入背包，拿起装着食物的一次性盘子和一次性刀叉。

"要不要调味汁?"店员问。

"不用了，谢谢。"默多转身并离开。

店员抬起手，再次招呼他："嘿，你会感谢我教会你怎样给小费的。"

"好吧!"

"再见了!"

"好的。"

默多继续前进，沿着人行道来到前方一片明亮宽敞的地方，找到一片草坪，这里有一个类似小公园的地方，有两条长长的旧式长凳。他坐在前面一条长凳上，放下手风琴箱，把背包取下放在长凳上。筋疲力尽的他终于可以坐下来歇脚了。这是他下车后的首座!

随后默多打开食物，拿出刀叉把鱼切开。鱼块很硬，而刀叉只是柔软的塑料制品。

在这之前，默多只听说过炸鲶鱼，没有真正尝过。摆在他面前的是一大块鱼肉。他用手拿了起来，直接送入口中，咬了一小口。天哪，真是美味。他再用叉子蘸上一些调味品。他忍不住咳嗽了几声，赶紧灌下一大口水。默多喜欢吃辣。他舔了一口手上沾着的配料，热气腾腾，唇齿留香。默多把盘子里的所有东西都尝了一遍，包括生菜。生菜也很美味，默多很喜欢。虽然他以前并不习惯吃生菜。

食品摊上还有另外一位小个子男士在买食物，与店员用西班牙语愉快地聊着天儿。或许他们是老相识。热狗、炸鲶鱼。哈哈哈。或许他们在嘲笑默多。只给 1 美元小费。是又如何？哈哈哈。默多津津有味地吃着盘子里的食物，将它们一扫而光。随后他擦了下手指，又坐了五分钟，喝了口水，准备起身离开。他把纸巾留下，把剩下的垃圾塞进一个装满了垃圾的垃圾箱中。入夜后越来越冷了，或许准确地说不是冷，而是凉爽。冷是指在寒风中瑟瑟发抖，现在只能算得上是凉爽，而不是冷。默多把背包背上，抓起手风琴箱，继续向前。去哪里呢？他的目的地是哪里？他漫无目的地走了一会儿，怅然若失，脑袋空白却又心乱如麻。他的脑袋里不断蹦出一件件事情，都是些无聊的小事。他的目的地到底在哪里呢？或许到了就会知道！都说路在脚下，脚步引领方向。好吧，让脚步带领你前进，合上双眼，一不小心就会被绊倒。

随后，他放下手风琴箱子，合上双手，哈了口气。他在路边站了一会儿。一路上鸦雀无声。他来到了某个场所的入口，可已经关闭了。他有种已经行走许久的感觉。他曾经停下来过吗？是的，停下来吃炸鲶鱼。他坐在长凳上，吃了炸鲶鱼。他的手仍沾满油渍。

他必须继续往前走，这事关重大。为什么？因为……因为马上有事要发生。什么事？有事，一定有。

其中一件重要的事情便是默多需要上洗手间。他从巴吞鲁日出来后都没有上过洗手间。他们把洗手间叫作什么呢？盥洗室？厕所？可是默多环顾四周也没有找到。找不到洗手间该怎么办呢？该找个隐蔽的地方快速解决。可万一遇见警察了，会不会将你一枪击毙呢？

想到这里，默多赶紧拿起手风琴箱子，继续行走。

如果实在找不到洗手间，可又迫切需要解决内急，那该怎么办呢？除了找个隐蔽地方，你别无选择。

默多转弯进入下一条街。他一定能找到洗手间的。然后又转弯进入另一条街道，天哪。他一定能找到的。

也许这里根本没有洗手间。他把音乐节地形图放在背包里，但一直没有取出来阅读。街上没有任何人在行走。如果有人过来，看见你手里有地图，便会知道你人生地不熟，或许会因此打上你的坏主意。默多必须小心翼翼，不能冒险。

或许回头走才是最佳路线。

他现在在哪里？

哈哈。

你就这样一次次从路口转弯，进入下一条街道，最终只会迷路。但总不能待在原地不动。

原地不动不是个好主意。你必须向前行走。默多便是如此，向前走，一直走，不然呢？

不然还能怎样？赶紧开动脑筋。往回走会是最佳路线吗？往回走去哪里呢？公交站？哈哈哈。

这便是问题所在。默多每到这种时候总是六神无主、一筹莫展。他只要向前走、向前走、向前走。

走去何方呢？他身在何方？

如果你在一个方框内，那你无论如何转弯，只要沿直线行走，无论是向前或向后，总能找到出口的。可是你现在是在街道上，如果转弯，那就必须选择一个方向，例如北方或者西方。角形线是直线。即便是圆形也是由直线构成的。请问圆形何时才不是圆形？好吧，那是个无解的问题。

默多很可能已经迷路。是吗？或许是的。这并非那种如坠烟海的迷路，而是找不到想要找的人的迷惘。

他贴近大楼外墙光亮的地方行走。

默多走在一个街区外的人行道上，周围越来越昏暗。这是一栋旧式大楼，门廊陈旧不堪。在门后面依稀看见某个东西的影子。

像是一个人影。

像是一个裹着一张毯子的人影。

默多走近一看，确实是一个人，头上有一簇头发露了出来。是一个男人，天哪，是一个熟睡正酣的非裔美国人。但是隔着门，你无法听见他的呼吸声音。

默多走到路边的石路上，转弯并加快速度，心里默默担心那个男人会不会悄悄靠近并跳出来吓自己。他迅速拐弯进入下一条小巷子中。这是一条黑灯瞎火、鸦默雀静的小巷子。默多心里一点儿都不为此担心，只是感觉自己漫无目的！天哪。他走到这里来完全只是因为想要方便一下。他走到路边，放下手风琴箱子，然后离开了一点儿距离，撒了一泡尿，心里默默希望动作再迅速一点儿，以防止——噢，天哪……

方便完后的默多赶紧拿起手风琴箱子，离开此地。他心里默念，感谢上帝，感谢上帝，然后迅速离开墙边石路。

他扫了一眼可能会有人藏匿的门廊，有人或许会在此避风遮雨。

一路上默多看见了两个人。是两个腰上别着手枪、警棍和手铐的警察，那些武器时刻提醒着他们球链可让人断头。球链被他们吊在腰上发出"叮叮咚咚"的声音，过去，他们曾经用这玩意儿将身披盔甲的骑士的头砍下。这里的警察都勇猛果断、铁面无私，因此千万不要随意与他们开玩笑。随后默多听见一个从街道一头往另一头叫喊的声音，并在街边发现一个人。是的，是一个人，天哪！默多赶紧加快步伐。不知道是一个人倚在墙边还是一个人影。真让人毛骨悚然。默多只能不断往前走。沿着这条街道来到另外一条宽阔的街道，找到草坪，看见某栋楼房。是的，草坪和楼房。还有他此前尝试使用的公共电话。是的，刚才那台公共电话。默多终于找到了刚刚那片草坪，找到了刚才曾在此购买食物现在已经关门的炸鲶鱼摊位，找到了刚才那条长凳，他终于回到了音乐节广场。感谢上苍！

他赶紧走到路旁有长凳的更为光亮的地方。这里有两个人在休息。他继续往前走，找到前面一条无人占据的长凳。他把手风琴箱子放下，把背包放在长凳上，终于坐了下来。

这会儿默多感觉头昏脑热，思绪飘散，他的眼前似乎出现了一道光，照亮了一条望不到尽头的隧道。你在隧道的尽头，除了浑身发冷，似乎丧失了其他全部知觉。他瑟瑟发抖、牙齿打战。这种感觉默多只在小时候洗完澡出来，母亲用一条毛巾包裹住他的时候有过：滴滴滴滴滴滴滴滴，噢，妈妈、妈妈、妈妈。你冷吗？是的，我要冻僵了。

事实上当然不是冻僵了，只是略感寒意。默多打开背包，取出上衣。他脱掉夹克，加上一件衣服，然后再重新穿上夹克。他还带了袜子，是的，如果仍觉得冷他还可以把袜子穿上。他又坐了一会儿，随后把牛仔裤上的皮带取出，系在手风琴箱子的把手上，又把背包袋子挎在手腕上，这样一来，一旦有人想趁其不备偷东西时，默多也会警醒。甚至他还可以万无一失地打个盹儿，虽然这并非他本意，毕竟他曾吃过亏。默多想明早第一件事便是打电话到爷爷家，他们一定已经回家了，因为他们绝对不会在外过夜。父亲一定看到了他留下来的字条！他们全都知道了。默多说过他会打电话回家的。天哪！父亲一定会问为什么他还没有打电话回家，他说过他会打电话的。

你不是说你会打电话回家的吗？为什么没有！是的，我是说过，可是我没有手机，也没有找到可以接通的电话。

他明明试了那台电话，可就是无法接通。这可不是默多的错。难道不是吗？本来电话就有故障，人们无法使用。天哪，天哪，天哪！你说过你会打电话回家的。是的，但是……

他交叉双臂，耸耸肩，身子向前倾，用手肘抵着大腿，前后移动调整坐姿，并用力耸耸肩，再耸耸肩，活动一下以保持热量，噢，妈妈爸爸妈妈爸爸妈妈爸爸，随后默多把手放入口袋中，身子向前倾。

过了一会儿，他突然清醒过来，这么说他一定是打了个小盹儿。默多看着天空，两眼放空。几点了呢？或许是凌晨三点。

他想起了背包里的那瓶水，于是拿出来打开瓶盖，喝了一口。

他本应该买一块毯子，毕竟他冷得瑟瑟发抖。他想起了莫琳奶奶的大毛巾，可惜没有带出来，只带了一条小毛巾。他感觉寒风刺骨，老天哪，实在是天寒地冻的感觉。默多赶紧站了起来，想要跺跺脚、热热身。可当他站起来后，却压根儿不想挪动脚步，因为即便很小的脚步都会带走热量，使默多更加寒冷。袜子也可以变成手套。袜子和毛巾都可以作为取暖工具，默多只想取出袜子，可这时牙齿正在"咯咯咯咯咯咯"地打战，这时默多好像听见"铃铃铃铃铃铃"的电话声响。

噢，爸爸你好。

"咯咯咯咯、哒哒哒哒"，默多嘴里忍不住哼出节奏来，这是什么节奏，管不着了，反正是冻僵了的节奏。

思想上打了个盹儿。那是什么感觉？说出来怕是让人大惊失色。可默多便是那样，他对时间的流逝毫无意识，也不知道过了多久。

他醒来的时候，像是正在经历一个噩梦，一个奇怪的男人正在盯着他。一个让人看了骨寒毛竖的男人坐在长凳的远端，距离默多不到一米的距离。天哪，这个令人望而生畏的男人正在紧紧盯着默多。他面容狰狞，让默多心生恐惧。默多也在紧盯着他。除此之外默多无能为力，是的，默多只能也紧紧盯着他。

当默多把系在手风琴把手上和书包上的皮带松开，卷好放入背包，并准备起身时，他依然在盯着那位奇怪的男人。默多赶紧起身离开长凳，他一手提着手风琴箱，一手拿起背包，由于担心被跟踪，他左拐右拐地快步行走起来。在食物摊的后方他转弯进入下一条街道，在街尾处又继续转弯进入下一条，过了一会儿，他走上了主路，并沿着主路向前行走。

默多并非胆小怕事，可也不想逞匹夫之勇。他们很可能会携带刀具，藏在毯子里。这些无家可归的可怜人，很可能勃然大怒，将你击毙。一旦有人靠近，他们便会拔出小刀，捅入你的体内。是的，即便责备他们也无济于事。毕竟这种事情时有发生。在格拉斯哥，街上总能看见衣衫褴褛、食不果腹的乞丐，下雨时他们躲在屋檐下避雨。有些是外国人，他们身无分文。可他们是怎么来到苏格兰的呢？真是不可思议。默多认识的一位女生给了乞丐一张5元英镑，放在他们乞讨用的纸杯里。这并非默多亲眼所见，而是从朋友那里听说的。当时朋友和她一起走在格拉斯哥的街道上，看见了一名乞丐，于是她给了乞丐5英镑。给乞丐5英镑。女生总是这样，居然给 5 英镑。真是难以置信。

默多终于来到了自认为安全的地方。他的钱还在，他仔细清点了一遍。不知刚刚那位面目狰狞的男士是否趁他打盹儿时偷了他的钱，或者他睡着时钱有没有掉出来。

假设钱确实掉出来了，或者确实被那位男士偷走了，还能怎样呢？默多必须回到刚刚的地方。万一那个男人还在呢？好吧，这一切在金钱面前或许都无关紧要。因为默多除了取回自己的钱以外别无选择。

别无选择。

默多此时真想吃一个三明治、喝一壶热茶。如果他能找到一个 24 小时营业的店铺就好了。或许能找到一个车库，车库旁边经常会有商店。他刚刚经过一个标志着"通宵营业"的贩卖食物的货车，可居然关门了。一个通宵营业的食品车居然在夜间关门了。

虽说现在已经将近清晨时分。真是个让人神清气爽的早晨。默多感觉空气里有股潮湿的味道，不知道大海离这里有多远呢？

今晚便是吉格舞会的表演时间了。他居然来到了现场，这真是不可思议。父亲此时或许还在睡眠中，也可能已经醒来了，在为默多操心。

越来越多人聚集在广场上。现在已经是清晨，现场有不少清晨散步或者遛狗的人们。或许也有与默多一样无处可去的人，或者说是无家可归的流浪汉。

远处飘来一阵食物的香味，一个小型咖啡馆已经开业，散发出阵阵香味。咖啡馆内传来一阵音乐声，听起来像是一位法国歌手在吉他伴奏下低声吟唱法语乐曲，歌声悠扬动听。默多在咖啡馆外大概三十米处仔细聆听，依稀听见歌词里还有各种食物的表达。扣人心弦的吉他声音让人忍不住驻足而听。天哪！他这是在干什么？似乎什么也没干！！你是如何奏出如此美妙的乐曲的？人们是怎么演奏出如此美妙的乐曲的？他们看起来毫不费力，只是坐在椅子上，轻轻拨动着吉他，便演奏出曼妙音符……

这天籁之音，让人忍不住拍案叫好！默多心中暗自期待这余音绕梁之音一直演奏下去，他快步走向咖啡厅。因为他也想演奏，他也需要演奏，迫切需要。就是今天。他手上的一张宣传单上写着梦扎伊女王将会在下午出现在某一传统卡津舞会现场，但没有夜间吉格舞会的信息。这其实无关紧要。总而言之，这是个传统柴迪科舞和蓝调俱乐部的地点，他手上有具体的地址。他根据宣传册完全可以按图索骥找到地点。只是，他现在迫不及待地想要表演手风琴了。

默多找不到适当的地方，如果天气干爽的话，他甚至可以在室外任何地方演奏。

这片小型草地，难道不可以吗？可是现在是白天，万一出现狂热分子呢？这附近人流密集。默多可以怎么办？没办法。尤其是在光天化日之下，在众多观众前，默多不能演奏。对了，还有警察，如果警察发现他演奏，甚至会将他一枪击毙。

默多自我感觉良好。虽然昨夜并未休息，但精神尚好。默多又想起了父亲，或许他会很激动地问：发生了什么？发生了什么？你还好吗？你还好吗？我还好，爸爸。你为何没有打电话回家？为何？居然在一片草坪上过夜！你一切还安好吗？我还好，爸爸，只是见到了一个让人毛骨悚然的狂热分子。

可他并非狂热分子。他是让人毛骨悚然，可并非狂热分子，只是会让人胆战心惊，仅此而已。很多人都会这样。而你只需要告诉他们，让他们离开你的视线。

默多找到了一家商店，这里贩卖三明治和热的甜甜圈。虽然依然没有茶，但是有热咖啡和矿泉水。最物超所值的看起来是火鸡沙拉三明治。火鸡非常美味，可是非常油腻，看起来并非默多此刻想吃的食物。来往的人们都会看一眼垃圾箱，里面有什么呢？或许是丢弃的面包残渣吧。

如果不是因为手里提着手风琴箱子，默多大可以边走边啃三明治。

前方是一个公交车站。默多把手风琴箱子放下，随后把背包脱下放在旁边，叹了口气，又开始浮想联翩。

默多打开三明治包装，狼吞虎咽地吞了下去。他端起手中热气腾腾的咖啡，然后放在旁边的地上。

他在公交车站站了一小会儿。没有汽车驶入车站。他心里非常欣慰。假设有汽车？或许他会上车，坐到终点再坐回来，起码用车票价钱换取舒适座位还是值得的。甚至他还可以为他们演奏一曲，活动活动手指。司机师傅没准儿会说：干得好，小伙子！你让大家都快乐起来了。要知道每天早晨可是大家都精神不振的时刻，上班的上班，上学的上学，日复一日，年复一年开始千篇一律的一天。倘若这时他们听见美好的华尔兹，还能欣赏优美的舞姿，他们这天定会神采飞扬。

默多想了想，最终还是决定收拾行李，继续往前走。毕竟你还可以边走边弹，像那些巡回演出的琴手一样。谁会与我一道边走边弹华尔兹呢？一个人弹奏总是形单影只了一点儿。

为何会这样呢？如果你跳舞的话，会不会一个人跳舞也是形单影只呢？或许吧。但如果你身边还有一位女朋友，你跟她一道翩翩起舞，那绝不孤独！虽说这很可能是你们最后一次在一起，因为你的女朋友已经与别人约会了，这是你们一起跳的最后一曲华尔兹。很有可能她虽然人在你身边，心里想的却是别人。

但是这些都无关紧要。只要能演奏，便让人喜出望外了。即便演奏的是一首悲伤的音乐，让路人都痛哭流涕，琴手依然是快乐的。我只是个音乐家而已。

只要能演奏，这一切都无关痛痒。梦扎伊女王想要找鼓手和贝斯手，可她的乐队确实需要吗？这一切决定权都在于她。或许她并不在乎，毕竟据莎拉说，他们的吉他手是最棒的，经常与他们一起排练，只是周日不能在一起，因为他要在别的地方组织自己的乐队。是的，他同时在两支乐队里当吉他手。因此他确实有过人之才。

对梦扎伊女王而言，默多到来的最大的好处是可以实现双手风琴演

奏。默多并非妄自菲薄，她确实是这样说的。两台手风琴效果将会是一流
的。梦扎伊女王技术高超、节奏感强，默多似乎只需要跟着她的节奏动动
手指头，可他的手指太久没活动了，似乎有些笨手笨脚。

默多又见到了那个公用电话亭！

他又回到了这里。他赶紧把手风琴箱放下，倚在墙边，认真仔细地
阅读使用说明，并准备好零钱。他再一次拨号以后，静静等待着。第一次
还是没有成功，然而第二次电话铃响起后，电话那头传来莫琳奶奶的声音。
是莫琳奶奶。默多笑了。

"你好，请问找哪位？"她问道。

"莫琳奶奶，是我，默多。"

"默多？"

"是的。"

"默多！"

"是我，你还好吗？"

"噢，你终于打来了，默多。"

"对不起，一大早便打电话吵醒你了。我想问问，爸爸在吗？"

"不在——天哪！默多！他不在家，他刚刚出门了，默多。"

"什么？"

"他不在家。孩子，大约45分钟前他们出门了，他们赶着去伯明翰。
约翰爷爷开车载他一同前往。孩子，他们现在正在路上。你听见我说什么
吗？你爸爸打算在那里乘坐汽车去找你。"

……

"你听见我说什么了吗？他们正在赶去与你在聚会上见到那位爱尔
兰音乐家见面。约翰爷爷找来了他的电话号码，你爸爸与他联系好了。"

……

"孩子，你听见了我的话吗？你在路易斯安那州吗？是吗？"

"是的。"

"你让你爸爸焦虑万分。"

"他还好吗？"

"还好。默多，你早就该打电话回家了。你不是说昨晚会打电话吗？我们坐立不安地等到天亮啊！"

"我打不了电话。"

"我们等来等去都杳无音信。"

"是的，我明白，可是我打不了电话回家，莫琳奶奶。我的意思是……"

"你说过你会打的。"

"是的，但是我无法接通电话线，并且……"

"昨晚我们所有人都没合眼，今天一大早你约翰爷爷和爸爸就出门了。天哪，默多……"

"我也想打电话，可是昨晚电话无法接通，那时候已经是凌晨了。"

"孩子，你取走了钱是吗？你为何要取钱？你可以找我要的。可是你没有要！为什么不找我要呢？你完全可以大方地找我要，我一定会给的，孩子。"

"我刚好需要钱了，莫琳奶奶。我一定会还的，我的意思是借款，我一定会还回去的。"

"钱不是问题，默多。汤姆心急如焚，坐立不安。你昨晚在哪里休息的呢？吃饭了吗？你在干什么呢？你在路易斯安那州干什么呢？"

默多没有作声。莫琳奶奶不断重复刚才的问题，但默多答不上来——虽然他很努力地回答奶奶的问题。

默多想要挂电话了，他必须要挂电话了。莫琳奶奶还在喋喋不休地问问题，默多不得不插嘴："奶奶！奶奶……"

当奶奶停下来的时候，他赶紧说："我在这里有朋友，奶奶。他们都是音乐家，我与他们在一起，你们都不需要为我担心。我一切安好，我会打电话给你们报平安的。"

"只要你找我要，我一定会给你钱的。"

"我知道，莫琳奶奶。我们很快会再见的，很快。再见了！"

"孩子，你会照顾好自己吗？"

"会的，一定会的。好了，奶奶，我们很快就会再见的。"

"噢，默多。"

"再见。"默多把电话挂掉。他站了一会儿，是的，他很快就会和奶奶再次见面的。他左右看了一下两旁的道路，怅然若失。他该怎样办呢？他是不会再打电话回家的。

他继续往前走，在人行道上走走停停，再回头看看。手风琴箱子还放在公共电话亭的墙边，里面装着他的手风琴。他大概走了20步左右，如果把琴弄丢了呢？

这一刻默多心里有种难以言状的感觉。箱子里装的是什么？只是一台机器。是默多使这台机器运作。机器把手与默多的手型无缝对接，因此默多可以毫不费力地提起箱子。他又穿过马路，回到昨晚那条长凳和那块草坪上。

昨晚那位让人毛骨悚然的男人终于离开了，长凳上空无一人。默多甚至可以独占这条长凳。如果他是无家可归的可怜虫，或许会经常在这里度过漫漫长夜。那位男人将默多吓走后，便能独占长凳。甚至当他再次见到默多时，他根本认不出他来了。

今天阳光明媚，万里无云。如果在苏格兰，天空总是云层密布，充满各种灰色、紫色、红色、橘色、黄色、黑色、蓝色和白色的云朵。

默多再次把宣传册和地图从背包中取出，核对杰西长廊吉格舞会的信息。他能从宣传册上找到的所有信息便是，梦扎伊女王将会在午餐时间为出现在"兰西卡津舞曲全明星阵容"中。所谓的"全明星"或许指的是这天可能会出现的任何乐手。默多把宣传册放好，打开箱子。他拿出手风琴，调好背带位置，活动起手指来。他心里非常熟悉梦扎伊女王的套路，必须要在适当的时机加入。你必须把握好节奏，不疾不徐。如果还没到合适的时机，你必须停下来等待，再伺机而进。当然如果他每天都和梦扎伊女王他们合奏，如何进入将是水到渠成的事情，可他没有那么多时间和机会练习，只能在脑海中一次次排练，不断琢磨。他只能凭借经验判断，一旦到了合适时机，便毫不犹豫地加入，并跟上节奏。

虽说默多的手风琴并非上品，可用于一般场合还是可以的。这是他在美国买的手风琴，他会放在约翰爷爷家，以后如果还有机会回美国，便会重新演奏。

草坪是公众区域，随处可见男女老少来来往往。你在这里可以看见慢跑者、散步者、竞走者比肩接踵。默多三步并作两步往前走，想把琴拿出来，演奏他在 CD 里面听到的曲子，他还能做一些小的改编。

如果默多手里有一把吉他，他一定会像当初为切斯·霍普金斯伴奏那样弹奏出一些节奏。像是自己为自己伴奏一样。然而他现在没有吉他，他只能活动活动手指，随意演奏一些他最近这些天来听见的曲目。

演奏什么曲目呢？任何曲目。你不知道你演奏的具体是什么，但是却如行云流水般流畅，这才是最好的琴手。梦扎伊女王便有这样的魅力，她会很好地带领你，你甚至不知道要演奏的是什么，可是却能跟随其节奏水到渠成地弹奏。这种演奏方式让人不太了解，但觉得很棒，或许在其他音乐家那里也难以找到。演奏完后，你需要一个安静的休息时间，静心思考。于是你需要离开观众，需要离场。

默多不知道自己在长凳上坐了多久，练习了多久。但他自我感觉良好，手指已经活动开了，并能准确弹奏出他在地下室休息室里听见的曲目。是的，他在学习，这便是他的学习方式。手指活动开来后，默多对自己的演奏非常满意。只要梦扎伊女王开始演奏，默多便能找到合适的时机加入。他能与她默契配合。这也是梦扎伊女王所要求和希望看见的。

就在这时，从炸鲶鱼的食物摊传来一阵巨大的声响。原来是一个女人打开了百叶窗，并将其推了上去。或许是店员的妻子吧！或许这时候他正和孩子们待在家里，轮到老婆过来值班了。他要打两份或三份工，为了生计。在这里，丈夫和妻子要轮流工作，轮流回家休息。一个负责白天，一个负责黑夜。

默多脱掉肩上的手风琴。这是一个天气晴朗、碧空如洗的清晨。他往前走了几步，活动了下身体，并喝下了一大瓶水。有两位顾客已经在食物摊前排队等候购买食物。有三只小鸟在长凳周围的草坪上啄食地上的面包屑。或许人面鸟身是真的存在的。莫琳奶奶在为默多担忧。担忧可不是件好事。她听上去语气非常担心。这其实根本不必要。莫琳奶奶哪！你不需要为我担忧！默多还活着！好好地活着！那只鸟呢？去哪里了呢？请你飞去告诉莫琳奶奶！默多告诉她无须担心。

是的，此话不假。可人们总是会因为一点儿小事忐忑不安，为何呢？父亲就是那样。

噢，天哪，父亲。

可不然的话，父亲还能做些什么呢？无能为力。父亲正在赶来，是的，这便是父亲的所作所为。这便是父亲。默多合上眼睛，过了一会儿，他重新背上手风琴。父亲就是这样，总是容易忧虑重重，很多人都是这样，但也有人并非如此。默多把手风琴放好，站定后，为父亲演唱了一曲：

> 我出生并成长于格拉斯哥
> 我在格拉斯哥的房子里长大了
> 当人们谈论起我身边这片风景旖旎的土地
> 我竟不以为然
> 因为我看惯了这里的高地
> 也看惯了这里的低地
> 然而无论我身处何方
> 我永远以此为豪
>
> 当我们的土地
> 落入外国强盗和侵略者的手中

我们只能奋起抵抗

维护家乡

这首歌既是唱给父亲听的，也是唱给父亲的父亲——也就是默多的爷爷听的。这首歌也是麦克阿瑟老爷爷无聊时时常吟唱的曲目。是的，他便是那位脾气暴躁、性格乖戾的老头儿，一旦发起脾气来便会狠狠踢自己的小猫，也就是那位当年不听劝告，坚决不移民美国的人。默多的唱法和爷爷的有所不同，他唱的时候似乎是在解释，他的故土，并非他的故土：

当人们谈论起我身边这片风景旖旎的土地

我竟不以为然

因为富人已经占据了所有的地方，想把穷人赶走。这些被困于乌烟瘴气的断壁残垣中的穷人，已经无法再享受美好的大自然，无法看见高山流水、湖光山色、琼林玉树、辽阔大海等。这些富可敌国的有钱人和一手遮天的权势者早已将这一切占据。祖父经常把这些编成歌谣，但他喜欢边唱边喋喋不休地唠叨着，引起了祖母的不满。祖母常会争论：要唱就好好唱！我可不用你给我上课！父亲和母亲往往会嘲笑他们老两口。

默多唱这歌的时候他们都在。家里的所有人。伊丽会笑，祖父最喜欢伊丽了，常常对伊丽展露笑容。

当然，他也喜欢默多。"你唱唱，唱唱吧！"默多便会开始唱起来，他很喜欢！因此他便唱起这首歌曲。他目前自我感觉良好，他喜欢这个地方，享受当下。今晚吉格舞会便会开始，一切都按部就班地进行着。

他唱完后，便开始跳起一段吉格舞。

周围包括大人、孩子在内的各种人纷纷驻足观看。一位站在食物摊上，身着运动服的女生走了过来。她看上去只有八岁，身上的运动服上有巴塞罗那足球俱乐部的颜色。苏格兰的孩子也穿这种同样的运动服。这位女生取出 1 美元，她看见了默多身旁长凳上空着的咖啡杯。默多向她眨眨眼并点头，朝着女生的方向看见了她身后的母亲在微笑。这位女生把 1 美元放在默多空空如也的咖啡杯里，赶紧回头快速回到父母身旁。周围其他人也停了下来。一些看起来像是外国人的人甚至还拍了照片。周围一些与默多同龄的青年男女原地停留，欣赏默多的演唱。其实将他们吸引过来的是手风琴，而并非他的歌喉！

他继续演奏了大概 45 分钟。他觉得这样很有意义，这并非默多计划中的事，只是临时起意，但感觉十分美妙！随后他把东西收拾好，将手风琴放入箱子里。他很迫切地想知道咖啡杯中有多少钱，可又不想在现场观众还在场时就如此急迫。过了一会儿，等观众都疏散后，默多赶紧数了一下：原来是 11.7 美元。你可以将这笔钱称为在美国赚取的第一份工资！默多感觉真好！又可以买到两块三明治和两条炸鲶鱼了。默多心花怒放！

假设父亲在这里，听到默多演奏，并且知道还因此赚钱了，认识到这已经不是默多的一个小爱好，而是一份可以赚钱谋生的工具后，不知道会作何感受。默多已经是一位音乐家了，音乐家通过演奏谋生。当然，你必须接连不断地演奏，不能停止。即便是在演奏中出了差错，也要想方设法弥补。但前提是必须继续演奏下去，才有纠正的机会。

这便是在众人面前演奏的真实情况。外行看热闹，内行看门道。即便切斯·霍普金斯知道默多演奏《拿破仑的撤退》时犯了点儿小错误并进行纠正，周围的外行观众都没有留意到。除了切斯。但即便出了错误，切斯也有能力继续行云流水般地演奏，并且他知道他可以完全信任默多。默多完全胜任为他伴奏。切斯还因此为克拉拉创造了发挥空间。他可以不拘泥于小提琴的节奏，而根据克拉拉的演唱进行伴奏，默多也可以根据她的演唱来进行现场改编。他用吉他伴奏给切斯带来为克拉拉伴唱的空间。默多的吉他弹奏意味着克拉拉在演唱上可以随意发挥。

这听起来有些可笑，毕竟默多只是个毛头小子，可事实确实如此。迪克兰·派克也亲眼所见。在集会现场他便这样称赞默多：你让她自由歌唱起来。

当然，乐队伴奏也能达到此效果，正如梦扎伊女王的演奏一样。她完全可以相信默多，她对此深信不疑。难怪在艾伦镇时，她一听见默多演奏第二曲，便深知他正是她苦苦寻找的乐手！是的，事实便是如此，只要默多在，她便可以轻松随意地信手拈来，因为她知道无论她演奏的是什么，默多都能与其默契配合。天哪，有时候……甚至有些不可思议。

为什么？

说不上来，有些难以名状。默多加快脚步。他去哪里呢？去找点儿吃的吧，他已经很饿了。梦扎伊女王似乎是要刻意考验他，看他是否能达到她心目中的水准。天哪，她居然这样对默多。默多加快脚步，把手风琴箱子背了起来。

到了下午，默多找到了去往杰西长廊的道路。从地图上看起来路途遥远，默多于是考虑是否应该提前出发，以便确保不会错过演出。演出是晚上九点开始，因此他八点前能到达的话就可以。

他回到主会场，或许因为是周末，那里已经人山人海。默多感觉热血沸腾，终于可以一整天泡在音乐的世界里，既有卡津音乐，也有柴迪科，更有法式音乐。在音乐的世界里一切都妙趣横生。难怪梦扎伊女王他们会出现在这里，毕竟他们都是说法语的。默多朝着午间表演场地走去。

默多来到"兰西卡津舞曲全明星阵容"的指示牌前，却没有发现梦扎伊女王的名字。他在外面等待了数分钟，如果梦扎伊女王不在的话，他也不想浪费门票钱。

随后他发现了一个标志，用英语和法语写着"免费入场"。

入场后，默多发现周围男女老少人头攒动，人群中既有一家老少，也有随处拿着手机拍照片的游客们。他举目四望，大部分都是白人，也有少数黑人，他们穿戴着各类服饰，如牛仔帽、短裤等。现场播放着动感十足的音乐，人们在场内空地处载歌载舞。现场入座的大概有五百到七百多人，而周围还有不少空位。

默多在人群中一步步挪到座位后端，找到一个能清晰看见舞台的座位。这时默多看见梦扎伊女王背着她那台奶油色的手风琴与乐队中其中一位乐手在一起，坐在举着小提琴的领唱兰西身旁。他们身边摆放着一台贝斯、电子吉他、原声吉他、三角铁和一套鼓。现场并没有找到莎拉。

兰西身旁也放着一台手风琴。他与梦扎伊女王用法语高音对唱，并伴有摇滚乐。现场一些观众听见他们歌词里的妙语连珠，笑了起来，看起来他们能听懂法语。也有来自其他国家，例如中国、日本或欧洲其他地方的观众。

兰西对着观众说了些什么，现场爆发出一阵笑声，接着对梦扎伊女王鼓起一阵掌声。她向观众招手致谢。观众们看起来都久仰梦扎伊女王大名，对其表演十分期待。包括乐手在内的所有人都热烈地鼓掌。默多这才留意到某些乐手都已经上了年纪，或许他们是货真价实的全明星阵容。

兰西继续介绍观众席中的某些老朋友及某些知名音乐家，梦扎伊女王此时正在和贝斯手及鼓手低声细语。兰西说的是法语，但重要的内容也会用英语重复一遍。

终于来到现场的默多激动不已、心潮澎湃。他是如此幸运，进入了音乐这个化腐朽为神奇的世界。兰西接着介绍下一曲。人们纷纷起立来到舞台跳起舞来。也有人站在一旁吸烟和聊天儿，给舞者们让路。

这些观众上场跳舞后，周围空出了很多空位，默多迅速寻找到后排一个心满意足的位置。他把手风琴和背包放在脚下。他坐了下来，长舒了一口气，终于可以无忧无虑地休息一下，安静地听着音乐，放空脑袋。

默多欣赏各种形式的音乐、不同类型的舞者，这一切都让他心情舒畅、如释重负。

聊天儿是这里的人们的放松方式，即便边听乐队演奏也会边愉快地聊天儿。在苏格兰时，与默多合作的乐手便十分反感观众在听他们演奏时聊天儿。聊天儿何错之有呢？毕竟观众们乐在其中，也愿意与人分享，这又有什么问题呢?

艾德娜阿姨!天哪!默多居然看见了艾德娜阿姨!她正坐在第三排边上,与默多在同一边,身旁坐着一位头戴镶满饰钉的黑色牛仔帽的家伙。

艾德娜阿姨坐在椅子上,上身笔直。她正在与旁边的牛仔家伙低头细语,两人相谈甚欢。莎拉的父亲坐在她身后,旁边坐着一位默多不认识的小伙子。小伙子旁边是莎拉和乔尔,可默多就是不认识坐在莎拉旁边的那个家伙。

是的,他坐在莎拉身旁,与她紧密相依。默多站起来想要看清那个家伙。他与莎拉肩并肩倚靠在一起,甚至看上去像是挤在一起。虽然其他人也都这样,这看上去滑稽可笑。也不是可笑,只是——只是什么呢?他们互相靠近,莎拉与他的距离比她与乔尔的距离还要近。乔尔坐在莎拉的另一侧,可与莎拉间的距离不小,而他可是莎拉的亲哥哥。哈哈哈。因此,这或许暗示了些什么吧!

当兰西介绍下一首曲子时,艾德娜阿姨和头戴牛仔帽的家伙起身并移步去到吸烟区。艾德娜阿姨是个烟民,而牛仔家伙不是,他只是陪在她左右。

艾德娜阿姨将目光投向默多的方向,可她没有发现默多,默多没有招手,因此她没有发现他。

他此刻不想与任何人交谈。

他脑袋里想起很多愚不可及的事情。

莎拉向旁边的男士半转身,面对面地亲密交谈。他们怎么可以如此亲密呢?如果再继续靠近,脸就要贴在一起了。如果脸贴在一起,那就是互相摩擦了,脸部互相摩擦那就是接吻了。如果不是接吻还有什么呢?

默多坐回到座位上。

他觉得自己很傻、很天真。是的,这就是生活,他居然对莎拉想入非非,真是太傻了。这种少男少女之事,实在是太常见了。

他该如何回家呢?他身上已无足够的现金。来这里的车票已经将他手中的钱几乎花光了。他需要搭便车。他至少可以搭便车离开拉斐特镇，在这条州际公路上你可以站在路边候车。然后搭便车去到巴吞鲁日，一路向前去往杰克逊镇，然后绕过伯明翰市。虽然你并不想在伯明翰停留，因为会想起那些女孩子们曾经在那里由于炸弹而被残忍杀害。可这就是美国，这就是美国，哈哈哈，各种爆炸事件、袭击事件时有发生。他真想逃脱。

默多向前蜷缩起来，两手交叉抵在膝盖上，自己居然对莎拉有非分之想，真是愚蠢至极。默多，你真是愚蠢。父亲一定会这么批评他。生活，这就是生活，默多的生活。充满了愚蠢之事。默多就是"愚蠢"的代名词，他就是愚蠢。窈窕淑女，君子好逑。有人总有办法能追求到妙龄少女，可是默多却办不到。他以前曾有过一个女朋友，可她却跟别人跑了。好吧，事实就是如此残酷。

事实就是如此残酷。那个男人跟她发生了性关系，可默多没有。这便是事实。她与他发生性关系，却没有和默多发生。为什么？你必须要思考原因……你必须要为此感到焦虑，好像自己做错了什么，你总是在胡思乱想，难道自己是同性恋？如果自己真的是同性恋，便不会受到女生的欢迎。或许是吧。默多想起在艾伦镇停车时上洗手间遇见的那位男士，还有也是在艾伦镇愿意为默多提供便车的男士。噢，天哪，怎么会这样？

如果他们确实提供便车，默多为什么不坐呢？为什么他不愿意搭便车？你刚好需要搭便车，刚好也有人提供，可你为什么不坐呢？为什么？

想到此处，默多感觉略有蹊跷。或许吧，或许什么也不是。或许他只是刚好愿意提供帮助，他毕竟认识莎拉的父亲。只有默多才会胡思乱想这些——他又犯傻了，做了些傻事，说了些胡话。他到底什么时候才能成熟一点儿？

你开始对自我厌烦。事情总是接踵而来。那位男士只是慷慨解囊，而你断然拒绝。而他是个黑人，如果他是白人呢？会不会有所不同？在这里的人们若不是白人，便是黑人。莎拉是黑人，是美国人。默多是白人，是苏格兰人。白种，苏格兰人。他蜷缩在座位上，背起背包，准备离开。他大口呼吸，发出重重的呼吸声。他闭上双眼，深呼吸，强迫自己心里默数 123、123、123。他再次大口吸气。

他握住手风琴把手，可没有站起身来。他再次吸气、呼气、吸气、呼气，他还不想起身，因此只是静坐在座位上，放空思维。默多不知道自己在做什么，一切都只是外物。这时他又放开手风琴箱子，身子再次往下沉，躺在椅子上。他真不应该把背包背上，可他又无法在不起身的前提把书包脱下，一旦站起身，可能会引起周围人的注意。这是默多不想的。他不再打算今晚去吉格舞会。

生活是什么？"生活"？母亲去世的时候面容已经完全扭曲。她的脸部、她的颧骨，已经完全不是原来的模样。什么是痛苦？或许这就是，由于深受剧痛而面容扭曲。有时候母亲实在是太痛，只能要求医生注射吗啡。他们给母亲注射吗啡。有人告诉他们，可却不告诉默多，为什么？如果你是母亲唯一的儿子，为什么他们不告诉你母亲的病情？噢，母亲已经病入膏肓，时日无多了，你好自为之吧！好吧，生活就是这样，不如意之事十之八九。莎拉交了男朋友。梦扎伊女王会怎么想？他只是默多，大家都认识他，可他不是莎拉男朋友。周围的人总以为对你的想法了然于心，他们总会说：我知道你在想什么。但事实果真如此吗？子非鱼，安知鱼之乐？如果有人看着你，认为你就是个同性恋，事实果真如此吗？或许是吧，或许你就是个同性恋，又怎样呢？父亲总是喜欢指手画脚，对默多颐指气使。这真是个十足愚蠢的问题，如果你是同性恋，生活也将继续下去。这真是个十足愚蠢的问题。你看着镜子，里面有你也有别人，你看见别人是因为别人也正在看你。为什么他们会出现在你的视线中？他们说的话，即便是胡说八道，你也只能忍气吞声。你虽然自做决定，但他们也出现在你的生活中。

如果现在是黑夜，默多一定会站起身，趁没人留意时走出去。而现在烈日高照、晴空万里，正值周六午后骄阳似火之际。舞台上的兰西继续演奏了另外一首华尔兹舞曲,随后演奏了小提琴,边弹边唱。

噢,悲伤的音乐,悲伤的歌声,与上午唱法语歌的法国人类似,他怎么可以唱出如此悲伤的音乐?为什么他们的音乐里可以有如此悲天悯人的成分?这只是音乐而已。为什么要这样编曲?音乐家们总是充满了奇思妙想,让人难以理解,或许梦扎伊女王能理解吧!她坐着演奏手风琴,眼睛盯着什么地方出神,至于她盯着的是什么,默多也不知道。默多永远不会知道。她只是坐着,在这首悲不自胜的华尔兹音乐声中出神地凝视着远方。或许她只是漫无目的地睁着双眼。她正在舞台中央。你万分理解地看着她。默多从未见过这样的人,如此细致。

默多站起身来,拿起手风琴箱子,往旁边挤出去。他不想再待在现场,因为这样就会有人认出他来。艾德娜阿姨与头戴牛仔帽的小伙子站在座位旁边的过道上,周围人来人往。艾德娜阿姨瞥向了默多的方向,可除非默多向她示意,她是无法发现默多的。于是默多向她招手,艾德娜阿姨!她看见默多走近后,露出了甜美的笑容,并将他介绍给旁边戴牛仔帽的小伙子,且向默多介绍他:"他叫迭戈·纳西索,是位音乐家。"可默多从未听说过这个名字。

艾德娜阿姨接着用西班牙语与他交谈,其间提到梦扎伊女王的名字,接着用英语告诉默多:"默多,我告诉迭戈你没有听说过他,他说你怎么那么孤陋寡闻呢!"

迭戈随后与默多握手,并拍打默多的肩膀:"嘿,默多,你跟梦扎伊女王合奏?"

默多笑了笑。

"很好。"迭戈点点头,转身朝向四个站在不远处的年轻人,并与他们用西班牙语对话。这四个年轻人一边听迭戈说话,一边看着默多的手风琴箱子。

艾德娜阿姨伸出手臂把默多搂向胸前,并悄悄告诉他:"他正在向他们介绍你呢。他们可都是迭戈的乐队成员,他们今晚演出。迭戈在我们这里可是无人不晓的风云人物：是来自得克萨斯州的最佳乐手之一。"艾德娜阿姨亲了下默多的脸颊，"你在这里会大受欢迎的。"她同时指了指莎拉的方向，"你看见莎拉和乔尔在那边吗？还有吉恩也在。你认识吉恩吗？就是坐在莎拉旁边的那位，他是个出色的吉他手，默多，他今晚将与你共同演奏。"

一曲终了，艾德娜阿姨赶紧鼓起掌来，并把香烟扔在地上，企图用靴子的鞋跟将其踩灭，可未果。默多于是踩了一脚。乐队领唱兰西正在用英语和法语告诉观众梦扎伊女王将要为各位演奏一曲原创乐曲。兰西一边向她鞠躬一边介绍道："这也是一曲柴迪科舞曲，下面欢迎音乐大师、柴迪科女王梦扎伊！"

现场爆发起雷鸣般的掌声。艾德娜阿姨摇摇头，无奈地说道："他不懂，他根本不懂。"

迭戈轻轻拍拍她的手，"关关小姐。"他说道。

艾德娜阿姨再次摇头。她看见默多正朝她微笑，默多此时不太理解什么是关关小姐，以为自己错过了什么。梦扎伊女王依旧坐在座位上，并幽默地回应兰西的介绍："谢谢兰西，你一如既往地胡说八道！"

观众席爆发出一阵笑声。

"好吧，下面我将要演唱一首原创歌曲。"说完她便开始呼喊，"莎拉，莎拉！"梦扎伊女王朝观众席呼唤莎拉，"我那美丽的外孙女儿呢？"

默多听见莎拉的名字后，往旁边站了站，躲开后方观众的视线。

"快来和你可爱的外婆一起演奏吧！"梦扎伊女王大声叫道。

莎拉站了起来，向旁边的吉恩投去情侣间开玩笑似的默契的眼神，并朝他手臂上轻轻打了一拳。随后便走上台去，穿上舞台鞋。这时，梦扎伊女王刚好看往默多的方向，可她没有发现默多，而是发现了迭戈，笑着打招呼："纳西索先生！"

梦扎伊女王接着向观众介绍纳西索先生："女士们、先生们，这位是来自得克萨斯州圣安东尼奥市的独一无二的坏男人——迭戈·纳西索！"

所有人都对他的到来交口称赞，台上的兰西和乐队也倾身向前想要一睹其真容。迭戈脱下牛仔帽，并行了个深深的屈膝礼。

"迭戈今天在哪里演奏呢？我居然不知道！"梦扎伊女王叫住他，"迭戈！你今天何时去哪里演奏呢？"

可迭戈没有回答。梦扎伊女王笑了："肯定是今晚！"

虽然迭戈没有回应，他乐队里的四个成员却迅速开始行动了，其中一个手拿一堆宣传单走到舞台前方。他用法语和英语大喊着："我们的表演在今晚七点！地点在现场音乐台！"

其他三位乐手也开始在人群中分发宣传单。迭戈摇摇头，微笑着默许这一切，随后与艾德娜阿姨低头细语了几句。

梦扎伊女王引领着兰西的乐队演奏了一曲她最为擅长的快歌，观众们闻歌而动，纷纷步入舞场跳起舞来。这首曲子默多曾经在艾伦镇的门廊前听她演奏过，在这里再听一次依旧觉得十分动听。默多虽然很想停留，可又必须在曲终前离开，不然莎拉便会从舞台上下来。

艾德娜阿姨聚精会神地看着表演，可默多又必须跟她打招呼才可以离开，如果不打招呼的话，默多实在做不到。他于是对艾德娜阿姨说："我现在要离开了。"

"默多，你要离开？"

"嗯嗯，是的。我的爸爸他要过来了，因此我要去与他会合。"默多笑了笑，转身离开。

艾德娜阿姨犹豫片刻，说道："他们对你的离开会大失所望的。"

"也许吧，或许我今晚还会过来。可是现在必须走了，因为我的爸爸……"

"默多，一切还好吗？"

"还好。"

艾德娜阿姨指着前面的同伴，告诉默多："乔尔正在那边。还有吉恩，你知道吉恩吗？"

"知道，但我现在真的必须离开了。"

"孩子，你爸爸如何？还好吗？"

"他还好。如果你能告诉梦扎伊女王，我今晚能到场，那就最好不过了。"

"没问题，默多。"

默多向艾德娜阿姨道谢，并准备转身离开。迭戈乐队里的两位乐手看着默多，想与他交谈。其中一位正是刚才对着人群大喊的那位，他指着默多的手风琴箱子："嘿，你将要和梦扎伊女王一同演奏吗？今晚在杰西广场，你跟她一起演奏？"

"是的。"默多点点头，继续往前走。

"我叫埃斯特班，"这位乐手用手指着自己，进行自我介绍，接着又指着旁边的那位乐手，"他叫作桑迪亚哥。"

默多等了一会儿，接着桑迪亚哥笑了笑，靠近默多并与他握手。埃斯特班接着向默多示意其他两位正在派发宣传单的乐手，耸耸肩，并告诉默多："我们四位与迭戈一起组乐队。"

桑迪亚哥敲了敲默多手指："梦扎伊女王？你与她一同演奏？"

"是的。"

"你的名字叫作？"

"默多。"

"默儿多！"桑迪亚哥点点头，"默儿多！来，给你一张票！"桑迪亚哥递给默多一张票，"今晚，你会来吗？"

"会的。"

"这可是一张赠票。"

"谢谢！"

埃斯特班嘱咐道："是今晚七点。梦扎伊女王的演奏是在九点，我们是七点，来得及。欢迎你过来。"

"好的，谢谢。"默多将赠票和宣传单一并放入牛仔裤袋子里，穿过舞者和周围观众，快速走向后门出口。

　　默多在草地上等了一会儿，可长凳上依然人满为患。他只好认真检查草地上是否有狗的粪便的痕迹，然后小心翼翼地坐在草地上，后背倚靠着灌木丛。过了一会儿，他突然清醒过来，头往前倾。他稍微活动脖子，便听见脖子里发出"嘎嘎"的响声。他感觉脖子一阵酸痛，赶紧用右手揉捏放松。手风琴箱子和背包都被用皮带绑在他的左手边，它们都完好无损。他感觉屁股已经坐得麻木了，因此刚才默多一定是睡着了。是的，他肯定是睡着了。他从背包里找到矿泉水，打开喝了一大口。他解开绑着箱子和背包的皮带，并重新系在牛仔裤上。他在这里待了多久？或许已经一个半小时了。现在已经下午四五点了。

　　是的，他已经筋疲力尽了。他上一次睡囫囵觉还是周四晚上到周五早上，而今晚已经是周六。吉格舞会说是晚上九点开始，实际上估计要到九点半才会各就各位。因此当他再次回到床上，或许就是在这里，长凳上时，已经是凌晨了。当然，除非莎拉一家为他提供一夜安眠的好地方。

　　他又感觉到了饥饿。昨夜他购买炸鱼的店正在营业。可他此刻想去一间咖啡馆里，认真洗把脸。在室外只提供临时厕所，没有冲洗设备。而室外临时厕所实在太肮脏不堪、臭气熏天，让人不敢接近。

　　默多此刻很想来个痛快的淋浴。他一直从周四开始都穿着这套衣服，现在已经是周六了。他在这里晃荡了一天，可能周围的人都误以为他是流浪汉呢！默多拿起背包背到肩上，抬起手风琴箱子，开始继续前进。可是去哪里呢？哈哈哈。

　　看来只能去迭戈·纳西索的演奏现场了。他从口袋里拿出宣传单再次查看，发现这竟是一场主题演奏会！天哪，默多居然从来没听过这个名字。问题在于这场音乐会七点开始，而默多需要在九点去到杰西长廊，虽然那里的表演很可能是九点半才开始。迭戈乐队的乐手会说赶得及，可谁知道呢？万一来不及呢？万一迟到了呢？他是绝对不能迟到的，因为他必须要与梦扎伊女王合奏，这是他千方百计赶来这里的初衷，这与莎拉了无关系。当然莎拉对他十分友好，也仅此而已。他是外国人，莎拉对他亲切友好，因此莎拉一定是对他一见钟情？天哪，这种想法真是愚蠢至极，这是默多自己的错，是他自己犯了傻。

然而为何莎拉会在无意中触摸到默多呢？这确实意味深长。毕竟莎拉确实与他有所接触。是的，她触摸了他。女孩子摸了一个男孩子，可以若无其事，可却让男孩子浮想联翩。默多甚至颤抖了！莎拉触摸了他，他居然颤抖了。为何？如果一个女孩子已经有了男朋友，好吧，那请不要再随便与其他男孩子有亲密接触。

或许人家毫不在乎呢！

想象一下，走进下一个路口，突然父亲走了出来。父亲厉声问道：默多，你去哪里了？我只是随便逛逛，昨晚睡在草坪上。什么？！是的，你知道从拉斐特坐车到亨茨维尔要多少钱吗？还有买手风琴也要钱。你还买得起回程车票吗？或许买不起了。

父亲总会找到他的。默多使劲儿呼吸了一口。还好迪克兰·派克与父亲一道过来。父亲总是容易神经紧张，可迪克兰有所不同。迪克兰见多识广，不容易大惊小怪。或许他早就听闻为柴迪科舞曲和蓝调舞曲专设的杰西长廊。或许他还亲自在这里表演过呢！你的儿子能为梦扎伊女王伴奏，这实属他的荣幸。是的，迪克兰一定知道，他一定会这么告诉父亲。

昨夜买炸鱼的食品摊位就在前面，还是昨天那个家伙。默多来到点餐处，放下手风琴箱子，店员正在耐心等待默多发话。

默多笑了笑，说道："我可以点昨天那个炸鲶鱼吗？"

"你想要炸鲶鱼是吗？"

"是的，谢谢。"

店员走进食品加工间，拿出一块鱼肉，放入电炉。

"你需要辣椒酱吗？"

"好的，配餐是什么？米饭是吗？"

"米饭，好的。"店员把辣椒酱放在鱼面上，开始炸鱼。

默多仔细研究不同的配料，说："上次你给我的好像是沙拉酱。"

"沙拉酱，是的。"

"你很忙吗？"默多问。

店员小声咕哝了点儿什么，然后转身盯着食物目录。

默多本想与他交谈几句，可他挥手示意默多走到一旁。这时候另一位身穿短裤的男子走上前来，店员为其点餐。显然他对默多全无印象。这也难怪，毕竟音乐节上人山人海，默多只是购买了一瓶可乐和一盘炸鱼，还把硬币投进了小费箱子的顾客。

店员注视着那位男子打开面前的食物，嚼了起来，并边吃边走向主会场。店员打了个哈欠，移步到食品台，并翻了下鲶鱼。他接着交叉手臂，目光顺着默多的头部看去。

默多转身看向草地上的人来人往。过了一会儿他对店员说道："我今晚将会演奏……吉格舞曲。"

说完默多指着地下的手风琴，店员看着他。接着店员从柜子里取出些东西，并且用干毛巾擦了下手。

"我们九点才开始。"默多告诉他。

"嗯。"店员用干毛巾擦了下柜台，并且撕开一大沓一次性盘子的塑料包装袋，他取出一个一次性盘子放在柜台上，问道，"你想要什么饮料？"

"你们没有橙汁？"

"没有。"

"那有水吗？"

"有的。"店员把炸鲶鱼从热锅中夹起，并放在一次性盘子中，他从玻璃橱窗中拿起一瓶水，并问道，"你需要沙拉吗？"

"好的，谢谢。"默多从牛仔裤口袋中取出选戈吉格舞曲表演的宣传单，并仔细阅读，他告诉店员，"我打算去另一个七点开始的吉格舞会。

在现场音乐台。"

默多大声阅读宣传单上的内容，店员此时正在为默多准备生菜和西红柿沙拉，随后他将一小团米饭放置在盘子中。

默多继续阅读："迭戈·纳西索，他表演的是……"

"什么？"

"吉格舞曲，现场音乐台。"

"是迭戈·纳西索？"店员问道。

"是的。"

"迭戈·纳西索吗？你要去迭戈的音乐会吗？"

"是的。"

"哇噢！"店员把一次性盘子放下，激动地捶打胸腔，"是迭戈！我不仅听他的音乐，还自己演奏呢。天哪……他居然来这里了！"店员拿起手机，打开音乐，告诉默多，"看到了没？迭戈！这都是他的音乐！"

"你喜欢迭戈？"

"是的，我喜欢迭戈。迭戈！"店员笑了起来。

"我有一张赠票。"

"实在太棒了！"

"我今天下午还见到了他本人。"

店员饶有兴致地侧过身听默多说话。默多给了他一张 10 美元纸币。他接了过来，握住不动。默多接着说："我是今天下午见到他本人的，我还被别人介绍给他呢，于是他的乐队成员给了我一张赠票……"默多自豪地拿出赠票，并在他眼前展示。

店员仔细端详后，说道："这是后台的票。"

"是的。"

店员点点头，半转身面相抽屉为默多找零。他把零钱放在柜台上，笑了笑，拿起干毛巾，轻轻拂去热锅上的灰尘。

默多没有伸手去拿钱，而是继续说道："问题是，我无法去参加，因为我没有足够的时间。我还要去另外一场吉格舞会演奏，因此必须要在大约八点时提前准备。而迭戈的吉格音乐会是在七点开始。"

店员认真倾听，但似乎不太明白默多的意思。

"我想你或许可以拿着这张票过去。"于是默多直接挑明，他示意放在柜台上的赠票，"请你拿走吧！"

店员笑了笑，摇摇头。

"真的，请你拿走吧，这是张赠票，免费的。"

"不必了。"

"真的？"

店员摇摇头："不必了，谢谢你。"

默多说："我知道你要工作，可是你能找到别人替你干一会儿，你可以离开去音乐会吗？"

店员没有回答。他离开柜台，走到一旁。默多等了一会儿，他依然无动于衷。因此默多只好拿着零钱，往小费箱中投入 1 美元，把矿泉水放入口袋，并拿起柜台上的食物。

默多再一次经过昨夜留宿的长凳处，发现其中一条长凳尚有空位，可默多此时并不打算停留。他去到另一条更远些的长凳，并坐下。

这时默多看见食物摊位的店员蹀步到外面点了一根香烟，两眼直视远方。他一直没有看手里握着的手机。

无论如何，这并非默多失误。这家伙由于工作原因需要牺牲自己的兴趣，而且需要赚钱养家糊口。因此他只能被迫长时间工作，也需要与妻子轮流值日夜班。这又是谁的错呢？他在诅咒的是谁？难道是默多吗？为何？如果你想玩音乐，可又迫于生计无法实现，这怪谁呢？如果你真的想发些怨气，应该向谁发泄？本可以成为一名乐手，最终只能沦落至此为别人准备食物。如果是默多，一定会对这种了然无趣的生活深恶痛绝。如果你自己饥肠辘辘，还必须为他人准备食物，就像个仆人一样，谁愿意活受罪！假设有位客人这个时候走过来，点一个汉堡包，但事实上最想吃下这个汉堡包的人是你，你依然要低声下气，要为他勤勤恳恳地服务。这时候你真想直接把汉堡包砸到他的头上，喊一句，去你妈的汉堡包。在这里日复一日、年复一年地做这种工作简直就是过着人间地狱般的生活，你甚至区分不清楚到底是在工作还是在梦游。这种一潭死水的炸鲶鱼生活真是让人难以忍受。那位店员喜欢迭戈。默多居然不知道迭戈是谁，但这也并非他的失误。这就是生活。默多应该把赠票留在柜台上，悄悄离开。这样的话，去抑或不去便可以由他自作主张。他当然可以留下，也可以扔掉，自行其是，总之不会责备默多。有人给了默多一张票。这是谁的错呢？难道是迭戈乐队成员的错吗？反正不是默多的错。他只是赠送了默多一张票。或许他根本不应该送票给店员，这显得自己很多管闲事。

那如果是作为礼物赠送给他呢？这张票是默多送给店员的礼物。对的，礼物，礼物总该不会出错了吧？为何他不拿走票，这样等默多走开后，他可以撕掉，也可以转卖。他可以把票转卖给别人！或许默多送票的行为显得太高高在上了。噢，我现在要送你一份礼物。呵呵，你以为你是谁呢？是的，你演奏手风琴，哈哈哈，我也是。这就正如在学校里发生的一切无聊的往事。

默多来到道路尽头，在前方接近火车铁路的宽阔道路上，他看见了杰西长廊的标志。杰西长廊不再是一条路，而是一栋开阔的、前方带有大型停车场的独栋楼房。楼的前方稀疏地停着几辆车，有一位壮汉正站在门前。这是一位浑身上下一副牛仔打扮的非裔美国人。默多稍作休息，并换只手提起手风琴箱子。此时的他除了俱乐部入口处以外，已无任何去处。默多来到楼房门口，被门口的壮汉抬手拦住，并问他：你要去哪里？

默多本想推开他的手直接大步流星地走进去。这时他看见门口旁边的一块五颜六色的大型海报，写着：柴迪科漫游者，特别嘉宾梦扎伊女王，门票 15 美元。而门口右方另一块指示牌则写着：不满 25 岁者不得入内。壮汉指着这个牌子，说道："请出示身份证！"

默多抬头看看指示牌以及海报。

壮汉说："你太年轻了，我需要看你的身份证。"

"我没有身份证。"

"没有？"

"我不是美国人。"

门卫盯着默多及他的手风琴箱子。

"我需要你出示身份证，因为你太年轻了。"

"护照一类可以吗？我有护照，可是我落在家里了。"默多指着海报，说道，"我是过来和梦扎伊女王合奏的。"

这时候其他观众陆续前来，门卫一一放行。他们都盯着默多，默多只能小声再次重复："我是被邀请来与梦扎伊女王合奏的。"

"什么？梦扎伊女王？合奏？"门卫指着海报，再次确认，"你是指这位梦扎伊女王吗？"

"是的。"

门卫点点头，嗤之以鼻地说了一句："好吧，现在我知道了。如果你不是与她合奏，哼，那就走着瞧。我一定会去看的，你明白了吧！"

"我确实是来与她合奏的。"

"知道了，我听清楚了。"门卫用右手食指轻蔑地指着默多的鼻子，"你现在从这里进去，可你什么都不许碰，什么都不许拿。听清楚了吗？不许拿啤酒，不许拿任何东西。不允许离开舞台区域。酒吧那位老男人若看见你做了些什么，他会一枪把你击毙。那可是老维尼，你对老维尼一无所知！他身上携带枪支，一枪便可致命。"

门卫一直紧盯着默多，直至默多最终点头。门卫将手摆出手枪的形状，指示默多进入一个L形大厅。大厅里播放着类似蓝调的音乐，韵律优美，节奏感强，音乐里有钢琴、萨克斯管、鼓合奏的声音，还听见歌词：宝贝别让我失望，宝贝让我抓住你的手，别让我失望。大厅里有不少人，衣帽间的门口站着服务生。默多经过衣帽间，肩上背着背包，手里拖着手风琴箱子。

　　两位女士在一张小桌子前卖票和检票，每张 15 美元。他们上下打量着默多，默多为了避免麻烦，无可奈何地拿出一张 20 美元，取回 5 美元零钱。其中一位女士冲他笑了笑，并竖起拇指示意他进去。默多说"谢谢"，然后把钱放入口袋。他听见她们似乎在嘲笑他的声音。或许是嘲笑他是个白人，又或许是嘲笑他还很小。不管如何，只要能与梦扎伊女王合奏这一切都无关痛痒了。默多买了门票后，穿过门廊进入大厅，来到长型酒吧的旁边。默多不知不觉地跟着音乐节奏亦步亦趋，看起来像个小丑。

　　　宝贝请别让我失望
　　　请抓紧我的手
　　　宝贝请抓住我的手
　　　如果我可以抓住你的手

　　这时候舞台已经搭建起来了，各种乐器就位。现场大部分为黑人，也有例外。虽说还有一个小时才正式开始表演，但现场一半的空地都已经站满了人。大家都对默多视而不见，只有一位头戴帽子，看起来像个流氓的老酒保对默多的到来有所表示。默多留意到他正一边为顾客打开啤酒，一边从帽檐下偷瞥自己。

　　接着他点头向默多示意，让他走到一旁。顺着他示意的方向看过去，默多看见一个通向后台的门。而在舞台的另一侧，吧台的另一端尽头的墙边摆放着一些桌子。其中两张桌子是并排摆在一起的。默多顺着视线往里看，看见艾德娜阿姨、乔尔和莎拉的父母，可莎拉和梦扎伊女王并不在现场。很好，默多心想，不需要见到莎拉了。

　　他来到酒保示意的地方，通过门进入一条走廊。默多越往里走，音乐声便越来越小。默多站在昏暗的灯光处，突然间不再想往前走。他待在阴影处似乎有种匿影藏形的感觉，不会被人发现。他克服了一切艰难困苦，好不容易来到表演现场，这或许只是自己自作多情的愚蠢行为。可谁又会在意这一切呢？如果一切都是由于默多的愚昧无知引起的，这一切都是他自己在犯傻，那实在太糟糕了，可是又有谁在乎呢？默多依稀听见外面的音乐声，虽然已经很微弱，但依然余音绕梁。默多听出来这是华尔兹的节奏，音乐声通过呼吸进入你的身体，深入你的灵魂。当默多演奏音乐时，脑袋是放空的，当他听音乐的时候也是如此，看似你用耳朵听，实际上音乐通过呼吸进入了你的皮肤、你的毛孔，深入你的骨髓。

想象一下某时某刻周围突然鸦雀无声，四周万籁俱寂。

默多睁开双眼，发现两边墙上挂着各个近些年来赫赫有名的音乐家的签名照片。他从中间通过，细数各位音乐家：如布祖·查维斯（Boozoo Chavis）、克利夫顿·切尼尔（Clifton Chenier）、利特尔·沃尔特（Little Walter）、梦扎伊女王、博·乔克（Beau Jocque）、长发教授（Professor Longhair）、艾达女王（Queen Ida）以及闪电·斯利姆（Lightnin' Slim）等。接着他把手风琴箱子放下，停留了一会儿，往回看自己刚刚经过的大厅。他看见那里灯火通明，可他已经不想再回去了。噢，天哪，默多激动得快要哭了，原来这一切才是他梦寐以求的地方，就是这里。这里陈旧不堪、昏暗发霉，空气里弥漫着阴暗潮湿的味道。天哪，这就是默多朝思暮想的美好氛围。这一切都已经超乎想象，默多激动得浑身颤抖。没有比这里更能让人血脉贲张的地方了。默多没有哪个时刻比现在这个时刻更想演奏，更期待拿出手风琴奏上一曲了。除此之外呢？没有任何要求了，只需要你抓住我的手，让我演奏。

他为什么会出现在此地？因为来表演。这便是默多的生活。莎拉也有莎拉的生活——基尼也是，谁在乎基尼呢？人们各自为生，互不相干。而这便是默多的生活，不是别人的，绝非复制父亲和其他任何人的。默多就是默多，独一无二。你就应该勇往直前，随心所欲，走自己的路，让别人说去吧！就好像母亲，她也有自己的生活。一想到这里，默多的眼泪便忍不住哗啦啦地往下流。他站在过道处，泣不成声，不知道莎拉是否会出现并看见他呢!

默多努力把持自己。他努力任由自己的眼泪流淌而不刻意控制。过了一会儿,眼泪便停了下来。他没有刻意而为,这便是最佳解决方案。他也没有擦拭双眼,因为那会弄脏眼睛,留下哭泣的痕迹,别人便会发现。可谁又会介意这一切呢?无论别人做什么,你都难以越俎代庖。也没有任何人能够躲过别人的目光。

他再次拿起手风琴箱子。前方是个半掩着门的紧急出口。默多从门缝里闻到阵阵飘出来的烟草的味道。原来是梦扎伊女王正坐在门外的一张木质餐桌上。默多轻轻推开了门。

外面是一个小小的庭院,能容纳四把椅子。梦扎伊女王正坐在椅子上喝茶,眼前是一片看上去像是废弃厂房改造的空地。她正在盯着傍晚红彤彤的天空和千姿百态的云朵。云朵将要飘向何方呢?或许是西边,飘向大西洋。这美好的天空预示着明天也将会是风和日丽的一天。

默多以为梦扎伊女王看上去对他的到来一无所知,直至她缓缓地张开口说话:"嘿,默多先生,你要来与我合奏吗?"

默多笑了起来。

"你与我合奏?"

"那最好不过了。"

"你这一天都干什么了?"

"没什么,都是瞎逛。"

"下午的时候,你怎么不打招呼就匆匆离开了?艾德娜说你在现场,莎拉到处找你呢!可你却离开了。"

梦扎伊女王优哉游哉地躺在椅子上,上下打量着默多。默多略显尴尬,低着头,换只手提着手风琴箱子。梦扎伊女王此时用手按摩了下背部,提起地下的箱子,用手指着紧急出口,并告诉默多:"从那搬把椅子进来吧!"

默多去搬了椅子,回到庭院后坐在搬来的椅子上。梦扎伊女王指了指手风琴箱子:"让我看看。"

默多将手风琴取出来。梦扎伊女王看了后说道："我不太喜欢它的样子，弹起来还不错吧？"

"还行。"

"我专门为你带来了蓝绿色那台。"

"真的吗！谢谢！谢谢！真的十分感谢。"

梦扎伊女王笑了起来："你喜欢那台？"

"当然，我喜欢。"

"那台手风琴可是历史悠久了……嘿，你也去了迭戈的音乐会？"

"我没去。"

"好吧！"梦扎伊女王点点头，"迭戈的乐手们可是十分期待你的到来，想让你见识一下他们的表演，我也去了，可是没有合适的座位，你瞧瞧我的背部，疼得厉害，我必须要有靠背的椅子。"

她再次轻揉背部两侧。这个庭院实在是个神奇的地方，默多留意到梦扎伊女王一边看着前方一边与他交谈。可是她声如细丝，话音若有若无，像是要保留气息一般，默多实在难以听清。

庭院里的光线也妙不可言。梦扎伊女王面朝落日，默多坐在她身后，却难以看清楚她的脸部轮廓。这个小庭院着实神乎其神。这里是个万籁无声，让人时刻想入睡的地方，尤其是对于这几天东奔西走，已经筋疲力尽的默多而言。

默多的椅子碰撞木地板发出"吱吱"的响声。

"听一下迭戈的音乐会对你很有好处，他的风格自成一派，摇滚十分突出。"梦扎伊女王说。

"嗯。"

"跟我们这些老骨头一起玩儿音乐吗？哈哈，过来吧，孩子。"她说道。默多把椅子拉近梦扎伊女王。她伸手轻抚他的左手手腕。"莎拉相信你会回来，艾德娜也这么认为，"她说，"默多一定会来的。"

梦扎伊女王紧紧抓住默多的左手，一直盯着他，直至他抬起头来与她四目相对。默多笑了起来。

"你笑了？"她问道，"你笑什么呢，默多？"

默多没有回答，只是继续轻笑。

"噢，孩子，你这是在笑我吧！要取笑我，你可欠些火候！"梦扎伊女王假装对他十分严厉，"你可不知道我们是谁！"

"那是。"

"你可不知道我们是谁。"

梦扎伊女王紧紧握住默多的手，默多难以抽离，只能勉为其难。默多并不喜欢被别人握着手。虽然这是独一无二的梦扎伊女王。

"你认为呢？"她问默多。

默多这时低垂着头，盯着地板上的稍有磨损的木头花纹。

梦扎伊女王继续说话："孩子，你总得说点儿什么。女人都喜欢健谈的男人，虽不用口若悬河，但也总要有话可说。"

"对不起。"

"为什么要对不起呢？千万别。"

默多伸出右手，挡住自己的双眼。

"嘿，让我们换个话题，谈谈莎拉吧。你已经见过凯利，莎拉的妈妈。凯利是我的女儿，可跟我一点儿也不像。你或许以为我很强硬！实际上我一点儿也没有。真正强硬的人是凯利。但莎拉也不像她妈妈，莎拉甜美俏皮，她和我之间没有秘密。"

默多把手从眼睛上移开，梦扎伊女王正在窥视着他："我知道了你家里的事情，你的姐姐，你的妈妈。我知道你经历了不少，这些我都知道。莎拉告诉我的，莎拉是我的贴心小棉袄，是仅次于艾德娜的我的密友。"

默多笑了笑。

"你又笑了！听到艾德娜你就笑了！你可不知道那些男人们一听到'艾德娜'的名字都闻风丧胆。她可是出了名的关关小姐，你知道她是谁吗？"

默多看着她。

"哇！他们真的是听到这名字就闻风丧胆，你可没见过！"梦扎伊女王放开默多的手，倾斜着头，斜视着默多，"你称呼我为什么？"

……

梦扎伊女王停顿片刻。默多皱了皱眉，正在思考怎么回答这个问题。梦扎伊女王说："好吧，默多，你可没有称呼过我。"

"不是的。"

"你没有。"

"不是的，我的意思是女王似乎很难说出口，毕竟你不是我的祖母。"

"当然我可不是你的祖母！"梦扎伊女王瞪着双眼，"你称呼我为梦扎伊女士吧！"

默多笑了笑。

"请说出来。"

"梦扎伊女士。"

"梦扎伊。"她说，"孩子，这不是什么秘密，是我的姓而已。我不是卡津人。艾德娜绝不会告诉你这些。我们的法国祖先和他们的并不一样，实际上是我们先移居美国的。我们不是从加拿大来的，你懂吗？"

默多聚精会神地认真倾听。梦扎伊女王从椅子的另一头拿出香烟盒子，从里面抽出一根香烟并点燃，再次开始吞云吐雾。

"我不太明白您的意思。"默多说道。

"这里面可是大有学问。"梦扎伊女王吐出一口烟雾，"默多，在这个国家里，你必须努力有自己的立足之地，否则在这人地两生的地方，你恐怕连容身之处都没有。你比我更像美国人，白人就是美国人。"

默多静静地看着她。梦扎伊女王抬起手来。"在这片国土上，如果你是白人，肤色便会让你一片坦途，只要你是黑人，前方便布满荆棘。我们很努力想要闯出自己的一片天地。"梦扎伊女王说完，笑着仔细端详着默多，"我并没有针对你，你来这里多久了？"

"两周。"

"两周。天哪，居然才两周，你便可以驾轻就熟。你可以轻易走入这栋大楼的门口。更神奇的事情是你随便就走入了我们的家庭。"梦扎伊女王笑着摇摇头。

"是的，可是也是应您的邀请。"默多耸耸肩。

"是的，你履行承诺，应邀而至。很多人恐怕连这个也难以做到。他们不索取任何东西，只是会掠夺。他们甚至乘人之危、落井下石，将你暴打一顿。"梦扎伊女王停顿了一下，"你所提供的并非他们想要的，他们只会拿走他们求之不得的东西。你理解我说的话吗？"

"我理解。"

梦扎伊女王点点头："我们现在还有些时间，需要准备一下。孩子，我们稍后见。"

"谢谢。"

"默多，你今晚也来一曲，如何？"

"好啊，来一曲！"

"好的。"

默多窃喜。

"你去和莎拉以及基尼商量一下今晚你什么时候演奏，我可不愿意拖了你的后腿。"

"你不会的。"

"哈哈。"梦扎伊女王笑道。

"我指的是我不会阻碍你。"

"我当然知道。"

"你可以去那边。"她指着房屋的一旁说道，接着她指着默多的背包和手风器音箱，"你可以把这些东西放在这里，乔尔会帮你把那台蓝绿色的手风琴拿过去。"

"谢谢！"

默多来到梦扎伊女王所指的地方，旁边便是几乎人满为患的停车场。这时候俱乐部门口排起长龙，那位牛仔打扮的壮汉正在门口招待客人，只见他笑意盈盈，对客人们的到来表示欢迎。这时候默多终于发现了莎拉，她正站在乔尔的卡车旁，基尼也在，并倚靠在一辆车旁。莎拉正如往常一样兴高采烈地挥手示意。你怎么能够忽视这样一位妙龄女子的存在呢？没有任何人会对她视而不见。虽然她一眼看上去可能会冷若冰霜，但只要你与她交流，便会知道她热情似火。若不是莎拉，默多绝对不会来。她是默多风尘仆仆、克服困难赶来这里的唯一原因。

梦扎伊女王还指望着默多会与莎拉交流，这已经不可能了。虽然他也必须与她交流演出事宜，但这已经无关紧要了。默多拿起手风琴箱子。这时候，更多观众加入了门口排队的队伍，也有更多的汽车驶入。莎拉看见了默多，朝他兴奋招手，并奔向他，而默多也朝莎拉的方向走去。

莎拉呼唤："默多，我就知道你会来！"

她挽起默多的手腕，并靠近他，与他依偎在一起。默多此时仍然提着手风琴箱子。她再次重复："我就知道你会来。"

"是的，"默多边说边笑了起来，"我昨天还去了你们家。"

"我们一大早就离开了。"

"哦，我是下午到的。"

"你下午到的？你应该先打个电话过来的。"

"可我没有你的电话号码，你忘了给我！"

"是吗？天哪！"

"不过也无所谓，我压根儿就没有手机。"

"噢，默多。"

"没事，我的意思是……"

"真对不起！"

"没关系的，因为我本来也打算回艾伦镇买台手风琴。"

"我们为你带来了一台！"

……

"我们为你带来了一台手风琴。"

默多笑了笑，说道："我需要先排练一下，所以在当铺买了一台。"

莎拉盯着默多，认真倾听。

"那你是坐汽车来的吗？"基尼问道。

默多没有把目光投向基尼。可随后他还是客气地望着基尼，基尼看上去非常普通，正在望着默多，期待着他的回答。因此默多点点头，说道："是的，我坐汽车来的。"

莎拉轻轻触摸默多的手，默多稍微移动了位置，说道："此拉斐特非彼拉斐特。"

"什么？"莎拉问。

"地图上有好几个拉斐特，你没有说清楚是哪个。我开始以为是在佐治亚州靠近查特怒加市的那个拉斐特镇。"

"噢，天哪！"

"后来我发现你说的拉斐特是在路易斯安那州。此拉斐特非彼拉斐特，还好我手上有一张地图。"

"那你爸爸呢？他也不知道吗？"

"什么？"

"他也不知道拉斐特在哪里？"

"不，他不知道——我也没有问他。我的意思是我根本没有告诉他我会来这里。"

莎拉露出不解的神情。

"如果我告诉了他，他一定不会让我来的。"

"噢，默多。"

默多耸耸肩："我的爸爸总是……我不告诉他，因为没有这个必要。"

"他会为你担心的。"

"是的，可能吧，但他没有必要为我担心。"默多不屑地摇摇头，"他现在知道我在这里了，他会来找我的。"

"那就好。"莎拉说。

默多看着她，他指着手风琴箱子，说道："你外婆说我可以把东西放在卡车上。"

"嘿……"基尼从他手里接过手风琴箱子，打开卡车箱子，并放了进去，说道，"放在这里很安全。"

他把手风琴箱子往里放好。默多将背包递给他，并向他道谢。

"我们最好要开始准备了。"

"那是，"莎拉朝默多笑了笑，说道，"你能来实在最好不过了。"

"是的，我也很庆幸我来了。"默多指着表演场地，"这个场地真棒！"

莎拉笑了笑。

"老杰西长廊，不能再好了！"基尼说道。

莎拉走在前面领路，基尼犹豫了一会儿，等着默多走上前来。默多同样也犹豫了一会儿，于是基尼赶上来，跟随莎拉走到了房子的一侧，穿过小型舞台和紧急出口。

在进入舞台前，基尼往后看着默多，问道："你听说过扎迪克乐队吗？"

"没有。"

"我们拿走了他们的鼓和贝斯，他们可严格了，可严格了。"

"他们与我们一同表演吗？"默多问。

"是的。"

"那太棒了！"

"对。"基尼笑笑。

基尼和默多在走廊里等着莎拉。莎拉和梦扎伊女王正在后面的一个小房间里更衣。不一会儿，乔尔从大堂的入口走了进来，一边用手拧着门把手，一边向默多笑着打招呼："嘿，默多！"

随后他便招呼默多和基尼随他而去。基尼走在默多前面，莎拉也迅速跟在后面，他们一前一后进入了主会场。他们再次路过那位双手交叉、头戴帽子的酒保。此时的俱乐部聚集了越来越多的人，桌子也已被占满了。他们来到舞台，各就各位。乔尔逐一拿出他们的乐器。默多背起那台蓝绿色手风琴，并调整肩带。基尼正在为吉他调音，而莎拉此时正在与舞台下方的人亲密交谈。默多无法看清台下莎拉交谈的对象，也不想看清，他在刻意逃避台下观众的目光。这或许是他进入自己的私密空间的一种方法。或许父亲可能已经在现场。当然如果父亲在的话那最好不过了。可这一切都无所谓，因为已成定局。虽然这时候默多很想笑出声来，哈哈哈，可他忍住了。他温柔地触摸着这台蓝绿色手风琴的琴键，音质优美，悦耳动听。好吧。他的牙齿咯咯直响，或许是太紧张，又或许是太激动了吧。扎迪克乐队的鼓手和贝斯手、吉他手也在台上，并与莎拉交谈。或许他们早就认识莎拉。当然！在这里莎拉可是无人不知，无人不晓，毕竟她是梦扎伊女王的孙女儿。默多留意到他们正在看着他，他礼貌地点点头，他们也回以友好的微笑。表演马上开始，默多终于迎来梦寐以求的这一刻。哈哈哈。他看着天花板。莎拉正在舞台边上与人交谈，管他是谁呢！默多看看舞台后方，鼓手已经准备就绪，而贝斯手在与基尼交流。

　　一片寂静后，观众席中响起了稀稀拉拉的掌声。默多左右环顾，这时只见梦扎伊女王出现在后台门口。老酒保替她端着手风琴，在一旁候着。梦扎伊女王身穿一件具有浓厚非洲风格的晚礼服，像艾德娜阿姨一样笔直地站着。她缓缓踏步向前走，双手自然垂放于两腿外侧，在舞台前方稍作停顿。她轻轻提起裙摆，缓步走上舞台时，观众席中和舞台上爆发出热烈的掌声。这是默多十几年的人生中最光辉灿烂的时刻。他突然笑出声来，但又刻意忍住了。这真是他人生中最辉煌灿烂、引人夺目的时刻，他从未有过如此强烈的自豪感。梦扎伊女王在舞台上转了一小圈儿，看着观众。她在舞台中央的麦克风处停留，并伸出前臂。酒保这时走上舞台，把手风琴递给她。她的手风琴是默多见过的最漂亮、最精致的手风琴。梦扎伊女王优雅地说道："谢谢你，维尼。"随后维尼便走下舞台。她往后移动了一小步，离开麦克风，背上手风琴并调整肩带。她直勾勾地与观众对视，明眸善睐，似乎是在用眼神诱惑着他们。台下的所有人都被梦扎伊女王独特的魅力所震慑，不由得叹为观止。她就像是英雄般的人物高高在上地看着台下的观众。在舞台上，她永远是最出类拔萃的表演者。

她喝酒了吗？或许吧。她向观众挥手示意，欢迎大家，并独奏了《这就是我》——一首由她姐姐，艾达女王创作的曲子的前面几个小节。

"请大家来听听我的故事，我来自路易斯安那州。"随后她说了几句开场白，接着她环视观众，并说道，"我使用的是一台旧式手风琴。"

接着她退后一步，对着麦克风清唱：

呜啦啦。

台上的乐手以及台下的观众纷纷呐喊回应：

我来了！

人们纷纷走到舞台中央，梦扎伊女王为他们歌唱。莎拉使用卡津人的传统乐器踏踏板，默多演奏手风琴，基尼弹奏音质浑厚的蓝调吉他为梦扎伊女王伴奏。莎拉同时为梦扎伊女王合音，而默多以及扎迪克鼓手则为梦扎伊女王的每句结尾伴奏。梦扎伊女王演唱的歌词一如既往的诙谐幽默，夹杂着法语及英语。扎迪克贝斯手一边演奏，一边抖动双肩，像一个正在行走的硬汉，并全程注视着梦扎伊女王。他和鼓手为梦扎伊女王提供了既不喧宾夺主，又相得益彰的最强和音。在这个舞台上，只有梦扎伊女王是唯一的主角。她此刻的表现正如她口中的艾德娜阿姨：只要她出现，足以让一切硬汉闻风丧胆，她就是如此举世无双。

默多寻找合适的时机加入了他们的节奏，他和贝斯的节奏相映成趣，为最强和音增光添彩。因此贝斯、鼓以及默多的手风琴相映成趣，解放了基尼的吉他，使其可以自由发挥，同时也解放了莎拉的踏踏板，使其可以自由地跟随梦扎伊女王的节奏。这也是梦扎伊女王自己想要达到的效果。莎拉眼角微微上扬。

可是她并未展露微笑，除非有其他成员让她加入，她才礼貌性地回以微笑。因此，大家都全身心沉醉在音乐的世界中，全神贯注地关注每个音符，留意音符之间的衔接。或许你会问，怎么留意音符之间的衔接呢？哈哈，扎迪克贝斯手以及鼓手会知道，默多也会知道。

毫无意外，他们演奏的每一首曲子都出现在莎拉给默多的 CD 中。梦扎伊女王首先介绍了自己的一首曲子《新鲜空气对你大有裨益》，这首曲子她曾在家里的门廊前与默多合奏过，也是默多早晨在草地里练习的曲子。

"好吧，"梦扎伊女王一边转身看看鼓手一边说道，"新鲜空气对你大有裨益，请一边呼吸新鲜空气，一边享用美味佳肴吧！别忘了把胡椒递给我！"

后面的鼓手兴奋地回应："晚餐已经上桌，烤面包在哪里？"

虽然整首歌似乎只有这一句歌词，但舞者时不时停下来大喊："新鲜空气对你大有裨益。"

鼓手也停下来喊话："烤面包在哪里？"

虽然这种对话听起来有些犯傻，可是这样的场合人人却乐在其中。

接下来她又演奏了两首原创曲子：在第一首曲子中，默多进行了小小的改编，小小地露了一手，其中一段甚至引起了梦扎伊女王的注意。第二首曲子名为《你我一样》，也是一首别出心裁的歌曲。梦扎伊女王示意全场观众安静下来，随后介绍她的出生地在路易斯安那州纳基托什小镇附近的岛屿上。她用英语和法语进行双语介绍，她是克里奥尔人，在卡津人到来之前很久便来到了这片土地上。她所陈述的这段家族历史对于台下观众而言是闻所未闻的。如果这是他们的家族历史，为何人们对此一无所知呢？观众们认真倾听着梦扎伊女王的故事，艾德娜阿姨和凯利也坐在家人席上。

迭戈·纳西索和他的乐队也赶了过来。迭戈站在墙壁和家人席之间，周围是一群在舞场随意跳舞的人。他的乐队成员站在舞池边上。没有人知道他们来了多久。

在莎拉送给默多的 CD 里，梦扎伊女王使用英法双语演唱，而在现场她完全用法语演唱，那充满磁性的声音为这首曲子增加了几分凄凉厌倦之感。

或许这并非凄凉，而只是疲惫。可你也只能革新洗面，从头再来。这便是这个歌名的含义，我们革新洗面从头再来。我们都是一样的，顾名思义《你我一样》。

莎拉站在梦扎伊女王身旁，全神贯注地听着外祖母说的每一句话、唱的每一句歌词。是的，有人在你耳边演唱这种曲子，让你忍不住潸然泪下，被这样一位英雄、一位勇士深深感动。她在舞台上光芒四射，闪耀着爱和骄傲的光芒。哈哈哈。可是她并没有落泪。如果是默多站在身旁，他一定会落泪，默多总是容易流泪。可莎拉并非如此。或许这是男人的通病，而不是女人的通病。

曲子临近结束，梦扎伊女王的声音逐渐减弱，直至完全消失。然后她继续在手风琴上弹奏了一段，最终停止，此时其他乐手都已经停下，默默注视着她。

这时全场观众鼓起掌来，梦扎伊女王弯腰致谢。这已是他们表演的第五首曲子。梦扎伊女王向前走了一小步，笑着指着台下说："你们知道这位牛仔是谁吗？"

人们纷纷转身去看，不少人认出是迭戈。

"嘿，你好。"梦扎伊女王冲他打招呼。

迭戈像今天早些时候一样脱下帽子，并鞠躬致谢。梦扎伊女王把手放在臀部两侧，摇摇摆摆地走向他。这个动作看上去像是舞蹈的动作，是她为了支撑自己隐隐作痛的腰部所为，紧接着她便用手轻揉臀部，缓解疼痛。但她又笑了起来，并用手指指着舞台前方空地和麦克风："嘿，纳西索先生，请你来为我们演奏一曲吧！"

迭戈摇摇头，表示不同意。

"迭戈！这可不是建议，而是命令，我可是认真的。你现在赶紧上来！"

她话刚说完，观众席和乐队席中便爆发出笑声。很明显，梦扎伊女王轻松调侃了一把好友迭戈。迭戈装出一副无可奈何的样子，看了下乐队成员，耸耸肩，准备走上舞台。这时观众席中爆发出更为强烈的欢呼声和喝彩声。迭戈从家人席中的桌子下方取出手风琴，走上了舞台。他的乐队乐手们两手空空地走上舞台。维森特和埃斯特班走到默多站着的地方。维森特亲切地伸出手与默多握手，而埃斯特班则轻轻地拍打默多的肩膀。"嘿，默儿多，"他轻轻说道，"我们得站在这儿唱歌。"

他们需要使用麦克风，于是默多离开了。迭戈正在与扎迪克的贝斯手、鼓手及梦扎伊女王交流演奏事宜。贝斯手听完后点点头，把吉他交给桑迪亚哥，而鼓手则把位置让给罗伯托。迭戈走到舞台中央的麦克风前，并调整手风琴肩带。默多跟随两位扎迪克乐手走到舞台边上，这时，他在酒吧旁边发现了父亲的身影。父亲正紧盯着他。迪克兰·派克站在父亲身旁喝啤酒。默多希望这时候父亲也来上一杯，他装作没有发现父亲。

舞台上的迭戈先礼貌地鞠了一躬，随即开始演唱一首名为《玛格丽塔》的西班牙语歌曲。维森特和埃斯特班在后面为他伴唱，发出呐喊声和跺步声。梦扎伊女王则在他们身后跟着节奏踏步。这是她十分熟悉的一首曲子。迭戈转身朝向她演唱，并用西班牙语与其高声对话，而她则用西班牙语、法语和英语回应。这就是生活，生机勃勃、其乐融融，让人无暇他顾。默多挥舞拳头以示兴奋。扎迪克鼓手看着他。"真对不起。"默多说。鼓手笑了笑，默多耸耸肩，对他回以笑容。

即便父亲来了，现场气氛也依然高涨。父亲的到来不会让气氛尴尬，不会改变任何东西。除非父亲刻意地要对默多产生影响，从而牵一发动全身。正在演奏贝斯的桑迪亚哥竖起眉毛，并用夸张的面部表情向默多示意：你觉得怎样？你觉得怎样？

默多露出灿烂笑容，用力挥舞拳头，向他回应："棒极了！棒极了！"

天哪，这音乐的世界实在是妙不可言。一曲终了，台下爆发出热烈的掌声。出于礼貌，他们只会在台上演唱一首乐曲。

梦扎伊女王走到前方的麦克风处，与迭戈互相亲吻脸颊。她为迭戈热烈鼓掌，接着她的乐手重新回到台上。默多跟随着取回了贝斯和鼓的扎迪克乐手重新登上舞台。

默多向桑迪亚哥和罗伯托眨眨眼。"好吧！"他说。

"好吧，我们又来了！"桑迪亚哥笑笑并拍打他的肩膀。

梦扎伊女王等迭戈他们下台，观众们重新安静，乐手们准备就绪后，她对着麦克风喊道："好吧，现在让我们忘了那位卡津牛仔。这是我的乐队，我是如此幸运，拥有一批成为我至亲密友的乐手们。"梦扎伊女王朝后看着莎拉、基尼和默多，还有鼓手和贝斯手，然后说道："这两位扎迪克音乐家来自路易斯安那州的奥珀卢瑟斯，我对他们无所保留，当然了，也包括教给他们如何最快离开这里！"

扎迪克的鼓手和贝斯手忍俊不禁。梦扎伊女王看着他们："好吧！"

她继续说道："好几位年轻的朋友今天都来到现场，与我共同演出，这是我莫大的荣幸。基尼，便是其中的一位，他是一位吉他高手，从密西西比的维克斯堡镇远道而来。

基尼上前一步，点头示意。这时梦扎伊女王向正在眉开眼笑的默多示意，并说道："这位是默多，你在笑什么呢？！哈哈，他没事总爱笑！来吧，告诉大家你来自哪里。"

现场陷入一片寂静。

"来自公交车站！"默多喊道。

现场爆发出一阵笑声。梦扎伊女王也忍俊不禁，并朝他飞吻。"好吧，默多是我的孩子。还有我那来自密西西比艾伦镇甜美可人的外孙女儿莎拉。

到前面来吧，莎拉！”

这时家人席中爆发出更大的欢呼声。梦扎伊女王说道："这位美少女可是自带粉丝的！"说毕她便退回到麦克风后面，继续演唱了两首快歌。唱完后在观众们鼓掌时，她靠近默多低声说道："你现在为大家演奏一曲可好？你有准备曲子吗？"

"有，好！"

"我们会跟着你的节奏现场发挥。"

"好的。"

梦扎伊女王对着麦克风说道："比一台手风琴演奏现场效果更好的便是两台手风琴合奏。默多将为我们带来下一曲，你想为我们演奏什么，默多？"

"要不演奏《我很好奇》？"

梦扎伊女王看着默多："孩子，你可以随心所欲，演奏任何曲子。"

"好的，我将要演奏的是《我很好奇》。"

"你演奏《我很好奇》？"

"是的。"

"真不错！"

"演唱的部分你也负责？知道哪里是演唱部分吗？"

"知道，没问题，我负责。"梦扎伊女王对着麦克风说，"下面我们欣赏老兄弟克里夫顿的歌曲《我很好奇》。"她说完后走到一边，对默多低声说，"前奏部分你大可放慢速度，为观众创造机会跟上节奏。你最近一直在听博·乔克斯的歌吗？"

"是的。"

"好的。"她回答，并把这些信息告诉旁边的乐手。

莎拉对他招手，他向莎拉回以微笑。他正站在舞台中央的麦克风前，观众等待着他开始演奏。默多凝神屏息了片刻，随即开始了一段前奏的一段蓝调音乐。这是默多不惜一切代价想要演奏的曲子，他仿照博的演奏方式，今天早上在长凳上排练过。他想起了那个梦魇，自己想要怎样？他要如何带领乐队？他一无所知。梦扎伊女王正在看着他，莎拉和乐手们也围在他的周围。

默多再次重复前奏，并向旁边倾斜，等待梦扎伊女王来到麦克风前，她带领着乐队慢慢进入了默多的节奏中，共同合奏。

他们合奏起来，配合默契，遥相呼应。他们的演奏节奏优美、内容充实，默多融入集体中，完全没有孤立或突兀感。是的，他就是默多，既放飞自我，又完美地与乐队相融。他感觉在这个乐队里，他可以随心所欲地演奏，并且是一位受人尊重的音乐家。默多虽然一直对自己有自信，但由于太久没有扬眉吐气的机会，以至于过于疲惫，而现在在这里，终于又有了重拾兴趣的机会。至于其他人怎么想，只能任由他们了。无论如何，父亲都会自作主张，而这也绝非默多所能干涉的。莎拉也是，莎拉是个如此美好的少女，让人永远不忍心说她任何一句坏话。当她说出"噢，默多"时，她理解了默多的所作所为。噢，默多。在音乐的世界里，你可以随意徜徉，尽情享受。

过了一会儿，曲子结束了。默多非常欣慰，是他起的头，他也会好好结尾。梦扎伊女王停顿了一会儿，现场观众便鼓起掌来，这时梦扎伊女王热烈亲吻默多，鼻尖相触，惹得观众们一阵欢笑。默多听见他们的笑声和掌声——他虽没有直接与观众对视，但他听见了，于是他点头微笑致谢。无论如何，他只是整个乐队团体中的一员，与其他成员都是不分彼此的。等观众的掌声稍微停下后，梦扎伊女王对着麦克风说道："嘿嘿，最后一首曲子已经演奏完毕。孩子们，我的孩子们，请先安静下来……"接着她笑着看了一圈儿，无论是坐着的还是站着的抑或围在酒吧旁边的观众都在等待着她。这时她低声道："你们都多大了？在你们眼里我是不是已经成为明日黄花了？哈哈，你们都这么认为吧？这可要考虑清楚再回答！"

现场再次爆发出笑声。"好吧，"她说道，"下面我们再演奏最后一曲，歌名便是离开得克萨斯州最快的州际——I-10，希望迭戈和他的乐手们一路顺风——我们下次再见。下面请欣赏我的姐姐艾达创作的曲子——《高速公路 I-10》。"

当他们表演结束时，观众们纷纷走上舞台与梦扎伊女王亲切交流，莎拉站在梦扎伊女王身旁。基尼与乐手在一起。这时默多没有发现父亲的身影，他本以为父亲一定还在现场。一群观众正在好奇地盯着默多，这让他手足无措。他很快穿过走廊，回到了后台。在莎拉和梦扎伊女王到来前，他在更衣间迅速洗了个澡。然后走到外面阳台上，背靠着墙站着。

此时夜阑人静、微风拂面，默多前方是漆黑一团的空地，开始表演前他听见了不远处传来了火车的声音，或许是从路易斯安那州传来的吧。能在这里安静思考这一切真让人心情舒畅。默多原来只在歌曲里听说过路易斯安那州的名字，对其不甚了解。而现在他独自来到了这个地方，独自来到了路易斯安那州。虽然这并非他势在必行之事，但他还是来了，这便是默多，从内而外都忠于自己的内心。他有种妙不可言的感觉。到底是什么呢？他形容不出来，可内心十分欢喜，正如他刚才演奏的那曲蓝调里面的歌词：

我很好奇

请告诉我你离开的原因

我不想黯然回家

我爱你

可我怎么活在水深火热中

这是一首有故事的歌曲，需要有故事的人去演唱。可默多不是，默多没有活在水深火热中。他唱这首歌完全凭自己的头脑想象。这便是头脑的作用，不然头脑何用之有？人人都有头脑，头脑如果不用来思考将一无是处！

父亲的存在仿佛提醒他进入了另一个世界，另一个"真实的默多"的世界。并不是默多心中的小天地，而是一个熙熙攘攘的真实世界。而父亲认为在这个世界里的默多才是"真实的默多"。

是时候回到大厅里面了。可默多并不想回去，他实在做不到在里面左右逢源、畅所欲言。他压根儿也不想和大家共处一室，他更希望独享黑夜静谧的氛围，被黑夜吞噬。天哪！

父亲不知道在哪里，或许在外面与迪克兰·派克等烟民在一起吧！

父亲会很难为情地开口与莎拉的家庭成员打招呼，他不想显得那天是自己执意强求。不然他可以怎么说呢：周日那天没有留下来吃饭真的不好意思，因为我们急着赶车。

默多走进大厅，这是他必须做的事情，否则便会显得自己十分愚蠢。想象一下在黑暗中缓慢行走。上帝会知道我爱你，而你将要去往何方仍是个未知数。

他打开旁边出口的门，从后台走廊穿过，再次留意两旁的海报和旧照片。他从后门进入走廊，并保持门微微打开。走廊里没有人，他便出去了。桑迪亚哥和其他迭戈乐队的乐手正在一旁，像是在等待着他。默多进来后，他们便兴奋地走向默多，与其寒暄。但没说几句默多便发现了父亲的身影，他正站在入口处往里面仔细查看。

默多见状，假装随意地转过身，走向莎拉的家人席旁，莎拉家人把他当作至亲好友一样热情招待。他在桌旁找了个座位坐下。基尼坐在莎拉旁边，莎拉正在兴致勃勃地与大家分享吉格舞会的趣闻，引得众人捧腹大笑。默多思想正在开小差，没能理解众人的笑点。可他依然十分欣慰，因为他可以坐下来悠闲自在地听听音乐，而不是被父亲谴责。毕竟他已经十分劳累，肚子也有点儿不太舒服。

或许是紧张所致。他需要上洗手间，可是洗手间在哪里呢？这才是最糟糕的。他盯着地面沉思片刻。开动脑筋，不断开动脑筋。如果要去洗手间便一定要经过父亲那里。200美元，还钱。当然他必定会还，绝对会还。

他还没有花光所有的钱。他会把这些钱全部还回去。一定是全部还回去。

现在无处可去，只能呆坐。父亲还是站在那里，只有可能他走过去找父亲，父亲是绝对不会过来找他的。因为这里是莎拉的家人席，父亲会认为随意打扰是无礼之举。

默多打了个哈欠，他确实需要睡眠。可这不是什么要紧之事，更重要的是他的肚子不舒服，或许又是紧张所致。

现场所播放的磁带音乐与开场前所播放的为同一位歌手的作品，一段旋律优美的布鲁斯摇摆音乐钢琴伴奏。你甚至可以在头脑里想象那位老酒保便是钢琴手，一旦你扰乱他的演奏，他便会大声呼喊：我的枪呢？我会一枪将你击毙。

梦扎伊女王换上便装，从后门走了出来，准备离场。她被观众团团包围索要签名和合照。他们全家正准备去某个餐厅享用饕餮大餐，并向默多发出了邀请。可默多清楚自己难以随他们前往，因为父亲在现场。

有人在身后戳了一下默多的肩膀，原来是迭戈乐队的埃斯特班。他低声召唤："来吧，默儿多，我们来喝杯啤酒！"

默多笑了笑。埃斯特班指着其他在等待着他的乐队成员。维森特拍拍默多肩膀："嘿！默儿多！"

桑迪亚哥和罗伯托举手击掌，并呼唤："默儿多！"

他们总是把默多称为"默儿多"。默多喜欢这个称呼，"默儿多"，他觉得比默多更亲近。桑迪亚哥从地上举起啤酒，倒入塑料杯子，并递给默多。

埃斯特班问："默儿多，你和白人一起组乐队玩儿音乐对吧？"

"你指的是在家的时候吗？在苏格兰？"

"对，在苏格兰。"

"是的。"

"是演奏爱尔兰音乐吗？"维森特问默多。

"是苏格兰音乐。"

"苏格兰音乐！"桑迪亚哥笑了起来，并用西班牙语跟罗伯托说了些什么。

"我们的表演你可没来。"埃斯特班说道。

"是的，我怕赶不上这一场。"

"好吧！"

"默儿多，你听说过康芬特（Conjunto）音乐吗？"维森特问道，"康芬特？"

"没有。"

"那你听说过特哈诺（Tejano）吗？特哈诺音乐？"

"得克萨斯—墨西哥音乐？"埃斯特班问道。

"也没有。"

"你听到的我们跟迭戈一起演唱的音乐，便是康芬特音乐。"维森特指着其他三位乐队成员，"我们是康芬特乐队，正在找人。"

"不是一般的人，"埃斯特班迅速补充，"而是手风琴手。"

"是的，"维森特说道，"我们在寻找一名合适的手风琴手，你想加入我们吗？"

"什么？"

埃斯特班说道："默儿多，来加入我们的乐队，在这里的乐队。"

"你想加入我们吗？"维森特问道，"我们也表演吉格舞曲。"

默多笑了笑，看着他们，抿了一口啤酒，感觉味道浓烈。

"默儿多！"桑迪亚哥拍拍他的肩膀喊道，接着他举起手中的手机，对着默多拍照，"嘿，默儿多，看这儿……"他拍下了一张默多的照片。

"来加入我们吧！"埃斯特班说。

"你昨晚无处休息，是他们告诉我的。今晚跟我们一起住旅店吧！"维森特说道。

默多笑而不语。

桑迪亚哥握紧拳头敲敲默多的肩膀："嘿，你手风琴弹得真不赖！"

"我们明天一大早就要离开了。"维森特说道。

"是的，一大早。"埃斯特班说。

"我们明天一大早便回家。"维森特说道，"你加入我们，跟我们一起，愿意吗？"

桑迪亚哥指着天花板，又摇摇手指："天哪，手风琴手！"

"是的，"埃斯特班补充，"我们踏破铁鞋地寻觅，没想到今天得来全不费工夫。"

默多忍俊不禁。"好呀，"默多说，"可我现在身上什么也没有带，我是指甚至连衣服等随身物品我都没有带上。我可真的一无所有。"

维森特用西班牙语跟桑迪亚哥及罗伯托交换意见后，告诉默多："你需要衣服吗？我们多的是！"

桑迪亚哥说："是的，衣服，我们有。"

罗伯托用西班牙语跟他们说了点儿什么，大家都笑了起来，随后便跟默多举手击掌，虽然默多听不懂他们交谈的内容。

"他们说你还有你的手风琴，"埃斯特班说道，"罗伯说'才不是呢，他身上不还有手风琴嘛'！"

"哦，哈哈。"默多笑了起来。

维森特补充道："你知道，我们的乐队可是小有名气的。我们也表演吉格舞曲。"

"吉格舞曲！"桑迪亚哥双手握拳，呼喊起来。

默多举起杯子，喝下啤酒。这时乔尔出现在他身边，低声说道："嘿！"

"嗨。"默多回答。他看见在酒吧另一端的父亲正装作若无其事地看着自己，然后又喝下一口啤酒。其他乐队成员看着默多和乔尔。

"他们问你了吗？他们一整晚都在讨论你，他们想让你演奏手风琴。"乔尔说道，眨了眨眼，"你是白人，他们认为这非常酷。"乔尔打了个响指，"说不定能泡到更多妞呢！"

埃斯特班和维森特笑了起来。

"意下如何？"桑迪亚哥用西班牙语问道。

埃斯特班和维森特用英语为默多和罗伯托翻译。罗伯托冲着维森特发出尖叫声。埃斯特班说："那可是真的，维森特，他可泡不到妞！"

"已经六个月了！"桑迪亚哥说道。

维森特开玩笑似的用右手比画出手枪的形状，指着桑迪亚哥的头，嘴里发出声音："砰！砰！"

哈哈。桑迪亚哥故作踉跄状，假装被击倒地。其他几位成员和默多都笑了起来——桑迪亚哥是个风趣幽默的小伙子。

乔尔轻声告诉默多："嘿，默多，我要走了。"

"什么？"

"我们一家人都准备离开了。你想跟我们告别吗？"乔尔笑道。

"天哪！"

默多这才留意到大厅的桌子上再次人满为患。一群扎迪克乐队成员在舞台上摆弄乐器，准备演出。作为今晚的压轴表演嘉宾，他们正准备开始演出，因此观众陆陆续续返回了现场。默多打算跟随乔尔穿过后台与他们一家告别，可这时维森特拉着他的肩膀，说道："默儿多，来跟我们一起吧，我们这里有床，有浴室。"

"还有酒吧。"桑迪亚哥补充道。

"是的，有很多酒吧等着你，"埃斯特班补充，"迭戈自己占用一个大套间，我们这儿有两间房，绝对有你的一席之地。"

"谢谢！"默多回答。

"明天，我们一大早便要出发。"

"我们，我们一起一大早便出发。"维森特说道。

维森特和其他成员等待默多发表意见。这时默多看见父亲和迪克兰·派克正在朝他走来。迪克兰挥舞双手向他打招呼。默多和他相视而笑。

"这是我的爸爸。"默多向众人介绍。

迪克兰一走到默多身旁便抓起默多的手臂兴奋地喊道："真棒！默

多！你的表演让人惊叹不已！你在哪里学习柴迪科音乐的？是在苏格兰就已经懂了吗？"他笑着问。

父亲躲在迪克兰身后畏缩不前。默多的目光越过迪克兰的肩膀冲他微笑："嘿，爸爸……"

"儿子，你还好吗？"父亲伸手向他，并握住了他的手，"你表现得很好。"

"什么？"

父亲笑了笑。默多靠近父亲，低声说道："对不起，爸爸，我十分抱歉。"

"嘘。"父亲制止了他。

迭戈的乐队正聚在一起用西班牙语聊着天儿。桑迪亚哥对大家说了什么，大家的目光从父亲移到默多，笑了起来。

默多挠挠头，支支吾吾地对父亲说："迭戈的乐队，呃……"

"正是如此！"迪克兰咯咯发笑，"孩子，现在我终于明白了，你知道吗？三十年了，孩子，三十年来我从未亲眼见过或亲耳听过迭戈·纳西索的乐队表演。天哪，你知道吗？他们从来不会去奥斯汀[1]往北的区域演出！"迪克兰往默多脸颊上"啵"地亲了一下，默多用手擦了擦。

迪克兰笑了起来。

埃斯特班和维森特正在交谈，并试图引起默多的注意，让默多加入。这时候扎迪克的贝斯手从旁边经过，并与其打招呼，默多本可以与他道别，可周围人实在太多。于是他告诉父亲："我得去跟朋友们道别，梦扎伊女王他们马上要离开了。爸爸，我想……"默多扫视了一下维森特及乐队其他成员。

"好的，没问题！"父亲说道。

默多于是赶紧走向大厅出口，维森特和乐手紧紧跟随在他身后，父亲和迪克兰也跟在他们身后。

---

[1] 美国得克萨斯州首府。

维森特在后面喊着："嘿！今晚你跟我们待在一起吧，我们这里有床、有浴室。明天晚上我们将会在录音室里排练，好吗？"

"录音室！"桑迪亚哥说道。

迪克兰的目光扫视着他们。不知道内情的父亲也在观察着众人。或许他只听清楚了"明天"，却不知道明天会是什么计划。迪克兰对父亲说："汤姆，他们为我们提供房间，还有默多。"

"当然！你的意思是？"父亲皱皱眉，看着默多，"什么？一间房？你指的是床吗？当然是休息的床。这你可不需要问我，孩子，我们当然有另一个空闲的房间。"

默多点点头。他们经过L形的大厅。父亲说："我好像听出了点儿什么，可又不太确定。"

……

"啊？"

默多沉默不语，低头继续前进。当他们走出门后，迪克兰举起右手两根手指做了个胜利的手势，随后拿出香烟盒，取出一根香烟放入口中。门口那位牛仔打扮的壮汉门卫目送他们离开。

父亲悄悄问默多："儿子，他们刚刚在谈论的……是什么呢？"

"没什么要紧事，爸爸，我们可以随后再聊这个话题吗？"

父亲看着他。

他们来到停车场，看见基尼正在帮助乔尔往货车上搬运东西。梦扎伊女王被一群粉丝团团围在大楼的一侧，粉丝们纷纷拿出她的CD向她索要签名。莎拉、艾德娜阿姨、迭戈及莎拉的父母亲都在梦扎伊女王身旁。默多走向他们，父亲和迪克兰跟在身后。

莎拉拍拍默多的肩膀，问道："你打算加入他们吗？"

艾德娜阿姨"咯咯"直笑："嘿，让整个得克萨斯州都沸腾了吧？"

站在身后的父亲和迪克兰无疑听见了这一切。

默多需要表态，他告诉他们："是迭戈的乐队。"

"迭戈的乐队？"迪克兰问道。

"我指的是迭戈的乐队成员，跟他在一起的那些乐手。"

"什么……"

父亲盯着他，默多吸了口冷气，眼睛故意看向别处。

他问莎拉："你们现在就要回家了吗？"

"默多，我们正准备去吃庆功宴，非常欢迎你跟我们一起。"莎拉正要开口便被艾德娜阿姨打断了，接着她对默多父亲说，"先生，不知道您是否喜欢吃咸鳕鱼？我们准备去吃，欢迎您一起。"

莎拉扬了扬眉毛："默多，老实说，就像嚼橡胶皮一样，味如嚼蜡。"

艾德娜阿姨哈哈大笑。

"那你们吃完饭就回家了吗？"默多问莎拉。

"是的。"

"噢……"默多想了一会儿，勉强笑了笑。

"不，我只是……"默多点点头，说不出话来。这时维森特及其他乐手从入口处出来，并与迭戈聊天儿。只见大部分时间都是桑迪亚哥在不断说话。

"默多，你还好吗？"莎拉亲切地问道。

"我还好。"

艾德娜阿姨指着桑迪亚哥对父亲说："他们的乐队非常棒！"

"加入迭戈的乐队……"迪克兰笑了笑，"真棒！"

父亲此时仍然不明就里，眼神充满迷茫。默多故意避开他的眼神，"是迭戈乐手他们自己组建的乐队，不是迭戈的乐队，他们还有他们自己的乐队。"默多与迪克兰说道，然后深吸一口气，"他们认为我是不二人选。"

迪克兰说："当然，孩子，你肯定是不二人选。"

默多耸耸肩，看着父亲。

"他们都是紧密联系，经常合作的。"艾德娜解释说。

迪克兰说道："当然，他们那一片的人都是相互联系的。"

梦扎伊女王这时来到艾德娜阿姨和莎拉身旁。她从盒子里取出香烟，并为艾德娜阿姨递上一根。她告诉父亲："你的儿子应该加入他们。"

父亲一脸不惑地看着她，虽然他内心已经深刻明白他们讨论的话题。默多说："是刚刚那些乐手自己组织的乐队正在物色一个合适的手风琴手，他们觉得我很合适，我可以加入他们的排练。"

莎拉脸上挂着一个大大的笑容，默多也笑着看她。

艾德娜阿姨补充："我可喜欢圣安东尼奥市[1]了，在那里的河边漫步，在酒馆里聆听爵士乐，可谓人生一大享受。"

迭戈和乐手们这时候也走过来凑热闹。迭戈和桑迪亚哥用西班牙语交换意见。桑迪亚哥指着父亲，而迭戈正盯着父亲。艾德娜阿姨用法语与梦扎伊女王低声细语，随后悄悄与迭戈细语了几句。迭戈听完后点点头，并抬起牛仔帽挠了挠头，举起手看了下腕表。

梦扎伊女王对他说："这些乐手们随后还有吉格舞曲表演？"

维森特回答："是的，太太。我们在墨西哥的马塔莫罗斯、得克萨斯州的厄尔巴索以及墨西卡利[2]等地都有演出。"

"是康芬特音乐的巡回演出吗？"

"是的，是的！因此我们希望默多与我们一起参加巡回演出。这对默多，对我们都有好处。"

"那是。"迪克兰回答。他看着父亲，而父亲也在看着他。父亲一言未发，似乎被众人所遗忘。可父亲一定会说点儿什么，只是他现在还在倾听众人的意见。父亲总是这样与众不同。只要他想发表意见时，不会在乎众人的目光。

默多在等待着父亲发话，而莎拉注视着他。他笑了笑，并看着父亲。父亲只是耸耸肩，依然一言不发。默多只得盯着地面。

---

[1] 美国得克萨斯州南部城市。

[2] 墨西哥的一座城市。

父亲终于问默多："儿子，他们在说什么呢？我们周二便要回家了。你知道他们在说什么吗？"

父亲表情十分严肃。默多不敢吱声。父亲对迪克兰说："我真的搞不懂这些人在说些什么。"

迪克兰咳嗽了几声，清了清喉咙。他是位才华横溢的音乐家，只是在场的人知之甚少。默多本可以告诉他们。这时候艾德娜阿姨似乎想说点儿什么，可欲言又止。维森特及乐手们依然注视着他。父亲再次说道："到底发生了什么呢？默多？我们下周二便要回家了。我是不是错过了什么消息？"

默多盯着他，一言不发。

"默多？能告诉我吗？"

"爸爸，我能否在这里多停留一阵？"

"你是什么意思呢？"

"或许我们能在这里小住一段，与朋友们一起玩玩音乐，又或者能永远……"

"我难以理解你的意思，默多。"

"我想在美国继续待下去……"

"可是儿子，我们现在只是度假。"父亲笑笑，"我们是出来度假的。"

"爸爸……"

莎拉站在艾德娜阿姨身旁，听见了这一切。迭戈及乐手们在旁边也听见了。埃斯特班和维森特为迭戈、桑迪亚哥及罗伯特翻译父子俩的对话。

父亲说："我们只是出来度假的。"

默多说："这不仅仅是一个假期。"

"只是度假。"

"爸爸，不是的。"

"我不想在这里谈论这些了。"

"爸爸，这不仅仅是一个假期。"

"这当然是一个假期。"父亲对梦扎伊女王说道，"我们只是出来度假的，你懂的，我们来美国是度假的。"

梦扎伊女王无言以对。

"爸爸，实在抱歉。"默多说。

"抱歉什么？"

默多这时发现莎拉的注意力已经被不远处货车旁边的父母亲、乔尔和基尼吸引住了，他们已经整装待发。莎拉朝他们打了个招呼。

"抱歉什么？"父亲再次问道。

"呃。"默多倒吸一口冷气。

"你抱歉什么？"

"没什么，我只是在想我是否能在美国多停留一阵，与这些乐手们玩儿音乐，然后再回家。"

父亲与默多四目相对。周围其他人虽对谈话内容很感兴趣，但却出于礼貌保持距离。迪克兰也一样，正站在几步之外的地方吸烟。

默多再次说道："爸爸，很抱歉。"

"儿子，你不用抱歉。你不可能留在美国，这根本办不到。"

"可以的。我是否可以先去参加吉格舞表演，然后再回家呢？"

"这不可能。"

"可是爸爸……"

"你已经听到我的答案了，儿子，这不可能。你才十六岁。"

"将近十七岁了，爸爸，我马上十七岁了。"

"你才十六岁，"父亲看着迪克兰，"迪克兰，这是不是不可能？"

迪克兰叹了口气，无可奈何地点点头："这事儿确实有点儿复杂，毕竟办理手续等繁文缛节非常多……"迪克兰摇摇头，扔掉了手中的香烟。

"工作签证、社会保障卡、绿卡等，你都没有，你甚至都没有带护照在身上，你把它落在了约翰爷爷家里。你把护照落下了。"父亲疲惫不堪地说道，后瞥了一眼梦扎伊女王，"他居然连护照都忘了！"

"去得克萨斯州不需要护照。"梦扎伊女王说道。

"确实不需要！"莎拉补充。

迪克兰笑笑，说道："是的，去得克萨斯州不需要护照。"

迭戈不解地问埃斯特班："得克萨斯州？护照？"

"我的意思是，你去哪里都需要身份证明。需要身份许可证件。"父亲看着默多，"孩子，你需要身份许可证件。"

艾德娜阿姨咕哝道："证件证件，去哪儿都是证件。"

埃斯特班和维森特在一旁为迭戈用西班牙语解释这一切，桑迪亚哥和罗伯托也在仔细聆听。迭戈不断点点头，随后走了几步走到父亲跟前。父亲盯着他，迭戈也盯着父亲，迭戈随后拍了下父亲的肩膀，说道："嘿，默儿多的爸爸，朋友，你好。"

迪克兰看着他，告诉迭戈："这是汤姆，默多的爸爸叫作汤姆。"

"我的朋友，汤姆，你好。"迭戈把手双手搭放在父亲双肩上，"我可以为默儿多提供身份许可证件。我有许可证，现在就有。"他依然把手搭放在父亲的双肩上，回头看着默多，"嘿，默儿多，你这位小小音乐家。"

默多忍不住笑了笑。

迭戈说道："默儿多！你需要身份许可证件，我可以给你。我，得克萨斯州圣安东尼奥市公民迭戈·纳西索——愿主保佑，所有的权利都永远永远属于我。"

随后迭戈将双手从父亲的肩膀上拿开，后退一小步，轻拍自己的胸脯，并向默多摇摇手指："默儿多！看！我为你认证了身份。"

迭戈再次面向父亲，举起右手，像是颁布教皇的圣旨："愿主保佑，所有的权利都属于我，我将允许你的儿子，默儿多，一位手风琴手，随心所欲、追逐梦想，好吗？好的。"

父亲盯着他。迪克兰和周围的乐手见状都忍不住笑了起来，可是父亲依然表情严肃、一言不发。

"这样可以吗？"迭戈问道。

父亲依然一本正经、不苟言笑。

"嘿，附近有个酒吧。"迭戈召唤众人，"我们去庆祝一下？汤姆，我们一起去喝杯啤酒？"

迭戈把双手都放在父亲肩上，与其四目相对。气氛依然十分紧张，迭戈脸上的笑容逐渐消失了。

"嘿，汤姆，他们会好好照顾你的儿子的，不需要过分担心。他们去表演，能赚钱。你的儿子绝不会有事。我们的家在圣安东尼奥市，我也住在那里，他跟我们在一起绝对安全、一切安好。他在我家有住的地方，周围都有我们的熟人和朋友。"迭戈对着父亲说，然后耸耸肩，指着桑迪亚哥，"这个小子是我的侄子，我哥哥的儿子。"

迭戈冲着父亲点点头，笑了笑，然后向梦扎伊女王和艾德娜阿姨送了个飞吻。他与乐队成员击掌道别："好吧，我们要走了。赶紧告诉默多明天排练的所有细节，包括所住酒店的信息。快点儿。埃斯特班，车钥匙哪里去了？"

埃斯特班走向前来。

"好，我们喝酒、聚餐去。"

"好的，迭戈。"

迭戈的乐队开了两辆车，一辆是高大的小货车，另一辆是吉普车。梦扎伊女王和艾德娜阿姨与他一同往前走，边走边聊。另一位小伙子驾驶着吉普车，停在路边，并站在副驾驶位置旁边等待。当迭戈到达时，他为他打开车门，随后关上了。

桑迪亚哥驾驶着小货车，并载上其余三位乐手。埃斯特班攥紧手掌，最后悄悄向默多交代："我们明早七点出发，记得了吗？"

"七点？"

"是的，很早。我们来找你，可以吗？"

默多点点头。

埃斯特班低声道："你会告诉你爸爸吗？"

"当然。"

"真的吗？"埃斯特班问。

"当然。"默多点点头。

"好的。"埃斯特班冲他露出笑容，握紧拳头，回到货车上。其他人正在车上等待。他们在车上与默多挥手道别。

梦扎伊女王裹紧围巾，问艾德娜阿姨："冷吗？我怎么感觉寒风刺骨。"

"有点儿冷？变天了。"艾德娜阿姨回答。

迪克兰对梦扎伊女王说道："梦扎伊女士，你今晚光彩照人，你的演出精彩绝伦。"迪克兰伸出手来与她握手。

"谢谢你，先生。"梦扎伊女王回答。

"迪克兰也是位音乐家。"默多说道。

"是的，我知道。"她回答。

迪克兰笑了笑。

"你是位才华横溢的音乐家。"默多评价迪克兰。

"哈哈。"迪克兰点点头。

莎拉的父亲再次呼唤他们。默多转身看看他们又转身回来。

"嘿，默多！"艾德娜阿姨伸出手臂，拥抱着默多久久不放开，并叮嘱道，"一定要好好照顾自己！"

梦扎伊女王也走过来与默多轻轻拥抱。"我们已经行过大礼了，现在只需要轻轻拥抱！"她开玩笑说，后轻声交代："默多，从今天开始，我们保持联系，好吗？你有我们的地址了吗？还有邮箱地址等信息，你都记下了吗？"她边说边看着莎拉，莎拉在一旁微笑。

"是的。"莎拉说道。

默多点点头。

"嗯，很好，你也已经知道了我们的住址。"

默多微笑。

"好吧，"梦扎伊女王边说边用手抓住默多的手腕，笑着对艾德娜阿姨称，"这孩子没事总爱笑。"

默多盯着她。

"孩子，你是我的孩子。"她说道，"我可是永远不会忘记你的。"

"嘿嘿。"

"好的。"梦扎伊女王点点头。她笑了笑，继续往前走。

艾德娜阿姨回头喊道："我们要去卡拉罗餐厅大吃一顿。朋友们，我们要去吃咸鳕鱼。"

默多目送他们走到车子旁边。莎拉站在他身旁，他们目光交流，莎拉笑了笑。接着他们一起走到停车场。在路上，莎拉说："今天你能来我们真的很开心，我们需要你。"

"可别这么说。"

"真的，我们需要你，你知道的。"

默多"嗯"了一声。

莎拉停了下来，把手放在他的手腕上："默多……"

"哈哈哈。"他说，"我还打算不一定来呢！"

莎拉握住他的手腕："噢，默多。"

默多把手腕从莎拉手中抽出，她也因此松手。他故意转移目光，说道："我当然会来的，当然。因为你……我的意思是……"默多瞬间面红耳赤。他闭起眼睛，面容严肃。莎拉凝视着他。

"怎么了？默多？你的意思是？"

"没什么。"

"噢。默多。"

"我只是……"默多有点儿上气不接下气，"基尼多大了？"

莎拉看着他。

"我的意思是，呃……"默多一言难尽。

"他二十岁了。"

"那辆车，我指那辆车是他的吗？"

"默多，那是一辆旧车。"

他皱起眉头。

"当然！"莎拉说，"当然是他的车。天哪！"

他们来到停车场，停了下来。梦扎伊女王和艾德娜阿姨钻进了一辆车的后座。莎拉的母亲钻进了前面的副驾驶位，莎拉的父亲坐在驾驶位置上。基尼和乔尔都站在车旁边。

"你还好吗？"莎拉小声问道。

……

"默多？你还好吗？"

"还好，我只是觉得自己有点儿愚蠢。"

"噢，默多。"

"确实有点儿傻。"默多摇头叹气，随后又展露了笑容，"你准备去上学了吗？"

"是的！"

他咯咯直笑，却欲言又止。莎拉再次伸出手来握紧默多的手，说道："默多，我们要离开了，现在要离开了。你会跟我们保持联系，是吗？"

"当然。"

"一定要。"

"我会的。"

"大家都会很想知道你的消息。"

默多点点头。莎拉犹豫片刻，随后靠近默多，用手臂挽住默多的手腕，亲吻他的脸颊。默多目瞪口呆，一动不动。随后莎拉便走进基尼的车，绝尘而去。他们家人乘坐的汽车也随之出发。莎拉的父亲鸣笛示意，这时艾德娜阿姨摇下车窗，与默多告别。默多笑着与她挥手，并朝坐在另一端的梦扎伊女王也挥手告别。

此时站在小货车一旁的乔尔示意默多："嘿，默多！你是不是落下了什么？"

默多皱了皱眉，终于想了起来，于是赶紧往前走。乔尔把背包和手风琴箱子从货车尾厢中取出来，递给默多。

"天哪！"

乔尔亲切地拍拍他的肩膀，在上车前回头问默多："我们以后还会见面，对吧？"

"绝对会。"

"你会加入他们的乐队吗？"

"我想会的。"

"真好。"乔尔点点头，发动了汽车。

默多后退了一步。他背起背包，拿起手风琴箱子，目送货车的离开。乔尔从车窗中伸出手，与默多挥手告别。默多也向他告别。

父亲和迪克兰站在杰西长廊入口处等待着默多。迪克兰给壮汉门卫点了一根香烟，边吸烟便聊了起来。默多走了过去，站在父亲身旁，对父亲说："他们都离开了。"

"好的。"父亲说道。

他们叫来一辆出租车，父亲正要帮助默多提起手风琴箱子时，默多早一步提了起来，并将它与背包一起放在出租车座椅的放脚的地方。他与父亲一同坐在出租车后排，而迪克兰坐在副驾驶位置上。司机是一位对石油产业了如指掌的白人师傅。他和迪克兰正兴致勃勃地谈论海外石油工作的见闻，聊起各种工作设备和一些共同的熟人。他们谈到很多趣闻——父亲也在饶有兴致地听着——可疲惫不堪的默多忍不住打起盹儿来了。

父亲拿出钥匙，打开了旅店的房门。房间位于一楼，门口摆放着几把椅子，里面是两张单人床和一张双人床。双人床靠近房门，上面摆放着迪克兰的物品。房间里还有父亲和迪克兰买来的六听啤酒。迪克兰拿起一听啤酒，走到外面抽起烟来。

父亲坐在靠墙的床边上，留下中间一张床给默多。默多打了个哈欠，把背包和手风琴箱子放在床边地上，坐了下来，并把手肘抵着膝盖，双手合掌，盯着地面。

片刻以后，父亲问道："饿了吗？"

"当然！"默多会心一笑。

"冰箱里有三明治。"

"太好了。"默多依然坐在床上。

"累了？"

"是的。"

"我是不会盘问你干了些什么的。可你应该理解我的担忧。"

"是的，爸爸，我十分抱歉。"

"我并非需要你的道歉。我只是告诉你这些事情。"

"我会还你钱的。"

"钱并不要紧。"

"但我会还的。"

"默多，钱并不重要。我只是需要你知道作为你爸爸，我为你担忧，这是无法改变的。人人都会为自己的子女担忧。"

"爸爸，我这就打电话给莫琳奶奶。"

"你能知道这么做就好。"

默多叹了口气，探下身子把背包移开。

父亲审视着他，过了一会儿，说道："我们需要谈一谈。你也知道你是不可能留在这里的，这不符合美国的政策，他们不可能因为你而改变政策。"

"我也不需要他们改变。"

迭戈的话起不到任何作用。如果事情如他所言，那自然最好，可事情无法那样发展。

默多打开背包隔间，寻找物品。他打了个哈欠，随后从背包中取出衣服和洗漱用品袋。

“儿子，你听我说完。”

“爸爸，我想洗个澡。”

“不可以。他们一直在说话，我没有发言。”

“我也没有怎么发言。”

“那好，现在轮到你发言了。”

“是的，可我必须先洗个澡，我们以后再谈吧。爸爸，以后有的是时间。”

“不，没有时间了。你洗澡完后会直接躺在床上呼呼大睡。我知道你明天早上准备去那个吉格表演。”

默多闷闷不乐地咕哝起来。

“嘿，我并不是想丑人多作怪。可作为你的爸爸，我不可抑制地为你担忧。来吧，坐下来聊一会儿。”

“我想站着。”

“他们都是正确的，错的只有我。”

“爸爸，你没有错。”

“我当然错了，我是唯一一个提出异议的人。你太年轻了，根本还不懂事！”父亲摇摇头，无可奈何地说道，“我没有办法不生气。他们大可以回家呼呼大睡，可我呢？我怎么能睡着？怎么能？”

“爸爸！”

“我只能躺在床上，干着急。天哪！墨西哥！默多，你可别去墨西哥，我不想你去那里。”

“爸爸，不是墨西哥，是得克萨斯州。”

“他们指的就是墨西哥，他们说了，墨西哥谷。”

“爸爸，他们指的是边境，墨西哥边境，并不需要过境。”

“如果你人在美国，那就是墨西哥边境，可如果你人在墨西哥，那就变成美国边境了。总之那就是一道边境，你只要跨过一条线便到了另外一个国度。儿子，边境指的是一条线而不是一个地方。”

"我还以为是一条河呢！"

父亲看着他："墨西哥边境可是个血雨腥风的地方，那里遍地都是杀戮，毒品走私和非法武器贩卖盛行。我只是告诉你我所知道的一切——或许你根本不相信，还在做着你的白日梦。"

"爸爸，什么是白日梦？"

"白日梦就是你所想做的一切。"

"不仅是我，还有别人，其他所有人。"

"是的，所有人——除了我。他们都知道这一切而我不知道。我告诉你吧，儿子，据我观察，这里的人们总是恍恍惚惚、稀里糊涂地过日子。"父亲向前走了几步，无可奈何地摇摇头，说道，"这种情况真是奇怪。他们似乎对于这个世界一无所知，所谓政治、历史、地理等，他们都一问三不知。真是个天大的笑话！他们从小便活在一个与世隔绝的梦幻世界中。"

"爸爸，我们只是谈论音乐。"

"噢，是吗？难道我们只是谈论音乐吗？我今天一天都跟迪克兰待在一起，他对我无所不谈。他也算是个音乐家吧？"

"当然，我知道，他是一位才华横溢的吉他手。"

"那么……"

"爸爸，他是音乐家。"

父亲耸耸肩："我并不想就此争辩什么。我只是想表明我的立场，如果他是音乐家，为何他又要去海外工作？啊？他几乎没有任何演出。他甚至不能被称为兼职音乐家，因为他演出的机会只能说是千载难逢。上周六只是刚好碰上了他寥寥无几的演出之一。你知道他这场演出赚了多少钱吗？"

"我不管这些闲事。"

"认真点儿，儿子，你知道多少吗？你可以想一想。我只是想跟你讨论下现实问题。"

默多耸耸肩。

"那你知道梦扎伊女王今晚演出赚了多少钱吗？"

"噢，爸爸。"

"不，我不是想问你这些问题，我只是想告诉你这些事实。抛开那个女孩儿和其他乐手，单纯谈谈乐队演出。你听说过哪位明星来格拉斯哥开了一场演唱会，赚取百万美元吗？你知道为她伴奏的乐队赚了多少钱吗？呵呵，一分钱也没有，这些乐队一分钱酬劳也没有。"

"爸爸，你的意思是？"

"我就是这个意思。如果这是梦扎伊女王在过去六个月里唯一的一场演出，你知道她能获取多少酬劳吗？"

默多皱皱眉。

"这些酬劳足够维持她未来六个月的生活吗？"

"我不理解你的意思。"

"难道她不是要等六个月才有下一场表演吗？"

"爸爸，她已经退休了。"

"不要信以为真，儿子，只有有钱人才敢退休，我们只能继续辛勤工作。否则退休的原因仅仅是因为老板想要找更加年轻力壮的人干活，而没有给你足够的工资。因此你只有吃了上顿没下顿地勉强度日。生活就是一个没有硝烟的战场，而我们都要勇往直前。"

"梦扎伊女王便是这样一个勇者。"

"当然，她是一个勇者。可我想说的是你需要问问她，她靠什么来生活呢？她又是否能领取养老保险呢？"

"爸爸，我不知道，这些超出了我的考虑范围。"默多摇摇头，"天哪，爸爸！"

"我只是提出这些问题。"

"他们一家开了一家商店，那是他们的商店。她把商店买下了，可见还是有一笔钱的。"

"是的，那很好。"父亲回答，"好的，那她便衣食无忧了。可家里的其他成员呢？"

"那我怎么知道呢？"

"所以我只是提出问题。"

"爸爸，那你还不如直接去向她提出这些问题。我可没有那么厚脸皮。"

"我知道你不会问的。"父亲点点头，"你压根儿不会想这些。像迪克兰去表演的那些大型聚会，是不需要收取门票费用的。你有留意到吗？"

"可他们在入口处已经收费了。"

"是的，默多，可那是为组织一场聚会所收取的费用。大家的门票费用需要用作购买或维持游戏装置、为儿童比赛设置奖品，以及维护充气城堡等。你的门票钱只是用作这些用途。还有舞蹈演员，你知道他们能有多少酬劳吗？他们来一趟需要一辆装运物品和设备的卡车，需要来回路费，需要设备搬运者管理者，这一趟演出很可能还让他们入不敷出呢。"

"这些管理者是他们的朋友。"

"那也不意味着他们可以不需要酬劳。他们总是需要生活花销的。一个乐队里面有七位成员。七位！你想想他们所有人的酒店、汽油和食物费用，绝对不是一笔小开支。无论是谁，总是需要金钱来维持生活的。"父亲笑着说，"你也知道我们需要用钱来购买食物以维持温饱，天下可没有免费的午餐。"

默多盯着他，一言不发。

父亲笑了笑："是呀，天下没有免费的午餐。"

默多点点头，说道："我今天早上在街头卖艺，赚了11美元70美分。"

"你居然在街头卖艺！"

"是的。"

"真的是在街头卖艺吗？"

"是的，爸爸，这又何尝不可。11美元70美分，足以让我饱腹一顿。"默多耸耸肩，准备拿东西进入浴室，回头告诉父亲，"我知道人人都需要有一份正常的工作、一份稳定的收入，爸爸，这些我都懂。那也是妈妈一辈子的生活，努力读书，然后找一份好工作。我只有找到一份稳定工作，不需要为生计四处奔波，这样我才可以吹拉弹唱，愉悦身心。爸爸，这些道理我都明白。"默多叹了口气。

父亲把手放在口袋里，盯着地面，随后又把目光转向默多，低声问道："迭戈·纳西索今晚的表演酬劳是多少？"

"爸爸……"

"我们只是私下谈论一下？"

"别，爸爸，天哪！"

"说一下又何妨？100 美元？1000 美元？还是 10000 美元？到底多少？"

"我又如何得知呢？"

"一共有多少人去了吉格演唱会？"

默多摇摇头，走进浴室。

"你去弄清楚他们得了多少酬劳。"父亲说。

"我根本不想弄清楚。我现在只想洗澡和睡觉。他们明天一大早就会来接我。"

父亲盯着他。

"大概七点。"

"这么说，你是打算加入他们了？"父亲笑了笑，"当然，我不会那么蛮横无理。"

"……"

"呃？你时时刻刻想要逃走。我有那么蛮横无理吗？有吗？"父亲依然在微笑，他耸耸肩说道，"我想我完全有理由问你这个问题。"

"爸爸。"

"毕竟……"父亲再次耸肩，"我们在一起经历了很多事情。"

默多注视着他。

"我要向迪克兰请教些东西。"父亲最后说道,他抬起默多的手,说道,"只需要一会儿,你可别介意。"随后父亲打开门,呼唤道,"迪克兰,你可以进来吗?"

迪克兰脖子处夹着一瓶啤酒,走到门口,问道:"是想让我帮忙搬运什么吗?"

"不是,我只是想你为我们提供一些信息。"

"噢,可以,你想知道的是……"迪克兰打着哈欠说。

"我想了解一些现实问题,知道一个音乐家能赚多少钱。"

"天哪,你是认真的?"

"我只是想知道一些基本信息,音乐家的基本工资等。"

"别跟我谈论这些赚不赚钱、生不生计的问题,你找错人了,先生。我是搭乘快车去往佐治亚州的。"迪克兰回答道,他举起他的手,制止他往下继续说,他把自己的身体重重地摔在床上,"你问错了人。汤姆,对于我而言,我会不计成本、不顾一切与这些人玩儿音乐。我绝对会这样的。"迪克兰低吼道,"克拉拉从来没有因为唱歌而赚取任何金钱,她靠做蛋糕赚钱。平时切斯出去表演,而她则待在家中。"

"那便正是我所担心的事情。"

"汤姆,人人都需要养家糊口,我并不否认。他们经常去参加各种吉格表演,我们很多人都是。"

"现挣现吃,勉强糊口。"父亲说。

"老兄,勉强糊口已经不错了。迭戈的乐手们已经准备好了,你以为迭戈不会给予他们适当的帮助吗?你听到他说什么了吗?他们是一家人。他甚至放话说他们可以在任何地方找到工作。如果你去西海岸,老兄,你便会知道了,他们的音乐很有市场。汤姆,迭戈他们的演出绝对可以场场爆满。不信的话,你可以来休斯敦看他和他们乐队的表演。嘿,你听说过丽迪雅·门多萨吗?她是土生土长的休斯敦人。"

迪克兰将啤酒举起,一饮而尽。他随后舒展四肢,躺在床上,用一只手把脑后的枕头往上移了移。他再次端起啤酒，喝下最后几口，并再取出一瓶。

"我要洗澡了。"默多对父亲说。

"再等一会儿。"

"爸爸，我真的是筋疲力尽了。我最后一次睡觉是在周四。"默多准备关上浴室门，但还是问了一句，"还有谁需要用卫生间吗？"

"没有了。"迪克兰回答，但又迅速跑了过去。

父亲摇摇头。

默多笑了笑，说道："我只是想玩儿音乐，爸爸，就那么简单，我没有别的想法，也做不了别的事情。"

"你在苏格兰也可以玩儿音乐。"

"是的，在苏格兰可以，在这里也可以。"默多关上了浴室门。他站在浴室里，周围摆放着折叠整齐的白色毛巾和小块装的香皂。他还带上了自己的洗漱用品。

翌日早晨，默多被父亲从睡梦中唤醒。父亲在床头摇着他的肩膀，并低声唤道："儿子，现在已经是早晨六点半了，你该起床了。"

默多快速洗漱完毕，并换上衣服，父亲从冰箱里取出剩下的三明治，迪克兰还在睡梦中。随后父子俩便出了门。此时外面阳光明媚、万里无云，真是个清爽宜人的早晨。他们坐在墙边两把椅子上一边吃着三明治，一边听着路边的吵闹声、嘈杂声和汽车喇叭声。这附近不远处便是一条主路，从楼与楼之间的缝隙可见不断地有卡车经过。

"我想那是一条州际公路。"默多说道。

"嗯。"

默多看着父亲。

"我有个问题想问你，你可别反应过度——你拿的 200 美元还有剩吗？"

"实际上我有 290 美元。在上次集会上，你给了我 40 美元，约翰爷爷给了我 50 美元，我一起拿出来了。"

"约翰爷爷给了你 50 美元？"

"是的。"

父亲咯咯直笑。

"我都没有花。"

"你全都存下来了？"

"是的。我把钱都花在车票上了，还买了台手风琴，此外便几乎没再用钱。爸爸，我在艾伦镇我们上次经过的那个当铺里买了手风琴。"

"那你还有钱剩下吗？"

"只有一点点了。"

父亲笑了，问："那台手风琴怎么样？"

"呃，将就吧。还不错。我用了 85 美元，这台手风琴当时正是特价，原价是 125 美元。如果把在街头卖艺赚到的钱算上的话，这个价钱还算是物有所值的。它虽看上去略显陈旧，但音质也凑合吧！"

"略显陈旧！哈哈，你开玩笑吧！这简直就是一件艺术品！"

"好吧……"默多也笑了。

"说真的，它还闪闪发亮呢！"

默多看着他。

父亲说道："即便是从酒吧的一侧，我站的那个地方看，我也被你的演出惊艳到了。天哪！真是让我惊叹不已……让我来告诉你吧，你可能太紧张了没有留意到，现场的观众，包括迪克兰，都聚精会神地在倾听你的演奏。你知道吗？当你演奏那首慢歌，也就是你领奏的那首曲子时，现场所有人屏息凝神，周围可谓针落有声。你表演完后听见了观众们的欢呼声吗？你听见了吗？你看见他们的反应吗？天哪，儿子，你的表演精彩绝伦，你的手风琴光彩照人。天哪！这台琴绝对是举世无双的，就像你是如此独一无二一样。"

"啊，爸爸。"

"我只是陈述事实而已。"

"爸爸。"

"是的，你确实独一无二。你可别再谦虚了。"

"爸爸，我不是谦虚，我最不谦虚了。你说的不是我的手风琴，而是另一台蓝绿色的手风琴。那台是梦扎伊女王的，她专门带过来给我使用的，不是我现在的这台。我这台还放在箱子里面呢！"默多笑了笑，继续说道，"我这台也不错。"

"让我看看吧。"

默多站起身来，轻轻推开门。迪克兰床上没有人，浴室门紧锁着，他正在浴室里洗澡。默多拿起手风琴箱子，经过浴室时敲了敲门，喊道："迪克兰，早上好！"

迪克兰没有回答。

默多把房门关上，告诉父亲："迪克兰在洗澡。"

"很好。"父亲回答。

默多重新坐回椅子上，把手风琴箱子放在膝盖上打开。可让人惊讶的是，里面装的居然是蓝绿色那台手风琴！蓝绿色那台！默多皱了皱眉，居然是这台。或许是他们忘记为默多换回来了，肯定是乔尔，是乔尔忘记了。乔尔应该在表演后换回默多原来那台琴，然后再装进琴箱的，可是他偏偏忘记了。这是梦扎伊女王的琴，乔尔应该要把它装进货车的。默多当时演出完毕后和其他乐手一样，把乐器留在了舞台上。这么想来，一定是乔尔拿走了这台蓝绿色手风琴，并错放进箱子里了，并将默多在当铺买的那台拿出来了。他肯定是把默多原来那台拿了出来。为什么会这样呢？

默多自言自语："不是这台手风琴。"

"什么？"

"不是这台手风琴。"默多摇头说道，他本想把手风琴拿出来，可想了一会儿又没有动手。乔尔打开箱子的时候一定看见了他在当铺买的那台手风琴，那么他必须把原来那台拿出来，才可以把蓝绿色的放进去。这么说来，他是故意把那台拿出来，并把这台放进去的。默多盯着琴，思索着，过了一会儿又看着父亲，说："他们把这琴送给了我，爸爸……"

"你说什么？"

"爸爸。"默多眼眶红了起来。

父亲向默多侧过身子。

默多用力闭上眼睛，想要控制自己的情绪，可他居然无法停止流泪。

"我居然哭了，爸爸，我居然忍不住，我总是忍不住要流下眼泪。"

"哦，儿子，别太担心。"父亲伸出手搂住默多，说，"别担心，儿子。"

默多激动得浑身发抖、泪流不止："对不起，爸爸，我实在忍不住。"

"不，儿子，不需要对不起，不需要。"

"爸爸，我总是控制不了自己的情绪，我总是忍不住，爸爸，我总是忍不住流泪。就好像是在浴室里一样，我真的忍不住，总是这样。"

"我也是。"父亲说，"天哪，儿子，我也是。"父亲边说边摇头。

"我总是不能控制自己，不知道该怎么做，就好像妈妈的事情发生以后，我……"默多擤了擤鼻涕说道，又忍不住抽泣起来，擤了下鼻子，"噢，天哪！"

父亲点点头。

"一定是梦扎伊女王，是她把我的琴拿出来，将她的琴送给了我。"默多从口袋里拿出一张纸巾，擦了下鼻子，"我不想这样哭哭啼啼的，爸爸。"

"噢，天哪！"

"我没有想象中那么坚强。你呢？"

"我也是。"父亲也擦了擦眼睛。

默多摇摇头，说道："你知道这一切，对吗？梦扎伊女王要送我一台手风琴，你问她昨天的表演能赚多少钱。昨晚你是想提醒我，并没有赚到钱。"

"不是的，我不是那个意思。"

"我只知道她获得了酬劳，而我们，我和基尼、莎拉都没有。"

"我绝非这个意思！"

"是的，但是……"

"我不是这个意思。"

"我想你是的，爸爸。对不起。通过音乐广交好友便是我挚爱音乐的主要原因。即便你在未来六个月都不会见到他们，只会在某个音乐节与他们不期而遇。就好像故事一样，在某个时间、某个地点、某个活动上再重新遇见他们。可是爸爸，这种感觉妙不可言。你有留意到他是如何向她鞠躬的吗？"

"谁？"

"迭戈，迭戈向梦扎伊女王鞠躬。你有留意吗？"

"没有……"

"他向梦扎伊女王鞠躬了，迭戈向她鞠躬。"

父亲点点头，站起身，转身离开。

早晨七点二十分。默多在停车场附近闲逛，留意着入口处。他转身回到旅店，他的背包和手风琴箱子放在房间门口。迪克兰坐在椅子上，在笔记本上写上他的地址信息和电话号码。写完后他站起身来："好了，默多！"

迪克兰将笔记本递给默多："这便是我的住址、邮箱地址和手机号。"

"你有脸书账号吗？"

"没有，正要注册。但无论何时何地，无论我是否在海外工作，我都能接听电话，你可以随时打电话给我。如果想来找我，随时给我留个信息，随时欢迎你的到来。"

"好的。"

"休斯敦离我家很近。你在地图册上能看到我家吗？"迪克兰笑着问。

"当然。"

"圣安东尼奥市，很近的，你甚至可以走过去！"

房门打开了，父亲从房间里走了出来。他听见了迪克兰对默多说的话：无论去哪里，不必过于担心。护照和手续之类的问题？不必过于担心。毕竟这里有好音乐、好食物，还能遇见好朋友。也不必为自己年龄小而担心。只要你想工作，随时都可以，其他事情都是浮云。你父亲为你担心，这是正常心理。但是你在这里会一切如意的。

迪克兰看着父亲，说道："汤姆，他在这里会有很多朋友的。"

"我明白。"父亲说道。

迪克兰点点头。他盯着默多和父亲，随后走到边上，拿出香烟盒，边走边点起烟来。

父亲从笔记本上扯下另外一页，写下一些电话号码和一些简单信息，并交给默多："我并非大惊小怪，这些信息或许你会需要。"

"爸爸，谢谢。"默多把纸张塞入口袋。

"一定要小心保管。"

"好的。"

"这都是你的联系人信息。"

"好的，爸爸。"

"今晚记得打电话给约翰爷爷，默多，你要买一部手机，让我们可以联系到你，好吗？"父亲叹了口气。

"当然，好的。"

"到达后的第一件事便是告诉我们你的地址，好吗？"

"好的。"

"你的东西带够了吗？"

"你指的是钱吗？"

"所有东西。"

"够了。"默多耸耸肩。

"够了？你都带了什么？"

"基本生活物品。"

"基本生活物品？"

"是的，爸爸，基本的物品。"

"那你带了换洗衣服吗？"

"天哪！"

"鞋、牛仔裤一类，都带了吗？"

"带了。"

"都带了？我以为你只带了一条牛仔裤。"

"我有运动装。"

"那你带了换洗的上衣吗？"

"爸爸……"

"你总是健忘，我要提醒下你。"

"爸爸，他们会借我衣服穿的。"

"借你衣服？借你衣服？"

"是的。"默多笑笑。

父亲吃惊地瞪眼看着默多，随后走进了房间。

不远处传来的交通嘈杂声越来越大，默多朝着主路的方向望去。虽然此时是周日清晨，可交通依然繁忙。默多看见川流不息的大卡车，每辆车都有着自己的目的地。

"嘿，默多！"迪克兰指着腕表，看着他，然后示意了一下门口的方向。

默多点点头，随后打开房门。父亲正坐在床边，抬头看着默多。

"准备好了吗？"

"好了，爸爸。"

父亲笑着问："你昨晚在哪里过夜的呢？我一直想问，但不敢问。"

"我坐的车从巴吞鲁日开到这里，到的时候已经很晚了，将近半夜。"

"那你去哪里过夜呢？"

"我从车站下车后，不停地走，寻找莎拉他们一家的身影。本来按照计划，我应该先与莎拉一家碰面，然后再一起到这里来，可无奈汽车到达的时候已经太晚了。我来到这里，在音乐节附近找了一个草坪，草坪上有几条长凳，我找到一条空的长凳休息。草坪周围有彻夜营业的食物摊，我在那里买了炸薯条和炸鱼，还买了饮料。"

"炸薯条和炸鱼？"

"是的。"

"那你在长凳上睡觉的？"

"是的。"

"好吧，你睡在长凳上。"

"爸爸，当时实在太晚了。"

父亲点点头。

"那么说……"默多停住了。他听见音乐的声音，瞥向门缝。随后便听见敲门声，迪克兰在门后喊道："迭戈和乐手们来了！"

默多咧嘴笑了起来。父亲看着他。是他们……默多走过去把门打开。父亲从床上站起来，走到门外。默多从地上拿起背包和手风琴箱子。父亲走过去给了他一个大大的拥抱，并说道："照顾好自己。"

"我会的。"

两辆车停在停车场里，播放着不同的音乐。默多提着背包和手风琴箱子，向他们走去。父亲和迪克兰跟在后面。

父亲说："儿子，你找他们要个地址吧。他们肯定知道目的地。"

默多笑着看向迪克兰。

"我是认真的。"父亲说。

桑迪亚哥驾驶着小货车，埃斯特班坐在他身旁，把手伸往车外招手："嘿，默多！"

坐在吉普车上的迭戈把车窗摇下来，向父亲和迪克兰打招呼。埃斯特班走出车外，帮助默多把手风琴箱子摆好，放在其他乐器、行李和设备旁边。

默多走上前去与迪克兰握手告别。迪克兰拥抱他，并亲切拍打默多的肩膀，同时往默多的口袋中塞下几张钱。

默多本想拒绝，说道："我不需要，真的！"

迪克兰低声说道："嘿，这不是给的，是借给你的，你以后可是要还的。"

"谢谢你，迪克兰。"默多冲着父亲微笑，"可以吗，爸爸？"

"好。"父亲回答，同时递给默多一小沓钱。

"啊，爸爸！"默多不好意思地笑了起来。

"什么都别说了。"父亲说，"记住买一部手机。"

"好的。"

父亲和默多再次握手。埃斯特班打开卡车后排车门并钻了进去，他把前排副驾驶的位置留给默多。

"嘿，默多！"桑迪亚哥召唤他。

默多走进副驾驶位置，把门打开，等待与父亲的最后告别。维森特和罗伯托亲切地拍打着默多的肩膀。

父亲说道："如果你今晚不方便打电话，那就明天再打。不用担心。可是千万不要错过车，千万不要重蹈覆辙。你知道我的意思。"

桑迪亚哥刚才停车时并没有关掉引擎，这时候他准备放下手刹。

父亲最后说道："无论身处何方，无论在做什么，都要和我们保持联系，否则莫琳奶奶和我都不会原谅你的。还有，你的护照，我也不知道该怎么办。如果你拿在手上，记得放在你前面的口袋里，千万别再丢或落在什么地方了。切记！"

桑迪亚哥看着他，耸耸肩。

"这是最重要的……"父亲继续叮嘱道，"切记，这是最重要的。千万不要随便把护照拿出来，要放在裤子的口袋里，切记，切记，无论任何时候、任何地方都不要随便把护照拿出来。儿子，你明白我的意思。

千万要把护照放在口袋里。"

"好的，爸爸，我记住了。"

"还有手机、手机、手机。"

"好的！"

桑迪亚哥盯着父亲，把脚踩在油门儿上，蓄势待发。

父亲点点头："好吧！"他说完并关上了门。

"再见。"桑迪亚哥道别。

默多看见迭戈走出吉普车，迪克兰与他打招呼，随后父亲也与他打招呼。他们亲切交谈。父亲把手放在口袋里。

桑迪亚哥对默多说："嘿，你爸爸……"

"嗯。"

桑迪亚哥做了个鬼脸，装作无可奈何地耸耸肩。过了一会儿，迭戈回到车上，他们准备启程。桑迪亚哥掉头跟在他们车后。父亲和迪克兰站在原地，桑迪亚哥为默多摇下车窗，以便默多和他们告别。父亲和迪克兰跟在他们车后走了几步，一直到停车场出口处。迪克兰一直在招手，父亲或许也是。随着车越走越远，两人的身影越来越模糊了。这便是他们的告别。这时，桑迪亚哥打开音响，一首节奏欢快的手风琴乐曲传来，或许是一首康芬特音乐吧！